文學四十講

常識與慧悟

劉再復——著

聯經版序

劉再復

我已八十，覺得事事力不從心。但八十之際，有幾件事真讓我高興，不能不銘記於此。首先，是香港三聯出版了厚重的《當代人文的三個方向》，這是香港科技大學於二〇一九年紀念五四精神的國際學術研討會的結集，把我與夏志清、李歐梵並列為人文方向。儘管我實不敢當，但也感到王德威兄（此題是他出的）、周建華兄（此書由香港三聯書店出版，建華兄是總編輯）等的深情厚意，並感到無上光榮。第二，由王德威教授、季進教授、劉劍梅教授主編的《文學赤子——劉再復八十壽辰紀念集》二〇二一年八月由香港三聯出版，其中六十多位好友和學者作家寫了感人至深的文章。第三，張靜河先生還寫了《劉再復文學心靈本體論概述》的學術專著（十五萬字）。這幾本書八月分都由香港三聯出版。第四，由香港浸會大學的蔡元豐教授和香港科技大學的劉劍梅教授合作主編的《劉再復：批評論文選》（*Liu Zaifu: Selected Critical Essays*）英文版於二〇二一年七月由歐洲的Brill出版社出版。第五，香港天地圖書公司將出版《劉再復文集》三十卷。此屬大工程，天地的全部精英都投入。董事長曾協泰，副總經理陳儉雯，編輯主任陳幹持（親自擔任責任編輯）等全參與了。香港很少出大陸作家的「文集」，除了《巴金文集》之外，這是第二套。我為此興奮不已。第六，汕頭大學剛被處分、撤職及工資降級的莊園，發奮寫作，竟然在一年多裡，修好了《劉再復年譜》一六〇萬字。（莊園因擔任《華文文學》主編發表王德威為我的《五史自傳》做的序文而被處分。）最想不到的是，臺灣最著名、最有威望的聯經出版公司發行人林載爵先生決定出版我的《文學四十講》。這是大喜事。它證明我「守持價值中立、崇尚中道智慧」的選擇沒有錯。也證明我晚年的文學敘述，只有知識性與文學性。不再有「歷史針對性」和現實批判性等。

所謂四十講，包括《文學常識二十二講》和《文學慧悟十八點》，前者由潘淑陽博士整理，後者由喬敏博士整理。小潘整理後由香港三聯和北京的東方出版社出版；而喬敏整理後則由香港三聯和北京的商務印書館出版。二者出版後均廣受好評。商務總編還特寫了推薦信，說《文學慧悟十八點》是商務最好的三本書之一。自從《劉再復文集》收入《文學四十講》之後，還沒有一家出版社完整地出版過這本書，但臺灣聯經偏選中此書，可見在今日複雜環境中，做成任何事，都要有膽有識，二字缺一不可。在此，我謹向聯經出版公司致以崇高的敬禮！感謝林載爵先生的慧眼，還有陳逸華先生、黃榮慶先生的幫助，讓這本凝聚著我多年對文學感悟的書可以跟臺灣讀者見面。

二〇二一年六月

寫於美國Boulder

目次

下部　怎樣讀文學：文學慧悟十八點

上部

什麼是文學：文學常識二十二講

前言

本書是我在香港科技大學人文學部的課堂講稿。講述時我只寫了提綱，在課堂裡面對學生時，再作發揮。幸而有我的學生兼「助教」潘淑陽認真做了紀錄並及時整理出來，然後我再在整理好的稿子上作些修補與潤色。

二〇一三年九月至二〇一四年一月，我受聘於科技大學人文學部和高等研究院。五個月時間，我給選擇理工專業的學生講述了文學常識的頭十二講。二〇一四年的秋天我再次來到科技大學，便繼續把「文學的十大關係」講完。講述看似輕鬆，實際上是「以輕馭重」，仰仗的還是八十年代以來的「文學理論」積累。三四十年裡，日日夜夜想的全是文學，愈想愈深，愈有意思。這些思維成果本可以在國內好好表述一下，但國內沒有我的平臺，那就只能借助香港這個自由之所且思且說。儘管難以說得很充分，但畢竟把多年的所思所想作了一次認真的表述。

二〇一二年我到科技大學之前，在福建教育出版社出版了一部《教育論語》（與劍梅的對話錄）。書中，我表明了自己的基本教育理念，這就是教育的第一目的並非提供學生的生存機能（即專業知識與就業能力），而是提升學生的生命品質，即培育學生全面的優秀的人性。理工學生所以也要讀點文學、哲學、歷史，就因為人文修養可以提高生命品質。我開設文學課，當然也遵循這一宗旨。所以我的講述，不是重在文學知識，而是重在心靈養育。於是，我的講義首先是高舉心靈的火炬。而文學又恰恰是心靈的事業，我的講述當然不會放過這個中心。

《教育論語》還表述了另一個教育理念。我認為，專業教育的基本導向，不是引導學生去競爭專業的「分數」，而是點燃學生對本專業濃厚的興趣。有了興趣，課程結束後學生還會主動去自學，去鑽研。在人生的漫長歲月裡，決定一切的還是自學。我把分數壓力視為校園裡的機器專制。惟有讓學生從分數的負累中解脫出來，並從內心深處愛上文學專業，課程才算得上成功。基於這一想法，我的文學講述便盡可能激發學生對文學的熱愛。我記得年輕的思想者劉瑜說過：「大學精神的本質，並不是為了讓我們變得深奧，而恰恰是恢復人類的天真。天真的人，才會無窮無盡地追問關於這個世界的道理。」這句話不管是什麼人說的，都可算是至理嘉言。我覺得文學課也應當讓學生愈來愈單純。課程固然可以增加他們的知識，但更重要的是讓他們知道，文學面對的人性與人類的生存處境是非常豐富複雜的，惟有呈現這種豐富性與複雜性，才能把握住文學的本性。然而，作為文學創作主體的作家，本身則應當是非常單純的。惟有當他們守持單純的本真角色時，才可能走向文學的高處與深處。一個被世間各種世俗功利所糾纏的作家，很難真正理解文學，更難進入文學的內核。當然，也很難贏得從事文學專業的「至樂」。

「文學常識」課涉及「教育」的基本觀念，當然更涉及文學的基本觀念。從上世紀八十年代開始，我一直致力於打破文學領域中的「現代蒙昧」。這種蒙昧便是文學對政治意識形態的順從，即對各種「主義」的俯就和迎合。世界那麼豐富複雜，人生那麼廣闊無邊，人性那麼紛繁多彩，文學面對這一切，自然也可以展示自己的一番風采神韻。完全不必去納入某種政治意識形態的狹隘框架，無論是來自左方的框架，還是來自右方的框架。自由也完全可以掌握在自己的手裡，惟有對於自由有了覺悟，才有真自由，完全不必等待自由的客觀條件成熟之後才進行創造。文學順從政治是一種蒙昧，文學企圖干預政治，也是一種蒙昧。作家唯一的正確選擇是獨立不移，自立不同，是返回文學那種「有感而發」，即心靈需要的初衷。我的文學常識講述，倘若說有什麼特點的話，那就是對現代蒙昧的徹底告別，不再拖泥帶水。明白人讀後一定也會感到一種「明徹」的痛快。

本書的書名沿用課程的名目，依然叫作「文學常識」。我曾把「識」分為五種，自下而上分別為「常識」、「知識」、「見識」、「睿識」（也可稱為「灼識」）、「天識」。我的講述只屬於「常識」與「知識」這兩種層面，當然也盡可能參進一點自己的見識。但說不上睿識與天識。當下世界，談論文學的書籍文章不少，有的講得太玄太離譜，例如說「主體死了」，「語言才是文學本體」等等，面對種種高頭講章，回歸常識與回歸文學的初衷，倒是一種出路。

二〇一五年一月十九日
清水灣

我們的課程可稱作「文學常識」課，這一課堂應該是一種享受，一種快樂。在這第一課中，我想藉《紅樓夢》中的一個概念來表述我和在座各位的關係，這個概念叫作「神瑛侍者」。「神瑛」就是「神花」；「侍者」就是「服務員」。神瑛侍者是《紅樓夢》主角賈寶玉的前世之名，他在三生石畔對絳珠仙草（林黛玉前世之名）曾有灌溉之情，林黛玉通靈入世後便以眼淚報其恩澤。所以，林黛玉成了眼淚的化身，不斷地流淚。《紅樓夢》也因此成了還淚之作。我很喜歡賈寶玉前世的名字，他進入人間，就是為了當神瑛的服務員。神瑛除了林黛玉、薛寶釵等貴族少女，也包括晴雯、鴛鴦等丫鬟。本來丫鬟才是侍者，賈寶玉卻把位置顛倒過來，對她們關懷備至，像護花使者。賈寶玉很有佛性，他心中沒有主僕尊卑觀念。晴雯在世俗世界中是一個丫鬟，丫鬟是什麼呢？就是女奴隸。賈寶玉沒有「女奴」、「僕人」、「丫鬟」這些世俗概念，晴雯就是晴雯，鴛鴦就是鴛鴦，他的《芙蓉女兒誄》追念晴雯，女奴在他筆下被當作天使歌頌，完全打破等級偏見，這是大愛、大慈悲。我曾經說前北京大學校長蔡元培是二十世紀最偉大的神瑛侍者，他把教授與學生都當作神瑛，自己當侍者；我到臺灣開會，也曾稱讚詩人瘂弦為神瑛侍者。他的詩寫得非常好，可以說是臺灣最好的詩人之一。在他當《聯合報》副刊主編時，每天都收到很多來稿，他很認真地閱讀並回信，因此培養出很多優秀作家。實際上，好的編輯、好的老師都應該是神瑛侍者。今天這一課程，在座的都是「神瑛」，我是「侍者」，是各位的服務員，我們將一起探討文學是怎麼一回事。

俄國作家帕烏斯托夫斯基（Konstantin Paustovsky）的散文集《金薔薇》（上海譯文出版社出版）的第一篇為〈珍貴的塵土〉，這篇文章告訴我們文學的真諦。它指出，文學是從生活與生命中提煉出來的「金粉」所鑄成的「金薔薇」，然後將這金薔薇獻給知音，獻給最愛的人。故事記述法國列兵夏米與團長的女兒蘇珊娜忘年之情的故事：列兵夏米受團長委託，跨海護送年僅八歲的美麗小姑娘蘇珊娜從墨西哥前線返回法國。故事中的「蘇珊娜」象徵一種純真美，夏米對蘇珊娜的喜愛，不是世俗意義上的愛情，而是一種忘年之愛——夏米為了逗她高興，便為她講述家鄉的一個故事。他家鄉有個年老的漁婦，在她家的十字架上一直掛著一朵金薔薇。這是年輕時的戀人送給她的禮物，這朵金薔薇始終支撐著她的生命。即使在最貧窮的時候，她也不肯變賣，始終守住這朵金薔薇。真情無價，心靈無價。文學就是真情，就是心靈。蘇珊娜曾問夏米：將來會有人送給我一朵金薔薇麼？列兵告訴她：一定會有的！夏米把蘇珊娜的話和自己的話記在心裡。當年夏米按照團長的指令把蘇珊娜送到她姑媽住處的時候，竟然忘記親吻她一下，為此感到特別遺憾。多年以後，夏米成了一名清潔工。他在塞納河邊，出於善良的本性，向一位女子噓寒問暖，竟發現這位女子就是當年的蘇珊娜。蘇珊娜不由得叫了起來，並說夏米還是像以前那樣善良，還說她從未忘記過去的一切。此時蘇珊娜的戀人、一個花花公子般的男演員已移情別戀將她拋卻，使她很傷心。夏米見狀，就讓她在自己家裡住了五天。期間，他看見蘇珊娜熟睡的樣子，聽著她依稀可聞的鼻息，頓時覺得她簡直就是天使，心中油然湧起一種對美的嚮往之情。他止於審美，並沒有占有蘇珊娜的慾念。在這數天裡，他還幫助蘇珊娜，讓男演員回到她身邊，但也在這個時候，夏米發現這個花花公子對蘇珊娜並不真誠，當然也不會贈予金薔薇。就在他們要分別的時候，蘇珊娜又提出了那個問題：會有人送我一朵金薔薇嗎？這個問題正是故事的核心，因為故事的後半段就是講述這個老兵是怎樣鑄造這朵金薔薇的。夏米作為一個清潔工，已經習慣了夜間的生活，彷彿世界已把他遺忘了，只有老鼠知道他的行蹤。但他不曾忘記蘇珊娜的願望，於是他就到首飾作坊的門口，把作坊處理掉的、含有金粉微塵的垃圾一袋袋地背回家，到夜深人靜時，再一點點篩出金粉來。最後，竟然鑄成了一小塊金錠。他把金錠打成金薔薇，送給了蘇珊娜。從一個列兵，再到清潔工，他是社會最底層的人，可他的心靈那麼美，而且從未放棄過對美的嚮往和追求。從事文學創作的作家詩人，正是篩選金粉，打造金蔷薇的人。〈珍貴的塵土〉最後寫道：

每一分鐘，每一個在無意中說出的字眼，每一個無心的流盼，每一個深刻的或者戲謔的想法，人的心臟的每一次覺察不到的搏動，一如楊樹的飛絮或者夜間映在水窪中的星光——無不都是一粒粒金粉。

我們，文學家們，以數十年的時間篩取著數以萬計的這種微塵，不知不覺地把它們聚集攏來，熔成合金，然後將其鍛造成我們的「金蔷薇」——中篇小說、長篇小說或者長詩。

我們的課程就是讓大家學習篩取金粉，鍛鑄金蔷薇，無論以後大家從事什麼職業，電腦、生命科學、環保等等，你們不僅要當好技術員、工程師，還要學會感受金蔷薇和鍛鑄金蔷薇，金蔷薇可獻給社會，也可留給自己或者身邊的朋友。為什麼要開設文學課程呢？就是為了讓大家多一種高級趣味與審美感覺，這就是對「金蔷薇」的興趣與感覺。我現在概說一下我們開設文學課程的幾條理由。

文學彌補人生缺陷

我們的人性，有植物性、動物性的一面，但更要有靈性、悟性的一面，而文學就是用來啟發、激發生命中的這一面。有金蔷薇，才有人生的詩意。這一面的學習與修煉，中國文化稱作「靈修」。科技院校、理工院校的學生如果缺少靈修，那就只能當「技術員」，當「工匠」，而一旦有了靈修，就可以朝著「科學家」、「思想家」的目標邁進，行進中也就充滿詩情畫意了。人生可以追求偉大也可以甘於平凡，但這並不是最重要的，重要的是人一定要有詩意的生活。有人問我：到底是當戰士好還是當隱士好？我說隱士如陶淵明、孟浩然，戰士如魯迅，當哪一種都可以，但都要有詩意。德國十八世紀的哲學家兼詩人賀德林（Friedrich Hölderlin），他差不多和曹雪芹同一個時代，這個人在身後的一百多年被人們遺忘，後來又在二十世紀被海德格爾（Martin Heidegger）等大哲學家重新發現。海德格爾在其著作裡引用賀德林的話：「人類應當詩意地棲居……」

詩意棲居，首先是人應當像人那樣，有理想、有尊嚴、有色彩地生活。如果人像牛馬那樣，就沒有詩意。像機器那樣，也沒有詩意。牛馬是「物」，機器也是「物」，人如果為物所役，詩意便淪喪了。莊子早就告訴我們這個道理。可是，在現代社會中，科學技術發展了，人卻被機器所統治。人變成了廣告的奴隸，變成機器的奴隸，這就失去了詩意。因此，我們要實現人生的詩意，就要彌補人性的缺陷。讓自己從「物化」、「異化」的陷阱中解放出來。哲學上的所謂「異化」，是指人被自己製造的東西所主宰，所支配，所統治。本來機械是我們製造的，可是機械現在反過來主宰我們，人「機械化」了。發明了電腦本來是很好的事情，但走向極端就變成電腦的附件。我曾經寫過一篇談論孩子教育的文章，其中有一段寫道：「現在的孩子贏得了機器，但是失去了大地和天空。我們的童年時代，雖然沒有電腦、遊戲機，可是我們成天玩沙，玩土，玩山，玩水，跟大自然接觸，在大地上滾爬。我們並未失去大自然，沒有失去天空、大地、花草和森林，也未被異化。」可是現在的孩子，每天埋頭在各種人造的機器當中，反而造成了人生的一些缺陷。前幾年我曾與我們科技大學的數學家勵建書教授對話，探討了一個重要議題，我把它放進了《思想者十八題》。勵教授說：

我是做數學研究的，大部分時間是跟電腦打交道，其實我覺得人類生命的機器化已經無孔不入，已經滲透到生命的每一個部分。比如之前我們人與人的交流靠書信，你寫一封信需要心靈的參與，你的情感流露在紙上，是你自己的感情作品。然後你等待對方的回覆，這個等待過程可以產生許多期盼、失望，甚至煎熬。這樣的交流，是用生命，用心靈在交流。現在我們全用電郵，速度快了很多，傳過去馬上就能收到。但是你收到的是一個完全沒有生命力的訊息，一種符號，不是一種情感。

我緊接著說：

你說得好極了。這就是新問題，人的機器化是時代的新問題。藝術的哲學化，頭腦化，也是時代的新問題。面對不斷顛覆前人的時代症，我們需要的是告別藝術革命……

勵教授講的正是一個人被「物化」和「異化」的問題。其實偉大的哲學家莊子早在兩千多年前就已提出心不可為物所役的大命題，這個「物」，不僅是指物體、物件、物質，更是指人身外的各種存在，包括權力、財富、功名等。莊子所處的時代科學技術的水平還十分落後，可就在那時候，他已經預見了科技發展帶來的弊端。例如當時發明了一種叫作「桔槔」的機械，可節省提水所花的力氣。但莊子看到了問題，他藉一位老人之口說：有了機械必會產生「機事」，有「機事」必會產生「機心」。這就是異化。戰爭中，武器愈來愈精良，作戰全憑謀略，但過分追求就變成不擇手段。

我有一本書叫作《雙典批判》，就是針對《三國演義》和《水滸傳》兩部經典，進行文化批判。我並不是說這兩本書不是好的文學作品，它們很精彩很好看，但是價值觀卻有問題，我們中國的世道人心全被這兩本書敗壞了！因為這兩本書裡充滿「機心」。以《三國演義》為例，此書是詭術、權術、心術的大全。其邏輯是愈會偽裝，愈有機心，成功率就愈高。莊子很了不起，他發現了歷史的悲劇性，機器帶來機心。歷史在不斷發展，物質、財富在不斷增加，可是人性卻不斷惡質化，這就是悲劇。

文學彌補人格缺陷

人生與人格有連繫，但也有區別。人格更側重於講主體的性格、性情、心靈方向、精神境界等。學校的人文教育，其目標應是塑造卓越的人格，培育全面優秀的人性。這是較高的目標。但我們的課堂至少也可以彌補人格的缺陷，使人格更健康、更豐富、更完整。也就是說，人格不僅要有「工具理性」的內涵，而且還要有「價值理性」（真、善、美）的內涵。前兩個月，我偶然讀到《華盛頓日報》網站上的一篇中文文章，當中講述了科技類院校學生學習人文的種種理由。文章認為現在搞科學技術的人才身上往往在發生一種人格的闕如，它列舉出五項：第一，缺少批判性的思維。也就是對現實世界缺少質疑的能力，比如書本上、報紙上寫的東西到底對不對，你是否能問出「為什麼」來；第二，寫不出思路明晰的文章。就是說你有很多思想，可是寫不出來，表達不清楚；第三，不懂得轉換性思維。也就是不懂得舉一反三；第四，不會閱讀做人所必須的、最起碼的人文經典。文學有經典，歷史有經典，哲學也有經典，不論你從事哪一行，這些經典都能幫助你完善自己的人格；第五，對自己專業之外的其他領域缺少好奇心。我現在年紀大了，深知保持一顆好奇心多麼重要。自然年齡不斷增長，想要保持心理年齡不老，就要擁有一顆好奇心。對什麼都要感興趣，比如對文學、電影、哲學、藝術、體育、政治、時事都能關心和好奇。一個人，如果僅僅對「物質」、「技術」有感覺，對「精神」、「心靈」毫無感覺，這是很大的不幸。總之，文學課程可以幫助我們的人格不會被技術、數據、公式所固化與狹窄化。

文學彌補眼睛缺陷

眼睛不懂得審美，這種眼睛就只能算肉眼、俗眼。惟有善於審美的眼睛，才算慧眼、天眼、道眼。我們大陸這代人是從馬克思（Karl Marx）的經典裡走出來的，很早就知道他的名言：人要有審美的眼睛和音樂的耳朵。一旦有了審美的眼睛和音樂的耳朵，有了藝術和美的感覺，天地萬物便都成了欣賞對象，這樣不僅會增加很多快樂，還會提高生命質量。蔡元培先生對於中國教育的貢獻很大，原來中國教育結構只有三維：「德育」、「智育」和「體育」，他又補充了第四維，那就是「美育」，這就是培養「審美眼睛」的課程。美育不光是學繪畫、學唱歌，更重要是培養一種精神氣質，一種境界——非功利的境界。馮友蘭先生在《新原人》的哲學專著裡把人生分為四大境界。最低的是自然境界，也就是與動物打成一片，尚未開化；第二是功利境界；第三是道德境界；而最後是天地境界，這最後最高的境界，其實就是審美境界。但是真正領悟天地境界並不容易，歸根結底，最後一種境界就是一種完全超越功利的，與天地融合為一的境界——這就是美的所在。什麼是美呢？古希臘哲學家柏拉圖（Plato）給「美」下了定義，他說「美就是美本身」。這好像沒有定義一樣，其實他想表達「美」就是「美的理式」，叩問的是美的本質、美的根源。從古到今，關於美的定義很多，而真正顛撲不破的，那就是康德（Immanuel Kant）對美的定義。他說「美就是超功利」，美和功利是有矛盾的。《紅樓夢》裡描述探春十分能幹。有一次王熙鳳抱恙，就由她和寶玉的嫂嫂李紈及薛寶釵三人主持家政。探春在執政的時候很節省，很精明，她覺得大觀園裡的荷葉、花卉，曬乾後都可以變賣。賈寶玉從來不說長道短，但是看了探春這麼做也略有微詞，他不能理解「賣錢」這種做法。當然探春這麼做有她的道理，她是從家庭利益出發；而寶玉不懂這些，他完全是以審美的眼光看世界，是完全超功利的。而我們講的審美境界（天地境界）則不僅要超越探春（探春的考慮往往是世俗生活所必須的），而且要超越自我，即忘我、無我。以後還有一堂課，我要專門講到「文學的心靈」。什麼是「文學的心靈」呢？「文學的心靈」一定是超功利、大慈悲、合天地的心靈。要當好作家，不是只掌握一些藝術技巧就行，還要有大悲憫的心靈，像基督、釋迦牟尼一樣，才能寫好大文章。「大悲憫」是什麼意思呢？就是對好人悲憫，對壞人也悲憫。比如我們看到一個殺人犯被審判，他是世俗意義上的「壞人」，可是他可能是太貧窮了，這種「壞」也許是社會造成的。因此，我們對他要有悲憫。這就是文學，它的境界比道德境界更高。

今天要講的也可以說是「文學的定義」。

一進入「什麼是文學」的問題，我們就會想起荷馬（Homer）、莎士比亞（William Shakespeare）、托爾斯泰（Leo Tolstoy）、曹雪芹等文學豐碑，就會明白莎士比亞、曹雪芹等不同於牛頓（Isaac Newton）、愛因斯坦（Albert Einstein），因為前者訴諸感性，後者訴諸理性。但是，更深入踏進文學殿堂之後，又會發覺，理性也沉澱在文學之中，「感性」二字並不能概括文學的全部。

進入「何為文學」的問題，我們還會想起但丁（Dante Alighieri）、拜倫（Lord Byron）、蘇東坡、普希金（Alexander Pushkin）、艾略特（T. S. Eliot）等大詩人，並會自然地和亞歷山大大帝（Alexander the Great）、凱撒（Julius Caesar）、成吉思汗等政治家們相比，會覺得文學比政治更久遠、更永恆、更無時間的邊界與空間的邊界。王國維說，一百個政治家也不如一個文學家，從大歷史的眼光看，這一判斷並非誇張。文學確實大於政治，確實比政治更豐富。因為它不僅超越現實功利，而且可以超越時代，超越生死（這一點以後再細講）。

定義文學：從高行健、莫言說起

二〇一三年十一月，我在學校裡作了一場題為「高行健莫言比較論」的演講。高行健與莫言是出現在當代中國的天才作家，在座的或多或少都讀過他們的作品。今天，我講「什麼是文學」，先講講他們。這樣比較切實，比較好理解。

莫言在定義文學時，講出一句驚世駭俗的話，說文學就是「在上帝的金杯裡撒尿」。這句話從表面上看比較「野」，但它卻包含著文學最核心的本質，那就是「自由」。文學是多種精神價值創造形態中最自由的形態。人在社會現實中，實際上只有困境，沒有自由。人需要文學，正是希望在缺少自由的生存環境中贏得自由的瞬間。現實中缺少愛情，缺少溫馨，缺少理解，缺少嚮往，而把所有這些在現實中「缺席」的「不在場」的一切，展示於語言文字，展示於人們可以看得見、可以感受得到的形象、意象、情景、歌哭，即把缺席者變成在場者，這就是文學。換句話說，因為生命不圓滿，生存有缺陷（煩惱、畏懼、苦惱、失落感因此而生），所以就追求生命生存之外更高的存在。那個更高更圓滿的存在，就是文學。為了表達這一存在，它充分想像，充分訴說，於是，它便打破現實世界中的一切框框、戒律，撕毀各種教條，包括政治學、倫理學、宗教學的教條，這就像是在上帝的金杯裡撒尿。

每一個大作家大詩人，都一定會有對文學獨特的理解，也都會有自己對於文學的審美判斷。然而，文學還在不斷更新，不斷打破已有的理念與寫法，所以要給「文學」一個確切、公認的定義，幾乎不可能。例如，在上世紀八十年代之前，我們在定義小說時，一定會說小說乃是虛構性的、擁有人物與故事情節的文學形式。然而，高行健的《靈山》卻偏偏沒有人物與故事情節，它以人稱代替人物，以心理節奏代替故事情節，這就完全打破以往辭書對小說的定義。因此，我們就會提問，小說最後的邊界，即最後的藝術規範是什麼？這就要重新定義小說。儘管《靈山》打破了小說的許多邊界，但《靈山》還是在「講述」，在述，《靈山》裡還流動著情感等等。高行健的《靈山》被公認為傑出的文學作品，但《靈山》並不僅有情感，它還有思想；不僅有藝術，還有文化；不僅有當下，還有歷史；不僅有意識，還有潛意識；不僅有已知的現象，還有未知的神祕。全書充滿著對於「靈山」的叩問，而靈山是什麼？「靈」為何物？它與西方所說的「靈魂」以及中國所說的

「心」有何異同？如果把「靈山」當作文學的一種象徵符號，那麼，我們該怎麼定義文學？過去我們講述文學性，總是強調它的形象性與情感性，而《靈山》的形象性與情感性並不明顯，它給予我們最深刻的印象倒是啟迪性、啟示性。正如高行健的水墨畫，完全是一種啟示性美術。《靈山》出現之後，我常想到的是，文學固然重在情感，但也不可忽略思想。也就是說，文學包含著對人性、對世界、對人類生存條件深刻的認知，只是認知的方式與哲學、歷史學、政治學的方式完全不同。因此，要講清「什麼是文學」並不是一件容易的事。以往大陸出版的文學講義和文學理論教材，往往把文學理解得太單一，太多「線性思維」。有些定義，雖然道破一部分真理，但仍過於簡單。例如說「文學就是人學」，無可否認，文學在很大程度上「寫人」，是展示人與人性的藝術，這一定義雖好，但輻射面太大了，過於籠統。我們科技大學有一門學科叫作「生命科學」，還有一門叫作「人類學」，這都是「人學」，所以不能簡單地說「文學就是人學」。我們還常聽說「文學就是語言的藝術」，這也很對，因為語言確實是文學的基本媒介和基本材料。這一定義可以區別「線條的藝術」、「彩色的藝術」等等。可是我們也可以提出質疑，比如在美國經常看到聽到的脫口秀、演講、辯論等，這些不能不說也是語言的藝術，但它不是文學。再如「相聲」在中國很盛行，語言也很精彩，但稱它為「曲藝」更為合適。

中國傳統文學定義的局限

在中國，對我產生過影響的文學定義大致有這樣幾種：首先認為文學是「言志」形式，即所謂「詩言志」。與此相對應，有人則認為文學是「載道」形式，也就是「文以載道」。周作人在《中國新文學的源流》中說，中國文學的發展歷程，大致是「載道」與「言志」這兩種理念此起彼伏的過程。五四新文學運動對韓愈的「文以載道」進行批判。周作人這篇文章寫在五四之後，比較客觀，他認為五四新文學運動批評「文以載道」是為了「言志」。言志就是表現自我，這種觀念在明末就出現了，那時候講的「真性情」，其實就是言志。中國古代文學除了「言志」與「載道」這兩條線之外，還有「緣情」一線，不知道周作人為什麼只講「二」不講「三」？

說「文學可以言志」，把文學視為「志」的存在形式，這是一種精彩的定義。它道破了一大部分的文學真理，但也有其局限。因為文學除了可以言志，還可以認知世界，認知人性，認知人的生存條件。它除了可以有「志」的心理內涵，還可以有自然內涵、社會內涵、歷史內涵和其他精神內涵。所以認為文學只是言志形式，也不夠全面。詩的重要功能是「言志」，但詩也可以回應時代，也可以表達對宇宙、歷史、社會、人生的審美判斷。但丁的《神曲》、歌德（Goethe）的《浮士德》、艾略特的《荒原》，都不僅是「言志」，這些詩歌經典都蘊含對社會與對時代的大思考。把文學視為「載道」的形式也是片面的。文學可以有「道」的內涵，但不可以把文學視為「道」的載體。何況韓愈的道，並不是《道德經》中的道（哲學形而上之道），而是儒統道統，「文以載道」實際上是把文學視為儒家理念的註腳，這當然有問題。即使這個「道」是哲學意義的「道」，也不行。文學作品可以有哲學高度與哲學意蘊，但它卻不是哲學的演繹。五四批判韓愈的「文以載道」，是批判韓愈把文學視為道德理念的轉達形式，反對的是道德說教。文學可以蘊含哲學思想，可以蘊含廣義的「道」（思想），但應把哲學化為鹽，溶化水中，只可品味，不可直接「宣傳」。把文學當作除惡揚善的工具，當作道德教科書，那樣文學就不成文學了。中國文學在這方面犯過許多錯誤。說「文以載道」片面，並不等於說文學不能有思想，恰恰相反，文學應當有思想，而且可以有大思考。但思想不是說教，而是融入文學作品中的血液與靈魂。韓愈的「文以載道」把文學過於本質化。在西方的課堂裡，最流行的一句話就是「反對本質主義」，什麼是「本質化」呢？「本質化」其實就是「簡單化」，我們也可以說韓愈的「文以載道」把文學簡單化了，把文學變成一種倫理工具和道德教材。文學恰恰不能設置道德法庭和政治法庭，不可以對文學作政治是否正確的判斷，也不可以作善惡分明的道德審判，它只能作審美判斷。

除了「言志」、「載道」，還有一種著名的文學定義，這是曹丕提出的，直到現在還被很多人所接受。曹丕認為文學是「經國之大業，不朽之盛事」，這個大命題長期影響中國。它似乎提高了文學的地位，但只著眼於功利性，尤其是國家功利。這就把文學的基本性質搞錯了，文學恰恰是超功利的，包括超「經國」功利。曹丕把文學抬得很高，實際上是貶低文學，把文學變成政治工具和宮廷點綴品。曹丕的說法後來愈加膨脹，膨脹到最後就變成近代梁啟超所說的「沒有新小說就沒有新國家、新國民、新社會」，把文學看成歷史的槓桿和改造社會的偉大工具。如此誇大文學的功能，其實是一種烏托邦，一種美好的神話而已。以為文學可以改造世界，可以改變社會，完全是一種妄念。

還有一種文學定義在三十年代影響很大，認為文學是「苦悶的象徵」。其出處是魯迅所翻譯的日本評論家廚川白村的《苦悶的象徵》，認為文學是人間痛苦的表現形式。這個定義覆蓋面非常大，也為我闡釋魯迅時所用。我認為，魯迅的作品就是「整個近代中華民族苦悶的總象徵」。不論他的小說還是雜文，都在闡釋我們中國人如何變成阿Q，變成閏土，變成祥林嫂等等，這都是全民族的大苦悶。但是，文學除了苦悶，還有快樂至樂。嘻笑怒罵、悲歡歌哭、幽默冷嘲、荒誕怪誕、優美壯麗，都可以成為文學。文學還可以清醒地認識社會，見證人性，因此這個定義也有其局限。

此外，還有一個大文學定義，這就是佛洛伊德（Sigmund Freud）所說的，文學是「性壓抑」的表現，這種說法也不是絕對真理。中國產生的許多偉大詩文與傑出詩篇，都不是性壓抑，而是良知的壓抑。唐代的杜甫、宋代的蘇東坡等，他們的詩詞都是良心壓抑的表現。這也是我自己寫作的體驗，在我看來，良知的不自由是最大的痛苦。

不管是上文學課，還是從事文學事業，總得弄清楚什麼是文學。文學發生的歷史很長，從事文學的人很多，但並不是每位作者都明白「何為文學」。我從閱讀文學作品開始，至今也有五十多年，從事寫作應當也算是四十年以上。可以說，我每天都在定義文學，但發現要給文學下個定義並不是容易的事。我經歷的年代對文學也不斷定義，卻有兩種大誤解：一是把文學視為政治意識形態的轉達形式；二是把文學視為社會生活的反映形式。

先講第一種。左翼作家從茅盾開始，後來到丁玲，到一九四九年後的主流作家，都把文學視為意識形態的轉達形式，即政治意識形態的註腳與號筒。《子夜》不是沒有文學價值，其價值體現在作品中的生活細節描寫。但是整部小說卻按照政治意識形態來設計其框架情節。茅盾自己也承認《子夜》的創作，其出發點緣於三十年代中國的一場思想大辯論，辯論主題為：中國現存的社會性質是什麼？馬克思主義派、托派等三派展開論戰，最後是馬克思主義派認為中國正處於「半封建半殖民地社會」的觀念占上風。茅盾受到馬克思主義的啟發和影響，根據其結論去演繹他的作品，換句話說，整部《子夜》的框架就是馬克思主義的轉達形式。

還有一個就是我批評過的機械「反映論」，它認為文學是社會生活的反映形式。文學當然可以反映社會生活。法國的左拉（Émile Zola）甚至認為文學要把生活的自然形態本真地表現出來，開拓了自然主義。左拉其實是社會主義者，在政治上很激進，可是看他作品裡的工人形象，個個都很真實。按照社會主義政治原則，作品中的工人應該被塑造成工人階級的英雄，可是他筆下的工人酗酒鬧事，很寫實，也很真實。他對人、對生活的描寫沒有意識形態的包袱，或者說，沒有意識形態的遮蔽，我不反對這種寫實與反映現實。但中國現當代的反映論變形變質了，變成一種由政治原則所支配的「社會主義現實主義」。這種反映論要求作家有一個所謂「先進的世界觀」，然後在「先進的」社會主義原則的指導下創作，這樣的作品就不真實甚至反真實了。變質的反映論只能反映出假象。

定義文學的嘗試

文學很難定義，但作為一個長期從事文學工作的研究者，又不能不進行嘗試。於是，我就提出一種理念，認為「文學是自由心靈的審美存在形式」。以後我還要進一步講述文學的「三要素」，一個是「心靈」，一個是「想像力」，還有一個是「審美形式」。在這個定義裡面，我強調三個關鍵詞，首先就是剛才講過的「自由」。第二是「心靈」。心靈是文學的第一要素。可以說，文學事業就是心靈的事業。我早說過，凡是不能切入心靈世界的文學都不是一流文學。比如《封神演義》，它很好看，可它不算好文學，只能屬於不入流的文學，因為它沒有切入心靈。這本書無法與《紅樓夢》、《西遊記》相提並論。想像力固然很豐富，卻沒有進入心靈的世界。

我強調的第三個關鍵詞是「審美」。我原來想說文學是「自由心靈的語言存在形式」，但後來想到，文學也是自由情感的存在形式，自由思想的存在形式，不僅是語言的存在形式，所以還是用「審美」更好一些。文學的最高層面應是審美。文學所追求的最高的自由境界，乃是天地人神甜蜜共在的審美境界。這一境界不僅高於功利境界，也高於道德境界。文學正是站在這一境界上，直接領悟生存與存在的意義。但僅僅有心靈，有想像力，還不能成為作家。例如一個得道的高僧，他的心靈很慈悲，也有想像力，有審美境界，但他不會寫作，不懂得把慈悲之心和想像力訴諸審美形式，那麼，他就仍然未進入文學。我們強調文學只能作審美判斷，不能作政治判斷與道德判斷。所謂審美判斷，實際上是指情感判斷、人性判斷。比如，對於一個「罪犯」，政治家可以說他是「反革命分子」、「右派分子」；道德家可以說他是「惡人」、「壞人」；但作為一個作家，他卻站在比政治、道德更高的層面，用悲憫之心去看待這個罪人，用人性的眼睛去審視這個罪犯。然後用喜劇、悲劇、荒誕劇等審美形式去把握它描述它。作家超越了政治的是與非，也超越了道德的善與惡，從更高的人性層面來觀照世界，這樣的文學便具有超時代的永恆價值。

在第二講裡，我指出文學幾乎不可定義，意思是說，每一種定義都只能道破部分而難以窮盡全部的文學真理。在這一講裡，我們將進一步對文學作「反定義」，藉此反向方式能讓我們靠近文學本性，而非獨斷文學真理。

從柏拉圖、曹雪芹的理想國談起

講述什麼是文學，什麼不是文學，題目好像很大，但還是可以釐清一些最根本的界線。例如，在我的腦海裡，一直存在著兩個「理想國」，一個是柏拉圖理想國；一個是曹雪芹理想國。前者產生於古希臘，後者產生於邁向近代的古中國。後者指的是《紅樓夢》中的詩社，即賈寶玉和他的女性夥伴所創立的詩社。賈家一府兩制，這詩社是專制王國裡的自由詩人合眾國，也可以說是「黑暗王國裡的一線光明」。賈寶玉一進入這個合眾國就滿心歡喜，即使在賽詩中被評為「壓尾」（最後一名）也拍手叫好，非常高興。很明顯，這個詩社詩國，也正是曹雪芹的理想國。這個理想國以詩人為主體，不謀求任何功利，沒有任何外在目的，為寫詩而寫詩，為情感而情感，所言所行全是純粹的精神活動，這就是文學。《紅樓夢》裡超功利、超目的、超世俗動機的理想國，就是文學的圖騰。而柏拉圖所設想的「理想國」，則以「哲學王」為主體。所謂哲學王，便是理念的化身。哲學王統治的國度，要驅趕兩種人，一種是詩人，一種是（戲）劇人。柏拉圖指控這兩種人不僅沒有「用」，而且還會危害社會道德。我和林崗合著的《罪與文學》有一節題為〈柏拉圖對文學的指控〉，當中講述柏拉圖本人其實深諳文學，他知道文學最大的特徵就是無「用」，即超功利。他不能容忍超功利的文學進入以「功利理性」為軸心的「理想國」。也就是說，這個「理想國」乃是非詩非戲劇的實用理性王國。因此，我們可以判斷，柏拉圖的理想國，無論是哲學表述還是政治表述，都不是文學。

《紅樓夢》中父（賈政）與子（寶玉）的衝突，釵（薛寶釵）與黛（林黛玉）的衝突，也涉及這兩種理想國的衝突內涵。賈政一直不承認賈寶玉是個「讀書人」，因為他認定儒家經典等可以進入科舉考試範圍的書才是書，而詩詞歌賦之類的雜書不算書，《西廂記》這種戲劇作品也不算書。薛寶釵也懇切地「教導」林黛玉，說讀書要讀正經書，「最怕見了些雜書，移了性情，就不可救了」（第四十二回）。賈政、薛寶釵的理想國，也是要驅逐戲劇和詩詞。賈政深知文學對賈府的興旺不僅無用，而且有害。但薛寶釵形象比較豐富複雜，她有真性情的一面，所以也參與詩社的活動。由此我們可以得出結論，賈政與薛寶釵的理念不是文學，而是非常功利的柏拉圖式的家族政治。

賈政畢竟未能深知文學，他不知道，文學其實是大於政治的。文學遠居政治之上。文學根本不考慮家國興亡這些功利事業。薛寶釵比他聰明一點，她看到文學不僅沒有用，而且還會有「負作用」，這就是會移人性情。寶釵倒是很有見地。文學真的會「潛移默化」，會陶冶性情。或給人歡樂、安慰，或給人以提醒、警示、範導。可惜寶釵只看到文學會把賈寶玉引向「邪路」（不謀功名）的一面。

薛寶釵與林黛玉都會寫詩，但林黛玉寫得比薛寶釵好。林黛玉是大觀園裡的首席詩人。她們倆都是悲劇人物，但薛寶釵實際上更可憐。因為林黛玉尚可用眼淚宣洩情感，而薛寶釵卻用「冷香丸」壓制、撲滅情感。因此，我們可以說林黛玉是文學，薛寶釵不是文學。凡是把自由情感、自由心靈加以驅逐，加以撲滅的行為和作品，都不是文學。

政治意識形態與文學的分野

我一再說，政治不是文學，作家只可以關懷政治但不可以參與政治。所有的政治，包括民主，都不能改變政治的基本性質，這就是權力的角逐和利益的平衡。政治是最功利的事業，而文學則是超功利的事業。家族政治使薛寶釵撲滅情感而異化，國家政治則會撲滅政客的人性而把他們變成純粹的國家機器。但政治生活確實是社會生活的一部分，文學也可以反映這一部分的生活。然而，作家在反映這一部分生活時，應當站在政治之外，即以政治的「檻外人」、「局外人」身分去審視其得失，或者根本不作審視，只作呈現與見證。倘若介入政治，並對政治生活作出黨派性質的判斷，就會把文學變成政治的註腳，而政治註腳只是政治而非文學。例如郭沫若，他原是五四的傑出詩人，他的《女神》是傑出的詩，但他在六十年代所寫的一百首頌花詩，則是給「百花齊放」的政策作註，其政治寓意非常明顯。因此，我們完全可以判斷，這一百首花頌乃是「非詩」，即不是文學。文學批評若以政治標準為第一標準，文學就會喪失其本性。

政治不僅不是文學，還會把文學變成「不是文學」。意識形態也是如此，意識形態不僅不是文學，而且會把文學變成非文學，把詩變成非詩。我和林崗在《罪與文學》中批評梁啟超的《新中國未來記》。我們敬重梁啟超，但認為他的這篇政治小說只是政治意識形態，即他關於社會的總體觀念，而不是文學。所謂意識形態，就是與某種「經濟基礎」相適應的，屬於「上層建築」範疇的世界觀、社會觀、歷史觀等，因此，意識形態乃是指涉某種社會功利需求的理念與觀念。而文學面對的是人性與人的生存環境，不應當允許意識形態的介入，即不應當把文學變成意識形態的形象轉達形式。文學一旦變成這種轉達形式，就會淪落成意識形態的號筒。有人覺得把文學視為社會意識形態實在不妥，便加以修正，說文學乃是一種審美意識形態。這也不對。審美就是審美，意識形態就是意識形態。審美超功利，包括超越帶有強烈功利性質的意識形態。兩者不可相容。就像賈寶玉出家之後，皇上賜給他一個「文妙真人」的封號，就完全不通。「真人」一詞代表莊子的人格理想，它的特點恰恰是揚棄世俗的各種負累，不著世俗的任何「相」。也就是說，既為真人，便不文妙；既是文妙，便非真人。同樣地，「審美意識形態」也包含了兩個難以相容的概念：審美沒有功利性，也沒有傾向性，一旦有了傾向性，就變成意識形態；而意識形態如果沒有政治傾向和其他利益傾向，也就不成其意識形態。因此，我們可以確認，「審美意識形態」理念，也不是文學。

意識、潛意識、意識形態

說到這裡，我們必須釐清「意識」與「意識形態」這兩個概念。文學裡有意識，例如憂患意識、悲憫意識、普世意識、民族意識、家庭意識、自我意識等等，但這種種意識不是世界觀，而是思想狀態與心靈狀態，也可以說是作家的文化心理。而文學的內涵除了意識部分，還有更為廣闊的潛意識部分。這部分乃是人的本能，也可以稱為「無意識」或「下意識」。二十世紀的偉大心理學家佛洛伊德發現了人的潛意識，用心理學的巨大成果推動了文學創作理念的轉變。他提醒作家，潛意識部分比意識部分大得多，意識部分就好像海洋中冰山的尖頂，而隱藏在下面的大部分是我們看不到的潛意識。這個發現給文學創作以巨大的啟迪，使作家們大大開拓了眼界。原來我們創作文學作品，只注意到很小的一部分，即理性的部分、意識的部分，而幾乎不關注潛意識（如「性壓抑」）這一最廣闊的部分。佛洛伊德認為人的心理世界由三大部分組成，即「本我」、「自我」和「超我」。「本我」完全是潛意識，即本能和慾望；「自我」則有一點理性控制了；「超我」是更理想的「自我」。高行健的《靈山》，用人稱（「你」、「我」、「他」）來代替人物，這是主體三坐標。「他」就是一個「超我」，高行健用「超我」觀照、評論「自我」和「本我」。小說中的「你」、「我」、「他」與「本我」、「自我」、「超我」有什麼區別？佛洛伊德所講的「本我」、「自我」、「超我」，是靜態的三個主體；而高行健的內在三主體「你」、「我」、「他」則完全是動態的。它們不斷地互動，角色不斷地轉變，語境也不斷地調換，這就形成了複雜的語際關係。我給高行健的文學理念予很高的評價，尤其欣賞他所提出的「沒有主義」。「沒有主義」包括兩層意思，首先是主張超越一切「主義」，對氾濫於二十世紀的各種意識形態全部擱置；因此，「沒有主義」標誌著意識形態左右文學的時代的終結。第二個含義是主張在文學創作中不預設任何「主義」的前提，即不預設任何政治意識形態的框架。不管是泛馬克思主義意識形態的框架，還是自由主義意識形態的框架。摒棄主義之後才能進入人性的真實，回歸文學的初衷。人類最初為什麼需要文學呢？初始時並無外在目的，只是出於個人的心靈需要、生命需要，有感而發，不吐不快。有感而發，不設前提，並非為了革命，也並非為了改造國民性等等，完全是為了進入更真實、更自由的狀態。

除了說明政治意識形態與文學的分野之外，我還要論述科學、哲學、史學、新聞等也不是文學。

文學與科學的區分

說科學不是文學，也就是要弄清楚科學與文學的區別是什麼。大家也許已經知道，文學與科學全然不同。文學充滿情感，科學卻揚棄情感；文學沒有邏輯，科學卻充滿邏輯；文學把自然人性化，即把無情變成有情，而科學卻把人性自然化（客體化），即把有情變成無情等。二〇一二年，我到澳門參觀人體解剖展覽，看到人的心臟和各種內臟，包括骨骼與筋脈，那是科學展覽；而文學卻展示看不見的心靈和各種心理活動與情感體系。在參觀之後，我體悟到：心臟不是文學，心靈才是文學；骨骼不是文學，風骨才是文學；膽汁不是文學，膽氣才是文學。這是感性認識，如果進一步理性地說明，那麼可以說，科學屬於人類知識系統，而文學屬於價值系統。知識當然寶貴，但知識不是文學。「文明」與「文化」，這兩個概念大不相同，文明標誌著人類發展階段，更傾向於物質層面。科學透過工具理性，走向文明；文化則更多地體現精神內在性，是價值理性的表現，而價值理性恰恰是文學所追求的。現在的世界正在向工具理性傾斜，忽略價值理性（真、善、美），魯迅先生在一九〇八年發表〈文化偏至論〉，當時他已指出世界偏斜了，偏向物質。百年後的今日，這個問題依然存在。人類社會有兩種真理：一種是實在性真理，另一種是啟迪性真理。科學追求實在性真理，而文學和宗教則追求啟迪性真理。俄羅斯思想家舍斯托夫（Lev Shestov）的最後一本著作叫《雅典與耶路撒冷》，雅典象徵實在性真理，它仰仗邏輯、分析與推理；耶路撒冷則象徵啟迪性真理，依靠直覺、靈性與悟性。我研究《紅樓夢》就是運用直覺的方式，依靠悟性，用「悟證」來代替「論證」，這樣就可創造出一套新的語言和方法。文學與科學另一個區別是對象的不同：科學重在物理世界，而文學則重在心理世界。科學是一種客觀化的過程，把所有東西都作為「物」來研究；而文學則是主觀化的運作，把萬事萬物內化成心靈的世界。高行健的代表作是《靈山》，文學走向「靈山」、「靈水」，科學則走向「高山」、「大海」。所以科學不是文學。

哲學、史學、新聞與文學之別

哲學也不是文學，文學之核是「情」，哲學之核則是「理」。哲學不可以介入情感，它不可以落淚、哭泣、高歌、幽默、誇張與想像，所以哲學不是文學。但無可否認，文學又與哲學有著千絲萬縷的連繫。作為研究文學的學者，「文、史、哲」三方面都要打通，因為文學代表人文的廣度，歷史代表人文的深度，哲學代表人文的高度。首先應肯定，哲學的高度有助於我們認知世界、認知人性。我用王陽明的心學來觀照《紅樓夢》，正是為了從哲學的高度來剖析、把握賈寶玉這顆心靈的豐富內涵。但文學絕對不可等同於哲學，後者由更純粹的思辨和理性所支撐，文學雖然也蘊含思想，但這種思想訴諸於形象與情感。比如貝克特（Samuel Beckett）的《等待果陀》，它雖內含對荒誕世界的思辨，但完全訴諸形象，與哲學意義上的純粹思辨完全不同。

文學與歷史也不同。我們看到的歷史一般都是權力書寫的歷史，也就是體現皇帝意志的歷史；文學也有歷史，那是作家感受到的心靈真實，它顛覆的正是權力書寫的歷史。《紅樓夢》就提供了這樣一種歷史，給我們展示清代最真實的生活；再比如莫言的《豐乳肥臀》，也完全是作家所感受的歷史。權力書寫的歷史是善變的，「一朝天子一朝臣」，各有一種歷史版本。《靈山》批評權力書寫的歷史是「鬼打牆」，意思是說皇帝「愛怎麼說就怎麼說」，總是「常有理」。文學的境界並非歷史境界，王國維在談《紅樓夢》的時候就很精彩地道破了這一點，他說中國文學有兩大境界：

一個是《桃花扇》境界，一個是《紅樓夢》境界；前者屬於歷史，後者則超越歷史，屬於宇宙。

最後談一談文學與新聞的區別。記者撰寫新聞，一定要完全符合事實，有根有據，絕不可以虛構想像；而文學在描寫任何事物或事件的時候，都能賦予心靈的補充、過濾與提升；換言之，新聞強調「實」，而文學強調「真」。新聞不允許情緒的介入，也不可以有想像力的介入。甚至不可以有作者道德義憤的介入。另外，新聞講究「時效」，而文學則不趕時效，也不趕「時代」，它追求永恆。所以新聞不是文學。

前兩講我們討論了「什麼是文學」與「什麼不是文學」，現在開始講文學的基本性質，即文學的本性。文學的本性是什麼呢？這個問題眾說紛紜，而我認為，最根本的只有兩點，一是它的真實性；二是它的超越性。這是本性，也是天性。它天生如此，離開這天性就生長不好。

真實性：文學的第一天性

今天先講真實性，我稱為「文學的第一天性」。文學天生真實，它以真實立足，以真實打動人，以真實獲得價值起點，以真實獲得境界。文學最怕面具、謊言、矯情，也最怕瞞和騙。魯迅在〈紀念劉和珍君〉中說「真的猛士，敢於直面慘澹的人生，敢於正視淋漓的鮮血」，這句話或可視為他的自況，即作家寫作要真實、真誠。巴金晚年呼籲「說真話」，表面上看，是在拯救民族的品格；從深層上看，是在拯救文學的頹敗。當文學走上「假」、「大」、「空」，它就瀕臨滅亡了。中國當代文學的前三十年，把英雄人物都塑造成「高大全」，這就使英雄人物全都戴上面具，變成「假人」，這種作品只能騙人，不能動人，所以這個時期的文學就失敗了。

人性與生存條件的真實

文學的對象是人性和人的生存條件。因此，文學的真實性最重要的是見證與呈現人性的真實性和生存條件的真實性。過去常聽到「生存困境」，其實，生存就是困境。因此，偉大的作品總是深刻展示人性的複雜性與人生的巨大困境。

二〇〇〇年前後，世界上許多重要報刊都在評選過去一百年最優秀的作家與作品。我也應邀參加過《亞洲週刊》「小說一百強」的評選。當時我想，倘若不是評選一百年而是一千年，倘若不僅評選中國而且評選全世界，也就是評選世界一千年來最偉大的作家，那麼，我將把這一票投給西方的莎士比亞和東方的曹雪芹。我選擇的第一價值標準就是這兩位偉大作家都無與倫比地揭示了人性的豐富、複雜，和擁有對人類生存環境最深刻的認知。他們筆下的人物，其性情性格，全都具有多重暗示，絕無本質化（即簡單化）現象。人物所處的環境，也都是複雜的多重衝突，父與子、母與子、丈夫與妻子、兄弟與姐妹、戀人與戀人等等，他們在生存歷程中所產生的自然悲劇（生老病死）、人為悲劇（人際關係所造成的衝突）、個體悲劇（靈與肉、情與慾、義與利、理與情等），相互交織，把人性的各個層面，展示得極為真實動人。

作家主體寫作態度的真誠

文學的真實性除了表現為展示於作品中的人性真實與環境真實之外，還特別表現在作家主體寫作態度的真誠。不欺騙讀者，這對於作家來說，不僅是創作的思路，而且是創作的道德。從這個意義上說，真就是善。關於這一點，高行健在接受諾貝爾文學獎的演講辭（〈文學的理由〉）中說得最為透徹。他說：

> 作家把握真實的洞察力決定作品品格的高低，這是文字遊戲和寫作技巧無法替代的。誠然，何謂真實也眾說紛紜，而觸及真實的方法也因人而異，但作家對人生的眾生相是粉飾還是直陳無

遺，卻一眼便可看出。把真實與否變成對詞義的思辨，不過是某種意識形態下的某種文學批評的事，這一類的原則和教條同文學創作並沒有多大關係。

對作家來說，面對真實與否，不僅僅是個創作方法的問題，同寫作的態度也密切相關。筆下是否真實同時也意味下筆是否真誠，在這裡，真實不僅僅是文學的價值判斷，也同時具有倫理的含義。作家並不承擔道德教化的使命，既將大千世界各色人等悉盡展示，同時也將自我袒裎無遺，連人內心的隱祕也如是呈現，真實之於文學，對作家來說，幾乎等同於倫理，而且是文學至高無上的倫理。

高行健不僅把「真實」視為文學價值判斷，而且把「真實」視為文學的最高倫理。也就是說，在文學領域裡，有真才有美，有真才有善。所謂最高倫理，即最高的善。但高行健又特別指出，他所說的真實，不是現實表層的真實，而是現實底蘊的真實，即人性深層的真實。

張愛玲與沈從文：殘酷寫實與溫厚寫實

古往今來，一切不朽的經典，其生命力的密碼就在這裡。遠的先不說，只要看看中國現代白話小說的經典就會明白這一點。以前大陸所編寫的現代文學史，把張愛玲與沈從文這兩位卓越的作家「活埋」了；後來，美國哥倫比亞大學夏志清教授在《中國現代小說史》中，對他們兩位重新給予高度評價，讓張愛玲與沈從文重見天光。這兩位作家獲得成功的關鍵正是寫出了人性的真實。張愛玲的寫實是殘酷的人性寫實。〈金鎖記〉裡的曹七巧，為了生存，不惜用鴉片與謊言壟斷和毀滅親生兒子，人性多麼複雜。而〈傾城之戀〉中的白流蘇與范柳原，他們的「戀愛」充滿世故與心機，直到死神降臨，才有一點真情流露，這種人性又是多麼逼真。而沈從文，更是宣稱自己的作品只希望建造「希臘小廟」，廟裡所供奉的只是「人性」（參見一九三六年沈從文為上海良友公司出版的《從文小說習作選》所作的代序）。如果說張愛玲是對於人性的殘酷寫實，沈從文則是對於人性的溫厚寫實。他以溫厚、同情的筆觸寫出湘西城鄉之間的那些具有鄉土氣息的人情與人性，凝聚成〈柏子〉、〈丈夫〉、〈蕭蕭〉、〈邊城〉、〈一個女人〉等不朽作品。在這些作品中，我們看到湘西邊地活生生的自然情慾，正如他所言：「由於邊地風俗淳樸，便是作妓女，也永遠那麼渾厚，遇不相熟的人，做生意時得先交錢，再關門撒野。人既相熟後，錢便在可有可無之間了。妓女多靠四川商人維持生活，但恩情所結，則多在水手方面。」又言：「這些關於一個女人身體上的交易，由於民情的淳樸，身當其事的不覺得如何下流可恥，旁觀者也就從不用讀書人的觀念，加以指摘與輕視。這些人既重義輕利，又能守信自約，即便是娼妓，也常常較之講道德知羞恥的城市中人還更可信任。」（《邊城》）沈從文的成功，關鍵是真實地描寫「人性」，包括妓女人性中的多面性，不作「下流無恥」的道德判斷，也不以政治色彩作判斷，所以他的作品今天讀起來還很新鮮很有味（包括人情味、鄉土味等）。一九四八年郭沫若在著名的〈斥反動文藝〉一文中，設置可怕的政治法庭與道德法庭，把沈從文列入「桃紅色」的反動文學，犯了用政治性替代人性的錯誤判斷，打擊了一個最了解文學本性的現代偉大作家。這一錯誤，也造成了六七十年來對文學真實性認知的許多偏差。

形象性與情感性在文學中的位置

中外皆有一些文學論者意識到定義文學的困難，於是就把「什麼是文學」的問題轉換成「什麼是文學性」的問題，也就是叩問文學的基本性質是什麼？今天，我們不妨把這一思路「拿來」，進一步闡述「文學的第一天性」。

關於這個問題，中國的文學教科書和諸多文學概論讀本已作出了許多回答。有的說，文學的第一天性是它的形象性。文學與科學、哲學、倫理學等不同，它總是訴諸形象，這一回答似乎沒有錯。但追問下去，又可提問：雕塑不是形象性嗎？再擴大下去，又可問：建築不是最富有形象性嗎？即使在公認的文學範圍裡，有些詩歌散文確有形象性，但有一大部分則無形象性，如某些抒情詩，它就只有情感性而沒有形象性。因為「形象性」輻射範圍有限，所以有些理論家就判斷文學的第一天性乃是情感性，這一判斷顯然更接近文學本性，輻射的範圍更大。然而，情雖根本，卻非唯一。何況，情感有真有假，最重要是真情感、真性情、真內心，而這正是真實人性的一部分，所以歸根結底，情感應以真實為前提。文學的第一天性是真實性。

人性深處的多種可能性

人性原是指人類的自然本性。古希臘流行的文藝信條說「藝術模仿自然」，這個「自然」主要就指「人性」（朱光潛先生的見解）。但是，這個定義容易誤解為人性是指人的「動物性」，所以後來又有美學家李澤厚強調「自然的人化」，即自然的理性化與社會化，重心是社會性。於是，人性便成了動物性與社會性的組合。無論如何，隨著時間的推移，人性的確愈來愈豐富，愈來愈複雜。而文學面對的便是這種愈來愈複雜的人性。高行健指出，真實不是現實表層的真實而是現實底蘊的真實，這就糾正了一種普遍的誤解，以為真實是現實的表象，生活的故事，忘記真實的根本是人性深處的各種可能性（包括各種「惡」的可能性）。以《紅樓夢》為例，這部偉大小說的真實，不在於寫出喝茶的真實，吃螃蟹的真實，賽詩、鬥草的真實，而在於寫出賈寶玉、林黛玉、薛寶釵、賈政、王熙鳳等一個個人物及其人性的真實。那麼多人物，沒有一個是絕對的好，也沒有一個是絕對的壞，其性格都帶有多重暗示。而莎士比亞的《哈姆雷特》主人公，性格表層徘徊徬徨，其人性深處則是極為複雜的多方衝突。哈姆雷特是丹麥王子和卡特魯特王妃之子。王妃在哈姆雷特之父（原國王）死後，又嫁給王弟（哈姆雷特的叔叔）克勞迪斯。原國王的幽靈告知哈姆雷特，說明其叔叔乃是誘其母殺其父的兇手。這就使哈姆雷特陷入人性的困局。如果要為父親報仇，肯定會傷害自己的母親；如果不報仇則枉為人子，也無從重整乾坤。在此主要情節之外，哈姆雷特對待戀人俄菲利亞也充滿矛盾，為了逃避叔父的目光，他不得不裝瘋，既要裝瘋，就要對深愛的戀人故作無情。而俄菲利亞的父親是現任國王（哈之叔）的臣子，他在竊聽中被哈姆雷特所殺，這又多了一重愛恨交織。《哈姆雷特》誕生之後，讓人讀後說不盡，就因為它呈現了人性的多面、複雜，其人性世界豐富至極也真實至極，千百年後肯定還是說不盡。莎士比亞創作的另一個大悲劇《馬克白》，同樣也韻味無窮。而讓人品嘗不盡的，不是馬克白謀殺國王的那些細節，而是這個大兇手、大野心家複雜的人性。他不是一個殺了國王得到王冠就慶祝勝利的簡單劊子手，故事也不是一個實現陰謀就高枕無憂的簡單故事。莎士比亞在寫出事件的真實之後，又寫出人性的真實，這才是真的高明。馬克白在刺殺國王之後，也刺殺了自己的睡眠，他心緒翻滾起伏不能成眠，夜裡聽到敲門聲，他震驚而自白道：

那打鬥的聲音是從什麼地方來的？究竟是怎麼一回事？一點點的聲音都會嚇得我心驚肉跳？這是什麼手！嘿！它們要挖出我的眼睛。大洋裡所有的水，能夠洗淨我手上的血跡嗎？不，恐怕我這一手的血，倒要把一碧無垠的海水染成一片殷紅呢。

這是世界文學史上最著名最精彩的「獨白」之一。這是人性深處的聲音，這是人性真實的聲音。把這種聲音寫得愈逼真，就愈富有文學性。

抵達人性真實的障礙

但是，抵達深刻的真實並不是容易的事。各種文學思潮、文學新嘗試，都是為了抵達現實的底蘊和人性的底蘊。現實主義曾經抵達從未有過的深度，但自然主義仍然不滿足，所以它又作了新的實驗。後來的浪漫主義、荒誕主義等思潮，其實也是為了抵達人性更深層面而作的努力。

抵達人性的真實，有種種障礙。上世紀五六十年代批判「人性論」，把「人性」變成禁區，這自然就無法進入文學的真實。這之前，三十年代批判梁實秋的「人性論」，也造成了進入人性真實的障礙。我崇尚魯迅，把他作為偶像，但他把階級性與人性對立起來，過分強調文學的階級性，這也影響文學進入人性底層。其實，他早期小說的人物如祥林嫂、阿Q等，都不能用階級性去闡釋，他寫的恰恰是普遍的人性的真實。

從上世紀下半葉開始，六十多年來，造成中國文學進入現實底蘊與人性底蘊的障礙，最重要的是兩種錯誤的理念：

一是把「主義」當作創作的出發點。有些改造社會的志士，崇尚某種主義，這是可以理解的。但是，文學如果以主義為創作出發點，勢必會用主義設計作品框架，把筆下的人物變成主義的傀儡或號筒。這樣，就會有意無意地用主義去剪裁人性、整理人性，使人性概念化、公式化而變得不真實。中國當代文學的前期（前三十年）最大的教訓，就是以主義為創作前提，結果喪失了文學的本性。

二是把「社會批判」當作創作的出發點。正直的作家總是會有道德義憤，總是對社會現實有所不滿（只會謳歌的作家肯定是沒有出息的）。但是，文學創作不可以只停留於義憤與不滿，不可以只熱衷於揭露社會的弊端，因為這樣做，勢必會讓文學停留在社會表層，而不可能進入人性的深層。《紅樓夢》與晚清譴責小說的高低就在這裡顯現出來。晚清譴責小說《官場現形記》、《二十年目睹之怪現狀》等，其所以不能算一流文學，就因為它們只揭示社會現實的表象，由於志在暴露，所以不是「溢美」就是「溢惡」。而曹雪芹對社會的黑暗也看得很清楚，對宮廷鬥爭的內幕肯定也很了解，但他不把《紅樓夢》寫成政治傾向小說，也不寫成社會批判小說，而是全力寫出人性的真實與社會的底蘊，因此，《紅樓夢》成為中國文學的第一經典極品。它像一盞明燈朗照：真實，人性的真實，人類生存條件的真實，這才是文學的第一天性，才是文學創作的出發點。

文學超越性內涵

上一講，我們已討論過真實——文學的第一天性。這一講，我們將討論文學的第二天性：超越。

「超越」本是宗教的基本概念，是指跳出經驗世界而進入先驗世界。我們所講的超越也是「跳出」的意思。真實講進入，超越講跳出，兩項加起來便是「入乎其中，出乎其外」。文學創作既要把握現實經驗，又要跳出現實經驗。

超越現實經驗的內容很廣泛，它既是指超越整個現實存在即現實世界（有人把文學界定為「夢」，就是超越整個現實存在），也可以指超越現實表象而進入現實深層。閻連科提出「神實主義」的創作理念，其要義正是說，文學創作必須從「現實」進入「神實」，即是要超越現實表象而迫進現實的底蘊；或者說必須用一種超越的方式去呈現現實，讓讀者感受到作家筆下的人與世界不是「象」的真實，而是「神」的真實。說文學是最自由的領域，就因為文學具有超越性，它可以超越現實存在的各種束縛、羈絆與局限。政治、經濟、新聞等現實活動都要受到現實條件，包括法律的制約，惟有文學不然。它遵循的法是「無法之法」，它可以天馬行空，可以鯨魚躍海。在現實生活中沒有打人的自由，泛愛的自由，而在文學中則有書寫一切的自由，只是必須用良心審視這些自由。

文學之所以擁有最大的自由，除了作家的心理活動不固守現實世界的規範之外，還有一項最重要的原因，就是文學具有超越現實功利的根本特性。關於這一特性，我們在「什麼是文學」與「什麼不是文學」這兩講裡已作了初步說明，這裡須強調的是文學創作可以展示和呈現人類的各種功利活動，但作家的主體態度並不是「捲入」這些功利活動之中，而是超越功利，用自己的眼睛審視這種種活動的得失。

超越現實主體（世俗角色）

在一九八五年和一九八六年之間，我在理論上嘗試超越現實主體，發表了〈論文學主體性〉。這篇論文的重心，就是講述創作主體的超越性。我的文章具有較強的歷史針對性。這篇文章之前，文學界普遍沒有把現實政治與文學創作分開，相應地，也沒有把作家的現實身分與進入創作時的藝術身分分開。實際上，每個作家都具有雙重角色和雙重主體身分：一種是世俗角色即現實主體（例如黨員、部長、革命戰士等），另一種是本真角色即藝術主體（例如詩人、作家、戲劇家等）。在政治現實層面上，你是黨員，當然應當講黨性；可是一旦進入文學創作，則必須講人性、個性、創造性，也就是說，當進入文學創作時，作家就超越了現實主體，也超越了現實中的黨性、紀律性等。我提出這種理念，自然就對流行的「文學黨性原則」構成挑戰，所以論文發表後引起很大的爭論，受到很多批評。我歡迎批評，但政治上綱的批評使我無法繼續講清這個問題的各個層面。倘若給我充分講述的自由，我至少還得講述主體性之外的「主體間性」（外在關係）和內部主體間性（內在主體的語際關係），而且還得講述超越性的其他層面。今天我將簡要地講述超越性的基本內涵。

為了講清文學的超越性，我把「文學主體性」作為切入點，從作家超越「現實主體」出發。什麼是主體性？主體是指人、人類。作為個體的人和作為群體的人類，都是主體。因此，就有「個體主體性」與「人類主體性」之分。我講的是前者，不涉及人類主體性，與宗教所講的神主體也完全不同。我的〈論文學主體性〉受到李澤厚和錢鍾書兩位學者的影響。李澤厚側重講述人類主體性，即人類的歷史實踐活動。他把康德的「認識如何可能」這一總問題轉變為「人類如何可能」。關於這個問題，西方有兩個基本答案，一是「上帝造人」，即上帝使人成為可能（《聖經》的回答）；二是「猴子變人」，即自然進化使人成為可能（達爾文〔Charles Darwin〕《進化論》的回答）。而李澤厚把馬克思與康德結合起來，作出「人使人成為可能——人類自身的主體性歷史實踐活動使人類成為可能」的回答。人類的審美活動也是在這「自然的人化」歷史進程中形成的。我借用這一學說，把文學創造活動視為主體審美實踐過程，也是主體擺脫現實羈絆而進入充分自由狀態（個性化狀態）的過程。這一過程的關鍵環節是作家「超越」世俗角色。

錢鍾書先生對我的影響是他的《談藝錄》與《管錐編》中對「文如其人」這一傳統命題的質疑。在錢先生看來，「文」是可以超越「人」的（但他未使用「超越」概念）；也就是說，「文」與「人」（現實人）並不相等。「巨奸為憂國語，熱中人作冰雪文」的現象在文學史上經常發生。例如，隋煬帝是一代昏君，但是筆下「文辭奧博」，大有堯舜之風。李商隱在世俗生活中非常嚴謹，「實不接於風流」，但他的詩詞則涉及「南國妖姬，叢臺名妓」。與之相反的則是潘岳，他在世俗中是一個「諂事賈謐」的勢利小人，但他所作的〈閒居賦〉，則是情真意摯的「冰雪之文」。所以錢先生認為，不應當把「作者營生處世之為人」與「作者修詞成章之為人」混為一說，而應當把文與人分開，指出：「立意行文與立身行世，通而不同」。錢先生還給我一個根本性的啟迪，他說作家其實有兩個自我：「隨眾俯仰之我」和「與我周旋之我」。一個是隨波逐流的世俗的自我，一個是居於現實世界之上脫俗的獨立思考的自我。錢先生這一見解讓我明白：作家可分為兩種主體，一是現實主體，即隨眾俯仰之主體；一是藝術主體，即超越現實主體、超越世俗角色的主體。文學主體性就是要充分展示藝術主體的本真本質屬性，即個性、我性、自性等等。總之，實現文學主體性，就是實現他人不可重複，他人不可替代的個性，就是超越黨派性、大眾性、群體性、世俗性而進入審美殿堂。

超越現實視角（世俗視角）

作家超越了現實主體（世俗角色）而進入藝術主體（本真角色），才具有文學主體性。而成為藝術主體後最重要的是要調整自己的眼睛（視角），建立藝術視角（也可稱作審美視角、文學視角）。關於這一點，借用佛教的「方便法門」，即用佛學的語言來表述，更容易明白。《金剛經》把眼睛分為「天眼」、「佛眼」、「法眼」、「慧眼」、「肉眼」。肉眼便是我們普通人的眼，這是線性的、淺近的、世俗的眼，「反映論」所使用的就是這種眼睛。而作家不能用這種眼睛，他必須使用「天眼」、「佛眼」、「法眼」、「慧眼」等，這些眼睛是立體的、高遠的、超越的。用愛因斯坦的話說，這叫作「宇宙極境眼睛」。用宇宙極境眼睛看地球，地球不過是大宇宙中的一粒塵埃，恆河岸邊的一粒沙子。佛教傳入中國之前，我國偉大的哲學家莊子早就把眼睛分為「道眼」、「物眼」、「功眼」、「差眼」、「俗眼」等，他用道眼看世界萬物，才能看清鯤鵬與學鳩的差異，大知與小知的差異，才能形成「齊物」（平等）與「逍遙」（自由）的大思想。我們要成為好作家，就不能僅僅用「肉眼」、「俗眼」看世界，而應當用肉眼之外的其他眼睛去看世界。每一個偉大的作家，都一定有獨特的不同凡響的視角。視角一變，新意就出來了。這是作家「原創性」的祕訣之一。俄國著名思想家舍斯托夫在其名著《在約伯的天平上》評論杜斯妥也夫斯基（Fyodor Dostoyevsky），說杜氏擁有「第二雙眼睛」，這其實就是超越的眼睛。這種眼睛和世俗的眼睛完全不同。在世俗的眼裡，監獄、「地下室」才是牢獄，但在杜氏的眼裡，監獄之外的整個俄羅斯乃是更大的牢獄。王國維在《〈紅樓夢〉評論》裡講述林黛玉的悲劇，從世俗視角去看，黛玉的悲劇是幾個壞人（「蛇蠍之人」）所造成的，但從超越的視角去看，它卻是「共同關係」的結果，包括最愛黛玉的賈母、賈寶玉，也無意中進入共犯結構。王國維正是用這種「天眼」來看待悲劇的。文學是充分個人化的精神活動，所謂超越視角，實際上就是個人視角。好作家要創作出好作品，首先是他們看世界絕不沿用他人的視角，包括黨派的視角。我們設想一下，如果荷馬撰寫希臘史詩《伊利亞德》時用的是世俗視角，那麼，他就勢必把寫作的重心放在「誰是正義誰是非正義」這種現實大問題上，但是荷馬卻不這麼寫。這部史詩不持正義與否的判斷，它超越了敵我、善惡、正反這類現實中的二元對立，描寫戰爭的雙方只為一個美人（海倫）而戰，即為尊嚴、榮譽和美而戰。這是荷馬用個人獨特的眼睛來看這場著名的戰爭，於是，他寫出了充分的個性，也寫出了充分的人性。

如果把「戰爭」這一宏大母題縮小為「革命」，那麼，我們又可以看到世俗視角與超越視角中的革命是多麼不同。如果用世俗之眼看革命，那就首先要分清敵我，分清誰為革命派誰為反動派；但如果用超越的視角，則不是用政治學、知識學的立場去作這種正反兩極的判斷，而是用個人的文學立場和人道觀念去作審視，例如俄國作家帕斯捷爾納克（Boris Pasternak）的《齊瓦哥醫生》就是這樣。小說描寫十月革命，卻又超越了十月革命。它不鼓動人們認同並參與那時已處在尾聲的革命，也不譴責這場即將成為過去的革命。因為它不是以文學的形式去描繪這場現世革命的輪廓，也不企圖揭示這場革命的真相。巴氏知道如果要達到上述目的，歷史學、社會學以及政治學遠比文學合適。正因為作品站在文學的立場質疑這場拯救現世的革命，所以它從精神上拯救了這場革命。所謂文學立場的質疑，並不是對革命正當性的質疑。文學立場的質疑關乎良知，就像所有現世拯救有它的迷失和偏差一樣，二十世紀的「共產主義革命」在良知的審視面前也有它的迷失和偏差：既有「革命」對人與人心的摧毀，也有人心的邪惡和無知在「革命」中氾濫。帕斯捷爾納克捕捉到了這一切，他對人類事務和人心的洞察，依靠的不是知識學的立場，而是藝術家的良知和心靈體驗。小說中有一段寫到齊瓦哥醫生和拉麗莎這對革命時代的「不幸者和棄兒」，各自經歷了家庭的破碎和生命的奔波流離，又在距莫斯科萬里之外的荒涼小鎮上重逢，相愛的兩人抱頭痛哭。齊瓦哥醫生不明白為什麼在個人命運中會出現這一切變化，拉麗莎講了一段話，告訴他自己的看法。這段話堪稱經典：

我這麼一個孤陋寡聞的女子，如何向你這麼一個聰明的人解釋：現在一般人的生活和俄羅斯人的生活發生了哪些變化？很多家庭，包括你我的家庭，為什麼支離破碎？唉，看上去好像是因為人們性格相不相投，彼此相不相愛造成的。其實並非如此。所有的生活習俗、人們的家庭與秩序有關的一切，都因整個社會的變動和改組而化為灰燼。整個生活被打亂，遭到破壞，剩下的只是無用的、被剝得一絲不掛的靈魂。對於赤裸裸的靈魂來說，什麼都沒有變化，因為它不論在什麼時代都冷得打顫，只想找一個離它最近跟它一樣赤裸裸，一樣孤單的靈魂。我和你就像世界上最初的兩個人：亞當和夏娃。那時他們沒有可以遮身蔽體的東西，現在我們好比在世界末日，也是一絲不掛，無家可歸。現在我和你是這幾千年來，世界上所創造的無數偉大事物中最後的兩個靈魂。正是為了紀念這些已經消失的奇蹟，我們才呼吸，相愛，哭泣，互相攙扶，互相依戀。

拉麗莎這段傾訴非常個人化，她看十月革命，完全是用一個女子的眼睛，這就是超越的眼睛。在世俗的眼裡，革命是砸爛舊世界的充滿歡樂的盛大節日，可是，她看到的所謂「砸爛舊世界」乃是砸爛他們的日常生活。她和他在革命後到處漂泊，最後這個新世界只剩下他們兩個，像亞當與夏娃一樣赤裸裸相擁的靈魂。帕斯捷爾納克並沒有讓自己的主人公去吶喊、去譴責、去審判革命，他只是讓筆下人物用超越的眼睛去審視，去觸動人們思索：革命這一偉大事件，到底在哪裡迷失了？一場想拯救人類的革命，為什麼又使人類回到亞當與夏娃那種孤絕的歲月？

超越現實時空（現實境界）

超越現實主體，超越現實視角，這就是從作家主體的層面講超越性。如果從文本的層面上講，超越性歸根結底應當表現為超越現實境界。我一再說，人與人的差別，作品與作品的差別，最終是境界的差別。我們說文學應當超越現實功利，就是說，文學應當超越功利境界。我們說文學應當超越「現實人」，即現實主體，就是說文學應當超越道德境界。作家應當具有比一般人更高的道德水準，作品中應有作家的倫理態度。但是，道德境界仍然屬於現實境界，這還不是文學的最高境界。在現實中，作家會對人作好與壞的判斷，但在藝術中，作家則對任何人都投以悲憫的態度。文學的最高境界是超越現實功利、現實道德、現實視角，也超越現實時空的審美境界。這一境界，王國維稱之為「宇宙境界」，馮友蘭稱作「天地境界」，我則稱它為「審美境界」。王國維在《〈紅樓夢〉評論》中把中國文學分為兩大境界，一是「桃花扇境界」，一是「紅樓夢境界」。這兩大境界的最大區別在於，前者是「歷史」的，後者是「宇宙」的。也就是說，《桃花扇》雖精彩，但它只處於現實時空，即歷史時空；《紅樓夢》則超越現實時空，也就是超越歷史時空而進入宇宙時空，而所謂宇宙時空，便是無限自由時空。即既沒有時間的邊界，也沒有空間的邊界。所以《紅樓夢》境界更高遠。它不是呈現某一個時代、某一個朝代的政治衝突與選擇衝突，而是呈現一切時代、一切朝代的生存困境與人性困境。小說中的所有人物、所有衝突都不是發生在「時代之維」中，而是發生在「時間之維」中。無論是「父與子」（賈政與賈寶玉）的衝突，還是「釵與黛」的衝突，其矛盾的內涵都超越朝代與時代。一方代表俗諦（重秩序、重倫理、重教化），一方代表真諦（重個體、重自由、重自然）。雙方都有充分理由。古今中外，古往今來，這種衝突永恆永在。曹雪芹既寫出衝突中「黛」一方的美，也寫出「釵」一方的美，他是二百多年前就出現的偉大「兼美」者，即呈現多元美共在的先鋒式的偉大作家。而他所以「偉大」，就因為他始終站在天地境界、宇宙境界、審美境界中。

這一講既是「文學常識」課，又是「寫作修養」課，同時也可視為「文學第一天性」的補充。真實性既然是文學的根本特性，那麼，作品表述時就一定要真誠真實，要讓人信服感動，所以絕對不可以「裝腔作勢」。

「裝腔作勢」是一些寫作者常犯的毛病，甚至有些作家，寫了幾十年，仍然沒有「去腔調」的意識，其人其文，仍然讓人感到矯情。去腔調，主要是要去三腔：一是學生腔；二是教化腔；三是文藝腔。當然，還有些腔是文學絕對拒絕的，例如官腔，這是不言而喻的，明代的臺閣體（以三楊為代表）就是典型的官腔，沒有什麼價值。

去學生腔

寫作者，最初犯的寫作病通常是行文帶著學生腔。

青少年時代的寫作者，無論是在課堂裡「作文」，還是課堂外寫作，都滿腔熱情，但也總是急於表現自己的才能，於是就任意揮灑，堆積華麗辭藻，特別是濫用形容詞。老舍有一個相聲，專門嘲諷堆積形容詞的浮華病。相聲所批評的，實際上就是學生腔。不過，任何人處於學生時代，尤其是中小學階段，作文都難免會帶學生腔。年輕時，社會閱歷淺，缺乏人生體驗，文章就不可能具備深厚的精神內涵，也因此熱衷於文采與辭藻，形成「文勝於質」、華而不實的弱點。

中國文學以詩歌、散文為正宗。中國古代散文裡也曾發生過整整一個時代的學生腔，這就是「六朝」的華而不實的文風。「六朝」是指三國的吳，東晉及南朝的宋、齊、梁、陳。因都以建康（吳名建業，今江蘇南京）為首都，所以合稱六朝。從吳、晉到唐初，一直流行一種駢體文。這種駢體文沒有思想，沒有「道」，只有形式，只有「文采」。寫作者均崇尚麗藻、對偶、用典與聲律。這個時期，不僅抒情事的散文完全駢偶化，連奏議、公文、信札等應用文也完全駢偶化。「六朝」駢體文犯的是思想貧血症和形式浮腫病，其文章都有一種腔調，這腔調，正是高級的學生腔。

學生腔是文學的幼稚病。人處於學生時代，往往愛講大話空話，太多陳詞濫調，「六朝文」犯的正是這種幼稚病。中唐時期，以韓愈、柳宗元為旗幟的「古文運動」，糾正的正是這種六朝文風，也可以說，韓、柳糾正的是一個歷史時期中覆蓋一切的浮華學生腔。在古文運動中，韓愈和柳宗元等倡導者，以散體文取代駢體文，提倡「文以載道」，提倡文「志於道」、「貫於道」，強調重道輕文，理勝於辭。提倡之外，他們自身又進行有思想、有內容（言之有物）的寫作實踐，從而實現了一場名副其實的文學改革。但是，由於矯枉過正，韓愈又過於強調文章的載道與教化功能，結果又落入了另一種腔調，那就是教化腔。「教化」一旦壓倒性情，文學便成了「道」的載體。

學生腔在中國現代散文中也常常出現。最為突出、最為畸形的是二十世紀六七十年代文化大革命中出現的「大字報體」和致領袖的書信體。書信體的開頭總是「最最敬愛」，後來更是發展為「最最最最敬愛」。當時全民都帶學生腔，不僅紅衛兵滿口學生腔，老百姓及領導者也滿口學生腔，天天都是「三忠於」、「四無限」。至於大字報體，更是一律的腔調，一律的喊叫，一律的「頭可斷，血可流，不達目的不罷休」。大字報體只有情緒沒有理性，只有口號沒有論證，只有恐嚇沒有事實，兵氣、匪氣、瘋狂氣、痞子氣渾成一體。如果說古代六朝的駢體文太重對偶，那麼現代大字報文則太重排比。而相同處，是太奢華，太空洞，太幼稚。

去教化腔

在寫作中，學生腔是幼稚病，而教化腔則是傳統病。

教化腔也可稱作教師腔，師爺腔。中國文學傳統，一開始就有「詩教」，即以詩為道德教化的工具。《禮記・經解》說孔子早就提出「詩教」的理念。《論語・為政》中也記載，「《詩》三百，一言以蔽之，曰：思無邪。」意思是說，《詩經》三百首皆思緒純正，符合教化準則。它可以「邇之事父，遠之事君」（《論語・陽貨》），即近可以服務於「孝」，遠可以服務於「忠」。因為有此重大教化功能，所以孔子才會作出「不學《詩》，無以言」的訓示。

孔子開闢的這一「詩教」傳統，後來對中國文學的影響既廣且深。東漢儒者所作的〈毛詩序〉規定詩有六義（一曰風，二曰賦，三曰比，四曰興，五曰雅，六曰頌），並特別強調：「風，風也，教也；風以動之，教以化之。」而所謂教化，乃是「經夫婦，成孝敬，厚人倫，美教化，移風俗」。直到明代「三言」、「二拍」中的小說，也還是念念不忘在小說文本的前前後後進行赤裸裸的說教。或宣傳忠孝節義，或張揚因果報應，幾乎每篇都有一則畫蛇添足的「勸世」陳言（作者稱之為「明言」、「通言」、「恆言」等）。哪怕是最優秀的篇章如〈杜十娘怒沉百寶箱〉也不例外。這篇小說的開頭，引用了以「掃蕩殘胡立帝畿，龍翔鳳舞勢崔嵬」兩句開首的盛世頌詩，然後又藉此講述了一段「當下歷史」（萬曆二十年）。從解說「這首詩單誇我朝燕京建都之盛」，一直嘮叨到日本豐臣秀吉侵犯朝鮮和中國，南京兩千大學生應時而出，最後才引出男主人公李甲和女主人公杜十娘的名字。而全篇故事結束後又多餘地硬加一段訓戒式的說教：

後人評論此事，以為孫富謀奪美色，輕擲千金，固非良士。李甲不識杜十娘一片苦心，碌碌蠢材，無足道者。獨謂十娘千古女俠，豈不能覓一佳侶，共跨秦樓之鳳，乃錯認李公子，明珠美玉，投於盲人，以致恩變為仇，萬種恩情，化為流水，深可惜也！有詩嘆云：

不會風流莫妄談，單單情字費人參；若將情字能參透，喚做風流也不慚。

從《論語》到「三言」、「二拍」到五四前夕，中國文學始終未能擺脫「教化」傳統。直到五四，新文學運動的先驅者才批判韓愈的「文以載道」，揚棄「偽道德」和侵入文學的道德說教。五四高潮後魯迅所作的小說〈補天〉，還特別把偽道學家置放在女媧的大腿上，把他們化為可笑的喜劇角色。

可是，魯迅逝世後的中國新文學，特別是一九四九年後的文學，「教化」傳統又再次勃興。文學被界定為「教育人民、打擊敵人」的道德工具與政治工具，教育功能膨脹到前所未有的程度。因此，作家一下子全都變成教師爺。無論是詩歌、散文還是小說、戲劇，通通都充滿師爺腔、教化腔，或教你「不忘階級苦，牢記血淚仇」；或教你「千萬不要忘記階級鬥爭」、「千萬不要忘記基本路線」；或教你「不能走那一條路」，而要走「金光大道」，幾乎所有的作品都在對人進行階級、革命、形勢、路線的教育，也幾乎所有的作品都需要有正面與反面人物的衝突，正面人物又都是人們學習的榜樣，其負載的又是最正確的政治與道德標準。文學批評者則充當教師爺，甚至祖師爺，他們總是拿著「政治上正確與否」的尺度來苛求作家，作家也總是拿著最正確的腔調「放聲歌唱」，結果詩歌、散文、戲劇、小說無一不帶教師腔，這種腔調正是五十到七十年代中國文學的基調。

回想過去讀過的俄國文學與歐美文學，當中幾乎很難找到帶有教師腔的作品，也幾乎找不到整天沉浸於「正確與否」的作家和陷入正反兩極衝突的經典。即使像馬克西姆．高爾基（Maxim Gorky）這樣的社會主義文學巨匠，他的作品也沒有教師腔。其早期作品《母親》有些教育意味，但是到了後期的多卷本偉大作品《克里姆．薩姆金的一生》就完全真實地面對人性、人生和社會，給讀者展示一部極為豐富的人生浮世繪，完全沒有腔調。而歐美從古到今的一切偉大作家，我們更找不到哪一個充當社會教師爺，甚至也不是社會譴責者，他們的成功，全在於真實地面對複雜的人性、嚴峻的人生和充滿困局的生存環境。

應當說明的是，我們批評教師腔，實際上是批評政治說教與道德說教，並不是否認文學擁有潛在的教育功能（以後還要講一課文學的社會功能），更不是否認作家需擁有基本的倫理態度。優秀的文學是人類向真向善向美的明燈，但它照亮讀者的方式是「感人」，而不是「訓人」。

去文藝腔

從事文學，怎麼能沒有文藝腔呢？我所說的文藝腔是文藝老腔調。凡是老調子，不管是老爺腔，還是「娘娘腔」，都應當拋棄。

文學藝術活動是一種創造性的精神活動，可貴在於原創性。忘記這點，就會唱老調子，即落入一種套式。魯迅的小說集《吶喊》，其中有一篇〈社戲〉，寫他童年時興致勃勃坐船去外鄉看戲，站在船頭遠遠地看著聽著，興致很高，可是，聽到後來，便有一個老旦出場，魯迅感到特別掃興，因為他知道，老旦一坐下來便沒完沒了地唱開她的老腔調，這就是千篇一律的文藝腔。

《紅樓夢》之所以卓越，首先在於它自覺地擺脫流行的文藝腔，小說開篇就如此批評文藝腔：

……市井俗人喜看理治之書者甚少，愛適趣閒文者特多。歷來野史，或訕謗君相，或貶人妻女，姦淫兇惡，不可勝數。更有一種風月筆墨，其淫汙穢臭，屠毒筆墨，壞人子弟，又不可勝數。至若佳人才子等書，則又千部共出一套，且其中終不能不涉於淫濫，以致滿紙潘安、子建、西子、文君，不過作者要寫出自己的那兩首情詩豔賦來，故假擬出男女二人名姓，又必旁出一小人其間撥亂，亦如劇中之小丑然。且鬟婢開口即者也之乎，非文即理。故逐一看去，悉皆自相矛盾，大不近情理之話……

曹雪芹在第一回裡就批評流行的潘安、子建、西施、文君等「千部共出一套」的舊腔調，並表明自己所作的小說志在「換新眼目」，另闢新局。除了開篇表明去老調、換新篇的志向外，他還在《紅樓夢》文本中讓筆下人物賈母也作了一番去老腔調破老套式的精彩言說。在第五十四回「史太君破陳腐舊套　王熙鳳效戲彩斑衣」中，賈母趁元宵節闔家歡樂之時，打斷女說書人（說的是殘唐《鳳求鸞》故事，上京趕考的公子是與王熙鳳重名重姓的王熙鳳，小姐是琴棋書畫無所不通的雛鸞）的開場白。因為她早已猜到這類故事的模式腔調了。小說寫道：

……賈母忙道：「怪道叫作《鳳求鸞》。不用說，我猜著了，自然是這王熙鳳要求這雛鸞小姐為妻了。」女先兒笑道：「老祖宗原來聽過這一回書。」眾人都道：「老太太什麼沒聽過！便沒聽過，也猜著了。」賈母笑道：「這些書都是一個套子，左不過是些才子佳人，最沒趣兒。把人家女兒說的那樣壞，還說是佳人，編的連影兒也沒有了。開口都是書香門第，父親不是尚書就是宰相，生一個小姐必是愛如珍寶。這小姐必是通文知禮，無所不曉，竟是個絕代佳人。只一見了一個清俊的男子，不管是親是友，便想起終身大事來，父母也忘了，書禮也忘了，鬼不成鬼，賊不成賊，哪一點兒是佳人？就是滿腹的文章，做出這些事來，也算不得是佳人了。……

賈母這一番話，真把當時流行的說書老套式說透了。寫作要避免公式化，就得去掉這種不動腦子而信口開河、人云亦云的老故事、老腔調。韓愈強調作文要務去「陳言」。所謂「陳言」，便是文藝腔。文化大革命中動不動就說「高大全」，動不動就唱「樣板戲」，其實也是文藝腔。初學寫作的人，寫詩作文像唱歌，像唱戲，也是文藝腔。

只講述，不表演

「去三腔」是從反面說。而從正面講，成熟的寫作者下筆一定要自然，要質樸，要真實，文章寫到爐火純青時，就是完全沒有表演。寫作不是演戲，而是講述與訴說；作家不是大眾的戲子，而是大眾的友人。作家無須迎合討好，也不做作，只求心靈相通。

寫作更是一種精神價值創造活動。貴在創造，所以不僅要說出「真話」，而且要說出「新話」。一旦落入腔調與模式，也就無所謂「創作」了。

文學包括哪些基本要素？不同的教科書有不同的回答。我的回答有三項：一是心靈；二是想像力；三是審美形式。凡是文學，都離不開這三大要素。第一要素是心靈，可以說，文學事業就是心靈事業，是心靈透過想像外化成審美形式去感動讀者的事業。文學既是心靈的載體，又是想像的載體。凡是不能切入心靈的作品，都不是一流的文學作品。例如《封神演義》很好看，很有趣，故事情節跌宕起伏，但它不算一流文學作品，因為它沒有切入心靈。《封神演義》中的英雄們本領高強，可是沒有內心。中國的許多俠義小說，如《三俠五義》等，也是如此，俠客們固然滿身俠氣，但我們很難感受到他們的心靈。

何為心靈

什麼是心靈，這是一個大問題。正如「什麼是文學」一樣，心靈也很難定義。

徐復觀先生曾說，西方文化是「物」的文化，東方（中國）文化是「心」的文化。這也許可以說明東西方文化的側重點不同，但不能說西方文化就沒有「心」。其實，「上帝」就是一顆偉大心靈。這顆心靈光芒萬丈，照亮了兩千多年來無數人的道路。這顆心靈是西方愛的源泉，是精神本體。先不說「上帝」，就人文科學領域而言，早在兩千多年前的古希臘時期就開始探索「心靈」問題，尤其是探討心靈與靈魂的關係。亞里士多德（Aristotle）還把心靈區分為「主動的心靈」和「被動的心靈」，「遭受的心靈」與「實現的心靈」。他假設被動的心靈會隨肉體而生滅，而主動的心靈則不朽不滅，帶有永恆性。借用亞里士多德的理念，可以說文學心靈指的正是主動的心靈，實現的心靈。它追求的是一種比肉體更長久的生命。

其實，各種宗教都是大心靈的體現，其教義都在塑造心靈。基督教呼喚的是「愛」的心靈，佛教呼喚的是「慈悲」的心靈。基督代表愛無量心，佛陀則代表慈無量心，悲無量心。愛與慈悲是矛盾的，愛往往無法慈悲。羅曼．羅蘭（Romain Rolland）的《約翰．克利斯朵夫》中有一句話：「一個人愛的時候並不慈悲。」的確如此，一個極端的愛者，為了實現愛，往往很自私，很殘酷，排他性很強。不過，基督講的是「大愛」，與慈悲相同。

除了宗教，各種文化也總是要界定心靈，呼喚心靈。就中國文化而言，各家所界定的「心靈」內涵就很不同。儒家講「仁愛之心」，道家講「齊物之心」，墨家講「兼愛之心」。孟子講「四端」，即講人與動物（禽獸）的區別就在於人有惻隱、羞惡、辭讓、是非之心。他講「人禽之辨」，說人與動物的區別只有一點點（幾稀），人之所以成為人，只因為人有不忍之心。後來，明代思想家王陽明創造了「心學」，把「心」強調到絕對的程度。所謂「心學」，也就是「心本體之學，說明的是心為萬物之源，萬物之本，不僅「心外無物」，而且「心外無天」。心不僅包容一切，而且決定一切。在王陽明之前，中國的禪宗，宣揚的其實也是心性本體論，慧能「不是風動，不是幡動，而是心動」的著名判斷，就是「心外無物」——心動決定物動的判斷。

我把文學定義為「自由心靈的審美存在形式」，把文學事業界定為心靈的事業，並確認心靈為文學的第一要素，正是把心靈視為文學的本體（根本）。但是，對文學中的「心靈」，我們還須進一步界定。因為文學呈現的是人性，我們必須了解心靈在當中的位置，這個問題也許需要幾部學術專著才能說清。我們今天只能說，複雜紛繁的人性至少包括動物性、人性和神性，即人性可下墜為動物性，也可上升為神性，心靈則是人性與神性組合的精神存在，它可以駕馭並導引人性來拒絕動物性。如果用佛洛伊德的「本我」、「自我」、「超我」來描述，心靈不屬於本我。它不是本能，而是理性的「自我」與神性的「超我」結合的精神存在。也就是說，我們所講的心靈，既不是肉身意義的心臟，也不是超肉身的神靈，而是存在於我們身內又導引肉身提升的靈魂性存在。

文學常識課不是生命科學課，也不是「靈魂」宗教課，在此只能對「心靈」作大體描述。

作家應有什麼樣的心靈

我讀過王安憶的《小說家的十三堂課》，我和她的文學理念完全相通，她也把文學視為心靈世界。她在開篇就說：

> 小說是什麼？小說不是現實，它是個人的心靈世界，這個世界有著另一種規律、原則、起源和歸宿。但是築造心靈世界的材料是我們所賴以生存的現實世界。小說的價值是開拓一個人類的神界。

王安憶講的是小說，如果把「小說」改為「文學」，那麼，她說的正是文學真理。文學所創造的正是「個人的心靈世界」。她特別加上「個人」二字，這很重要。文學呈現的心靈是充分個人化的心靈世界，不是群體心靈的符號，也不是黨派心靈的符號。這個心靈世界有自己的原則。我常說「心靈原則」，也是指個人的心靈原則。

王國維的《人間詞話》，篇幅很短，卻成為百年來文學理論的經典，就因為它道破了文學的根本。他特別推崇李後主的詞，正因為李煜詞的心靈境界很高。王國維用一句話概說這種境界，說它具有「釋迦基督擔荷人類罪惡」的心靈境界。中國有三個帝王後來都曾為敵方俘虜而變成囚徒，人生發生了巨大的落差。落差之後，其心靈也奔向不同的方向。這三個帝王分別是越王勾踐、宋徽宗趙佶及南唐後主李煜。這三位帝王的心靈境界各異，勾踐想的是「十年生聚，十年教訓」，滿心想復仇；宋徽宗內心只有個人的哀戚；惟有李煜，推己及人，從個人的不幸出發而想到普天之下蒼生的不幸與苦難，把個體的悲哀化作普世的悲情，寫出「問君能有幾多愁，恰似一江春水向東流」的動人詞句。在文學中，心靈很具體，王國維用「天眼」、「佛眼」將李後主與宋徽宗的心靈相比（未言及勾踐），給後人很大的啟迪，同時告訴我們：作家、詩人的心靈，不是一般的心靈，它應當像「天眼」、「佛眼」、「法眼」、「慧眼」一樣，具有「天心」、「佛心」、「法心」、「慧心」，或是《人間詞話》所說的「赤子之心」，即童心。詩人最值得驕傲的，是他胸中永遠跳動著一顆單純的童心。王國維曾概說「天才」的幾個特徵，其中一個便是赤子之心。

關於作家的主體心靈，我有幸聽過高行健的直接表述。他說他一直懷抱三種心靈：「敬畏之心」、「謙卑之心」與「悲憫之心」。「敬畏之心」並不是簡單地對某某人的尊敬，而是承認在人類之外有一種不可知的力量存在。這種冥冥之中的力量不一定是上帝，它非常強大而神祕，人類永遠不可能認識它，只能感受它，所以自然而然會對它產生敬畏，比如我們對大自然、大宇宙便會有敬畏之心。康德晚年提出「物自體，不可知」，就是在他研究了一輩子哲學後，發現宇宙不可解釋只能敬畏。愛因斯坦最後皈依上帝，對如此偉大的理性主義者的皈依行為，我們或可作這樣的解釋：對於愛因斯坦來說，重要的不是上帝是否存在，而是人需不需要有所敬畏。俄國的思想家別爾嘉耶夫（Nikolai Berdyaev）在《論人的使命》中認定以人的同等水準無法把人看清，只有用比人更高的水準（神性水準）來看人，才能把人看得清楚。作家的心靈就必須立足於比人類更高的水準之上。

「謙卑之心」也不僅是指謙謙君子風度。現在在中國大陸，尼采（Friedrich Nietzsche）的書一本接著一本出版，崇拜尼采的人仍然不少。但高行健對尼采一再批評，這點很難得。他提出應當正視人乃是「脆弱的人」，而非「大寫的人」或者「超人」，這種思想的緣起就是他的謙卑之心。第三個就是「悲憫之心」，這一點與莫言不約而同。

「悲憫之心」特別值得我們注意，尤其是大悲憫之心。關於這種心靈，莫言在獲得諾貝爾文學獎之前曾經鄭重地撰文闡釋過。這一闡釋，實際上道破了他在文學創作上獲得成功的密碼。該篇文章發表於前幾年的《當代作家評論》，給我留下極深的印象。他獲獎後，上海文藝出版社再版他的長篇作品系列，他又以這篇文章作為「代序言」，題為：「捍衛長篇小說的尊嚴」。現在我把其中最重要的段落節錄出來：

> 大苦悶、大抱負、大精神、大感悟，都不必展開來說，我只想就「大悲憫」多說幾句。……悲憫不僅僅是「打你的左臉把右臉也讓你打」，悲憫也不僅僅是在苦難中保持善心和優雅姿態，悲憫不是見到血就暈過去或者是高喊著「我要暈過去了」，悲憫更不是要迴避罪惡和骯髒。……站在高一點的角度往下看，好人和壞人，都是可憐的人。小悲憫只同情好人，大悲憫不但同情好人，而且也同情惡人。
>
> ……只描寫別人留給自己的傷痕，不描寫自己留給別人的傷痕，不是悲憫，甚至是無恥。只揭示別人心中的惡，不袒露自我心中的惡，不是悲憫，甚至是無恥。只有正視人類之惡，只有認識到自我之醜，只有描寫了人類不可克服的弱點和病態人格導致的悲慘命運，才是真正的悲劇，才可能具有「拷問靈魂」的深度和力度，才是真正的大悲憫。

特別引用莫言關於「大悲憫」的思考，是因為這兩段話擊中了文學心靈的要害。大悲憫之心，正是作家主體的真心靈。而大悲憫包含著兩重最關鍵的意思，一是無論「好人與壞人」，都是可憐的人。悲憫只同情好人，而大悲憫則同情一切眾生，包括同情惡人。二是大悲憫不僅要正視他人的傷痕與醜惡，更要正視自己的傷痕與醜惡，悲憫他者，更要悲憫自我。只有同時正視人類和自我不可克服的弱點和病態人格，以及這些弱點導致的悲慘命運，才是真正的悲劇。莫言這一見解，是當代世界文學中最為深刻的心靈解說。我們只要想想俄羅斯文學兩座巔峰，托爾斯泰與杜斯妥也夫斯基，就會明白莫言說的是什麼。托爾斯泰最後的行為語言是離家出走，「逃離」的大行為語言所蘊含的正是大悲憫之心，是他承受不了人間的罪惡和自我的罪惡。而杜斯妥也夫斯基的靈魂拷問，則是對一切人的拷問，好人，壞人，被敬重的人，被侮辱的人，也包括他自己。他為什麼會拷問出犯人罪惡掩蓋下的「潔白」，這是因為他的大悲憫。他的創作整體為什麼讓人感到那裡是一個「複調的世界」（巴赫金〔Mikhail Bakhtin〕語），一個可憐的世界？也是因為他的大悲憫。文學的最高境界（或稱宇宙境界或稱審美境界）高於道德境界，其原因就在這裡。道德只講除惡揚善，但看不到所謂「壞人」在人性深處與好人的相通之處。只知說教的道德家僅審判別人卻不知自身的可憐、脆弱、渺小與卑劣，缺乏對自身黑暗的洞察與悲憫。我在上學時背誦唐詩，其中元稹的名句一直刻在心裡，那就是「閒坐悲君亦自悲」。這首詩是寫給妻子的悼亡詩。但我們可以把詩意加以引申，把「悲詩」擴展為悲憫甚至大悲憫——大悲憫包括「悲君」，也包括「自悲」，即正視自己的弱小、渺小，對最愛者的死亡一籌莫展，只能「惟將終夜長開眼，報答平生未展眉」。

文學作品中的心靈形態

剛才我們從作家論的角度講述作家主體的心靈，現在我再從作品的角度討論作品文本中所展示的心靈形態。

王安憶的《小說家的十三堂課》，分析了《鐘樓怪人》（雨果〔Victor Hugo〕）、《咆哮山莊》（艾蜜莉・勃朗特〔Emily Brontë〕）、《復活》（托爾斯泰）、《百年孤寂》（馬奎斯〔García Márquez〕）等外國名著，也鑑賞了《紅樓夢》和中國當代小說《心靈史》（張承志）、《九月寓言》（張煒）等。她的分析用的全是心靈視角。從王安憶的分析中，我們可以看到成功的小說都呈現了一個個極為豐富又極為感人的，不同凡響的心靈形態。無論是《復活》中的懺悔之心，《鐘樓怪人》的神奇之心，《悲慘世界》中的大慈大愛之心，或是《心靈史》中的不屈之心，都極為感人。

經典作品中的人物一定有自己的心靈形態，但不一定書寫「好心靈」才是好作品。作家可從正面書寫偉大心靈、美好心靈，也可從反面書寫黑暗、墮落之心來表明自己的倫理態度（不是道德法庭）。例如巴爾札克（Honoré de Balzac）的《高老頭》中有一句激憤地批判現實世界的話：愈是沒有心肝，就飛升得愈快。全世界的文學作品提供了無數「沒有心肝」的形象，但筆下的人物沒心肝，不等於作家沒心肝。作家塑造任何人物，都有自己的心靈導向。我所以寫作《雙典批判》，便是認為《水滸傳》與《三國演義》的作者心靈導向不對，我不贊成籠統地稱「四大名著」，就因為《水滸傳》與《三國演義》文本中的心靈形態和作者心靈導向，完全不同於《紅樓夢》與《西遊記》。四部小說裡，有「釋迦」之心的只有《西遊記》與《紅樓夢》。《水滸傳》布滿「兇心」，《三國演義》布滿「機心」。過去講「少不看水滸，老不看三國」，也就是說這兩部小說對我們中國的世道人心破壞得太厲害了。我並不是說這兩部小說寫得不好，從文學造詣來說，《水滸傳》把一百〇八好漢寫成一百〇八種性格，這非常不容易；《三國演義》的藝術性也高，但心靈指向有問題。《水滸傳》告訴人們：造反有理，只要你造反、革命，用什麼手段都可以，李逵把四歲小嬰兒（小衙內）砍成兩半可以，武松濫殺小丫鬟、小馬伕也可以。《水滸傳》中李逵之心、武松之心有問題；《三國演義》中劉備之心、曹操之心也有問題。曹操揚言：「寧教我負天下人，休教天下人負我。」而賈寶玉與此正相反，對於賈寶玉，重要的不是天下人待我如何，而是我對別人如何。比如趙姨娘和賈環，這兩人總要加害寶玉，賈環甚至把燈油推到他臉上，想燒毀他的眼睛，王夫人怒不可遏，想要告訴賈母，可是寶玉竭力阻止，還叮囑若奶奶問起，不要說是賈環所為，就說是自己燒傷的，藉此保護弟弟。連對企圖毀掉自己眼睛的人都能寬恕，那還有什麼人不能寬恕呢？這就是心靈。所以作家比來比去，不只是比文筆的高低，更要比心靈的高低，也就是王國維所說的境界高低。

我把「心靈」、「想像力」、「審美形式」界定為文學的三大基本要素，突出了「心靈」，也突出了「想像力」。幾乎所有的文學教科書，特別是「文學原理」與「文學概論」，都要談論「想像」，而且談論的要點總是在講述實現想像的方式，諸如聯想、幻想、冥想等。

「想像力」的理性解說

究竟什麼叫作「想像」，我們無須多去糾纏，因為用理性的語言很難描述「想像」的發生與發展。十八世紀法國啟蒙思想家德尼·狄德羅（Denis Diderot）曾這樣定義想像：「想像，這是一種物質，沒有它，人既不能成為詩人，也不能成為哲學家、有思想的人、一個有理性的生物、一個真正的人。」對於這個定義，我只能同意他說的一句話，即沒有想像，人不能成為詩人。除此以外，我至少要提出兩點質疑：一、與其說是物質，不如說想像是一種「機制」，一種心理活動。文學要實現對世俗世界、世俗視角、現實時空的超越，即從有限時空進入無限時空，靠什麼？不是靠人造衛星，不是靠太空船，而是靠「想像」這一心理機制。二、說沒有想像不能成為詩人，這很對，但說沒有想像就不能成為「有理性的生物」卻不一定。許多思想家固然也會想像，但放下想像而仰仗邏輯與經驗每每也能成功。科學家也會想像，或者說，想像也往往推動科學的發展，但科學家的創造與文學藝術家的創造不同。科學創造是邏輯性的創造，是數位和程式（流程）介入的創造；而文學創作則是想像性的創造。因此，文學既是心靈的載體，又是想像的載體，但不能說，科學是心靈與想像的載體。

康德之所以只把「天才」這一名稱給文學藝術家，就因為文學藝術領域是想像力的領域，而不是判斷力與推理力的領域。他在論述天才時，首先區分「發明」與「發現」這兩個概念，認為只有「發明」方可稱為天才。因此他斷定，科學領域無天才，文學藝術領域才有天才。他說：

……這種發明的才能就叫天才。但人們說只把這個名稱給藝術家，即只給能創造出某種東西的人，而不給只知道很多東西的人，也不會給只會模仿的藝術家。

……真正為天才而設的領域是想像力的領域，因為想像力是創造性的，它比其他功能較少處於規章強制之下。

康德在人類偉大哲學家中位居首席，儘管「科學領域無天才」的論點值得商榷，但他把天才領域（文學藝術領域）視為想像力領域，並把這一領域視為真正的創造領域，卻是真理。因此，可以確認，想像機制乃是文學的創造機制與超越機制。

「想像力」的感性描述

關於想像力的理性界定，不能再多講了。如果繼續引證、論證下去，就會陷入概念的怪圈。「文學常識」課，不是對「想像」進行心理學、倫理學、哲學的解說，還是回到文學的感性認識上來。

提起「想像」的感性描述，我總是想起英國天才詩人，三十歲就去世的雪萊（Percy Bysshe Shelley）。他曾用「重燃的火焰」與「重放的鮮花」這兩個意象來表述詩的發生。他說，詩不是「推理」，即不是那種由意志所主導的力量。詩人的心境宛如一團行將熄滅而重新煽起的炭火；又如一朵行將枯謝而重新怒放的鮮花。靠什麼重新燃燒、重新怒放呢？就靠想像。

由此，可以給「想像」一個最質樸的描述：想像就是詩法，就是魔法，就是起死回生法，就是無法之法，就是讓人的心靈、活力重新燃燒、開放、飛揚起來的創造法。

雪萊的比喻，貼切而罕見。相對而言，西方較多關於「想像」的理性定義，倒是中國有許多關於想像的感性描述。中國人一談起想像，總是要引述陸機、劉勰等文論家的話。陸機在《文賦》中說，作家進入創作時「精鶩八極，心遊萬仞」，可「觀古今於須臾，撫四海於一瞬」。這正是對想像極精彩的描述。想像力的功能就在於讓作家打破有限時空，於瞬間須臾進入無限時空。劉勰《文心雕龍．神思》篇的開端就說：

> 文之思也，其神遠矣。故寂然凝慮，思接千載；悄焉動容，視通萬里；吟詠之間，吐納珠玉之聲；眉睫之前，卷舒風雲之色；其思理之致乎！故思理為妙，神與物遊。

又說「夫神思方運，萬塗競萌，規矩虛位，刻鏤無形。登山則情滿於山，觀海則意溢於海。我才之多少，將與風雲而並驅矣」。劉勰把「想像」說成「神思」，這是對想像確切而精彩的描述。杜甫說「讀書破萬卷，下筆如有神」，就是「筆放神思」的意思。對於「神思」，曹植早有論斷。在《陳審舉表》中，他說：「又聞豹尾已建，戎軒鶩駕，陛下將復勞玉躬，擾掛神思。」曹植還在《寶刀賦》中云：「規員景以定環，攄神思而造像。」他當時也已認識到，按儀式而畫圓定環容易，按神思（想像）而造象（虛構）則是很難的。

二三十年前，大陸曾經有一場關於「形象思維」的討論。但對於「形象思維」的概念，當時並未說清楚。有人說文學藝術就是形象思維，然而在我看來，形象與思維本來就是矛盾的。形象有一層重要涵義，那就是想像，但是想像能算思維嗎？思維本是指理性的、思辨的活動，這是由邏輯支配的；而想像恰恰是反邏輯、反思辨的，它怎能算作思維呢？我將文學的概念還原到最通俗的解釋，這樣比較容易掌握。我們可以確認，想像力乃是一種心理活動、心理能力，它是文學創作的動力，是讓心靈飛翔起來的心理機制。以我自己為例，我現在身兼學者和作家兩個身分。作為學者，我在建構學術著作時非常理性，冥思苦想，遵循邏輯，所以必須告訴自己：坐下來就是力量；而在進行文學創作時，我則告訴自己：飛起來就是力量。閻連科曾說想像往往重於經驗，要用想像來補充經驗，就得讓經驗飛翔起來。想像的方式，正是超越現實經驗而飛翔起來的方式，如「天馬行空」而不知時空邊界的方式，也就是白居易所說的「上窮碧落下黃泉」的方式。就個人的創作體驗而言，我認為即使在散文寫作中也可借用這種方式，即必須有一番飛揚的神思。我寫《讀滄海》時就有這種體驗。讚美大海的詩文很多，要想別具一格，就要借助想像。普希金說大海是「自由的元素」，我則想到大海是「展示在天與地之間的書籍，遠古與今天的啟示錄，我心中不朽的大自然經典」。有了「想像」，大海再寫一萬年也寫不完。再如司馬遷的《史記》，本是史籍，但其中許多篇章也被公認為文學。而其文學性乃是因為它滲入了「想像」要素。如項羽於烏江畔自刎之前的那些慷慨悲語和心靈訴說，就是一些難以實證的想像性描述。

文學創作的兩大方向

想像力對於文學很重要，但並不等於說想像是實現文學創作的唯一途徑。打開人類文學史，可以看到兩大類型的作家，或者說，可以看到文學創作的兩大方向。一類更重想像力，一類則更重觀察力（或者說更重理解力和認知力）。第一講提到的《金薔薇》中有一則左拉與莫泊桑（Guy de Maupassant）爭吵的故事。莫泊桑說文學離不開想像，左拉則對此不以為然，結果兩人吵得不歡而散。左拉與莫泊桑都是十九世紀法國的卓越小說家。當時左拉揭櫫的是「自然主義」的旗幟，認為「觀察」重於「想像」，文學的最高品格是「真實感」，而不是想像力。憑想像虛構固然也是一種創作方法，但更好的創作方法是如實地感受與表現自然。因此，左拉總是在做了大量的調查研究之後才創作小說。其代表作《萌芽》、《金錢》、《小酒店》、《娜娜》等，也確實忠實於現實生活，深刻地反映了當時的社會狀況，從而取得了很高的文學成就。他雖然是一個激進的社會主義者，可是筆下塑造的工人形象非常真實，他們好鬥、酗酒、暴躁，個性十足。

左拉強調真實感是對的，但把真實與虛構，把觀察與想像對立起來卻很不對。他的錯誤在於把「想像」簡單化了，被簡化後的想像只有「虛構」這一功能。他忽略了「構思」，即任何作品的架構過程，本身就是想像過程。文學不是歷史文獻，也不是現實生活的重演與複製，因此，歷史與現實中的任何原材料都不是作品。作家一旦進行創作，也就進入作品的架構，這種架構乃是由「實」轉「虛」的過程，也就是想像的過程，至少可以說，是想像補充經驗、神思補充現實存在的過程。莫泊桑在創作實踐中明白這一點，但他是一個只重感覺、不重理論思考的作家，他在和左拉的爭辯中恐怕說不過左拉，所以被氣跑了。

劉勰很了不起，他在〈神思〉篇中先肯定想像的巨大功能，但接著又說「人之稟才，遲速異分，文之制體，大小殊功」，並描述了司馬相如、揚雄、王充、張衡、左思、枚皋、曹植、王粲、阮瑀、禰衡等人的不同風格，尊重各家的「制體」。劉勰的論斷相容多元，對今天的文學寫作仍然很有啟發。我們應當既愛左拉，也愛莫泊桑；既愛哈代（Thomas Hardy，傾向於觀察的自然主義），也愛拜倫（側重於想像的浪漫主義）；既愛杜甫（重寫實），也愛屈原（重想像）；既愛高行健（重觀察、重認知），也愛莫言（重想像）。這種情懷，就叫作「異量之美」。

「想像」的現實根據與人性根據

在寫作中，不管想像如何天馬行空，必須有現實根據與人性根據。也就是說，不可完全憑空臆測、胡亂想像。

凡是有創作經驗的好作家，一定知道有兩種「描畫」對於寫作者來說是最容易的：一是「依樣畫葫蘆」，二是「憑空畫鬼怪」。前者是沒有想像地照搬生活，把文學等同於生活。後者是想像無根據，隨心所欲地亂畫一氣。常聽有經驗的畫家、作家說，畫鬼容易畫人難。因為畫人，包括想像中的人、夢中人，都必須有人與人性的依據。畫鬼，該怎麼畫呢？美國的鬼節實際上是兒童節，家長們為了讓孩子們高興，製作了多種鬼怪形象，有的缺鼻子，有的缺眼睛，這並不難。當然，他們的製作也有想像的介入，但想像無據，作品也就沒有什麼價值了。中國古代經典小說之一《西遊記》極富想像力，居然想像出「大鬧天宮」與「大鬧龍宮」的情節，讓讀者可以接受也樂於接受，這就因為小說在想像中有現實的根據。天宮如同人間，也是一個等級社會，連孫悟空這樣的英雄，也受愚弄，受冷落，所以他就反抗、搗亂，就開天上權威的玩笑。孫悟空在天宮與龍宮的行為，只不過是現實行為的誇張與延伸。當下文學中，被公認為想像力極強的「魔幻現實主義」代表作家、《百年孤寂》的作者賈西亞．馬奎斯，在談論自己的創作時曾鄭重聲明，他的「魔幻」均有現實根據。在那片神奇的土地上，他經歷過許多神奇的事情。在亞馬遜河流域的某個地方，人一說話，就會降下一場傾盆大雨。他的《百年孤寂》發表後，巴蘭基利亞（哥倫比亞的城市）有個青年說他確實長了一條豬尾巴。

中國現當代文學的根本弱點

講到此本應結束了。但有一個文學史問題，我想藉此機會提出來討論。那就是，我認為以五四新文學運動為開端的現代文學和當代文學，有一個根本的缺陷，就是缺乏想像力。不是完全沒有，而是缺乏。我在一九九八年金庸小說研討會（在美國科羅拉多大學舉行）上就指出了這一點，並說明金庸小說的成就之一是彌補了想像力不足的缺陷。他的小說展示了另一種世界，這是江湖世界，也是金庸的夢中世界，完全超越現實的想像世界。

不管是閱讀但丁的《神曲》還是歌德的《浮士德》；不管是閱讀莎士比亞的《哈姆雷特》還是塞萬提斯（Miguel de Cervantes）的《堂吉訶德》，都會驚嘆他們的非凡想像力。中國的古代文學，從屈原、李白、蘇東坡，一直到蒲松齡、曹雪芹，我們也驚嘆於他們的超群想像。如果以這些經典為參照，就會發現中國的現當代文學缺乏想像的力度、深度和廣度。我之所以讚賞莫言，其中一個重要的原因就是他繼金庸之後又一次展示了想像的巨大空間。從《酒國》一直到《生死疲勞》，其想像力可以稱作「石破天驚」。可惜現在有如此想像與氣魄的作家卻極少。

想像力為什麼不足？這是一個值得研究的課題。也許是新文學發生之後不久，作家就面臨國家苦難與社會不公等問題，憂國憂民的情懷過於沉重。也許是五四之後，文學界均走向寫實主義（現實主義）而無法從現實中超越。原因諸多，但有一個根本點必須指出，那就是文學的想像力與作家的心靈自由度是緊密相關的，或者說，是積極互動的。作家的內心愈是自由，其想像的力度就愈強。作家的心靈一旦被羈絆在政治與文學教條中，勢必不能充分想像，即不可能「天馬行空，鯨魚躍海」。魯迅先生說，沒有天馬行空的精神，就沒有大藝術。我們可以更明白地說，沒有不拘一格的大自由，就沒有大藝術。

這一講要討論文學三個基本要素中的「審美形式」。討論這個題目，首先遇到的問題仍然是概念的界定，即「審美形式」是什麼？

「審美」的概念內涵大於「藝術」內涵，也大於「文學」內涵。我們觀賞美（即「審美」過程）不僅僅止於文學和藝術，還觀賞一切蘊含「美」的存在，面對天空、大地、海洋可以審美，面對人類、獅虎、教堂也可以審美，那麼，什麼是天空、大地、海洋、人類、獅虎、教堂的審美形式？這就不容易說清了。因此這一講首先要設一界限：只講文學的審美形式。大家或會問：既然如此，那麼為什麼不直接講述文學形式，而要講「文學審美形式」呢？那是因為一講文學形式，就容易陷入講述詩歌、散文、小說、戲劇等文學樣式，而文學樣式僅僅屬於文學審美形式的一項內容，文學審美形式的內涵更為寬廣。這一講，我們便講文學審美形式的四個方面：審美範疇、審美趣味、審美方程式與文學樣式。

文學的審美範疇

一提起文學，我們就會想到古希臘的兩部史詩：《伊利亞德》與《奧德賽》，也會想起《俄狄浦斯王》等悲劇。其實，史詩、悲劇、喜劇都是文學的審美範疇。隨著人類智慧和文學自身的不斷發展，審美範疇也愈來愈豐富。例如二十世紀以前，文學中就沒有「荒誕」、「黑色幽默」這些範疇，到了二十世紀，「荒誕」卻成了文學的主要審美範疇之一。那麼，究竟文學有多少審美範疇？或者說，什麼才算文學的審美範疇？目前我也無法提供一個完整的答案。

已故臺灣著名文學理論家姚一葦先生著有《美的範疇論》，這部書在第一章緒論外的六個章節，分別論述了他認定的六種主要審美範疇，分別為「秀美」、「崇高」、「悲壯」、「滑稽」、「怪誕」、「抽象」。姚先生除了拈出這六大範疇之外，還從不同層面解說各個範疇的內涵，例如「秀美」就包括五個層面：第一，自生理層面的秀美觀；第二，自心理層面的秀美觀；第三，自社會層面的秀美觀；第四，自倫理層面的秀美觀；第五，自哲學層面的秀美觀。除此之外，姚先生還區分了「外在秀美」與「內在秀美」；「外形的調和」與「精神的融合」；「外形的圓滿」與「精神的完遂」；「外形的可愛」與「精神的依戀」，並探討了由前者通向後者的途徑。讀了姚先生這部著作，我們就會明白美具有許多不同的形態形式，也具有許多不同的性質類型。崇高的判斷與美的判斷差別很大。有的作家選擇「擁抱崇高」，有的作家選擇「迴避崇高」，兩者都有其道理。選擇「擁抱崇高」者，其作品的基調便是戰鬥、犧牲、無畏、獻身等等；選擇「迴避崇高」者則是幽默、玩笑、嘲諷、憂傷等等，兩種基調各有側重，重要的是作品須呈現人性的真實，見證現實的真諦。

我們判斷與評價文學作品，也應當以審美的基本範疇為視角。如果作品是一部悲劇，我們就要審視其悲劇的深度、廣度和真實度。如果是喜劇，我們也要審視其喜劇的快感、幽默感、分寸感和對醜的批判力度等等，而不是動不動就考量作品政治正確與否，或道德純正與否。我們將有一講專門講述「文學批評」，文學批評考察的，一是文學作品的精神內涵，二是文學作品的審美形式。而考量審美形式時首先就得關注審美範疇。批評時應當使用審美範疇語言，不應用意識形態語言，即應當說明作品的「悲劇感」、「喜劇感」、「崇高感」、「幽默感」等，而不應論證作品的政治取向，也不應論證其黨性、階級性的多寡強弱。

文學的審美趣味

我把審美趣味也當作一種審美形式。這可能是「中了康德的毒」。康德把趣味看得很重要，他甚至認為，趣味比天才更重要。因為天才乃是獨特的心理功能，而趣味則是審美。單有獨特的心理功能並不能構成藝術，而趣味則可以促成形式甚至構成形式。例如情感的飽滿，頹廢的痴迷，華麗的嚮往，質樸的崇拜，野性的飛揚等，都可以視為形式，至少可以促成形式。

李歐梵說，高行健呈現的是歐洲高級知識分子的審美趣味；我說莫言呈現的是中國鄉土雅俗共賞的民間趣味。我還說，高行健是「道家」趣味，追求的是逍遙與大自在；莫言則是「墨家」趣味，喜好的是社會底層的俠氣與豪氣。這是不同的趣味類型，也是不同的審美形式。李澤厚所著的《美的歷程》，有人將其視作「藝術史」，有人則視之為「文學史」，這兩種解讀也沒錯，但從根本上說，它是「審美趣味變遷史」。不同時代會有不同的審美趣味，比如「環肥燕瘦」，指的是唐代「以胖為美」及宋代則「以瘦為美」。宋之後又崇尚病態之美（如裹小腳，如林黛玉），這正是審美趣味的變遷，與此相連的便是審美形式的改變。

我講述審美趣味，不僅講述美學知識，而且還希望大家善於把「趣味」當作一種審美視角、審美意味、審美感覺。各種感官都應靈巧一點，尤其是嗅覺，一讀作品就能聞到（判別）各種味，特別是能分清「腐朽味」與「新鮮味」。我說我能聞到靈魂的芳香和天才的芳香，不是瞎說，而是真的能感覺到作品的高級趣味或低級趣味。所謂「靈魂的芳香」，指的當然是高級趣味。以中國歷史著名的幾位美女西施、昭君、虞姬、綠珠、紅拂等為例，持低級趣味的人只會對她們的畫像垂涎欲滴，講無聊話，這是人性慾望的低級趣味。而林黛玉所作的〈五美吟〉，則逐一對這些美人進行審美評價，道破她們的悲劇性（除紅拂之外），哀嘆她們始終不能成為自己，美人變為美奴，淪為王奴、霸主奴、財主奴，實在可悲。林黛玉「吟美人」，實際是在「品美人」，表現出來的是高級的品味與趣味。〈五美吟〉的審美形式，不僅是「七言絕句」，而且是絕句背後的精神絕唱，擁有最高趣味的審美形式。

文學的審美方程式

「審美範疇」與「審美趣味」都較為抽象，都需要用悟性去感受，所以我稱之為「潛審美形式」。與潛形式相對應的是「顯審美形式」。我們看到的每一部好電影，每一場好戲劇，每一部好小說，會發現它們都有獨特的形式。例如貝克特的《等待果陀》和高行健的《車站》都是寫等待，但兩部作品的戲劇形式很不相同。前者止於言說，後者則有說、唱、念、打，與中國原始的戲劇形式相似。會寫詩與會寫小說的人，寫出來的詩與小說總是帶有與前人不同的審美形式，內行的人一看就明白，這是「顯形式」。

我曾思考過，不同的審美形式是怎麼形成的？它的「因」是什麼？或者說，是什麼因素構成具體的審美形式？後來讀了李澤厚先生的美學著作，才明白審美形式是由四種因素按不同比重排列組合而成的（不是機械排列，而是基因組合）。這四種因素是：感知、想像、情感、理解。每一項因素都很豐富，可以說，每一項因素都是一個「集團」，一個系統。四因素的靈性組合便形成「審美方程式」，李澤厚在《美學論集》中對這一方程式作了如下說明：

美感從心理學看，至少就是感知、想像、情感、理解四種基本功能所組成的綜合統一，絕不只是其中的某一種因素，至於這幾種因素到底是怎麼結合起來的，各占多少比重，它的排列組合有多少種，這些問題還很少人研究。比如感知裡面就還有感覺和知覺，想像裡面的種類也很多：類比聯想、接近聯想、相反聯想等等。而情感與慾望、要求、意向、願望等也有很多連繫。每一種因素都有很多內容，我常說美學是一種年幼的學科，就是因為，美感心理的種種規律都有待於今後深入的研究。我們只知道現象的多樣性、複雜性，但它到底包含什麼，並不清楚。我想現在也研究不出來，恐怕要五十年或一百年以後。這是因為心理科學本身還不成熟，對情感，對高級的審美情感就更不清楚。

對於這個審美方程式，我在《李澤厚美學概論》一書中又作了如下闡釋：

……由感知、理解、想像、情感四要素排列組合的審美數學方程式。如DNA的不同組合，文學藝術也透過四者的無窮組合而呈現出千姿百態。「感知」是審美的出發點，又是多種心理功能協同運動的結果。「理解」是認識性因素，但文學之所以不是認識，是因為文學中的這一要素不同於科學、哲學、倫理學中的理解，它只是溶解於水中的鹽，有味無痕，性存體匿，屬於無痕的存在。「情感」乃是動物性慾望人化後的情感，它包括意識層的情感也包括潛意識的情慾。情感驅使想像，它是想像的動力、基礎和內容。「想像」要素，是審美的關鍵，它使「感知」越出自身，使「理解」不走向概念，使「情感」能構成一個多樣化的幻想世界。換種說法，是能使常數（理解、情感等）化為變數，使現實化為夢。筆者在自己的文學理論中，把心靈、想像力、審美形式視為文學最根本的三大要素。所謂心靈，也就是情感與理解，所謂審美形式，也就是透過感知與想像而創造的藝術形式。

理解、情感、想像、感知這四項因素的無窮組合使文學藝術擁有無窮的形式。文學作品可有千種萬種寫法，可呈現千姿萬態，其實就是因為這四項因素按不同比重組合。詩與雜文所以不同，就是因為前者的「情感因素」較重，後者的「理解因素」較多。而同樣是詩人，其風格之所以不同，也與這四項因素的方程式相關。例如普希金與艾略特相比，前者顯然是情感重於理解，後者則是理解重於情感。詩人必須掌握好比重的分寸（即藝術度），「增之一分則太長，減之一分則太短」，如果理解因素比重過大，就可能產生概念化；如果情感因素超重，則可能落入抒情主義的淺薄舊套。「想像」也有分寸的問題，不足則蒼白，太過則失真。文學藝術家的本領就在於掌控比重，能做到「恰到好處」，便是高明。文學作品中所產生的酸氣、嬌氣、霸氣、小氣、女人氣等弱點就是因為上述四項因素的排列組合失調或失度。

文學樣式的最後邊界

文學的顯形式，最明顯地呈現為不同的文學樣式（通常被稱為文學類型或文學體裁）。關於文學樣式的劃分（分類）有兩種困難。一是文學樣式並非固定化樣式，幾種樣式都處於不斷變化之中；二是劃分的結果反而削弱文學創作的自由，因此有些美學家與文論家便主張不要陷入分類的陷阱。例如克羅齊（Benedetto Croce，義大利人）和杜夫海納（Mikel Dufrenn，法國人）就否定分類的必要性。克羅齊的理由是文學藝術乃是直覺對象而非科學判斷對象，一旦分類，勢必陷入邏輯。而杜夫海納的理由則是，文學藝術不同樣式之間，重要的是其內部關係，而非其各自的外部特點。但也有主張必經分類的文論家，並且做了分類實踐。例如中國的陸機，就將「文」分為十體；劉勰將文體分為三十餘種；蕭統則將文章分為三十八類（一說三十九類）。西方的文論家亞里士多德、賀拉斯（Horace）、布瓦洛（Boileau）、別林斯基（Vissarion Belinsky）等也都從不同角度對文學進行分類。我個人則接受兩派（否定派與肯定派）的合理意見，折中為文學樣式可作大體分類、模糊分類、對比分類、即不要分得太絕對，但還是要有個大體分類。所以還是將文學分為詩歌樣式、散文樣式、小說樣式、戲劇樣式（指戲劇文學作品）。也可以再加上影視文學樣式。而每種樣式又都是一個系統，比如詩歌可分為抒情詩與敘事詩（但敘事不是詩的本質，抒情才是本質）、古體詩與現代詩。古體詩又可分為律詩與絕句。其中律詩又可分為五律與七律，絕句又分為五絕與七絕。在五四新文學運動中產生的新詩（胡適第一個作了抒寫白話新詩的嘗試）發展至今已九十多年，但還是有人懷疑新詩是否成功，因為新詩的藝術規範仍在變動中。

界定詩歌，本來並不難。翻開任何一部辭典或「文學概論」，都有詩歌的定義，而且大多是說明詩歌乃是押韻、分行、格外凝練含蓄的文學形式。無韻謂之「筆」，有韻謂之「文」，前者主要指實用散文，後者則指詩、詞、歌、賦等藝術文章，這是古代文學的常識，無可爭議。可是現代詩歌發展至今，許多詩歌不僅沒有格律，而且也不押韻，甚至不分行或者隨意分行，進而派生出「散文詩」，這樣就令定義詩歌變得困難。然而，我們還是可以把詩歌與散文、小說等樣式區別開來。詩歌的最後邊界是什麼呢？我認為詩之所以為詩，最重要的特徵是它的「音樂感」（包括節奏感）。分行也罷，不分行也罷；押韻也罷，不押韻也罷；凝練的抒情詩也罷，不夠凝練的敘事詩（長篇敘事詩）也罷，最後都不能拋棄「音樂感」。沒有音樂感，就不算詩。音樂感比跳躍感更根本，比通感更重要。散文詩之所以屬於詩，便是因為它也有一種內在情韻，這也是音樂感，可稱為內在音樂感。所以我們可以肯定，音樂感是詩的最後邊界。

與詩歌相比，散文則是作家呈現自我人格的文學樣式。詩歌可以「曲說」，散文則必須「直說」，即直言作者的心志、感悟、思想、情感、學識等。錢鍾書先生在《談藝錄》中引述西方文論家的話說，散文可稱「解放語」，以別於詩之為「束縛語」。詩歌確實被束縛於韻律、格律等框架內，散文則丟棄一切「鐐銬」。所以「詩如必被桎梏而飛行，文卻如大自在而步行」。散文有抒情散文、敘事散文和議論散文等類型。三類散文又各有分支，但都不可虛構情節，即不可寫成小說或寓言。散文是最自由的文體，把自己想說的話（思想言論）訴諸文字就是散文了，但必須有情思與文采，即內部情致與外部情趣（包括理趣），不可寫成乏味的公文、布告、章程等。雜文之所以是文學，而非人文科學（論文），就因為它具有情趣與理趣，甚至還有類型形象。這裡要特別提醒各位的是，要分清「理語」與「理趣」這兩個不同概念。寫作雜文難以避開理語，但還是要盡量多些理趣，少些理語。近兩年北京三聯書店出版我十部「散文精編」，就包括紀事、回憶錄、雜感、書信、序跋、遊記、小品、文化隨筆、閱讀筆記、散文詩、悟語（相當於隨想錄）等，這些都屬散文，但無論哪一類，都與真人實事相連，都擁有情思、理趣與文采，也都是自己心靈、性情與人格的寫照。

小說與散文最大的不同是它無須受制於真人實事，可以虛構。用《紅樓夢》的語言表述，它既可「甄士隱」（隱埋真人真事），又可「賈雨村」（用假名假語事）。原來的小說均以故事、情節為特徵，但是許多現代小說淡化了故事情節，甚至沒有故事情節，例如高行健的《靈山》就以人稱代替人物，以心理節奏代替故事情節，但誰也無法否認它是小說，因為它保留了小說最後的邊界，那就是貫穿性的敘述與講述，並且這些敘述講述都是虛構的。

戲劇與上述文學樣式區別較大。小說、詩歌、散文等，不可表演，只能訴說。而劇本則必須訴諸舞臺，因此表演性便成為戲劇文學樣式的本質與最後邊界。這裡需要特別說明的是，劇本具有雙重性，即它既是戲劇，又是文學。因此，劇本必須具有其他文學樣式所沒有的特點。它不能過分案頭化、書面化，而必須帶有直觀性的品格，必須透過演員的表演能立即轉化為形象，並直接呈現於觀眾面前。總之，戲劇文學（劇本）與其他門類文學（文本）的根本區別就在於案頭性文學與舞臺性文學之別。

每一個人都有文學批評的權利

這一課的重心是講文學批評，也兼說文學欣賞與文學接受，但內容太寬泛，所以只講文學經典的接受與閱讀。

正如每一個人都有寫作詩歌、散文、小說的權利一樣，每個人也都有欣賞文學與批評文學的權利。魯迅先生在〈看書瑣記三〉（《花邊文學》）把作家與讀者的關係比作廚師與食客的關係。廚師做了菜，食客就有批評的權利。廚師不能因此對食客說，你說我的菜做得不好，那你做給我看。當然，每個食客都應尊重廚師，廚師也應具有兼聽的情懷。每個食客都有自己的品味，眾口難調，廚師做的菜不可能使所有的食客都滿意。食客的品評往往是主觀的，但是，廚師的水準差異最後還是可以品嘗出來的，這又有客觀性。

文學批評的五種主體

文學創作的主體是作家，文學批評的主體卻不僅僅是文學批評家。一部作品產生之後，所有的讀者都可以進行批評，但讀者很複雜，因此，便出現五種批評主體：

(1)政府批評：可以不承認政府批評是文學批評，但它又確實在進行文學裁決。不管是東方還是西方，都有一些文學經典被列入禁書。復旦大學已故教授章培垣先生和安平秋先生編過一部《中國禁書大觀》（上海文化出版社出版），列舉了各個朝代遭禁的書目。在秦代被禁的有《尚書》、《詩經》、《左傳》、《論語》、《孟子》、《國語》、《戰國策》、《老子》、《莊子》、《公孫龍子》、《墨子》、《呂氏春秋》、《山海經》、《孫子兵法》等經典。到了清代，禁書超過一百種，我們今天所喜愛的《紅樓夢》、《西廂記》、《牡丹亭》等都屬禁錮之列。西方的禁書歷史也有許多故事，比如喬伊斯（James Joyce）的《尤利西斯》在二十世紀還被禁過。禁與止，收與放，這是政府按照自己的政治標準進行的批評。這種批評，靠的是權勢。雖有效，但有限，只能在短期內起作用。

(2)大眾批評：作品一旦進入社會，首先遭遇到的是大眾。大眾要說話，誰也阻止不了。大眾買不買你的書，讀不讀你的作品，這就是讀者選擇。選擇也是批評。大眾讀了作品，或與朋友交流心得，或透過各種媒體發表意見，這又是批評。出版社出了文學書之後說：「讀者反映很好，好評如潮。」所以會形成「潮」，就因為是大眾的選擇。魯迅先生告誡作家不要迎合大眾，俯就大眾，意思是說，不要讓大眾的議論與呼聲影響自己的寫作。好作家不求「萬人之諤諤」，寧求「一人之嘖嘖」。

(3)機構批評：二十世紀出現了許多文學批評機構，即文學獎的評獎機構。例如諾貝爾文學獎（瑞典），龔固爾文學獎（法國）等。中國現有魯迅文學獎、茅盾文學獎，馬來西亞有花蹤文學獎，香港有紅樓夢獎等等，這是群體性的機構批評。沙特（Jean-Paul Sartre）當年所以拒絕諾貝爾文學獎，據他自己說，就是不願意讓自己「機構化」，這也可以理解為不接受機構文學批評標準。機構是人掌握的，機構主體也就是那麼一批人，他們並非三頭六臂，而且不可能把整個人生都獻給文學批評；二是即使有此獻身精神，也不可能閱讀所有作品，因此，其文學批評也很「主觀」，其功過總是引起爭議。

(4)個體文學批評（包括專業批評與業餘批評）：這是通常所說的文學批評者、文學批評家。這種批評者以文學批評為職業，以報刊、書籍（出版社）、電臺、課堂、研討會等作為平臺，又往往進入文學評獎機構。今天所講的文學批評，就是這一類型的批評。劉勰在《文心雕龍》裡說「知音難求」，他所說的「知音」，也屬於這類文學批評。不過，不是所有的個體文學批評家都真懂文學，有的批評者確實「眼光如炬」，但有些批評者則「眼光如豆」。

(5)時間批評（也可稱為「歷史批評」）：這一項文學批評指的是文學作品所經受的時間（歷史）的淘洗、篩選、抉擇。文學作品產生後經過五十年、一百年、數百年、上千年的時間檢驗，就像大浪淘沙一般，歷史淘汰掉那些無價值的魚目，把珍珠留下了，這就是時間選擇或歷史選擇。這才是最權威的選擇，我們不妨稱之為「天擇」或「上帝選擇」。有些好作家很有自信，他們不在乎政府、大眾、批評家、評獎機構的批評，只相信時間會作出公正的判斷。相信幾十年、幾百年後他的作品還會放射光輝，因此，他按照自己的意志，面壁寫作，讓內心自由飛揚，而不理會外面評語，這種作家的心態最健康也最難得。

個體文學批評的兩種才能

現在講述個體的文學批評。

文學創作需要才能，文學批評也需要才能。康德區分「發明」與「發現」這兩個概念，認定只有發明才可稱得上天才。把這一見解運用到文學，便是文學創作（發明了作品）才算天才，而文學批評只是發現好作品，不算天才。我們非常尊敬康德，但是不認為他的每一句話都很正確。例如他說天才只在文學藝術中，不在科學中，那麼，我們要問：難道愛因斯坦、牛頓不算天才嗎？還有，千里馬固然是天才，難道發現千里馬的伯樂就不是天才嗎？其實，文學批評也參與審美再審造，發現中也有發明。例如，俄國的著名作家岡察洛夫（Ivan Goncharov）寫出了產生巨大影響的長篇小說《奧勃洛摩夫》，這當然是創造，是發明，當時年輕的著名文學批評家杜勃羅留波夫（Nikolay Dobrolyubov），所寫的評論《什麼是奧勃洛摩夫的性格》和《黑暗的王國》，則揭示奧勃洛摩夫這個「多餘人」的性格內涵和巨大思想意義，並在俄國引起震動。連岡察洛夫本人都說，他寫作時並不理解奧勃洛摩夫典型的巨大意義，是杜勃羅留波夫的深刻分析才使他有了認識。也就是說，奧勃洛摩夫的形象，有一半是文學批評家杜勃羅留波夫創造，發現，甚至發明的。

杜勃羅留波夫二十五歲時就去世了，而別林斯基也活不到四十歲，但他們的文學批評卻影響了俄國幾代作家、幾代人，不僅是文學界，連思想界與整個俄羅斯社會都受其影響。在二十世紀的漫長歲月中，別林斯基、車爾尼雪夫斯基（Nikolay Chernyshevsky）、杜勃羅留波夫這三位批評家對中國文學、美學界也影響巨大，所以中國文壇的領袖人物周揚稱他們是「三個打不倒的斯基」。面對這「三個斯基」，尤其是面對別林斯基和杜勃羅留波夫這兩個「英年早逝」的天才，就會明白文學批評也需要才能，特別是需要兩項最重要的能力：一是藝術感覺力；二是藝術判斷力。

人們通常都比較佩服古代文學的研究者，以為他們古奧博雅而有學問，而當代文學批評則比較淺近也比較容易。其實，兩者各有各的難處，從事當代文學研究也絕非易事。其所以難，就因為它需要一個根本前提，即必須大量閱讀作品，要跟蹤不斷前行的文學步伐。沒有大量閱讀，就無從比較，也無從評說。除此之外，還需要另一個前提，即必須具有藝術感覺。這種感覺包括藝術聽覺、藝術視覺、藝術嗅覺等等。好的批評家感覺非常敏銳，打開作品幾頁，就可以嗅到作品的基本氣息，但要準確地判斷，還得閱讀下去，把握全篇、全書，即作品的整體。好作品除了思想內容深厚之外，還有聲音、色彩、語言功夫等也躍然紙上。這是作家的「先覺」，還需要批評家的「後覺」。福樓拜（Gustave Flaubert）說他寫作《包法利夫人》時，寫到包法利夫人自殺，自己也聞到了砒霜的味道。這是一種魔術般的嗅覺，一種穿越時空的嗅覺。莫言的短篇〈嗅味族〉，寫此族人的嗅覺可以聞到十里外的肉香，這可能是曾處於極端飢餓狀態的莫言自己的體會。他的〈透明的紅蘿蔔〉，寫黑孩的肉體沒有感覺，但內視覺、內聽覺卻發展到極致，所以他能聽懂天上的鳥語與水中的魚語，也能感覺到鐵砧上剛出爐的鐵條像透明的紅蘿蔔。莫言的勝利首先是感覺力的勝利。要讀懂莫言，也得有相應的藝術感覺，雖難以企及，但也需努力靠近。可惜許多批評莫言的人，既沒有藝術感覺力，也沒有藝術判斷力，只知一些新舊意識形態教條。舊教條是「政治性」，新教條是「現代性」。

藝術判斷力產生於藝術感覺力之後。有了藝術感覺，還要進行審美判斷。判斷力實際上是對感覺力的理性提升。感覺不等於判斷。判斷是在感覺的基礎上對作品價值作出的評價。這裡需要批評家具備兩樣素質：一是「膽」，二是「識」。兩者缺一不可。有識沒有膽，怕得罪作家，不敢把自己的真感覺說出來，這不行；相反，僅有膽而沒有識，也不行，這可能會導致胡說胡評。當下的批評家，多數是兩者都缺少。

文學批評的兩個基本準則

文學批評有沒有基本準則？有，正因為「有」，所以全人類都共同認定荷馬史詩、莎士比亞戲劇、托爾斯泰的小說、曹雪芹的《紅樓夢》是最偉大的文學作品。也就是說，基本準則帶有人類性與普世性。

那麼，普世的文學批評標準是什麼呢？標準有兩個：一個是文學的精神內涵；一個是文學的審美形式。

精神內涵的豐富與否、深淺與否、真實與否都是文學批評的著眼之處。有些作品行文漂亮，文采飛揚，但精神內涵如果太過蒼白，那就不能成為好作品。精神內涵包括思想內涵、社會內涵、心理內涵、情感內涵等等。其中特別重要的是人性內涵。我們所說的心靈要素，也是精神內涵。以往在大陸流行的文學批評標準，把政治標準規定為第一標準，這就是「精神內涵」標準狹窄化了。精神內涵裡也可以有政治內容，但這是政治環境、政治事件、政治生活的人性呈現，而非政治判斷，也非政治傾向。所以不能用政治正確與否作為文學批評標準。倘若以此為準繩，那就會導致把文學變成政治工具、政治號筒和政治註腳，文學就會變成非文學。

文學批評還有另一個標準是「審美形式」。有好的精神內涵還不夠，還必須把精神內涵轉化為審美形式。審美形式體現文學的藝術價值。它本身也具有獨立的價值。然而，只有審美形式與精神內涵結合得恰到好處，文學作品才能成為一流作品。精神內涵如果缺少審美形式的支援，文學作品就可能乏味，就可能缺少感人的力量。而審美形式如果缺少精神內涵深度，文學作品就可能流於蒼白，犯「貧血症」。因此，文學批評必須對文學作品進行雙重考察，然後再作出價值判斷。因為各個批評者所持的標準不同，批評的主觀性過強，所以常會出現批評的偏差與謬誤。法朗士（Anatole France）曾說批評乃是「靈魂的冒險」，很有道理。

文學批評與經典閱讀

文學批評固然需要才能與感覺，但也需要閱讀，如果從事當代文學批評，更是必須天天讀，月月讀，年年讀。大量閱讀之後，才有比較，才能培養出敏銳精準的眼光。當代文學批評的困難，在於大量閱讀的負累。夏衍有一本講述電影批評的書，也介紹了他自己的經驗。他的經驗就是多看、比較。因為他是分管電影的文化部副部長，所以天天看電影，看多了，自然就能看出優劣高低，在比較中生長出更強的藝術感覺力與藝術判斷力。

理工科學生雖對文學有興趣，但文學閱讀的時間有限。所以我建議大家先讀中外一些文學經典。即使是文學系的學生，這一功課也要做好。因為文學經典是文學創作與文學批評最好的參照系。有《紅樓夢》作參照系，什麼作品什麼水準，都變得一清二楚。人類世界數千年的歷史，為我們留下的文學精華，就是顛撲不破的文學經典。

什麼是文學經典？當代傑出的已故義大利小說家卡爾維諾（Italo Calvino）曾對此作過啟迪性的回答。他在《為什麼讀經典》一書的首篇〈為什麼讀經典〉中給經典作了十四項定義，很有趣，不妨羅列如下：

(1)經典就是你經常聽到人家說：「我正在重讀……」，而從不是「我正在讀……」的作品。

(2)經典便是，對於那些讀過並喜愛它們的人來說，構成其寶貴經驗的作品；有些人則將這些經典保留到他們可以最佳欣賞它們的時機再閱讀，對他們來說，這些作品仍然提供了豐富的經驗。

(3)經典是具有特殊影響力的作品，一方面，它們會在我們的想像中留下痕跡，令人無法忘懷，另一方面，它們會藏在層層的記憶當中，偽裝為個體或集體的潛意識。

(4)經典是每一次重讀都像首次閱讀時那樣，讓人有初識感覺之作品。

(5)經典是初次閱讀時讓我們有似曾相識的感覺之作品。

(6)經典是從未對讀者窮盡其義的作品。

(7)經典是頭上戴著先前的詮釋所形成的光環、身後拖著它們在所經過的文化（或者只是語言與習俗）中所留下的痕跡、向我們走來的作品。

(8)經典是不斷在其四周產生由評論所形成的塵雲，卻總是將粒子甩掉的作品。

(9)經典是，我們愈是透過道聽途說而自以為了解它們，當我們實際閱讀時，愈會發現它們是具有原則性、出其不意而且革新的作品。

(10)經典是代表整個宇宙的作品，是相當於古代護身符的作品。

(11)「你的」經典是你無法漠視的書籍，你透過自己與它的關係來定義自己，甚至是以與它對立的關係來定義自己。

(12)經典就是比其他經典更早出現的作品；不過那些先讀了其他經典的人，可以立刻在經典作品的系譜中認出經典的位置。

(13)經典是將當代的噪音貶謫為嗡嗡作響的背景之作品，不過經典也需要這些噪音才能存在。

(14)經典是以背景雜音的形式而持續存在的作品，儘管與它格格不入的當代居主導位置。

卡爾維諾對於經典的十四項定義，提供了認識文學經典的十四項尺度。我們可以用這些尺度選擇人生的「護身符」與文學的鏡子，可以自己選擇，也可以和師長、親屬一起選擇，還可以參考已有的選擇，即閱讀中外各種文學評論書籍。今天，我簡要地講講自己的選擇，也就是我認定的已閱讀數十遍的中外基本經典極品，這些極品要一一列出，恐怕有百部以上。而我假設，如果上帝把我流放到月球上，並只允許我攜帶二十部經典，中國十部，國外十部，那麼，我就只能照辦，國外的作品我將攜帶如下十部：

(1)《俄狄浦斯王》（希臘悲劇，索福克勒斯〔Sophocles〕）；(2)《伊利亞德》（希臘史詩，荷馬）；(3)《神曲》（但丁）；(4)《哈姆雷特》（莎士比亞）；(5)《堂吉訶德》（塞萬提斯）；(6)《歐燕妮·葛朗台》（巴爾札克）；(7)《悲慘世界》（雨果）；(8)《浮士德》（歌德）；(9)《戰爭與和平》（托爾斯泰）；(10)《卡拉馬助夫兄弟們》（杜斯妥也夫斯基）。

中國經典則是：(1)《離騷》（屈原）；(2)《莊子》；(3)陶淵明集；(4)李白詩集；(5)杜甫詩集；(6)李煜詩詞集；(7)蘇東坡詩詞集；(8)湯顯祖戲劇集；(9)《聊齋志異》（蒲松齡）；(10)《紅樓夢》（曹雪芹）。

這二十部之外，自然還有許多經典，例如莎士比亞的《哈姆雷特》之外，至少還有《馬克白》、《奧賽羅》、《李爾王》等，而這二十部經典作家之外還有福樓拜、莫泊桑、左拉、拜倫、果戈里（Nikolai Gogol）、普希金、契訶夫（Anton Chekhov）、卡夫卡（Franz Kafka）及中國的三曹、李商隱、李賀、《古文觀止》等等，但上帝不允許多帶，只好割愛了。

除了公認的經典之外，我們還可以選擇一些自己最喜愛的傑出作品作為自己的「親兵」。這是我們科技大學人文學部的講座教授李伯重先生的父親，也是歷史學教授李埏先生傳下的方法。李教授一家是史學世家，李伯重老師的弟弟李伯傑也是史學家。他們的家傳方法就是要選擇一批「精華」（「親兵」）作為自己的護衛（護身符）。把這些著作讀熟讀通讀透，讓它們化為自己靈魂的一部分。

講「文學常識」，離不開一個基本問題，即文學是怎樣發生的？但是，這個問題，事實上包含兩個層面的問題：一個是從歷史學（也可以說是人類學）的層面提問，即作為一種歷史文化現象，原始人是如何開始文學創作的？另一個是從文學寫作即「文學創作論」的層面提問，即作為一種精神價值創造現象，作家詩人是如何開始文學創作的？我把前者界定為文學的起源，屬於狹義文學發生學；把後者界定為文學的初衷，屬於廣義文學發生學。在我看來，前者是回答文學如何開始形成（或稱「萌動」），後者才是回答「作家為什麼寫作」這個和我們更密切相關的問題。

關於文學的起源

這一講的重心是講述文學的初衷，而且我認為文學的出路在於返回文學的初衷。但是，「文學的起源」畢竟是重要的文學知識，我們也必須從歷史學、人類知識學的角度給予了解。

六十年代初期，我在上大學中文系的「文學理論」課時，老師就講了四種起源說，即模仿說（古希臘）、遊戲說（德國席勒〔Friedrich Schiller〕）、宗教巫術說（中西皆有）、勞動說（馬克思主義經典作家普列漢諾夫〔Georgi Plekhanov〕等）。但突出的是最後一說，這是馬克思主義的見解，也是魯迅的見解。五十年過去了，我雖然至今還認為勞動說最有道理，但不認為這是唯一的真理。模仿說、遊戲說、宗教說、巫術說等都道破文學起源的一部分真理。我是文學起源的多元論者，不是一元論者。

關於勞動起源說，給我留下最深印象的不是馬克思經典學者的論述，而是魯迅的論說（不過，魯迅也受到普列漢諾夫的影響）。魯迅在《且介亭雜文．門外文談》中說：

……我們的祖先的原始人，原是連話也不會說的，為了共同勞作，必需發表意見，才漸漸的練出複雜的聲音來，假如那時大家抬木頭，都覺得吃力了，卻想不到發表，其中有一個叫道「杭育杭育」，那麼，這就是創作；大家也要佩服，應用的，這就等於出版；倘若用什麼記號留存了下來，這就是文學；他當然就是作家，也是文學家，是「杭育杭育」派。

這是很有名的一段話，我也很相信。但是，魯迅在這篇文章中，除了講述勞動起源之外，還涉及另一種起源，那是巫術起源。魯迅也是文學起源說的多元論者，可是我的老師們迴避談論巫術。今天我也引述給大家看看：

原始社會裡，大約先前只有巫，待到漸次進化，事情繁複了，有些事情，如祭祀，狩獵，戰爭之類，漸有記住的必要，巫就只好在他那本職的「降神」之外，一面也想法子來記事，這就是「史」的開頭。況且「升中於天」，他在本職上，也得將記載酋長和他的治下的大事的冊子，燒給上帝看，因此一樣的要做文章——雖然這大約是後起的事。再後來，職掌分得更清楚了，於是就有專門記事的史官。文字就是史官必要的工具，古人說：「倉頡，黃帝史。」第一句未可信，但指出了史和文字的關係，卻是很有意思的。至於後來的「文學家」用它來寫「啊呀呀，我的愛喲，我要死了！」那些佳句，那不過是享享現成的罷了，「何足道哉」！

在這段話裡，魯迅描述了從「巫」到「史」又到「文」的三段過程，很有見地。最先出現的是

「巫」。有「巫」才有「史」，然後才有「啊呀呀」的文學。我的老師不講「巫」而講「勞動」，這樣比較符合馬克思主義。恩格斯（Friedrich Engels）在《自然辯證法》一書中說，手不僅是勞動的器官，而且是勞動的產物。勞動使手達至「高度的完善」，「在這個基礎上它才能彷彿憑著魔力似地產生了拉斐爾的繪畫、托爾瓦德森的雕塑以及帕格尼尼的音樂」。恩格斯這段話講的是藝術（繪畫、雕塑、音樂等）如何發生，而真正以學術形態論述文學起源的是俄國的馬克思主義理論家普列漢諾夫，他論證了原始部落勞動的歌吟節奏是由生產動作的節奏所決定的，並論證了勞動先於遊戲，遊戲乃是勞動的產物。普列漢諾夫的論述，出自他的《沒有地址的信》（人民文學出版社出版）。普氏針對的是遊戲起源說。這一說的代表人物是德國的席勒與英國的斯賓塞（Herbert Spencer），而在他們之前的康德就已道破過。康德在《判斷力批判》（上卷）中把藝術和手工藝加以區別。認為前者屬自由之物，後者則是僱傭之具。前者帶給製作者的是愉快，後者則是負擔。因為前者乃是「遊戲」。康德的遊戲說得到席勒的充分發揮，他認為文學藝術就起源於力量過剩後的遊戲。席勒的遊戲說，實際上是更徹底排除文學的功利動因，所以王國維也特別支持此說。他在〈文學小言〉中說：

> 文學者，遊戲的事業也。人之勢力用於生存競爭而有餘，於是發而為遊戲。婉孌之兒，有父母以衣食之，以卵翼之，無所謂爭存之事也。其勢力無所發洩，於是作種種之遊戲。逮爭存之事亟，而遊戲之道息矣。惟精神上之勢力獨優，而又不必以生事為急者，然後終身得保其遊戲之性質。而成人以後，又不能以小兒之遊戲為滿足，於是對其自己之感情及所觀察之事物而摹寫之，詠嘆之，以發洩所儲蓄之勢力。故民族文化之發達，非達一定之程度，則不能有文學，而個人之

汲汲於爭存者，決無文學家之資格也。

王國維的文學藝術觀與康德的藝術觀非常接近。他也徹底排除文學藝術的功利性，主張文學藝術乃是「無用之用」，即「無目的的合目的性」。出現在遊戲說之前的模仿說，早在古希臘時期就提出了。德謨克利特（Democritus）說藝術乃是起源於人對自然的模仿。他所說的自然，主要是指飛禽走獸這些動物。他甚至說，人在許多重要事情上實際是模仿禽獸的小學生，從蜘蛛織網，人學會了織布和縫補；從燕子築巢，人學會了造房子；從天鵝和黃鶯等鳥兒啼叫，人學會了唱歌。之後亞里士多德在《詩學》中對模仿說是作了完整的表述。他說：

一般地說，詩的起源彷彿有兩個原因，都是出於人的天性。……人從孩提的時候起就有模仿的本能（人和禽獸的分別之一，就在於人最善於模仿，他們最初的知識就是從模仿得來的），人對於模仿的作品總是感到快感。經驗證明了這樣一點；事物本身看上去儘管引起痛感，但唯妙唯肖的圖像看上去卻能引起我們的快感，例如屍首或最可鄙的動物形象。……人們看見那些圖像所以感到快感，就因為我們一面在看，一面在求知，斷定每一事物是某一事物，……模仿出於我們的天性，而音調感和節奏感（至於「韻文」則顯然是節奏的段落）也是出於我們的天性，起初那些天生最富於這種資質的人，使它一步步發展，後來就由臨時口占而作出了詩歌。

感物明志

現在我們放下歷史學的探究，講述文學創作的初衷，這也正是人類走出原始時代進入文明時代之後，文學創作的動因。我覺得這一文學初衷可以用「有感而發」四個字來概說。詩人、散文作者、小說作家（開始時並無「家」的桂冠）開始寫作時並沒有當今作家那麼多功利企圖，只是「有感而發」。或者說，只是心靈有所需求而已。「有感」之「感」，是一個極為豐富的概念，包括感覺、感動、感觸、感悟、感知等，更具體地說，人因為有痛苦感、壓抑感、孤獨感、恐懼感、傷感、罪惡感、快感、恥辱感、發現感等感覺，所以才想表述，才想訴說，才產生寫詩作文的慾望與衝動。我很喜歡劉勰在《文心雕龍．明詩》中的論斷。他說：

> 人稟七情，應物斯感，感物吟志，莫非自然。

他說人有七情，見到眼前出現的事物景物，便寄託情思，抒發所感。這與〈毛詩序〉的見解相通。〈毛詩序〉中說：「情動於中，而形於言。言之不足，故嗟嘆之；嗟嘆之不足，故詠歌之；詠歌之不足，不知手之舞之，足之蹈之也。」劉勰與〈毛詩序〉，說的都是文學的初衷。我們可以列舉無數例子來證明這一點。無須尋覓孤本祕笈，我們就可以說：如果沒有被放逐的壓抑感，就不會產生屈原的《離騷》；如果沒有被閹割的恥辱感，就不會有司馬遷的《史記》；如果沒有擺脫官場回歸家園的快樂感，就不會有陶淵明的田園詩；如果沒有國破家亡的滄桑感，就不會有李後主（李煜）的「問君能有幾多愁」等卓越詩詞；如果沒有緬懷「閨閣女子」的孤獨感與寂寞感，就不會有

《紅樓夢》；如果沒有欠下一些女子情感債務的罪惡感，就不會有托爾斯泰的《復活》；如果沒有衝破鐵屋子的悲憤感，就不會有魯迅的《吶喊》與《彷徨》；如果沒有對於現實世界的絕望感，就不會有卡夫卡的《變形記》、《審判》與《城堡》。

每一部好作品，作家都是有所感而發，千萬種作品，其動因也千種萬種。每一部傑作未必只有一種感，也可能是百感交集。例如林黛玉的葬花辭，寫得那麼動人，其動因就是徹骨的傷感、悲感、孤獨感、寂寞感，尤其是絕望感。

返回文學的真誠與真實

我說文學應當返回文學的初衷，就是說，應當返回文學創作的最初理由與最初狀態，那就是有感而發的理由和狀態。唯此，才有真誠與真實。

但是，一個多世紀以來，文學被時代的各種潮流所席捲，已經遺忘了文學的初衷。於是，文學並非有所感而發，卻往往是無所感而發，即因有利可圖而發，因政治需要而發，因世俗目的而發。所謂「遵命文學」，就是自己沒有什麼感觸、感覺，但也遵從「金錢與指揮刀的命令」（魯迅語），即在革命的名義下作各種表態和作轉達政治意識形態的文章。有人認為文學就要干預生活，干預政治，如果真有實感，那也可能寫出好文章；但如果沒有什麼感悟而硬寫，就會變成公式化、口號化的文章。所以我並不主張「文學介入」與「文學干預」。

文學是「活下去」的需求

文學「有感而發」，乃是出自生命的需要而發，即出自心靈的需要而發。前幾年我完成了《紅樓四書》後，特地寫了一篇序文，說「四書」並不是研究，而是心靈的訴求，即不寫就不痛快，就不快活。我把自己比作薩珊王國那位宰相的女兒，那個講述《一千〇一夜》故事的女子。她的講述只是生命的需求。薩珊國王因皇后與一個奴隸通姦而仇恨一切女子，因此，每一位他娶的女子在過夜後便殺掉（讓她沒有通姦的機會）。宰相的女兒為了阻止國王的行為，自願嫁給國王，並講述極為精彩的故事，但總是不講完。國王聽得津津有味，因為沒有講完，就不殺她，留著第二個夜晚繼續講，結果講了一千〇一夜即一千〇一個故事。這位宰相的女兒就是作家，她的講述不是為了權力、財富、功名這些外在目的，只是「活下去」的需要。講得好才能活下去，講述沒有其他功利目的，只是生命的需求。這便是文學的初衷。

宰相的女兒是有感而發，是因為生命之需而發。如果她懷的是另一種目的，如為了當上女狀元而發，或為了向國王獻媚而發，她的故事就未必講得這麼精彩。為當狀元而發，是「有用而發」；為生命而發，才是「有感而發」。文學如果為政治所「用」，就會變成政治的奴才；如果為市場所用，就會變成市場的奴才，惟有為自己的所思所感而發，才會變成自己心靈的一部分。所以文學返回文學的初衷，便是返回作家自身，返回文學的天性、自性、個性。

關於文學的動因，二十世紀流行過佛洛伊德的「性壓抑」說。這一說法，既可放入廣義文學發生學，也可放入狹義文學發生學。即可以給模仿說、勞動說、宗教說、遊戲說之外，再加上一個「壓抑說」，讓文學起源說又多了一元。但也可以以此來解釋文學創作的直接動因，許多作家詩人確實為釋放被情慾壓抑的苦悶而創作，佛洛伊德所以很受西方作家歡迎，就因為他道破了文學發生學的部分真理。但在東方，至少在中國，許多偉大的作家詩人，他們之所以創作，並不是因為「性壓抑」，而是因為「良知壓抑」，他們把良知被壓抑（良知不自由）視為最大的痛苦，比如杜甫、蘇東坡、魯迅，皆是如此。我們現在許多優秀的作家詩人，其創作動因主要也緣於「良知壓抑」而非「性壓抑」。

還有許多作家詩人，其寫作更有其他動因（初衷）。有的因恥辱而發憤，比如司馬遷；有的因離恨（孤獨）而吟哦，如屈原；有的為了擺脫飢餓而創作，如中國當代著名作家莫言。莫言說偶爾聽人家講，作家可以每天吃餃子，這種誘惑成了他寫作的動機。莫言還說，他的每部作品雖「迥然有別」，「但最深層的東西還是一樣的，那就是一個被餓壞了的孩子對於美好生活的嚮往」。每個作家的寫作初衷都有具體性與獨特性，但都有所感，有所悟，有所追求。並非無病呻吟，也並非皆出自一種原因。

在第六講（〈去三腔與除舊套〉）中，我們批評過「教化腔」（即道德說教）。那麼，文學是不是就沒有「教育」的可能？或者說，就沒有包括教育的社會功能呢？

我的回答是「可能」的。但是，二十世紀，文學「教育功能」的名聲被搞壞了，現在說起教育功能，人們就皺眉頭，就反感。這不能怪大家，因為二十世紀文學的教育功能被過分強調而變質了。其變質，表現在三個方面：(1)把教育功能蛻化為政治宣傳；(2)把教育功能蛻化為思想灌輸；(3)把教育功能蛻化為道德說教。

文學功能的隱祕性

文學教育本是一種美感教育。蔡元培先生提出「以美育代宗教」的主張，我們所以會接受，就因為用美感教育取代宗教灌輸是可能的，可取的。美育揚棄宗教的偏執，更帶情感的普遍性。美育的內容包括用音樂、美術、電影、戲劇等藝術方式去感染學生，也包括用文學的詩歌、詞賦、散文、小說去啟迪學生。倘若確認美育的可能性，那就應當確認文學教育功能的可能性。

現在大陸版的《文學概論》教科書，也深知「教育功能」的名聲不好，所以往往迴避講解教育功能，即使講了，也不敢理直氣壯，僅僅放在文學的接受機制中輕輕帶過。然而，講述文學常識，卻不能不面對這個根本性問題，所以，我們今天要理直氣壯地作出如下答問：

問：文學有沒有教育作用？

答：有。

問：文學的教育功能有什麼特點？

的狹義教育。

答：文學教育功能是潛功能，不是顯功能。是轉移性情的廣義教育，不是改造立場、改造思想

問：什麼叫作「潛功能」？

答：潛功能是透過潛移默化、陶冶性情達到「教育」的目的。這是中外文學公認的方式。

問：潛功能與顯功能的差別是什麼？

答：顯功能實際上是宣傳，潛功能則是默傳。默傳即「只可意會，不可言傳」（《紅樓夢》語）。因此，潛功能也可以說是隱蔽功能。

問：是淺隱蔽還是深隱蔽？

答：隱蔽得愈深愈好，隱蔽得毫無痕跡，如鹽溶入水中，那就更好。文學引導人們向真向善向美，這是永恆的道德導向。偉大的文學作品肯定具有星辰般的道德指向、心靈取向和良知取向，這些指向、取向、方向，都帶隱祕性，即都深深地隱藏在作品深處。

文學的「淨化」功能

文學教育功能既然是一種潛功能，那麼，它又如何實現這種功能呢？關於這點，中外傑出的文學思想家提出過許多精闢的見解，最早最著名的思想是亞里士多德的「淨化」說。亞里士多德在《詩學》與《政治學》中都提出過此說。在他的學說系統中，所謂淨化，乃是憐憫情緒與恐懼情緒的解脫。這是一種悲劇效果，即人們在觀賞悲劇之後，獲得一種快感，與此同時，憐憫情緒與恐懼情緒也得到補償與緩解。「淨化」是當時醫學上的概念，亞里士多德天才地把這一概念移用到悲劇

效果和藝術效果上，十分恰當。亞里士多德談論音樂時，說音樂具有四重功能：娛樂、道德教育、養性和淨化。事實上，淨化裡也包含著潛在的道德教育。兩千多年前，亞里士多德提出「淨化」概念時，尚未充分地闡釋「淨化」的範圍。今天，我們可以把「淨化」的內涵加以擴展，確認文學不僅有情感淨化的功能，而且有道德淨化的功能；人性中的種種弱點，自我實踐中種種惡的可能性，都可以在文學藝術面前得到淨化，得到解脫。例如我在《賈寶玉論》中說賈寶玉身上沒有普通人難以消解的人性弱點，例如沒有仇恨的心理機能，也沒有嫉妒、貪婪、猜忌、算計等機能。如果我們的心靈被賈寶玉的心靈所打動，就會淨化仇恨、嫉妒、貪婪這些情緒。而這，也可以說是我們就默默地受到「教育」。

我們在現實生活中其實沒有自由，沒有情愛的自由，沒有婚姻的自由，沒有逍遙的自由，沒有獨立的自由，沒有言說的自由，沒有沉默的自由等等；而且每天還要為生存奔波，非常辛苦，往往不堪重負。然而，人們雖身負重擔，卻不想自殺，仍然留戀生活，為什麼呢？這就因為我們人生中還有許多美好的瞬間，而文學藝術就提供給我們這種瞬間。我們在觀賞文學藝術的瞬間中體會到自由，體會到快樂，這就是幸福。在瞬間中我們的感情得到安慰，得到淨化，得到解脫，甚至得到提升，這正是文學的功勞。人類幾千年來經受那麼多的苦難，其神經所以不會斷裂，對人生所以不會絕望，文學起了很大作用。而最根本的作用就是讓人類的痛苦、憂慮、恐懼在審美中得到淨化，得到解脫。

文學的「警示」功能

亞里士多德的「淨化」功能，固然說得好，但它主要是指悲劇與音樂，並不能囊括文學的所有功能。淨化功能重在解除人的憂慮與恐懼並達到精神解脫的目的。但有些文學作品並不能安慰你，也不是想讓你解脫，而是給你敲下警鐘，甚至為你帶來某些恐懼，並由此反省自己的行為，警惕自己的墮落，這叫作「警示」功能。例如但丁的《神曲》，這首長詩分〈地獄〉、〈煉獄〉和〈天堂〉三部，每部三十三首歌，加上序曲，共一百首歌，計一萬四千餘行。「地獄篇」寫得最好，「天堂」恐怕沒有多少人走進去。《神曲》描述地獄的形狀如同漏斗的深淵，共有九層。罪人的靈魂按生前罪孽的大小被安排在不同的層面上接受懲罰。這是「罪與罰」的邏輯結構。第一層是候判所，那些出生於基督之前、未受過洗禮的異教徒，在這裡等候上帝的發落。第二層至第五層，分別是好色之徒、瘋狂吃喝之徒、貪婪揮霍之徒、生性暴虐之徒以及邪教徒，這些罪人分別遭受風雨與烈火的打擊與煎烤。第七層裡的強暴者、自殺者與褻瀆上帝的狂妄者在血湖、火雨、熱沙中受盡折磨；而第八層最可怕，地獄像口大井塌陷下去，沿壁的十個深溝拘禁著十類惡人：誘姦者、偽君子、教唆犯、阿諛者、竊賊、貪官汙吏及品質惡劣的挑撥離間者等。第九層，三副面孔的撒旦站立在冰湖中心，正在咬齧叛徒猶大和幾個罪人。但丁說這層罪人背信棄義，豬狗不如。一九六二年，我在廈門大學中文系讀書，傾聽鄭朝宗老師講解「西洋文學史」，每堂課都津津有味，至今，我還記得他說，但丁把他最痛恨的人都安排在第八層，其中有些還是當時尚存人世的權貴，連教皇逢尼法西八世，但丁也給他留了個位置，準備讓他頭朝下腳向上地栽在地穴裡。而「煉獄」（也叫淨界）則是罪孽較輕的鬼魂修煉之處。它也分九層，海面上有一層沙灘，沙灘上有座七層的環形山，分別住著「驕、妒、怒、惰、貪、饞、色」七種罪惡的靈魂。每一層的鬼魂都分別用不同的方法自我抑制與自我克服。環形山九級，靈魂每洗掉一種罪過，就往山上升一級。完全洗淨時便可進入山巔的樂園。但丁的《神曲》問世後在義大利引起了強烈反響，六百年來，不知震動和挽救了多少人的靈魂。很明顯，這部長詩的社會功能，不是「娛樂」，也不宜用淨化來描述。它對世人乃是起了一種警示作用。這與佛教的惡有惡報的思路相通。但佛教是透過說教來傳達其觀念，《神曲》則詩意盎然，毫無說教味道。它透過想像、隱喻、激情給全人類作了一次氣勢磅礴的詩意警示；也可以說，作了一次驚心動魄的「善」的教育。直到今天，我們閱讀時，還能聽到其警鐘的長鳴，警惕自己別掉入黑暗的深淵。

文學的「範導」功能

如果說，淨化還帶有「消除」、警示還帶有「勸解」等消極意味的話，那麼，文學還有一種更積極的功能，這就是「範導」功能。

範導功能，也可以說就是提升功能，燈火照明的功能，魯迅先生在〈論睜了眼看〉（《墳》）裡說：

> 文藝是國民精神所發的火光，同時也是引導國民精神的前途的燈火。這是互為因果的，正如麻油從芝麻榨出，但用以浸芝麻，就使它更油。倘以油為上，就不必說；否則，當參入別的東西，或水或鹼去。中國人向來因為不敢正視人生，只好瞞和騙，由此也生出瞞和騙的文藝來，由這文藝，更令中國人更深地陷入瞞和騙的大澤中，甚至於自己已經不覺得。世界日日改變，我們的作家取下假面，真誠地，深入地，大膽地看取人生並且寫出他的血和肉來的時候早到了；早就應該有一片嶄新的文場，早就應該有幾個兇猛的闖將！

魯迅說文藝可以成為「引導國民精神的前途的燈火」。很明顯，他是確認文學具有引導功能的。引導，當然比「淨化」與「警示」更積極。現在，我們的問題是要不要確認文學真的具有這種引導功能，即如燈火那樣，具有照明國民精神的功能。倘若確認，那麼這種引導功能，就正是一種隱蔽的、廣義的教育功能。

魯迅那個時代，由於國家興亡和社會合理性問題全都逼到作家面前，再加上國民不覺不醒，「國民劣根性」對國家進步產生巨大的障礙，所以作家們都成了廣義的「左翼」，即使不是左翼作家聯盟的成員（如巴金等），也都把文學當成照明人間的「燈火」，他們幾乎都在不同程度上確認自己是普羅米修斯式的「盜火者」，只是盜的火有些不同（有的盜「馬克思」之火，有的盜「克魯包特金〔Peter Kropotkin〕」之火，有的盜「洛克〔John Locke〕」、「盧梭〔Jean-Jacques Rousseau〕」之火等等）。這個時代，文學也確實起了巨大的引導功能。可惜，這種引導功能全被理解為引向革命、引向犧牲、引向戰場的標籤。而理解為引導心靈向真向善向美的作家與思想者反而非常稀少。其實，文學的引導功能，重心是在後者，而非前者。前者把文學當作革命的旗幟，時代的號筒，戰鬥的鼓手，甚至是前線的炸彈與大炮，講的是旗幟鮮明、立場堅定、所向無敵等等；後者講的則是潛移默化、細水長流、點點滴滴。我肯定文學具有導引功能，強調的是後者。所以我才把「引導功能」改為「範導功能」。改動乃是為了避免文學又變成政治導引的風雨表與方向盤。「導引」一詞已變成政治話語了，所以還是用「範導」這一中性詞彙比較好。綜上所述，可以肯定，文學是具有範導功能的，正如讀了雨果的《悲慘世界》，心靈一定會被主角冉阿讓和那位被一束目光照在臉上的神父（其實是主教）所感動，一定不會忘記苦役犯冉阿讓撬開壁櫥偷了銀器逃跑被警察抓回主教家裡時的瞬間，在那個瞬間裡，主教迎上來說：「你回來，我很高興。那支燭臺你為什麼不一起帶走？那也是銀的，我也送給你了。」主教轉過身來對警察說：「是呀，這些銀器是我送給他的，他昨夜在我這裡住了一宿。你們誤會了。」因此，警察才放了冉阿讓。主教的行為讓冉阿讓從此變成一個偉大的慈善家。主教擁有最高的精神境界，最高的道德精神，但他不是說教，而是在關懷，在導引。他顯然「教育」了冉阿讓，但沒有任何「教育相」，也沒有任何教師腔。這就是文學，這也是文學永遠打不倒的教育性範導功能。

文學諸功能中的「心靈自覺」

透過以上講述，我們可以認識到，審美代宗教是可能的，肯定文學具有教育功能並沒有錯。但是，正如前面所言，文學的教育功能容易變質，容易朝著政治方向而發生「偽形化」，對此必須警惕。此外，還得分清文學教育與其他類型教育（包括政治教育、道德教育、知識教育）的巨大區別，這就是其他教育乃是「知性教育」，即透過「知覺」而實現教育目的，而文學教育則是透過「自覺」，即心靈的感悟、覺悟實現目的。徐復觀先生在《心物與人性》中分清了「三覺」，這就是對於物質的感覺、生命的直覺和心靈的自覺。所謂「心靈的覺悟」乃是自覺，即出自內心，從自己的內心深處接受崇高的情感和人間的真情。一旦接受，就根深蒂固，堅定不移。文學教育作為美感教育的一種，仰仗的是「心靈自覺」這一機制。

「自然」的若干內涵

從這一講開始，我將講述與文學最為密切的十種關係。我想透過這個角度，讓大家更深地理解「什麼是文學」，並區別西方與東方流行的「文學論」教科書，讓大家更好和更快地進入文學世界。

我要講的十項關係，包括「文學與自然」、「文學與宗教」、「文學與自我」、「文學與政治」、「文學與道德」、「文學與人生」、「文學與天才」、「文學與文化」、「文學與藝術」、「文學與狀態」等，先講「文學與自然」。

自然通常分為內自然與外自然。內自然是指人類的體內自然，即情慾、潛意識等；外自然是指天地江海草木禽獸等大自然，不包括宇宙想像。這次要講述的是文學與大自然，即外自然的關係。

自然還有一重意思是道家（老子、莊子）所說的自然，即自然性、自然律、自然法度、自然風格等，這是哲學意義上的「自然」，不是我們這次的講述對象。

西方文學中「人與自然」的征服關係

一說起「文學與自然」，我們可能首先會想到給予我們強烈印象的西方文學中有關自然的經典作品，如梅爾維爾（Herman Melville）的《白鯨記》、傑克．倫敦（Jack London）的《野性的呼喚》；海明威（Ernest Hemingway）的《老人與海》及《乞力馬扎羅山的雪》；還有福克納（William Faulkner）的《熊》等精彩名篇。

《白鯨記》的英文名叫作Moby Dick。Moby Dick（莫比敵）是白色巨鯨的名字，這是一隻神奇的海上龐然大物，也是大自然力量的象徵。當牠噴水時，「圓拱拱像座雪山似的」。《白鯨記》中的主人公亞哈船長想要征服的就是這條鯨魚。他之所以選擇這個對手，一是因為這條巨鯨曾經咬斷他一條腿，使他變成「跛子」。他不能放過一個吞掉他腿的怪物。除了要報復的強烈慾望之外，還有一個原因是他的性格。他的個性無比剛強，連外形都顯示出這種特徵。「他整個又高又寬的形體好像青銅製品，擺在不可更改的模子裡塑成，就像希臘神話的英雄柏修斯雕像。」尤其讓人印象深刻的是，他身上還有一道古銅色的疤痕，這條疤痕從青髮裡伸出來，一直順著「茶褐色的枯萎顏面和跛子」往下伸延，最後消失在衣服裡。誰也不知道這條傷痕從哪裡來，只知道傷痕裡一定蘊藏血腥的故事。

亞哈船長募集了許多年輕的水手，和他一起到海上去冒險，去征服白鯨，他把一枚十六元的金幣釘在桅杆上，獎勵第一名發現白頭鯨的人。他舉行複雜的酒式，然後對著大海吼叫：「殺死莫比敵，我們若不追擊莫比敵到死，上帝會追擊我們大家。」在他心目中，與莫比敵較量，不僅是與一條鯨魚較量，而且是與大海、大自然較量，最後又是與上帝較量。

駛向白鯨，衝向白鯨，最後亞哈船長的「匹科德號」船終於與白鯨相遇。船上三十個船員同仇敵愾，與白鯨展開了一場殊死的搏鬥。一天，兩天，三天。頭兩天打不過莫比敵，第三天進入決戰。亞哈船長滿懷信心地說，這一天白鯨將噴出最後一口水。然而，莫比敵用巨大的頭顱撞裂右舷的船頭，大船抖了幾下，水由撞裂的缺口湧進來。巨鯨還潛到船下面，並游向亞哈船長的艇。亞哈第二次投擲魚叉，可是被繩索纏住了，他彎下身去解開。就在這個時候，他的脖子四周被猛然一擊，即刻被掃下了船。繩子末端的環眼結很重，拖著整條繩子往下沉，亞哈也被拖進水裡淹死了。隨即，「匹科德號」也沉沒在浪花之下。這一場人與巨鯨的戰爭，終於以莫比敵的勝利而告終。

《白鯨記》於一八五一年出版。過了整整一百年，美國又出了一部人與魚在滄海中搏鬥的名著，這就是寫於一九五二年的海明威最後一部小說《老人與海》。老人是古巴老漁夫桑提亞哥，他已有八十四天沒有捕到魚了。人們都在嘲笑他。只有一個名叫馬諾林的孩子跟著他。馬諾林給他弄來一點飯，老人吃完就入睡了。在夢中，他夢見非洲海岸上的獅子，可見這位老人的靈魂還是充滿征服的力量。第二天，老人獨自出海。在海的縱深處，終於有一條大魚咬住誘餌與魚鉤。牠咬住不放，甚至拖著漁船，游了整整一個白天。夜幕降臨了，老人仍然緊緊地拉住釣繩。一個倔強的老漁夫，一條倔強的大魚，就這樣相持著。第二天早晨，老人開始感到疲倦，手也被勒出血，但他仍然堅持。到了第三天，老人已累得筋疲力盡，大魚還在不斷地打轉。老人最後用魚叉刺穿大魚的心臟，把大魚捆在船邊，開始返航。但他很快便發現鯊魚成群地追來，老人殺死了一條，卻招來了更大群的鯊魚，老人又與鯊魚展開了一場搏鬥。到了第四天清晨，老人的小船終於划進了港口。這時，他才發現，大魚已剩下了骨架。以往闡釋這部小說，都讚揚小說有個哲學意味的結局。這個結局告訴人們，老人在海上與大魚的搏鬥，其結果是空的，但老人的快樂都在搏鬥的過程中，即力量就對象化在對大自然的征服過程中。這個闡釋很美很深刻。但我們也可以作另一種闡釋，這就是人類在征服大自然的進程中，即使是勝利者，這種勝利也是虛無的。

《老人與海》雖然也寫人與大自然（魚）的較量，但已不像《白鯨記》那樣，人對大魚充滿仇恨，而是人（老人）開始敬佩那條不屈不撓的死咬著釣餌的魚。小說中有這麼一段描寫：

「魚啊，」老人溫柔地自語，「我要和你廝守到死哩。」

牠也會和我廝守到底，是的，老人想。

「魚啊，」他說，「我十分愛你，也十分尊敬你。但是在今天結束之前，我一定要殺死你。」

讓我們抱著這樣的希望吧。

這段描寫象徵性極強，我們甚至可以視為西方的精英對大自然的態度在調整，文學與自然的關係基調在「調整」。在這之前，基調是想「殺掉牠」，現在是在較量中有敬有愛有共同的希望。另一篇著名的小說《熊》（福克納）也表現出同樣的基調變化。福克納是二十世紀繼海明威之後獲得諾貝爾文學獎的美國里程碑似的作家。他的小說《熊》寫艾克．麥卡士林在原始混沌世界與現代文明世界交接年代的人生經歷。這個經歷也是艾克返回大自然的過程。他原是一名勇敢的少年，其「成人儀式」是透過他親手殺死一隻公鹿後，讓別人把鹿血塗在他的額頭上完成的。從此，他就與大自然結下不解之緣，他經常跟隨表兄和鎮上的獵人到鎮外的原始森林去打獵，練就一身高強的本領。十六歲那年，他進入森林，去朝拜那隻從小就聽說的，充滿傳奇性的神祕大熊——獵人們奉為自然之神的「老班」。最後在山姆（曾是奴隸的狩獵能手，不屬於社會只屬於大自然的奇特印第安人，艾克的精神導師）的指引下，拋棄了指南針、手錶和槍枝等現代文明的產物後，老班才像神那樣突然出現。這隻熊最後被印第安混血兒霍根里克和一條叫作「獅子」的雜種狗殺死。兩年後，艾克重返大森林，發現那個大自然的世界已面目全非。原來殺死大熊老班的霍根里克因在新的文明秩序裡無所適從而神經有點錯亂了。而他自己又發現，他可以繼承的祖業，原來是一本血淚賬，他祖父的大莊園根本就是個血淚園（祖父霸占了一個黑人女子，與她生了一個混血女兒，其女兒長大後又成了他的新情婦，黑人母親受不了屈辱，終於投河自盡）。艾克親眼看到現代文明的無恥，決定放棄可繼承的財產而選擇用「自然法則」開始自己的「木匠」人生。福克納這部小說很有思想深度，它告訴讀者：以犧牲大自然為代價的文明之路是黑暗的，人類在通向現代文明的道路上不可遺忘自然法則。

中國文學中「人與自然」的關係基調

應當說明的是，我們在界定「征服」基調的時候，說的只是「基調」，並不是說，這基調就沒有崇尚自然的作品。例如，與《白鯨記》（一八五一年）差不多同時代就產生過梭羅（Henry Thoreau）的《瓦爾登湖》（一八五四年），而梭羅的老師愛默生（Ralph Emerson）更是一個鼓吹「自然乃是精神之象徵」的大思想家。如果說，西方文學中「人與自然」的關係基調是「征服」的話，那麼，中國文學中「人與自然」的關係基調則在於「和諧」。中國的大文化，以「天人合一」為理想，「天」即自然。大文化以天人和諧為理想，表現在文學中也是這一理想。中國的山水詩、山水畫全是這一理想的投射，只不過是不同的詩人畫家投射的文化精神有所區別而已。

從整體上說，先秦時期，山水詩投射的是儒、道兩家文化的精神。儒家以山水作為道德精神的象徵。孔子說：「智者樂水，仁者樂山」，「為政以德，譬如北辰，居其所，而眾星拱之」。《詩經》和《楚辭》中呈現山水之美的詩有一些就蘊含著儒家精神。與儒不同，道家的重心是強調人與自然的和諧，是人在自然中獲得逍遙（自由）與解脫，其快樂在與大自然的交往中實現。《莊子．知北遊》說：「山林與，皋壤與，使我欣欣然而樂與！」莊子不像孔子那樣去在山水中尋找道德資源，而是直接從大自然中爭得純粹的審美享受。莊子這種「人與自然」和諧共處的基調，對後世文學產生了巨大的影響。到了漢代，道家的自然美甚至成了神仙的居所，觀賞自然山水之美成了當時名士的品性和超越世俗的手段。到了東晉，又進一步融佛於玄，把「以玄對山水」變成「以佛對山水」，孔子的「智者樂水，仁者樂山」，其智者、仁者也涉及到佛教的信徒。

中國文化這種「人與自然」的和諧傳統，造就了中國文學史上許多卓越詩人如李白、柳宗元、王維、孟浩然、岑參、寒山等。最偉大者，要屬陶淵明。陶淵明生於西元三六五年，死於西元四二七年。他最著名的〈歸去來辭〉寫於四十一歲。這是他逃離政治、回歸自然的詩情宣言。這首詩的象徵性極強。它象徵著中國作家贏得了一種劃時代的覺悟，明白陽光下最美的生活是與大自然融合為一的生活。「人與自然」的關係比「人與社會」的關係更有價值，這種關係單純、質樸，但更美更有詩意。離開大自然，就不是詩意的棲居。陶淵明很了不起，他發現人世間最美最有詩意的處所並不在顯赫的官場，也不在於繁雜的人際，而是在人們習以為常的、最平凡的田園農舍中，和不用金錢購置的、充滿陽光的「大化」（大自然）之中。因為融入大化大自然中，所以就不喜也不懼，泰然自樂，既可保持自己的理想情操，又可獲得心靈的自由與平靜。人生如何得大自在大快樂，陶淵明給他的後世知音以極大的啟迪。

「人與自然」文學基調的變遷

前面已講過，西方二十世紀文學出現的「人與自然」主題，其基調已悄悄發生變遷。除了《老人與海》和《熊》透露出消息之外，還有一些作品也在呼應盧梭的「回到大自然中去」的哲學。在海明威與福克納之前，就有傑克．倫敦的《野性的呼喚》（寫於一九〇三年）。這是一篇關於狗的故事。小說主人公講述了一隻狗如何逃離人類世界，而返回大自然，並成為群狼之首的故事。

這隻名叫「布克」的狗勇猛強悍，本是南美洲一個法官的寵犬，後來被狗販子用詭計誘捕，賣給一群流氓，經過訓練又轉賣到淘金者手中。這隻狗在訓練中被打得死去活來，最後成了一隻雪橇主力狗。這群在雪地負重奔波的狗，在白天常為了爭奪一點可憐的食物而互相撕咬，到了夜晚則常為了爭奪帳篷外一個避風的雪洞而瘋狂搏鬥，食睡之外就是無休止的奔跑。惡劣的環境和繁重的勞頓，使這群拉橇狗還未到達目的地就死了一半。所有的狗都只是有生命的、被奴役的工具。但沒有任何一隻狗意識到這一點。惟有「布克」覺悟了，牠終於拒絕這種被奴役的狗生活，逃離人間，奔向大森林，恢復自己的野性而成為狼的首領。這篇小說一直被視為傑克‧倫敦的精神自傳。這是他對現代社會的絕望宣言，絕望之後的希望就是大森林、大自然。這一作品的主題與基調已不是征服大自然，而是返回大自然。

二十世紀的中國文學反而在大思路上發生了錯亂。陳獨秀所發布的五四新文學運動的宣言性文章〈文學革命論〉，在提倡寫實文學、社會文學的同時（這是對的），錯誤地把「山林文學」當成革命對象，完全拋棄人與自然的「和諧」傳統。但是，那時並未對山林文學展開大規模的批判，而其代表性詩人郭沫若在《女神》中仍然謳歌大自然，謳歌地球，深情地呼喚「地球，我的母親」。可是到了一九五八年，他卻呼喚人們「向地球開戰」了。在他與周揚合編的《紅旗歌謠》中，選擇了許多征服自然的作品，如「與北風鬥狠」、「大海我們填」、「人心齊、泰山移」，呼喚「劈開地球找珍寶」。其基調乃是「與天奮鬥，其樂無窮，與地奮鬥，其樂無窮」。從那時候起，中國現當代文學也就喪失了與自然對話的和諧維度了。

這一講，我們要從「文學與宗教」的關係視角，來看中國文學與西方文學在精神內涵方面的巨大差距。這個角度才是中西文化比較，也是中西文學比較中最根本的角度。

文學與宗教的共同點

首先，我們還是要超越中西的地理差異而看看文學與宗教的基本異同點。先說共同點。我認為，共同點有四個方面：

第一，文學與宗教都是情感的存在形式。周作人很早就講述過這個問題。他在〈聖書與中國文學〉一文中說，基督教講愛，愛就是上帝，上帝就是愛。上帝住在愛裡面，主張愛一切人，寬恕一切人。《聖經》就是「愛經」。這就是說宗教以愛為出發點和歸宿，沒有愛，就沒有宗教。而愛也是文學的出發點，沒有愛就沒有文學。理性主義者會質疑：哪有那麼多的愛。在理性領域裡，確實沒有那麼多愛的事實，但在宗教與文學領域裡，則有很多很多愛的激情，多得氾濫，所以才產生浪漫主義，產生拜倫。我們還可給周作人作點補充的是，雖然都是愛，但基督教講的是聖愛，即上帝之愛，並認定這是一切愛的源泉，而文學所講的愛雖也有聖愛（尤其是西方文學），但更多的是人間愛，即情愛、父愛、母愛、友愛等。文學講愛，宗教則強調慈悲。慈悲包含著愛，但又不同於愛。慈悲愛一切人，寬恕一切人，而愛則往往是自私的，嫉妒的，排他的。愛與慈悲並不相等。偉大的文學家都向上帝靠近，也講慈悲之心，所以不僅同情好人，而且同情世俗眼中的所謂「惡人」。

第二，文學與宗教都是心靈的存在形式。作家可以是無神論者，可以不信教，不必有宗教信仰，但一定要有宗教情懷，即宗教心靈，用中國的民間語言說，便是一定要有菩薩心腸。錢鍾書先生在《談藝錄》裡引用諾瓦利斯（Novalis）的話說：「真詩人必不失僧侶心，真僧侶亦必有詩人心。」我們常聽到「上帝存在或不存在」的爭論。其實，說「上帝不存在」與說「上帝存在」都對。兩者是一對悖論。說「上帝不存在」，對，因為你無法用邏輯和經驗證明上帝的存在；說「上帝存在」，也對，因為只要把上帝視為心靈，它就存在。

因為都是心靈形式，所以兩者都嚮往真、善、美，都否定與「真善美」相反的人性弱點，如人性中的傲慢、偏見、嫉妒、虛偽等。但文學雖然也否定人性的邪惡，卻努力呈現人性的真實。它不僅呈現人性的優點，也呈現人性的弱點。宗教往往譴責人性的慾望，但文學卻承認慾望的權利並以中性的態度描寫慾望。

第三，文學與宗教追求的都是啟迪性真理，不是實在性真理。惟有科學才追求實在性真理。實在性真理仰仗的是邏輯與經驗。而文學與宗教則往往反邏輯反經驗，尤其是宗教，它更是崇尚先驗與超驗。

第四，文學與宗教都具有超越性，宗教不僅超越現實經驗，而且超越現實人性而進入神性。沒有神性，便不是宗教。禪宗其實是無神論者（沒有基督教那種人格神），但承認有神性。文學則往往透過想像超越現實時空而進入無限自由時空。因此，文學與宗教實際上都在追求一種高於現實境界的精神境界。這一境界，有時被命名為「宇宙境界」，有時被命名為「天地境界」，有時被命名為「澄明境界」，有時被命名為「審美境界」。因此，可以說文學也追求某種意義上的神性。

文學與宗教的不同性質不同歸宿

文學與宗教又是完全不同的兩種存在，其性質完全不同。

文學之核是人性本體論，宗教之核是神明本體論。或者說，文學講人主體，宗教則講神主體。文學的主角是人，宗教的主角則是神；人有缺陷，神則完美。我說《紅樓夢》裡的賈寶玉是「準基督」，而不說他是基督，因為他有人的缺點，是一個世俗世界的花花公子。莫言《紅高粱家族》裡的英雄，同時又是土匪，「最美麗又最醜陋」，「最英雄好漢又最王八蛋」。

我們說文學與宗教都是情感，都是心靈，但兩者的情感歸宿與心靈歸宿卻很不相同。從情感上說，宗教情感總是歸於「一」，即歸於一個方向，一個巨大理念：或歸於上帝，或歸於基督，或歸於釋迦牟尼，或歸於阿拉和穆罕默德，這些都是絕對的「一」，即絕對的「終極究竟」。而文學則歸於「多」，即歸宿和展示為情感的多元：或歸於親情，或歸於戀情，或歸於友情，或歸於世情，或歸於悲、喜、歡笑與歌哭，千種萬般，變幻無窮。如果文學只歸於「一」，那麼，這種文學一定是失敗的文學。宗教情感最後歸結為宗教理念，所以走向信仰。而文學情感最後則歸結為複雜人性，所以走向審美。也因此，文學只有形象（眾多形象）而沒有偶像，更沒有偶像崇拜。中國當代文學有一段時期整體墮入陷阱，即將豐富的人物形象蛻化為「高大全」偶像的乏味泥潭。文學與宗教這一根本區別，反映在外部形態上就是宗教必須具有宗教儀式，而儀式總是一律化。中國沒有典型的宗教，所以也沒有相應的宗教儀式。儒家也不能算是宗教，頂多只能說它是半哲學半宗教。康有為曾經策劃孔教會，設置多種儀式，企圖把儒家宗教化，卻未成功。文學不講究儀式，但一定要有審美形式。因此，我說文學的三大要素是心靈、想像力、審美形式。審美形式千姿百態，每個好作家都會尋求屬於自己的獨特形式。作家最怕重複他人和重複自己，最怕公式化與一律化。如果說宗教是講「認同」（認同一個絕對精神與絕對理念），那麼文學恰恰反其道而行之，它總是追求「特異」，盡最大努力避免認同與雷同。

除了這一根本差異之外，作家的創作實踐還有以下三點與宗教實踐完全不同：

⑴文學只講「旅行」，不講「到達」。這是維吉尼亞・吳爾芙（Virginia Woolf）說過的話，我一直視為文學的真理。文學只描述過程，它不像宗教那樣，總是在叩問終極究竟即終極真理。宗教總要指明「彼岸」、「結果」、「涅槃」、「天堂」等等，這實際上是一種封閉性的完成。而文學則永遠是個未完成，永遠都在「旅行」中，即永遠都在過程中。高行健的《靈山》所以是文學的靈山，就因為它永遠找不到，永遠無法抵達。重要的是尋找過程和此過程中的心理心情心緒等等。而宗教則一定要說明「靈山」是什麼？靈山在哪裡？靈山上的諸神是誰？總之，宗教重終極、重天國、重皈依、重彼岸；而文學則是重旅行、重人間、重過程、重此岸。文學只知道通向偉大，並不知道偉大在哪裡，所以，文學比宗教更具開放性，即更多情感的出口與出路。

⑵文學不重「到達」，但重視「表達」。因此，文學與宗教的實現手段也就不同。總的說來，宗教重覺悟，文學重呈現。宗教可視為教育學，總是教人如何悟道，如何覺悟，如何找到心靈最後的依託，即心靈最後的存放之所、歸宿之所。各種宗教都有覺悟與皈依的確定性。而文學沒有確定性，它所描述的人性是暫時的，流動的，瞬間的。所以宗教只告訴你應當相信什麼，依靠什麼，心靈應當交給誰，這就是覺悟。一旦覺悟，便是到達，便是目的，它不要求描述，即不要求訴諸文字。一旦訴諸文字，反而失去神祕。禪宗為了讓人守持神祕體驗，甚至要求信徒不立文字。而文學則一定要描述，要呈現，要訴諸語言文字。

(3)宗教一般不要展示主體的清晰形象。上帝是什麼樣？至今我們還是很模糊。基督是什麼樣？畫中的基督各種各樣，我們也只能作模糊選擇。伊斯蘭教的真主阿拉，其形象更是朦朧。佛教中的「如來」也是各種各樣，沒有一個確定的可以明晰展示的形象，從根本上說，神的形象不可描述，而文學則要展現明晰的形象。作家筆下的人物，總是帶有意象性、具象性，總是有血有肉，生動活潑。

文學與宗教的相互滲透

我們再講一下文學與宗教的分分合合，也就是它們的分離與結合。原始社會的文學與宗教統一在巫術與祈禱儀式裡。「巫」是中國文化非常重要的部分，比西方的「巫」地位高得多。它是人與天之間的中介，巫術是人與天對話的形式。人們跳舞唱歌，也是求神祈神。此時，藝術和宗教結合在一起。後來，藝術逐漸從儀式中分離出來，不再附屬於宗教，這就形成了今天獨立的文學藝術。以往人們只欣賞宗教的儀式，後來便欣賞自己創造的歌舞形式。這就是文學的發生。文學雖從宗教中分離出來，但後來又與宗教相互浸透，特別在歐洲。對於這一點，周作人講的不錯，他說歐洲文明的發源是「兩希文化」，即希臘和希伯來文化。希臘文化追求「肉」，是「現世」文化；希伯來追求「靈」，屬於「永生」文化。兩種文化，互相浸透，經過發展，希臘文化從追求人體之美，走向關注人性，再進入人道精神，出現了悲劇和史詩。人道精神體現了基督精神，這是雅典向耶路撒冷汲取營養的結果。而希伯來文化本來只講「靈」，但也不斷吸收「人」的養分。《聖經》中有很多戀愛詩，都是人性的詩篇。這就叫作「不同而通」。我為什麼把《紅樓夢》稱作「文學聖經」？

《紅樓夢》是中國文學的第一經典極品，它與西方的《聖經》是同構的，即大體上結構相同。這種同構首先表現在兩部作品都有一個「創世記」神話。《聖經》中的創世記神話是上帝造人，在《紅樓夢》的創世記神話中，「上帝」變成補天的女媧，女媧補天時有一塊多餘的石頭被扔掉了，這塊頑石通靈之後就下凡變成賈寶玉。從哲學上講，創世記的神話乃是自然的人化。其次，《聖經》中亞當與夏娃是人類最初的男女，《紅樓夢》也有「亞當」與「夏娃」，即「神瑛侍者」和「絳珠仙草」。通靈之後，兩人下凡展開了一段戀愛故事，因此我說這是「天國之戀」。第三，《聖經》創造了耶穌，《紅樓夢》創造了「準耶穌」——賈寶玉，他愛一切人，寬恕一切人也同情一切人。「情榜」賈寶玉為「情不情」，即對於「不情之人」與「不情之物」全都投以感情，這就是基督的精神。賈寶玉不僅「情不情」，而且「善不善」（同情所謂「壞人」）、「真不真」（連「假人」、「假話」也相信）。在第三十九回中，劉姥姥當著賈母和眾姐妹的面，信口編了一個小姑娘雪中抽柴的故事，寶玉信以為真，私下拉住劉姥姥細問女孩的名字，得知叫「茗玉」，十七歲就去世了。寶玉聽後嘆息不已，次日一早竟同茗煙去找「茗玉」的祠堂，這當然是找不到的。他不相信世界上有「壞人」，有「假人」，對人類充滿信賴，這就是佛性。我講過宗教大法官的寓言，賈政可以看作是「大法官」，賈寶玉則是「基督」，賈政應該對寶玉說一句話：真的是你嗎？你不應該來擾亂我們的秩序。賈寶玉破壞了父母貴族府第的傳統，他的心靈與賈府秩序格格不入。周作人引用俄國作家安德列夫（Leonid Andreyev）的話，說作家最大的不幸就是比常人多了一份同情心。因為作家會感同身受，他常常比受苦的人還痛苦，比不幸的人還要感到不幸，所以他要宣洩，要呼喊，要寫作。《紅樓夢》和《聖經》都追求忘我的、天人合一的宗教大境界。宗教不一定都像《聖經》那樣帶有文學性，但好的文學一定要帶有宗教性（即神性）。托爾斯泰有本書叫作《藝術論》，他說道，最高的情感必須是宗教情感，這句話可以解釋為：一個作家不一定要有宗教信仰，但一定要有宗教情懷。宗教講「聖愛」，作家則講「大愛」，就像李後主（李煜）那樣，擔負人間罪惡；又像基督那樣，敢於為人類走向十字架。

中西文學的巨大差異

西方有完整意義上的宗教，中國卻沒有。因此，東西文化便由此產生巨大的差別。關於這種差別，李澤厚作了如此概說：西方文化是「兩個世界」的文化，即人世界與神世界並立的文化；中國文化則是「一個世界」的文化，即只有人世界、世俗世界、此岸世界的文化。這種文化差異投射到文學，也使中國文學與西方文學呈現出幾個巨大差別：

⑴西方的經典文學多有宗教背景，哪怕是具有反宗教意識的作品，也有宗教背景，即有上帝、基督、教會、神靈、天堂、地獄、天使、魔鬼等背景。因此，其主題與精神內涵常有人與神的衝突，人性與神性的衝突，以及人與魔，神與魔的衝突等等。中國文學中少有這種衝突內涵。相對於西方文學常見的「生或死」的選擇，中國文學更多的則是：「仕或隱」的焦慮。而「仕或隱」，都屬現世生活，與彼岸世界無關。

⑵在此大背景下西方文學作品常有的基調是靈魂呼告，無論是雨果的《鐘樓怪人》，還是法朗士的《泰綺思》，或者是杜斯妥也夫斯基的《卡拉馬助夫兄弟們》，都是靈魂的呼喚。中國文學中卻幾乎沒有這種靈魂呼告，只有「鄉村情懷」，所以許多作品都在抒寫離別、思念、緬想。西方的輓歌不發達，因為它有一個天堂——彼岸世界可作慰藉，所以親人死了不必痛苦，而中國沒有彼岸

世界，所以親人死了便傷痛不已，因此輓歌也特別多，特別動人。

(3)因為靈魂在西方文學中是一個獨立的世界，所以它往往開掘靈魂內部的掙扎與搏鬥，這正是魯迅所說的「靈魂的深」。莎士比亞的《馬克白》之所以能成為最偉大的悲劇作品，關鍵就在這裡。作品不是描寫因果報應，而是描寫兇手本身靈魂的掙扎，靈魂的痛苦。杜斯妥也夫斯基的《罪與罰》等作品也都是在展示靈魂中的張力場，都有巨大的靈魂深度。

「審美代宗教」的現代潮流

儘管文學與宗教有相通之處，但兩者畢竟存在著巨大差別。因此，文學就必須作出選擇，或走向信仰（宗教），或走向審美。二十世紀早期，中國思想家王國維和蔡元培都提倡過「以審美代宗教」。這不是「滅信仰」，而是「易信仰」。即把對神的信仰轉向對「真善美」的信仰。蔡元培曾闡述過此舉的理由，他認為，「美」更帶有普遍性。也就是說，「美」可以超越宗教的偏見和偏執（不同宗教之間常有爭執，每一宗教內部也有門派之爭）。

文學藝術不是審美的全部，它只是「美」的重要部分。但也可以超越宗教的有限教義和有限闡釋，打通所有人、所有信徒的「人性」和普世情懷，使音樂語言、繪畫語言、詩歌語言、小說語言等成為全人類的共同語言。所以，我們應當支持以審美代宗教的思潮，努力走向審美。

五四新文學運動發生時，創造社提出兩個著名的口號，一個是「為自我而藝術」，一個是「為藝術而藝術」，但幾年之後，這兩個口號便銷聲匿跡了。八十年代，「自我」在文學中又再次被強調。我講「文學主體性」，也包括呼喚「自我」的回歸。無論如何，「自我」包括自我的內涵、自我的態度、自我在文學中的位置等等，這些都是必須探討的。

所謂「自我」

通常所說的「自我」，便是生命個體，英文表述為individual。但個體本身又是很複雜的。至少可分為生物性個體與社會性個體，也就是說，自我首先是個生物體，然後又是社會體。人處於嬰兒階段，還不會說話，還沒有進入社會，此時的「自我」很簡單，基本上是個自然生命。但是，嬰兒長大成人之後就進入學校（小社會），之後又進入大社會。此時的「自我」就變成「社會關係的總和」。這個個體，不可能是與社會隔絕的「原子個人」，而是處於社會關係網絡中的人。此時的「自我」就複雜了。僅僅使用語言這一項，就意味著「自我」被社會所制約。法國大哲學家勒內・笛卡爾（René Descartes）說：「我思故我在。」其實是「我思故我不在」。因為你思考時必須使用語言，而語言是社會製造的，你一旦使用，便落入社會（他人）的掌握之中，「自我」也就不存在了。我出國之後給自己規定的使命之一是「放下概念」。因為我和我的同一代人是在概念（語言）的包圍中迷失的一代，「階級鬥爭」、「繼續革命」、「全面專政」等話語體系使我們的「自我」完全迷失、消失了。只有放下概念才可能重新擁有自我。我讀存在主義哲學，最大的收穫是明白一點，所謂存在，最重要的是「親在」，這就是「自我」。存在主義的哲學便是教你「如何成為自己」的哲學，即「自我成為自我」的哲學。八十年代，我發現沒有自我便沒有文學。作家自我如果完全生活在概念中，生活在黨派等群體中，那就談不上文學的自性與個性，所以必須強調自我，肯定自我。但是，「自我」又是一種極為豐富、極為複雜的存在。社會的複雜、紛繁、動盪，人性的混亂、幽深、無序等，都會影響自我、改變自我。有些人、有些作家為什麼想當隱士，就因為他們承受不了社會關係的重壓，企圖透過簡化社會關係而贏得一個較單純、較真實的自己。正由於「自我」乃是一個複雜的存在，所以近現代的哲學、心理學、倫理學等多種學科，都對「自我」進行大量的研究。我在芝加哥大學時，李歐梵教授特地邀請著名哲學家泰勒（Charles Taylor）來學校作學術演講，他就寫了《自我的陷阱》。在十九世紀，出現了佛洛伊德從心理學角度剖析自我。他把自我分解為「本我」、「自我」、「超我」，這是劃時代的學術發現。然而，他畢竟是用科學家的眼光來看「自我」，其「自我」中的「本我」、「自我」、「超我」畢竟都是「靜態」的、生物的「我」。所以魯迅不滿意，把佛洛伊德劃為「詩歌之敵」，他說：「近來的科學者雖然對於文學稍稍加以重視了，但如義大利的倫勃羅梭（Cesare Lombroso，精神病學者）一流總在大藝術中發見瘋狂，奧國的佛羅特（即佛洛伊德）一流專用解剖刀來分割文藝，冷靜到了入迷，至於不覺得自己的過度的穿鑿附會者，也還是屬於這一類。」

西方文學中的「浪漫自我」和它的衰落

魯迅批評佛洛伊德「冷靜到了入迷」，很有全盤否定之嫌，但他卻也拈出「冷靜」這一關鍵字。西方文學中的自我意識發生得比較早，可以說在古希臘的「自由民」中就有了。「文藝復興」

運動肯定人的策略便是打著「復古」，即返回古希臘的旗號。中世紀嚴酷的宗教統治把「人」變成「神」的工具與奴僕，「自我」當然也消失了。返回希臘，便是重新肯定自我。那時候，被肯定的人，乃是古典的、高貴的、優秀的人，是「宇宙的精英、萬物之靈長」，是優秀、健康的「自我」。可是，這個「自我」經過幾世紀的發展，尤其是經過十八世紀啟蒙時代的洗禮，到了十九世紀，文學中的「自我」便無限擴張，變成「自我膨脹」、「自我宣洩」，也就是「浪漫自我」進入高潮。高貴、彷徨的哈姆雷特此時變成了《紅與黑》（司湯達〔Stendhal〕）中不擇一切手段自我奮鬥的于連，變成拜倫筆下那個在瘋狂的情愛中實現自己的唐璜。十九世紀文學的「浪漫自我」，到了下半葉特別是世紀末，進而出現了哲學上的「浪漫自我」，這就是尼采。尼采可謂「歐洲最後的浪漫」，其「超人」概念如果僅僅是指超越自己，本無可厚非。但他的「自我」與「超人」概念後來被無限延伸與膨脹，以至被誇大為可以取代上帝的狂妄自我。

中國五四新文學運動的先驅們目光投向西方時，只注意尼采，不注意卡夫卡。換句話說，卡夫卡尚未進入中國新文學先驅者們的視野。而卡夫卡，才真正是世界文學現代主義的發端，他作為世界文學新的里程碑，一反「浪漫自我」的基調，透過其代表作《變形記》、《審判》、《城堡》，終結了傳統人道主義的「理性人」，也終結了「浪漫自我」的文學潮流。在他的作品中，人很渺小，很無助，原先被誇張的自我在他筆下變成一隻小蟲（甲蟲）。在表面繁華的世界裡，人根本沒有立足之所，「自我」到處碰壁，時時遭受監視與審判。現代社會更像是迷宮與城堡，可望而不可即，天天感受到的只有迷失與困境。卡夫卡把十九世紀的「寫實」、「浪漫」的文學基調變成「荒誕」的基調，於是，在他之後又出現了貝克特、尤涅斯科（Eugène Ionesco）、卡繆（Albert Camus）和高行健等完全告別「浪漫自我」的作家。中國一些讀者讀不懂高行健，就因為他們首先讀不懂卡夫卡。高行健正是一個用最冷靜、最清醒的眼光審視人性、審視自我的作家。他創造的「冷文學」，便是用一雙冷眼去觀世界與觀「自在」。尤其突出的是，就像冷靜地觀察大千世界一樣，他也冷靜地觀察自我。他發現，地獄不僅在他人身上，也在自己身上。「自我」具有惡的無窮可能性。哲學戲《逃亡》揭示一條真理：人可以衝破各種外部的地獄，但很難衝破「自我的地獄」。他把佛洛伊德的「本我」、「自我」、「超我」主體三坐標，從靜態化為動態，從而在主體內展開了「你」、「我」、「他」三者複雜的語際關係，他的劇本《逃亡》更是告訴人們，你可以逃脫各種外部的地獄，但很難逃脫「自我的地獄」，而最堅固、最難衝破的正是「自我的地獄」，不管你走到天涯海角，這個地獄總是緊跟著你，伴隨著你。他的第二部長篇小說《一個人的聖經》，也是述一個帶著自身地獄到處逃亡，但卻無處逃遁的人。這個人既瘋狂又脆弱，他就像卡夫卡筆下的一條小蟲、一隻跳蚤，卑微而充滿恐懼。到了《一個人的聖經》，五四之後的「浪漫自我」已消失得無蹤無影，我們看到的「自我」，只不過是「披著狼皮的羊」、「披著人皮的蟲」。高行健不僅終結了中國的「浪漫自我」，而且也進一步終結了西方的「浪漫自我」。

中國傳統中的內在自我

與西方的文學主流相比，中國缺少于連、唐璜似的「浪漫自我」，即那種外部的、充滿行動的、「膽大包天」的、敢於冒險的自我。五四時期郁達夫筆下的「自我」，只不過是「小浪漫」的自我。哪怕只是一點點的「自我解放」，也是戰戰兢兢，可憐得很。倒是郭沫若的《女神》，真吶喊出一些自我的強音，可惜時間太短，很快就偃旗息鼓。當時周作人發表《中國新文學的源流》，意在說明五四表現自我的新文學，中國古已有之，尤其是明末，就有小浪漫自我。他意在說明，五四傳統乃是發端於明末，這倒沒有錯。明末三袁的「性靈說」以及他們之前李卓吾的「童心說」，都表現自我。但這種自我從總體上說，還是屬於內在的、內心的，與雨果、司湯達、拜倫的浪漫主義很不相同。

其實，中國的自我意識，其發端應追溯到二千三百年前的莊子。莊子對中國文化的重大意義，就在於他提供了自我空間的哲學根據。在孔子的嚴密道德秩序中開闢了自我逍遙的自由空間。莊子的「逍遙之我」倒是大浪漫的自我。但這種自我基本上也屬於內心範圍，無論是大鯤還是大鵬，都不過是想像中的自我實現。二十世紀下半葉中國當代文學的前半期（大約三十年），出現了一個巨大的問題，就是「自我」的完全消失。剛才我們對五四時期表現自我的文學現象雖有些微詞，但那時畢竟還有活生生的「自我」，除了郭沫若、郁達夫等打出「為自我而藝術」的旗號並創造出相應的詩文之外，標榜「為人生而藝術」的其他作家，雖然不同於創造社諸子，但其作品總還是有「我」的存在，作家自我的個性還是浸透於作家主體之中。可是到了二十世紀下半葉，整個中國當代文學全都進入謳歌文學體系，所有的詩文便只有「我們」而沒有「我」。這個時期的作家被國家界定為「人民的代言人」、「無產階級的代言人」。作家自身也確認自己是這種角色。如果沒有資格充當人民的代言人，就必須努力改造自己，努力向這種角色靠攏。所以這個時期的作家詩人，稱號之前一定要加上「革命」二字，即革命作家、革命詩人、革命藝術家等（人民藝術家也可以）。作家主體的非個人化後，便是作品的非個性化。例如最著名的詩人郭小川，他的大部分詩歌，其主體身分都是「戰士」、「革命詩人」，即革命的代言人，唯有一首〈望星空〉是抒發「自我」的孤獨感與彷徨感，結果這首詩被批判為反映「莊子奴隸主」的沒落情緒。

這個時期的文學，還發生了一個巨大現象，就是文學的「失語」現象，這時候的詩人、作家、戲劇家都很奇怪，都只會重複領袖的語言、黨的語言、大眾的語言，就是不會說自己的話。連郭沫若、老舍、曹禺這些現代文學中最優秀的作家也不會說自己的話。八九十年代我在評論七十年代和八十年代的後期當代文學時，肯定了朦朧詩人的一個功勞，就是他們揚棄了「集體經驗語言」而恢復了「個體經驗語言」，也就是「自我的語言」和「個人」的聲音。

我在述「文學與自我」關係的歷史時，也向大家傳達了一種文學常識，這就是，從事文學的第一條件是必須說自己的話，必須有自己的語言、自己的聲音。對於文學家來說，守持獨立不移的品格，比什麼都重要。

熱文學與冷文學

最後，我想從「自我」的不同類型講述一下「熱文學」與「冷文學」的區別。

高行健把自己的文學界定為「冷」文學。這個「冷」，不是「冷漠」，而是「冷靜」、「冷觀」。他的所謂冷文學，便是冷靜地洞察人性與人類生存處境的一種文學形式。熱文學的特點是熱烈地擁抱社會是非，而冷文學則與社會是非拉開距離，只作冷觀與呈現。

在此表層的冷、熱之分背後，是創作主體即作家自我的差別。一般地說，從事熱文學的創作主體乃是一個燃燒的自我、飛揚的自我，甚至是浪漫的自我。而冷文學創作主體則是冷觀的自我、沉浸的自我，這種自我，拒絕一切浪漫、誇張、膨脹，面對的只有實實在在的人和人的生存條件；它既正視社會的複雜，也正視自我的黑暗。

文學性質與政治性質根本不同

今天我們要講的題目，是許多人講過，也是最難講清的題目，但是非講不可。談起這個題目，中國的老師、作家總是想起魯迅先生寫於一九二七年的著名文章（講演）〈文藝與政治的歧途〉，總是記起他的名言：「孫傳芳所以趕走，是革命家用炮轟掉的，決不是革命文藝家做了幾句『孫傳芳呀，我們要趕掉你呀』的文章趕掉的。」也就是說，政治（炮）才真的有實用價值，文學卻是「無用」的，當不了炮彈與刀槍。

關於這個題目，我們在第二、第三講中也初步涉略，講到文學與政治總是發生衝突，也就是魯迅所說的總是走「歧路」（不同的路）。這是為什麼呢？因為兩者的根本性質本來就不同。政治，包括時髦的民主政治，也不能改變政治的基本性質，這就是權力的角逐與利益的平衡。文學則是超功利的事業。它的天性本就遠離權力的角逐，也遠離現實利益的各種交易。如果用康德的公式來說明，文學屬於「無目的的合目的性」。所謂「無目的」，是指無確定的目的，尤其是無確定的權力與財富的功利目的。所謂「合目的性」，是指超越確定目的的最廣泛的、合乎人類生存延續的、帶有目的的性質的宏觀指向。政治家強調確定目的，調動一切手段為此目的服務，而文學家則不願意俯就這種確定目的。它不能只關注一黨一派，而必須關注全人間、全人類；它不能只關注現存的秩序，而必須關注人類的前途與未來；它不能只關注法律責任，還必須關注良知責任；它不能只維護「現有的生活」，還必須呼喚「應有的生活」。文學所有這一切目的，都不是暫時的、狹隘的、實用的小目的，而是長遠的、廣闊的、普遍的「人類延續」的大目的。所以大目的與小目的總是要發生衝突，而且是永恆的衝突。杜斯妥也夫斯基在《卡拉馬助夫兄弟們》中所寫的「宗教大法官寓言」，正是揭示這種衝突。我們可以把寓言中大法官視為政治化身，視為小目的的實施者，又可以把基督視為文學的象徵、大目的的守持者。他們相遇時的故事意義深遠，值得我們領會一遍又一遍，值得我們思考一輩子。

現在我把《罪與文學》（與林崗合著）關於大法官寓言的解讀摘錄一小段給大家：

> 杜斯妥也夫斯基的小說以揭示人類社會和人類心靈的悖論而著稱，巴赫金所說的「複調小說」也正是這個意思。他的《卡拉馬助夫兄弟們》借二哥伊凡之口給讀者講了一個宗教大法官的寓言，其含義之深刻尤勝過許多思想著作。寓言說的是在十六世紀西班牙的塞維爾，一位年近九十的紅衣主教為了要在人間建成天國，瘋狂地迫害異端，以「無比壯觀的烈焰，燒死兇惡的邪教徒」。正當他掃清障礙，為了上帝的榮耀，架起火堆，燒死上百個異端的時候，耶穌降臨了。耶穌來到宗教裁判所燒死異教徒的廣場，人們紛紛把他圍住，他向人群伸出了雙手，為他們祝福。還在塞維爾大教堂前的臺階上，幫瞎子治好了眼睛，扶瘸子起來走路，讓入殮的小女孩復活。這位紅衣宗教大法官把這一切看在眼裡，臉上籠罩了一層陰影，眼睛射出了兇光。他帶了神聖的衛隊走過來，把耶穌抓起來，關在牢房裡。老百姓嚇得給耶穌磕頭，他也默默地給老百姓祝福。到了半夜，宗教大法官親自提著燈，獨自一人走進了監獄，大門在他身後關上。大法官在門口停下腳步，久久地，仔細打量犯人的臉，然後走到跟前把燈放在桌上，對他說：「真是你嗎？是你嗎？」他沒有聽到回答，便趕緊補充了一句：「別回答，保持沉默。你又能說什麼呢？我知道你會說什麼，你也沒有權利給自己說過的話再增添什麼新內容。你為什麼妨礙我們？你是來妨礙我們的，這你自己也清楚。但是你知道明天會怎麼樣嗎？我不知道你是什麼人，我也不想知道你真

的是他或者僅僅像他，但我明天就要審判你，並且把你作為最兇惡的異教徒活活燒死。明天只要我一招呼，今天吻你腳的那些人就會跑過來往你的火堆上添加柴火，這你知道嗎？是的，你也許知道。」他在沉思中補充了一句，專注的目光始終也沒有離開囚犯。

……

宗教大法官沒有那麼自信，再一次央求他手下的囚犯（耶穌）不要來妨礙他們的事業，他對耶穌說，你沒有必要來，至少暫時沒有必要來。杜斯妥也夫斯基還是筆下留情，沒有讓宗教大法官處死他的囚犯，而是讓囚犯在他布滿皺紋的臉上吻了一下，就出門走了。毫無疑問，這個寓言講的是人類社會和人類良心的悖論，人類的生活就是處在這樣的悖論之中。宗教大法官象徵的是人類的理性及其實踐，就像柏拉圖《理想國》裡洞明世事追求至善的「哲人王」一樣，不同的是宗教大法官的形象具有更多歷史實踐的痕跡，……耶穌作為囚犯的形象，象徵的則是人類的良知。它是非功利的，它的力量和軟弱都在於它存在於人心之內。耶穌作為囚犯的形象出現，那是很好的隱喻：它是被囚禁的。它不像宗教大法官那樣，握有生殺大權，有衛隊和隨從。但權力雖然能夠囚禁他，卻不能征服他。良知雖然不能解決麵包問題，但它能夠裁決理性及其實踐的人類功利性活動是不是走偏了方向，是不是背離了良知。宗教大法官一句話：你是真的嗎？你不要來妨礙我們的事業。這話說盡了人類功利活動和非功利活動的悖論。兩者依據相對立的原則，依據相對立的價值取向而共存於人類之中。

政治，為了維持現存的秩序，必須使用監牢、鎖鏈、刀槍、篝火等等，這有它的理由；而文學為了維護人類良心和每一個生命體的尊嚴與權利，則必須超越監牢、鎖鏈、刀槍、篝火等等，這也有它的理由。於是，兩者便形成悖論，也形成衝突。

文學與政治的衝突，帶有普遍性，即全世界都是如此，所以才會發生政治權力對文學作品的禁錮，才會有文學家的逃亡與流亡。我們熟悉的偉大作家但丁、易卜生（Henrik Ibsen）、喬伊斯等，都是流亡作家。他們都為政治所不容。所以我們不能幻想一勞永逸地化解衝突。但是，我們作為文學的愛好者或職業者，必須了解「文學與政治」關係中的幾個基本常識。

文學內涵大於政治內涵

這些基本常識最主要的是三條：⑴文學內涵大於政治內涵；⑵人道原則高於政治原則；⑶藝術標準先於政治標準。

我們說文學可以「挫萬物於筆端」。這萬物包括天上星辰，地上禽獸；空中日月，海上船舶；也包括雲際神靈，山間草木等等，三天也說不完。我們說文學應當呈現生命，而生命五花八門，千姿百態。他們既有社會生活，也有隱私生活；既有意識，也有潛意識。用佛洛伊德的話，意識不過是浮上水面的那點冰山尖頂，尖頂下邊才是難以估量的「大冰塊」（潛意識）。

我們說文學要表現人性的真實，而這人性又是何等淵深，何等神祕，何等變幻無窮，政治能管得了嗎？如果回到最傳統的說法，文學可以反映生活。而這生活，就像何其芳的詩所云：「生活是多麼廣闊，生活又是多麼芬芳，凡有生活的地方，就有快樂和寶藏。」文學既然可以反映生活，當然也可反映政治生活。然而，政治生活只是人類各種生活的一部分，何況，文學是最自由的，它可以表現政治生活，也可以表現非政治生活，甚至可以逃離政治，沉湎於山水田園之中，表現和政治毫無關係的生活。《魯濱遜漂流記》中的主人公，不僅遠離政治，甚至遠離社會，但他在孤島上也在生活，文學表現這樣的生活，也可成為經典作品。正是從上述這些意義上說，文學的內涵大於政治的內涵。而把文學變成政治的號筒與註腳，則是毀了文學的廣闊天地。

人道原則大於政治原則

剛才我們講述了杜斯妥也夫斯基「宗教大法官的寓言」，就可明白，基督守持的是慈悲原則、人道原則；而大法官守持的是世俗原則，政治原則。在政治原則下，反宗教的異端必須被火燒，處以死刑，而在人道原則下，他們具有選擇不同信仰的權利，他們是無罪的。奧地利的德語作家褚威格（Stefan Zweig）所作的《異端的權利》，憑藉的正是基督的立場和人道原則，這也正是文學原則。在褚威格筆下，人道原則高於政治原則，生命權利原則高於政治權力原則。

各位不知道有沒有讀過法國偉大作家雨果的《九三年》，這部經典最讓人難忘的正是體現了人道原則大於革命政治原則。小說描寫的是一七九三年法國大革命時期的故事。這一年路易十六被送上斷頭臺，革命力量與反革命力量還在進行殊死搏鬥。小說寫的是在此背景下，法蘭西共和國的革命軍鎮壓旺岱地區保皇黨煽動的一場「反革命暴亂」，故事情節可謂非常「政治」。保皇、叛亂的一方，其領袖是老貴族朗特納克；革命一方則是巴黎革命軍公安委員會派出的軍隊，其首領又是朗特納克的侄子郭文。郭文率領的革命軍追剿叛軍大獲全勝，在攻克最後的一個堡壘時，發現朗特納克從暗道裡逃出，正當要脫險的時刻，朗特納克聽到農婦呼喚孩子的叫聲和孩子陷入火中的慘狀，便回到堡壘的樓上救出那個孩子，而他也因此被革命軍俘虜。第二天，他本該處死，但郭文認為朗特納克是因救孩子而被捕，處死這個人不會給革命帶來榮譽，於是放走了他。最後革命軍組織判郭文死罪，在臨刑前，郭文開槍自殺。雨果透過這部小說表現一個主題，即「在絕對正確的革命之上，有一個絕對的人道主義」，也就是人道原則高於政治原則的思想。雨果這種思想，當然不是政治真理，但它卻是文學真理。

中國二十世紀的廣義革命文學，其根本問題，不是寫了政治生活，而是用「政治的原則高於人道原則」的理念把握政治生活，所以讓自己的作品失去了人道光輝。我和林崗合著的《罪與文學》中批評丁玲的《太陽照在桑乾河上》和趙樹理的《李家莊的變遷》，認為這兩部小說犯的正是這種錯誤。我非常喜歡趙樹理，也對他獨到的農民文學有很高評價。但是在描寫李家莊農民鬥地主的時候，他讓農民把地主的胳膊連同衣服一起撕下，慘不能睹。當時的縣長曾對此發過微詞，可是趙樹理立即讓貧農先鋒反駁說，想起他過去對農民的壓迫與剝削，這算什麼？這等於說，撕胳膊有理，這正是革命原則大於人道原則。

文學標準先於政治標準

廣義革命文學除了因為用革命（政治）原則壓倒人道原則而失去光澤之外，還犯了一個錯誤，就是把政治標準凌駕於藝術標準之上。

「政治標準第一，藝術標準第二」，這個原則主宰了大陸文學半個多世紀。我們不能簡單化地斷定，這個批評公式從一開始就是錯誤的。在特定的歷史瞬間，即國家處於戰爭時期或民族處於危亡時期，國家要求作家把國家的政治利益放在第一位，並以此要求文學，是無可厚非的。三十年代，魯迅和「四條漢子」爭論的是要提倡「國防文學」還是提倡「民族戰爭時期的民族大眾文學」，其實雙方都是把政治標準放在第一位。在國家處於生死存亡之際，文學家如果還強調「幽默」、「閒適」這些藝術準則，「化兇殘為一笑」，只能讓人心生反感，這樣的文學作品也不可能感人。

我特別欣賞美國早期的偉大思想家傑佛遜（Thomas Jefferson，曾任總統）的一句話。他說：「一旦被迫進入戰爭，那麼，我們就必須為保衛國家放下不同的意見。」意思是說，在戰爭（民族危亡）時期，國家原則（政治原則）就高於其他原則，也高於文學藝術原則。我英文不好，只翻譯傑佛遜的二十一條語錄以警示自己，這句話是其中的一條。但是，我仍然要強調，不可把戰爭時期的政治原則普遍化。在通常的情況下，「政治原則第一」並沒有優先權。以文學藝術而言，在通常的情況下，首先必須考察它是否具有文學價值與藝術價值，而不是「打擊敵人」的政治價值。因此，我們首先要反對政治一元論，從而把文學與政治嚴格區分；其次要反對政治第一論，而把文學標準放在考察文學價值的第一位置上。

這裡我們還要說明的是，即使在戰爭時期，文學創作雖然可能要多考慮政治利益（不管是擁護戰爭還是反對戰爭），但是，在這種時期進行文學創作，仍然要遵循文學的基本特性，這就是我們前面已講述的「人性真實」、「生存真實」、「心靈困局」等等。例如前蘇聯的小說《第四十一》，曾被我們批判為「修正主義」作品，其實，這是政治判斷而非文學判斷。一個女紅軍戰士（神槍手，已打中四十個白匪），和一個未被打中但被俘虜的軍官，在押送途中，被暴風雨吹到一座孤島上，世界只剩下這一對孤零零的男女在一起生活，以篝火取暖，於是產生了戀情。最後，海面上突然出現了一艘白軍艦艇，白匪軍官迎了過去，此時，女紅軍戰士舉起槍，把他打死在沙灘上。對於這部作品，如果用政治標準去衡量，會說它是宣揚「階級調和」、「敵我調和」，但如果用藝術標準去看，則會認為它反映了人性的真實，也反映了戰爭的真實。

文學不能服務政治，也無需政治為文學服務

在二十世紀中，有些政治家曾提出「文學為政治服務」的口號。在此口號下，政治家要求文學變成革命機器中的齒輪與螺絲釘，變成政治的號筒、註腳或意識形態的轉達形式。與此口號相關，有些作家詩人還提出文學應當成為階級鬥爭的「風雨表」或「革命的旗手」、「時代的鼓手」等。所有這些，最後的結果都是以政治話語取代文學話語，文學變成政治可憐的應聲蟲，也就是文學被政治「一元化」掉，進而取消掉。文學因此變成非文學，詩變成非詩。一九四九年之後大陸的三十年當代文學，其基本教訓就在於此，即把文學納入「為政治服務」的軌道，強制文學進入政治的戰車，結果是沒有創造出任何有真價值的文學作品。

我們拒絕文學為政治服務的命題，那麼是否可以接受「政治為文學服務」的反命題呢？我們的回答同樣是「否」。二〇一一年我到臺灣參加一次文學高峰會，會上，馬英九說，我們不贊成「文學為政治服務」，而主張「政治為文學服務」。一個政治家有此態度是值得讚許的，他至少不強制文學進入政治軌道。然而，我要回應說，作家詩人最重要的品格是獨立不移，自立不同。除了不雷同其他作家，不雷同任何流派，還包括不認同任何「主義」、任何意識形態。「山頂獨立」、「海底自行」應當為作家最基本的立身態度。所以文學創造者也不需要任何「他者」為其服務，包括不需要政府部門為其提供特殊服務。有些政府或宮廷，出於好心，想為作家服務，就設立「桂冠詩人」

等稱號獎賞他們認為傑出的詩人。然而，事實證明，這樣做，雖給詩人以榮光，卻有可能剝奪詩人內心的自由。有些政府出資設立國家級文學獎項，也同樣會發生問題。國家給作家以「主席」、「主任」等名號並相應地給作家以優裕的房子、車子和祕書，結果是讓作家慢慢丟失原先的本真品格與本真作風，即腐蝕了作家的靈魂。因此，政治家對作家詩人最大的保護，應是尊重作家詩人的獨立地位，不干預作家的創作，並給作家詩人最大限度的書寫自由。

這一講的題目，大家也許會覺得奇怪。「文學不就是藝術嗎」？不錯。文學本是藝術中的一種類型，屬於「語言藝術」。但是，因為「語言」二字已泛化，甚至出現「行為語言」、「肢體語言」、「姿態語言」等概念，而各種藝術部門本身也形成「音樂語言」、「繪畫語言」、「電影語言」、「戲劇語言」等，因此，再說文學是「語言藝術」已不清楚。二是即使肯定文學為語言藝術，這一門藝術也與音樂、舞蹈、繪畫等其他藝術門類有重大區別，因此，現在更多的是把文學整體與藝術整體作並列的稱呼。這也就形成了這一講的根據。今天所要講的，一是文學與其他藝術門類的關係，包括區別點與相通點；二是文學本身應當不忘記自己原先是藝術，應當具有怎樣的藝術意識。

文學與其他藝術的區別

首先，還是先講講文學之外的其他藝術有哪些類別。我的朋友李澤厚先生在五十年前（一九六二年十一月）於《文匯報》上發表過一篇〈略論藝術種類〉的文章。這篇文章把藝術分為五類：第一類是實用藝術，主要是指工藝與建築；第二類是表情藝術，主要是指音樂與舞蹈；第三類是造型藝術，主要是指雕塑與繪畫；第四類是語言藝術，指的就是文學，但他也認為，「文學常與整個藝術並列稱呼」；第五類是綜合藝術，主要是指戲劇與電影。那麼，文學與其他四類藝術的區別在哪裡呢？簡單地說，各種藝術都直接訴諸「感覺」，而文學除了感覺因素之外還有理解、想像、思想、情感等因素，而且主要是靠話語、詞彙來表達思想、情感。還有一點，是其他藝術需要用物質材料（包括人的身體）作為手段，而文學只需要非物質、非身體的詞彙。李澤厚先生說，文學因不是用物質材料作為手段，所以不能像其他藝術那樣可以靠感官直接感覺感受，因此，其刺激性也是較為貧弱。文學用千言萬語去描述一個人有時還不及一張畫像使人感覺那麼生動鮮明，所以人們總是不滿足於文字的刻劃而要求它變為直接可感的藝術形象。

但是，文學因為不以物質材料為工具，而以詞語為工具，因此它也表現出其他藝術門類沒有的長處。關於這種長處，李澤厚如此說明：

> 文學用詞作為藝術手段。這一手段的特點如本文講分類原則時所指出，它的實質（詞義）並不是物質材料而是精神性的表象。它已從直接的感性中脫離出來，……這樣，就與其他藝術用物質材料所提供的感性經驗和思想內容不同，詞義所提供的這一切都已受著確定知性理解的規範，而不像形體、色彩、聲音等所呈現或暗示的那麼朦朧、寬泛和不可限定。用繪畫或音樂描繪或表現的情節、情感與用文學所表達的，其內容所能具有的知性（理解）的確鑿性，是不可同日而語的，更不用說建築、舞蹈等部類了。所以，語言藝術的這一獨特手段與知性（理解）有直接不可分割的連繫，就使它比其他藝術具有遠為巨大的理性力量，更易達到深刻明確的思想高度，使人們能夠由感受體驗迅速直接地趨向於認知、思考，便於對現實進行理性的深入把握，而成為所有藝術中思想認識作用最強的一種。所以說，文學是思想的藝術。在這裡，感覺形式的愉悅因素退居很次要的地位，思想內容的認識因素占著壓倒優勢。這門藝術主要以內容的理性深度取勝。

這就是說，文學與其他藝術相比，它具有三個優點：(1)表述的內容更帶知識性的確鑿性（與科學相比，文學較為模糊；但與其他藝術相比，卻較為確切。這都是相對而言）；(2)帶有更大的理性力量；(3)帶有更明確的思想高度和更厚實的思想深度。

這三個優點，是以詞語為工具而產生的優點。因為文學雖不如其他藝術那樣讓人感覺強烈，卻可以帶給讀者對社會對人生更深刻、更明確的認知。所以貝多芬第九交響樂的最後一節乾脆直接訴諸歌詞而歌唱，這樣就更具體，更確鑿，更富有思想力量。

所以，要講述「文學與藝術」的關係，也是想透過這個角度讓大家加深對文學的認識，知道文學不僅以情感打動人，還有別的藝術門類難以企及的思想深度與思想力量，也就是說，它還可以用思想啟迪人。中國現代作家魯迅，他之所以比同時代的作家更偉大，就因為他的作品不僅藝術性強，而且具有他人沒有的思想深度。

除了上述這兩點基本區別之外，我覺得，文學比起其他藝術門類又表現出一個極大的優點，就是它最能表達人內心的全部豐富性。可是，音樂家可能不會同意，他們會說，音樂同樣可以表達人的內心，而且也可表達得很淵深。在音樂家的駁難之後，我又想說，文學可以最清晰地展示「心相」。如果他們還不服氣的話，我又可以說，文學可以更具象地展現靈魂的對話、論辯和訴說；尤其是可以表達自己對世界、對人生、對人性深刻的認知。認知裡所包含的情思、情趣與情境，是其他藝術望塵莫及的。

文學可以吸收藝術的營養

我們的課程是文學課，不是藝術課，也不是美學課。如果是藝術課，我們就得分別講解一下建築、雕塑、音樂、繪畫、舞蹈、電影等藝術門類的特徵。如果大家有興趣，可以閱讀黑格爾（Georg Hegel）的〈略論藝術種類〉。黑格爾的《美學》第三卷（上）的標題便是《各門藝術的體系》。第一部分是〈建築〉，第二部分是〈雕刻〉，第三部分是〈浪漫型藝術〉，這部分的第一章是〈繪畫〉，第二章是〈音樂〉，第三章是「詩」。這最後一章既是藝術，又是文學。我們不妨看看它的目錄：

第三章　詩

序論

A、詩的藝術作品和散文的藝術作品的區別
- 1、詩的掌握方式和散文的掌握方式
- 2、詩的藝術作品和散文的藝術作品
- 3、關於詩創作主體（即詩人）的一些看法

B、詩的表現
- 1、詩的觀念方式
- 2、語言的表現
- 3、詩的音律

C、詩的分類
- 1、史詩
  - (a)史詩的一般性質

(b)正式史詩的特徵

(c)史詩的發展史

2、抒情詩

(a)抒情詩的一般性質

(b)抒情詩的幾個特殊方面

(c)抒情詩的歷史發展

3、戲劇體詩

(a)戲劇作為詩的藝術作品

(b)戲劇藝術作品的表演

(c)戲劇體詩的種類及其主要歷史階段

i、悲劇、喜劇和正劇的原則

ii、古代戲劇體詩與近代戲劇體詩的差別

iii、戲劇體詩及其種類的具體發展

讓大家看看目錄，是為了激發各位的興趣，希望各位去閱讀。黑格爾寫得很好，朱光潛先生也譯得很好。黑格爾不僅講了詩，還講了散文和戲劇，又分清了抒情詩與史詩，悲劇、喜劇與正劇。我聽說許多人喜歡到世界各國旅遊，而旅遊的一項內容是觀賞城市建築。各位如果學會觀賞建築，就得讀一讀黑格爾的《美學》第三卷，他告訴你象徵型建築、古典型建築和浪漫型建築的美學特徵，他還告訴你什麼是歌德式建築（或譯作「哥特式建築」）和中世紀的民用建築，還有希臘廟宇、羅馬圓頂等有趣的審美奇觀。你們自己去閱讀，一定比聽我講課更有收穫。黑格爾的《美學》值得一讀，他以詩為坐標，從美學（第一哲學）的高度上說明文學優於其他藝術在於：(1)詩既然無須透過驗證特殊物質媒介，詩人的才能也就不受媒介條件的局限，因而也就沒有其他藝術所需要的依存性。一般地說，詩所需要的是憑想像力去塑造形象的才能。也就是說，詩比繪畫、建築、雕刻等擁有更大的自由。(2)儘管其他藝術也可以顯現內心世界，但「詩」因為借助「語」、「文」，所以可以掌握住並且表達出內心「高深領域的一切意識活動和內心世界的一切東西」。也就是說，詩比繪畫、建築、舞蹈、雕刻等，更能挺進內心世界縱深的領域。(3)「詩」因為可以更深刻地表現精神的內在意蘊，這就要求詩人也必須擁有最深刻最豐富的內心體驗。這樣就創造了一種既能巡視內心世界又能俯視外部世界的主體個性，即從內到外都可以充分認識世界的完整風貌（請特別注意閱讀「下卷」的「關於詩創作主體（即詩人）的一些看法」）。總之，黑格爾告訴我們，文學與藝術相比，它擁有更大的自由和更深更廣的表現力。從這裡我們就可以明白，人在童年時期總是先學繪畫先學唱歌，之後再學寫詩寫文章，到了晚年，當你想表達一生最深刻的感受，就會知道非得仰仗文學不可。

文學家應盡可能多些藝術修養

寫過《百年孤寂》的南美作家馬奎斯說過，從事文學，一定要有三個條件，一是天賦，二是修養，三是決心。修養是多方面的，其中重要的一項是藝術修養。我們不能要求作家詩人都當畫家、雕刻家、建築師等等，但至少要了解各門藝術，要有一雙審美的眼睛。如果曹雪芹不是擁有繪畫藝術的修養，他就寫不出那麼豐富的薛寶釵形象；如果不是擁有音樂藝術的修養，他也寫不出林黛玉那樣厚實的形象。薛寶釵是個「通人」，不僅通學問，而且通繪畫。第四十二回她在論畫中，不僅具有畫識，而且知道畫法。她在評論惜春的畫時說：

我有一句公道話，你們聽聽。藕丫頭雖會畫，不過是幾筆寫意。如今畫這園子，非離了肚子裡頭有幾幅丘壑的才能成畫。這園子卻是像畫兒一般，山石樹木，樓閣房屋，遠近疏密，也不多，也不少，恰恰的是這樣。你就照樣兒往紙上一畫，是必不能討好的。這要看紙的地步遠近，該多該少，分主分賓，該添的要添，該減的要減，該藏的要藏，該露的要露。這一起了稿子，再端詳斟酌，方成一幅圖樣。第二件，這些樓臺房舍，是必要用界劃的。一點不留神，欄杆也歪了，柱子也塌了，門窗也倒豎過來，階磯也離了縫，甚至於桌子擠到牆裡去，花盆放在簾子上來，豈不倒成了一張笑「話」兒了。第三，要插人物，也要有疏密，有高低。衣折裙帶，手指足步，最是要緊，一筆不細，不是腫了手就是跏了腿，染臉撕髮倒是小事。依我看來竟難得很。

與寶釵不同，黛玉精通的是音樂，但音樂對於她，不是知識、技藝，而是靈魂的一部分。她撫琴時不是用手，用腦，而是用她的全身心、全靈魂，正如她的詩是她的全部性情。第八十七回寫寶玉與妙玉在瀟湘館外偷聽她彈琴，也知音樂的妙玉立即聽出「君弦太高了，與無射律只怕不配呢」。正議論時，果然琴弦崩地一聲斷了。妙玉感知到這是不祥的預兆。對於黛玉來說，撫琴時，琴就是她，她就是琴，身心與音樂完全融合為一，琴聲過高，琴弦斷裂，意味著已經「琴化」的生命深處憂思太烈，有危險。

陸機說，好作家可以「挫萬物於筆端」。這個「物」不僅是物質、物體，而且是物外的整個存在，當然也包括「挫音樂、繪畫、雕刻等藝術於筆端」。我很佩服我的朋友高行健。他的創作整體，便是融合小說、戲劇、詩文、繪畫（水墨畫）、理論、電影等藝術於一身。在韓國召開的高行健國際學術討論會上，我說，在我心目中，至少有四個高行健，一個是小說家高行健，一個是戲劇家高行健，一個是畫家高行健，一個是文藝理論家高行健。說完後他又出了詩集，又拍了電影，都很精彩。他在藝術中吸收了文學的長處，例如他的水墨畫文學性很強，以內心深度取代西方畫流行的幾何焦點。而他的詩，又很有思想，對時代困局作出自己的回應，而音樂性也很強。他的電影，充分利用「蒙太奇」、「長鏡頭特寫」等長處，但又很有文學的詩意。他的戲劇，更是把本來看不見的內心圖像展示於舞臺上，把不可視轉化為可視。那些內心獨白與對話，既有戲劇的表演性，又有文學的思想深度。由於他具有廣泛的藝術修養，因此他獲得全方位的成功並在文學上獨開一條新路。

文學可以充分展現內心世界

比較一下文學與藝術，我們對文學就會有更深的認識，並知道文學不僅是語言的藝術，而且是思想的藝術；不僅是抒情的藝術，而且是認知的藝術。因此，文學可以在兩個發展方向上「優於」藝術，「超過」藝術。這兩個方面，一是文學可以發展自己的思想深度；二是文學可以發展自己的內心空間。

關於前者，中國的詩論中早已說過：詩可以言志。這「言志」，不僅是抒情，還包括表明自己的理想、抱負、心願、意志等。在這之中，雖也有情，但又有「思」，還有「知」。換言之，就是既有「識」，又有「理」。我們說不能把文學變成理念，但只是反對把文學變成「理語」，並非反對文學具有「理趣」。無論是情趣還是理趣，都可以成為文學的「因數」（元素）。文學可以透過自己的基本工具（詞語）充分表達自己對世界的認知，對人生的認知，還可以回應時代的挑戰，以及回應社會的訴求，抵達其他藝術門類難以抵達之處。

關於後者，文學更是大有可為。人人內心乃是另一個了無邊際的宇宙。這是相對於外宇宙的內宇宙。五百多年前的王陽明說過「吾心即宇宙，宇宙即吾心」，這確是真理。二十世紀奧地利心理學家佛洛伊德又發現人的內心除了有一個「意識世界」之外，還有一個「潛意識世界」。那麼，如何展現內宇宙？如何展現潛意識世界呢？我們的確不能說音樂、繪畫、雕塑不可以展現，但是要充分展現，卻最好能仰仗文學。

文學的重大課題

今天要講的題目特別大，但又很重要。上世紀三十年代，吳宓教授在清華大學外文系開講課程，題目就是〈文學與人生〉。一九九三年，清華大學又出版了這本書，由錢鍾書先生題簽書名。在這本書中，吳宓教授說：

人生是一個舞臺，有各種人物，各隨其性格之不同扮演角色，忍受痛苦。任何一個無名的小家庭或社會集團，與整個世界舞臺和整個歷史景觀一樣，都展示出各種各樣的人物，在他們的行動中，有著相同的互為因果的關係。對「小」的研究與對「大」的研究有著同樣的興趣；而對於「小」的理解，也要求與對於「大」的理解具有相同的心智能力。在這一意義上，小說是具體而微的人生。而小說又高於歷史（因為小說更具有普遍性，更有代表性）。「太虛幻境」及「名利場」的意義即在於此。

《文學與人生》的附錄裡又有一篇周輔成教授（北大哲學系）的文章（〈吳宓教授的人生觀和道德理想〉）。周教授在文章中概說了吳宓先生的思想。吳先生認為，在我們所處的「紛紜世界」之外還有一個理想世界。人類可以透過理想世界在繁雜的人世困亂之中，寄託人的靈魂，在那裡，可以有和諧靜穆，可以安身立命。周教授還概說了吳先生的人生價值觀，他說：

吳先生為了說明人生或生活在價值論上的意義，他又把他的「萬物品級表」簡化為三層世界（three levels or orders of Being），即天（God）、人（Man）、物（Nature）：在天，有天理；在人，有人情；在物，為物象。人在天與物之中，可有向上向下的趨向，這就是價值的根源。也可因對天、人、物三者態度之不同，而發生三種不同價值。

原來，(a)天或天理，是以全愛、至愛為特點，作為普遍的文化，盛行於歐洲中世紀及印度等國，如耶穌教、佛教，是尊重「一」或天的表現。(b)人或人情，注重等差之愛、偏愛，仁智雙用，如在希臘羅馬與中國儒家的人文主義，重道德，這是「一」與「多」兼用的表現。(c)至於物或物象，無愛（亦無不愛）可言，重視它的結果，產生了科學與自然主義；有成績，亦不是全無價值，不過不如前二者多而已。至少，它為價值提供了必要條件。這是特重「多」的表現。

吳先生這種三層價值論，和印度區分天堂（Paradise）、淨土（Purgatory）、地獄（Hell）三部確有不同，但同中國過去所謂「天地人三才」，卻有些相似。不過吳先生的天人物是從西方的價值論推衍出去的，直接來源，恐怕是文藝復興時期西班牙人道主義者斐微斯（J. L. Vives, 1494-1540）的著名著作《關於人的寓言》（*A Fable about Man*）。其中要義是：「人有獸性，但更重要的是具有理性和上帝的不朽性。」人就在這兩種性質中徘徊上下、升降。這很像是吳先生的「人是一多並在」的見解。

從吳宓先生自身的講述和周輔成教授的闡釋，可以看到吳宓先生關於「文學與人生」的三個基本觀點：(1)人生作為世界舞臺，它展示著各種人物、各種角色的各種命運，人生是多樣的，文學也是多樣的。人生千姿萬態，文學也千姿萬態。(2)文學不僅呈現現實世界，而且可以透過理想超越世界。文學使人生多了一個安頓之處，使心靈多了一個存放之所。(3)人生有「大」、「小」之分。文學對兩者都有興趣。問題不在於表現大人生還是小人生，而在於作家用什麼態度與方式去表現，並表現出其中的意義。

人生千姿萬態

吳教授與周教授講的都不錯，我一面加以引申，一面也講講自己的觀點。人生的確像舞臺，的確千姿萬態。什麼是人生？人生就是到地球來一回的經歷。有人說，到「地球」來一回，就像到「地獄」來一回，經受的全是苦難，這種說法與佛教所說的「苦海無邊」相通。有的人則說，到地球來一回，不過是把地球當作大球一樣，踢踢球，玩玩球，遊玩人生，戲弄人生。也有的人說，到地球來一回就像做一場夢，人生如夢，人生如幻，「對酒當歌，人生幾何」。人生不僅千姿萬態，而且千奇百怪。人生說不盡也寫不盡。若用最簡單的話說，便是人生乃是人性加生活。人性是人生的深層；生活是人生的表層。全世界的人類都在生活，而每個個體又都具有不同的人性，所以呈現在表層的生活，也就五花八門。就已有的文學而言，我們看到作家筆下的人生就有無數類別。有偉大的人生，也有渺小的人生；有輝煌的人生，也有慘澹的人生；有壯麗的人生，也有卑微的人生；有平常性的人生，也有傳奇性的人生，等等，這是常見的說法。還可以換些角度和語言說，例如可以說人生有聖賢人生，也有盜賊人生；有英雄人生，也有平常人生；有神性人生，也有鬼性人生；有獅虎人生，也有雞犬人生。還可以換另一種語言說，有大寫的人生，有小寫的人生；有勞力者人生，有勞心者人生；有奴役者人生，有被奴役者人生等等，根本說不盡，也寫不盡。

說人生多樣，很對，但說一生歸一，也對。因為不管是什麼人，不管是帝王將相、才子佳人還是平民百姓，三教九流，最後都要抵達同一終點，這就是墳墓。不管死亡之前人生如何千差萬別，但最後都要變成骷髏，化為灰燼。因為人意識到終有一死，人生有限，所以才發明了文學、哲學、宗教、文化藝術等精神門類。這些精神門類，包括文學，就是人類為了讓自己的人生得到延續與發展，讓心靈生命比肉體生命更長久。

因為人生多彩多姿，所以文學也多種多樣。有傳奇性的人生，如笛福（Daniel Defoe）寫《魯濱遜漂流記》、大仲馬（Alexandre Dumas）寫《基督山恩仇記》、施耐庵寫《水滸傳》等，會有許多人喜愛；而如契訶夫寫小人物，《金瓶梅》寫小女子，即寫平常性人生，也會有許多人喜歡。人生那麼豐富，那麼紛繁，怎可以要求作家一律要寫「高大全」的英雄，一律要寫「階級鬥爭」的人生呢？

人的兩種存在方式

高行健在〈文學的理由〉演講中（諾貝爾文學頒獎儀式上的講話）特別提及一個作家的名字，他叫作費爾南多．佩索亞（Fernando Pessoa）。中國著名作家韓少功也翻譯過他的作品。佩索亞是葡萄牙的詩人與作家，生前寫過一萬多首詩，但很少人知道他的名字與作品。死後才聞名於世。他把人的存在狀態分解為兩種。第一種是由夢幻構成的真實存在，它產生於孩提時代並可持續一生；第二種是由外表、言談和行動構成的虛假存在。法國作家莫林（Edgar Morin）與凱恩（Anne Kern）在《地球祖國》（北京三聯書店出版）一書中引述佩索亞的話並發揮說：我們身上同時有兩種存在，即平淡狀態的存在和詩意狀態的存在。這兩種存在構成我們的存在方式，並形成相互依賴的兩級。如果沒有平淡，詩意便無從談起。詩意狀態的表現是與平淡狀態相對而言的。平淡狀態的我們處於實用性與功能性的環境中，其目的也是實用性的和功能性的；詩意狀態可以和愛情或友好的目標連繫在一起，但詩意本身也是目的。

人生確實包含著兩種存在狀態。而文學對於人生的意義恰恰在於它可以讓讀者超越人生的平淡狀態而進入詩意狀態。好的文學，它可以幫助人們保持和發揮童年的夢幻，可以幫助讀者保持和充實生命的本真狀態。因此，如果有人問：文學對於人生有什麼用處？那麼，我們就可以回答，文學對於人生沒有什麼實用價值，但它可以帶給人生以詩意，讓人在地球上的生活化作「詩意棲居」。

文學與人生三大悲劇

人生太多樣、人生太豐富，僅是人生內涵就說不盡，再加上文學就更豐富、更說不盡。我讀過講「基督教人生觀」的書，也讀過講「佛教人生觀」的書。在中國，儒家講人生，道家講人生，墨家講人生，名家講人生，都各有系統。二十世紀之後，僅中國學界，講人生的書籍就難以計數。梁漱溟先生講「人生三大路向」，即宗教人生、道德人生、藝術人生，足夠我們講授幾天。所以我今天只是借著吳宓先生的話題，盡可能在最短的時間裡講述「文學與人生」的核心內容。首先我要講人生的三大悲劇。李澤厚先生在《歷史本體論》裡概說了人生具有三大悲劇：一是自然悲劇，二是人為悲劇，三是個人悲劇。他說得很簡明，你們可能忽略了這部分內容，所以我簡要闡釋一下。

所謂自然悲劇，乃是佛教所發現的生老病死這種悲劇。「生、老、病、死」這四個字，真是「天網恢恢，疏而不漏」。哪怕你是帝王將相，哪怕你是總統元首，也跑不掉。《紅樓夢》裡，妙玉宣稱她最喜歡范成大的詩句是「縱有千年鐵門檻，終須一個土饅頭」，意思是地位再高，權力再大，財富再多，門庭再顯赫，最終還是得走進墳墓（土饅頭），這難道不是悲劇嗎？人一生下來，一方面走向成年，一方面（放遠一點看）其實也在走向死亡。在死之前的人生過程，哪一個能逃離疾病？哪一個能逃離衰老？人努力學習，努力積累而走向成熟，可是最成熟的時候也是最接近死亡的時候，這不是悲劇是什麼？

僅僅人的衰老就會造成大悲劇，莎士比亞的《李爾王》、巴爾札克的《高老頭》，作品中的主人公曾經那麼輝煌，然而，一旦衰老，連女兒們都要拋棄他。多少絕世美人，年輕時曾被英雄豪傑追戀，一旦蒼老色衰，則被棄之牆尾。這種悲哀，造就了多少動人詩篇！

自然悲劇之外是人為悲劇。此種悲劇往往比自然悲劇更可怕。我和我的中國同齡人，經歷的人為悲劇是「階級鬥爭」旗幟下的「政治運動」，這種運動，錢鍾書先生稱作「口戕口」的運動。表現是口戕口，內則心戕心，實際上是人戕人。「文化大革命」就是「人為大悲劇」。人為悲劇中最嚴重的是戰爭。二十世紀人類竟進行了兩次世界性戰爭，經歷了兩次災難性的死亡體驗，不知流了多少血，死了多少人。如果說，自然悲劇中最嚴重的事件是瘟疫，那麼，人為悲劇中最嚴重的事件則是戰爭。卡繆的名著《瘟疫》，寫的是大瘟疫；荷馬的《伊利亞德》寫的是大戰爭。戰爭和愛情一樣，都是文學的基本母題。荷馬史詩之後，寫戰爭的經典作品有莎士比亞的《安東尼與克麗奧特托拉》、托爾斯泰的《戰爭與和平》、雷馬克（Erich Maria Remarque）的《西線無戰事》、冠特・馮內果（Kurt Vonnegut）的《第五號屠宰場》、喬瑟夫・海勒（Joseph Heller）的《第二十二條軍規》等。中國當代文學的前半期（一九四九至一九七九年），主流作品幾乎都在寫戰爭，《紅日》、《紅旗譜》、《林海雪原》、《保衛延安》、《沙家浜》、《紅色娘子軍》等等。戰爭題材的作品中有謳歌戰爭的，有反對戰爭的，有不分正義與非正義的。八十年代裡，中國的新一代作家對戰爭的態度有很大的轉變，如莫言所寫的《紅高粱》、陳忠實所寫的《白鹿原》等作品，其基調已不同以往。優秀的文學作品都不是單純寫戰爭，而是寫戰爭中表現出來的人生、人性、人情等等。我國古代詩詞有許多書寫戰爭題材，如杜甫、岑參、辛棄疾等，展現的多半是戰爭時代人民的苦難。

自然悲劇、人為悲劇具有普遍性，但寫出的作品卻可以帶有個性。這就取決於作家用什麼角度、什麼方式去寫。同樣寫二戰，伯爾（Heinrich Böll）就寫出特色來，我在《罪與文學》作了分析，同學們可參考。與自然悲劇、人為悲劇不同，個人悲劇則是由於每一個人性格、慾望、命運不同所形成的悲劇。所以個人悲劇也可稱為「性格悲劇」與「命運悲劇」。古希臘的《俄狄浦斯王》寫的是命運悲劇（難逃殺父娶母的宿命性悲劇）；到了莎士比亞，寫的幾乎是性格悲劇，《哈姆雷特》、《奧賽羅》、《李爾王》、《馬克白》，都是性格的悲劇。巴爾札克的《歐燕妮．葛朗台》，福樓拜的《包法利夫人》，左拉的《娜娜》等寫的是慾望的悲劇。

「為人生而藝術」也受到非議

既然文學與人生如此密切，那麼，五四時期有些作家提出「為人生而藝術」照說就應當得所有人的認同。然而，並不那麼簡單。五四時期的文學陣營主要分為兩大派。一派是創造社，主張「為自我而藝術」和「為藝術而藝術」；一派是文學研究會諸作家，主張「為人生而藝術」。「為藝術而藝術」的意思是說「文學無目的」，文學本身便是文學的目的；「為人生而藝術」則認為文學應服務於人生。一九二〇年北京的一些作家成立「文學研究會」，由鄭振鐸起草文學研究會章程，由周作人起草文學研究會宣言，由沈雁冰擔任《小說月報》編輯主任。除了這三人之外，還有郭紹虞、朱希祖、瞿世英、蔣百里、孫伏園、耿濟之、王統照、葉紹鈞、許地山等，魯迅、冰心也屬於這一派。文學研究會成立的第三年，也就是一九二二年，創造社才成立，創造社的骨幹有郭沫若、郁達夫、成仿吾、王獨清、穆木天、葉靈鳳、周全平、鄭伯奇、蔣光慈等。創造社主張文學無目的，文學本身便是文學的目的，「為人生而藝術」便面臨著「為藝術而藝術」的理念挑戰。一九二三年另有一派崛起，這是鄧中夏、惲代英、蕭楚女等激烈的革命作家，他們對「為藝術而藝術」和「為人生而藝術」的思想都不滿意，他們認為，文學研究會所謂的「人生」，乃是「個人的人生（少爺小姐的人生）」，絕不是「社會的人生」。這一派乃是中國早期的馬克思主義理論派，後來愈來愈激烈，最後規定文學只能服務於社會，這其實是政治化的人生，變成了「為政治而藝術」，把文學變成為政治服務的工具。

我們在講「文學常識」，不是講「現代文學史」，所以不再多述了。但是，與「常識」有關的是在上述三種意見，特別是「為社會而藝術」和「為革命而藝術」的思想逐步占上風時，中國又出現了一種影響很大的美學觀點，這就是朱光潛先生提出的兩種人生觀，其實是兩種文學藝術觀：一種是演戲人生，一種是觀戲人生。用他的話說：有兩種看待人生的方法，一種是「把自己擺在前臺，和世界一切人物在一塊玩把戲」；另一種是「把自己擺在後臺，袖手看旁人在那兒裝腔作勢」（一九二八年三月，〈談人生與我〉）。朱光潛先生於一九二五年出國深造，這之後他發表了著名的給年輕學生的十二封信（《給青年的十二封信》），告訴年輕朋友說，人本是世界大舞臺上的一個演員，那麼，該選擇什麼角色呢？他主張聰明人應選擇後臺人生，即臺下人生。站在臺下「旁觀喝彩」即可，這就是「超世觀世」的人生觀與文學觀。朱光潛先生不僅受克羅齊的影響，還受尼采的酒神精神與日神精神的影響（參見《悲劇心理學》中譯自序），他自己選擇的是日神精神，即冷靜（靜穆）觀照人生的精神。朱先生這種鮮明的審美超脫態度深得沈從文和周作人的共鳴，卻引起魯迅等左翼作家的強烈反感。魯迅先生在《且介亭雜文》的〈「題未定」草〉一文中批評了朱光潛先生的「靜穆」美學觀。在三十年代，中國仍然危機重重，民不聊生，可謂「國難當頭」。用魯迅的話說，這個時代是「風沙撲面」，「虎狼成群」，怎可以講幽默、閒適和「靜穆」。七八十年過去後，我們再看看當時的爭論，會覺得魯迅先生和朱光潛先生都有道理。魯迅先生是持「國家興亡，匹夫有責」人生態度的人，他不能容忍在「國難當頭」的歷史語境下大講「超脫」，他的精神的確崇高而實際。朱光潛先生講的則是文學的一般性格。從普遍的意義上說，文學家確實不必充當時代舞臺（尤其是政治舞臺）上的演員，而應當站在臺後、臺下審視人類功利活動及其得失即可。朱光潛先生主張用審美的態度看待人生，也就是用審美的態度從事文學藝術。這種超越態度倒是從事文學的作家詩人們的基本態度。

文學寫作的密碼

儘管我對魯迅先生與朱光潛先生的對立理念皆採取欣賞的態度，但我在「文學與人生」的關係上，還是主張文學應給人生多一點力量，多一點理解與寬容。總的說來，人生充滿重負，而數千年來人類在艱難的生存條件下奮鬥，神經所以不會斷裂，文學藝術確實起到調節作用。這種調節，包括慰藉，也包括娛樂，但最重要的是力量。人生需要文學，從根本上說，是文學能給人生以力量。

然而，這並不意味著文學必須以英雄主義為旗幟，也不意味著文學作品必須塑造「高大全」的英雄人物，這種思路，至少是文學創作上的幼稚病。但話又得說回來，文學不是不能寫英雄，我只是認為，不管是寫英雄還是非英雄，不管是寫大人物還是小人物，都一定要呈現人性的真實與人類生存環境的真實，不可溢惡也不可溢美。寫出這兩項真實，便是寫出人生的真實。

寫出人性的真實與生存環境的真實，並不是容易的事。人性極為豐富、複雜，生存環境也極為豐富、複雜（生存環境還包括複雜的人際環境）。有人說，人性充滿困境，生存充滿困境。言下之意，人性與生存還有「困」與「不困」之分。實際上，人性本身就是人性困境，生存環境本身就是生存困境。惟有寫出無時不在、無處不在的困境，才是真實。我很喜歡莫言的短篇小說〈白狗鞦韆架〉，因為他寫出了這兩種困境、兩種真實。小說的述者「我」和他的少年女友「暖」的愛情純粹是一場愛的苦難。青春時期，情愛朦朧，「我」出於愛意而邀請暖去盪鞦韆，卻將她盪入荊棘叢中，致使暖失去了左眼，也使暖變成「殘廢人」。她因此只能下嫁給另一個殘廢人「啞巴」。與啞巴結婚後，暖一胎所生的三個孩子也逃不出作啞巴的命運。十幾年後，「我」作為師範學校的教師回鄉與暖再次相逢。此時，想要擺脫生存困境的暖唯一的心願就是生一個會說話（非啞巴）的孩子，而唯一實現的可能就是求助於「我」：只有當年把暖送入苦難深淵的「我」此刻才可能成為把暖拖出深淵的「救星」。可是，這樣做卻面臨著道德困境和其他種種困境。正如暖所言，「你有一千個藉口，一萬個理由說『不』」，但他又不能不正視的事實是：往日戀人的苦難正是他自己也參與製造的苦果。

小說的結局不是「結局」，而是「困局」。莫言把困局留給讀者，讓讀者去選擇，去判斷，去進行審美再想像。惟其沒有結局，這才高明。我認為，寫出人性的困境與生存的困境乃是文學創作的密碼，莫言的〈白狗鞦韆架〉掌握的正是這一密碼。

三個基本概念

今天我們要講文學的另一個重大關係，即文學與道德的關係。要講清這一關係，沒深想，覺得容易，一深想，卻很難。

首先，我們應把這堂課的三個基本概念弄明白。第一個是倫理；第二個是道德；第三個是文學。道德本是倫理學中的一個主要概念，但也可以把兩者作個區分，即把倫理視作行為規範，講的是外在的制度，在中國通常被稱作「公德」，即社會性道德。而「道德」相對於倫理，主要是指個人內在的良知責任和心靈準則，在中國，通常被稱為內修的「私德」。文學與「倫理」和「道德」的關係非常密切，但它既不是外在的行為規範，也不是內在的心靈原則。而其深層內涵又離不開這兩者。文學可以描寫道德故事、倫理故事，也可以描寫反倫理反道德或不道德的故事，例如可以寫土匪嫖客，男盜女娼。也就是說，文學沒有什麼題材的禁區。六七十年代，大陸批判「黑八論」，其中有一項叫作「反題材決定論」。先不說這是何等專制，就文學而言，批判者完全不懂得文學。其實，文學作為最自由的精神領域，它什麼都可以寫，什麼都可以作為自己的題材，只是作家必須守持自己對人類負責和對歷史負責的基本倫理態度、一種良知底線，即可以書寫男盜女娼，但不可誨淫誨盜；也可以書寫三教九流，但自己不可無恥下流。困難的是，作家既要保持絕對的向善的倫理態度，又不可以在作品中設置倫理法庭，也不可變成道德說教，解決好這個矛盾，才能產生好作家。而這，正是我們這一講的重心。

文學可「以美儲善」

首先應當肯定的是，文學可「以美儲善」，即可「文以載道」、「詩以載德」。以中國最古老的詩歌總集《詩經》為例。它的第一首詩（〈國風．周南．關雎〉），即幾乎人人可以默誦的〈關雎〉：「關關雎鳩，在河之洲。窈窕淑女，君子好逑。參差荇菜，左右流之。窈窕淑女，寤寐求之。求之不得，寤寐思服。悠哉悠哉，輾轉反側。」這首詩本是君子向淑女求愛之詩。可是〈詩序〉特別說明：「〈關雎〉，后妃之德也。」又說：「〈關雎〉，樂得淑女以配君子，愛在進賢，不淫其色；哀窈窕，思賢才，而無傷善之心焉。」後來，朱熹在《詩集傳》中又證：「周之文王，生有聖德，又得聖女姒氏以為之配。」現代有評註《詩經》者，認定〈關雎〉與「后妃之德」無關，我們也可作參考。但從〈詩序〉到《詩集注》均認為與「德」有關。我們且不作爭論，但要肯定一點，詩確實可以載德，文學可以包含巨大的道德意蘊。

道德化入文學的關鍵點

如果說，〈詩序〉與朱熹解釋〈關雎〉為「后妃之德」還有點勉強，那麼，重溫一下托爾斯泰的《復活》，就會覺得道德在文學中可以表現得非常真，非常美，非常動人。羅曼．羅蘭在《托爾斯泰傳》裡說，《復活》可視為托爾斯泰在藝術上的遺囑。那時他已七十歲，他注視著世界，注視著生活，也面對過去的錯誤。小說的男主人公聶赫留道夫，是個三十五歲的貴族，女主人公瑪絲洛娃是個妓女。羅曼．羅蘭說，《復活》的作者在主人公三十五歲的身體中納入一個格格不入的七十老翁的靈魂。這個三十五歲的貴族陪審員，在法庭上面對的正是十年前曾被他姦汙過的妓女。這個妓女原是聶赫留道夫的姑媽（莊園主）的養女兼奴婢，十年前，他二十五歲的時候，姦汙了她，又將她遺棄，從而造成她走投無路而淪為妓女。十年後，這個妓女被指控謀財害命，被送入牢房接受審判。在法庭上，兩人巧遇，聶赫留道夫面對當年被自己毀掉的瑪絲洛娃，良心受到極大的震動，他真誠地懺悔，決心為她伸冤，並準備和她結婚。他的內心進行了兩個自我的對話，這個「新我」決心要透過悔過進行自救，即自我完善。他在日記上寫道：

兩年不寫日記，我曾以為決不再做這種兒戲。但這不是兒戲，乃是和自己談話，和活在每個人心中的真正神聖的自我談話。這個「我」一向睡覺，我沒有人可以交談。四月二十八日法庭上的非常事件喚醒了他，我是那裡的陪審員。我在被告席上看見了她，被我騙的卡邱莎，穿著囚服，由於奇怪的誤會和我的錯失，她被判做懲役。我剛去看過檢察官和監獄。他們不許我見她，但為了見到她，我決定去做一切，在她面前懺悔，消除我的罪過，即使是結婚也行。主啊，幫助我吧。

聶赫留道夫真誠地竭盡全力營救瑪絲洛娃，但她還是被判處流放西伯利亞。判後他又毅然陪她到流放地。瑪絲洛娃被他的精神所感動而復活了做人的尊嚴，但拒絕聶的求婚而與政治犯西蒙松結婚，而聶捨棄一切財產，皈依宗教，也完成了靈魂的復活。實際上，兩個主人公都經歷了一場道德的復活。

托爾斯泰透過這部作品書寫道德的復活與凱旋，這是一部偉大的道德文章。但是，我們只會感到整部作品布滿人性的詩意與神性的詩意，不會感到它在進行道德說教，這裡的關鍵是作者已把「道德」化作自己的血液，即自身最真誠的情感，然後再訴諸文字。魯迅先生曾說，從竹管裡倒出來的都是水，從脈管裡流出來的都是血。關鍵是作者本人，即這個創作主體，他的道德感不是他的理念，而是他的血脈、他的生命、他的情感。這樣，「道德」就像「鹽」化入水中，讀者看不見，但又能品嘗出味道來，即能感受到其偉大的道德情操，這樣的作品就成功了。既然要從事文學，那就必須具有最高尚、最高潔、最高貴的道德情操，但是，又不能陷入道德說教。在此矛盾中該怎麼辦？托爾斯泰就為我們作出榜樣。

俄羅斯文學為什麼更深邃

對於外國文學，我們既愛莎士比亞，也愛托爾斯泰。從整體上說，我們既愛英美文學，也愛俄羅斯文學。但就個人的閱讀興趣與閱讀經驗而言，我感到俄羅斯文學更深邃，更深刻，更值得沉浸其中。

這是為什麼？就因為俄羅斯文學最徹底地揚棄「為藝術而藝術」的文學理念而最真誠地擁抱人間的苦難。所有偉大的俄羅斯作家，從果戈里到契訶夫，從托爾斯泰到杜斯妥也夫斯基，他們的靈魂都被人間的苦難抓住。也就是說，他們都擁有最高的道德感，擁有最高的良心感。《復活》為什麼如此感人，也正是呈現了作者（托爾斯泰）最徹底的良知責任。主人公身為貴族，但為了道德上自我的完成，他可以拋棄一切，包括財產、名聲、地位，甚至可以在妓女面前下跪。在他心目中，道德高於一切。

與中國文學相比，俄羅斯文學中的道德感也往往表現得更為深厚。《紅樓夢》中的賈寶玉，其心靈也是被人間的苦難所抓住，他最後的選擇是出走，即逃離苦難去尋找自由自在的生活。杜斯妥也夫斯基《卡拉馬助夫兄弟們》中的阿廖沙，他選擇的是重新回到大地，熱烈地擁抱大地的苦難，即和一切受苦受難的人們一起承受苦難。在俄羅斯東正教的觀念裡，惟有擁抱苦難才能向天堂靠近，因此，苦便是樂，愈是痛苦，愈是快樂。這種觀念實際包含著深邃的責任意識。俄羅斯文學因為擁有這種傳統，所以根本和「為藝術而藝術」的理念格格不入。

離開人便沒有善惡之分

講到這裡，請大家注意兩種不同的「道德」。一種「道德」是超越時空，甚至超越倫理制度而帶永恆性的道德，這是宗教性道德，例如誠實、勇敢、無私、正直、同情心等；還有一種是受倫理制度制約，即不同制度、習俗、規範之下的道德，即社會性道德，這部分道德的內涵帶有相對性。例如在伊朗等伊斯蘭國家中，一夫多妻是合道德的，在中國則不合道德。在中國清代，因有一妻一妾的婚姻制度，所以男人擁有小妾是正常的；今天，中國實行一夫一妻制，納妾則被視為不道德。因此，道德判斷不僅有時代性，而且有朝代性。但文學卻不僅超越朝代，而且超越時代。它只注重人性，所以對某種制度下的「反道德」行為就可能會從人性的角度給予同情，甚至謳歌。也就是說，作家在文學中不刻意展示善惡，只是描寫活生生的人與人性。沒有人，也就無所謂善惡。另一方面，作家主體只是一個平常人，而不是包公。作家既不能充當政治上的大法官，也不能當道德上的包青天。包青天鐵面無私，不苟言笑，內心充滿道德義憤。他審判中了狀元而拋棄妻子的陳世美，並非政治審判而是道德審判。這種作品不能進入人性深層，因為其文本重心並不是揭示陳世美人性的困境，而是表現包青天的道德勇氣，即敢於面對皇親國戚而維護倫理原則。因此，這個劇本儘管廣受老百姓歡迎（迎合老百姓的倫理需要），但並不算好的文學作品（戲劇文本）。在作品中設置道德法庭，這是過去中國很多作家所犯的錯誤，認為作品要除惡揚善，殊不知這是對文學很膚淺的認識。比如過去的八個樣板戲，好人站一邊，壞人站一邊，再設計一個情節將壞人揪出來。我將這種寫法稱作「世俗因緣法」。

在「世俗因緣法」之下，文學作品就會設置殘酷的道德法庭。例如，同樣是一個婚外戀的女子潘金蓮，在《金瓶梅》裡，她只是一個平常的女人，無善無惡，作者只描寫她，呈現她，並不譴責她，審判她。《金瓶梅》作為一部現實主義作品，它的長處恰恰在於不設道德法庭。而在《水滸傳》中，這個潘金蓮，則是萬惡之首。施耐庵讓英雄武松來殺她，並把她的五臟六腑挖出來祭奠武大郎的「亡靈」。《水滸傳》這部小說，從思想指向而言，是英雄主義、大男子主義與倫理主義的結合。其英雄的第一代表李逵，有兩個顯著特點：一是嗜殺，二是不近女色。因他不為女色所動，所以占領了道德制高點，連宋江都低他一頭。李逵生性暴躁，濫殺無辜，他借宿四柳村狄太公家時，理直氣壯地將一對正在熱戀的青年男女殘忍剁殺，支撐他的正是道德法庭。而對於武松殘殺曾經愛戀過自己的嫂子潘金蓮這一行為，作者的筆調又完全讚頌。潘金蓮是個不幸的女子，她逃離一次黑暗的婚姻之後，又無奈下嫁給矮小的武大郎，在人性上再次被扭曲。這種在情感上被嚴重傷害的女子，透過婚外戀的方式尋求慰藉本來是無可厚非的，但是，《水滸傳》把她推入罪惡的深淵，然後由武松的大刀對她執行最殘酷的道德審判。與之相比，《金瓶梅》也寫潘金蓮，但它嚴守寫實的原則，以中性的態度呈現這個多情「淫蕩」女子。《金瓶梅》不愧是偉大的現實主義小說，它的高明之處，就是不設道德法庭，只寫人性的原生態；或者說，只呈現人性的真實，不作道德的判斷，這才是文學的真筆法。《紅樓夢》中的秦可卿，也是婚外戀的女子，她與公公賈珍的情愛，從道德上說，簡直已達到亂倫的程度。但曹雪芹不僅不譴責，不批判，反而把她塑造得極美，極可愛，以「兼美」稱之，即兼有黛玉的傷感之美和寶釵的端莊之美，還有妙玉的超脫之美、探春的幹練之美。秦可卿逝世時，曹雪芹更讓她享有最高的哀榮。可是我們知道，秦可卿是一個「潘金蓮」式的人物。這種人在焦大（賈府的家丁兼「道德家」）的眼裡當然是淫婦。所以他才大罵賈府除了兩個石獅子之外，沒有一個是乾淨的。但是，曹雪芹沒有落入焦大的水準，只讓焦大表現一下自己的道德義憤，而不把這種義憤當作小說的基調，更不設置道德法庭。曹雪芹完全超越了世俗因緣法，而用審美的法度來看秦可卿。這才是真文學。

文學需站在審美境界

文學不能落入「焦大」的水準，這是曹雪芹給我們的偉大啟迪。曹雪芹寫焦大，讓他以賈家功臣的口吻痛罵寧國府，痛罵賈珍與秦可卿「爬灰」。但是曹雪芹本人卻把秦可卿放在最高的審美殿堂上。

我們還要補充說，文學不僅不能落入焦大的水準，也不能落入「包公」的水準，即作家本人不能充當「包青天」，扮演「斷案」的角色，儘管包公正義凜然，擁有剔除人間不平的公正之心。當然，作家主體有一點是與包公相通的，這就是不畏權勢、超越勢利，敢於直面世道的黑暗，敢於為民請命。但是，作家詩人的境界又高於包公的境界，即高於斷案式的分辨善惡的境界。作家詩人無需隨身帶上「尚方寶劍」，也絕不在乎「皇帝的權威」，更無須攜帶殺人的「鍘刀」。他們既同情秦香蓮，也同情陳世美；既理解秦香蓮的生存困境，也理解陳世美的人性困境。

在中國傳統的戲劇舞臺上，包公和李逵的形象有相似點，即都是「黑臉英雄」，都是「怒目金剛」。一個用大斧頭，一個用鍘刀，兩者皆刀下無情。除了外部形象相似之外，兩者都占領道德制高點。而作家詩人雖然擁有清醒的道德態度，但不設立道德法庭，也不占領道德制高點。他們都力求站立於審美制高點，這是超越道德境界的審美境界。莎士比亞如果只有包公境界，那他筆下的馬克白就勢必要處以砍頭極刑。然而，莎士比亞卻站在天地境界觀看馬克白，讓他內心左右衝突，讓他的靈魂進行鮮血淋漓的掙扎，不是簡單判定他為惡人、壞人就了事。而這才是真悲劇、真文學。

什麼是文化

今天講述文學與文化。

首先又碰到一個問題：什麼是文化？許多書籍都在定義文化，但總是定義不清。我們不走這條路，不想把文化「本質化」。因為「文化」二字已被濫用，其外延與內涵都被擴張得難以說明。例如一講起文化，就會想到是指物質文化還是精神文化。「文化」與「文明」有什麼不同？現在多數人傾向於說「文明」更側重物質工藝（技術）層面，而「文化」則側重於精神層面，可是，這又與詞源的內涵相反。文化的英文是culture，本是「農業」的意思，講的恰恰是物質；而文明civilization，本來意為「城邦」，則讓人想到的是希臘城邦精神。文化還有上層文化與下層文化之分，宮廷文化與民間文化之分，宗教文化與世俗文化之分，精英文化與大眾文化之分，雅文化與俗文化之分，即使只限定於精神文化，也還有大精神文化與小精神文化。小精神文化，每天都離不開，即每天我們都會唱點歌，跳點舞，說點幽默；大精神文化如宗教文化，如人文、科學，這其中又可分門別類。僅說人文就有哲學、歷史、文學、人類學、倫理學等許多學科。因此，要給這麼豐富的內容作個統一的囊括一切的定義實在太難。鑑於此，對文化只能作大體的把握，所以我便把文化界定為區別於動物的、由人類創造的意義系統。不同種族、不同地域所創造的意義系統，既有相通之處，也有千差萬別。每一種大文化都不是十全十美的，而是既有長處也有短處。如果短處發展到極端，就會走向滅亡。人類歷史上的一些大文化（也被稱為大文明），如巴比倫文化、瑪雅文化、印加文化、古埃及法老文化、東印度文化都已滅亡。中國以漢民族為主體的中華文化卻延續數千年而未滅亡，這是為什麼？許多學者對此都有研究。有人說這是因為中國文化中有個儒家思想核心；有人說，因為中國有統一的文字、統一的度量衡、統一的行政帝國。這些都對，都說出了一部分原因，但歸根結底是中華文化與現世生活比較貼近，也就是比較合情理。不僅有西方的「合理」，還有自己的「合情」。今天是文學課，不是文化課，不能再往「文化」的深處走了，我們只能抓住這兩者的關係，再繼續講述。要明瞭文學與文化的關係，必須認識三個要點：

(1)文學是文化的一部分

首先應當明瞭：文學是文化的一部分，文化概念大於文學概念。也就是說，文化的內涵大於文學的內涵，文學只屬於精神文化中的人文部分，而且只是人文的一部分。「人文」通常是指哲學、歷史、文學。但文學只代表人文的廣度，歷史才代表人文的深度，哲學則代表人文的高度。在人文科學中，歷史是基礎。離開歷史就談不上人文學問。文學雖然只是人文的一部分，但它又是文化中最生動、最富有情感與情趣的部分，它也是文化體系中最貼近生活、最貼近人性的部分，因此，也是最敏感的部分。「春江水暖鴨先知」，文學就是先知型的「鴨子」，它往往最敏銳地感受春暖秋涼、人情起落。有人說詩人最接近瘋子，這也道破部分真理，因為詩人最敏感，它能最早捕捉住天上人間的全新氣息。

但文學與文化的關係，並不是一種機械的固定的關係，兩者常常互動，既有互補，也有衝突。文學既從文化中得到營養，也常常反抗文化，下面分別講一下兩者的互補互動。

(2)不同大文化下的文學差異

從二十世紀初期至今一百年，中國學人與作家常常談論中西文學的差異，以致形成中西文學的比較學科。但要真正了解中西文學的差別，就不能不正視中西文化的區別，只有在中西文化區別的語境中，我們才能看清許多根本性的文學現象。例如，可以斷然地說，但丁與杜斯妥也夫斯基，只能出現在西方，只能出現在天主教與東正教這種大宗教的語境裡，不可能出現在中國。反之，《紅樓夢》只能出現在中國，特別是出現在佛教已經降臨的中國，不可能出現在西方。無論是歐美還是俄羅斯都不可能出現曹雪芹。這是因為中國文化與西方文化完全不同。西方的文化是上帝文化、天主文化，中國文化是沒有上帝的天道文化。西方文化是「兩個世界」（人世界與神世界，此岸世界與彼岸世界，肉世界與靈世界）的文化，中國只是「一個世界」（人世界），即現實世界、此岸世界的文化。因為中國只信現世世界，不相信人死後可以進入天堂，所以就把死亡看得很重，於是出現許多生離死別的詩文，輓歌也就特別發達。與西方文學相比，我們會發現中國感慨人生無常的作品特別多，抒發離愁別緒的詩詞也特別動人。

魯迅先生說他讀了杜斯妥也夫斯基之後，不想再讀第二遍了。他知道杜斯妥也夫斯基的偉大，知道其開掘靈魂的深。但他自己無法像杜斯妥也夫斯基那樣去把握人與世界，無法那樣寫作。他明白兩種不同文化的巨大差異橫在他與杜氏之間。魯迅先生說得好，中國君臨的是禮，而俄國君臨的是神。一方是禮教，一方是宗教。魯迅不可能像杜斯妥也夫斯基那樣去讚美苦難，擁抱苦難。他恰恰要喚醒中國人走出苦難，決不可以「認命」，也絕不可以「安貧樂道」。我在《紅樓四書》裡把曹雪芹筆下的賈寶玉與杜斯妥也夫斯基筆下的阿廖沙作了比較。這兩個不同的形象和他們的選擇正是兩種大文化的結果。賈寶玉最後離家出走，逃離苦難；而阿廖沙則走向大地，與他人一起擁抱人間苦難。這裡固然有個人的選擇，但更為重要的是兩種大文化下的抉擇。

(3)文學往往是文化變革的動因

剛才講到文學受到大文化影響與制約的一面，但文學還有非常主動積極的一面。這是文學又往往是文化變革的動力即文學推動文化發展的一面。大家知道，五四新文化運動的先鋒乃是新文學運動。五四新文化運動批判中國的舊文化，批判以孔家店為標誌的舊道德、偽道德，掀起了一場聲勢浩大的啟蒙運動。這場文化大變動的「第一小提琴手」正是文學，它發端於一九一七年《新青年》的兩篇號角式的文章，一篇是胡適的〈文學改良芻議〉（一九一七年一月一日），一篇是陳獨秀的〈文學革命論〉（一九一七年二月一日）。這之後，又有周作人的〈人的文學〉。

除了文學論說之外，還有魯迅等一批作家進行一場用白話文寫作的語言試驗。魯迅用白話文成功地寫了新小說〈狂人日記〉等，胡適用白話文嘗試寫作新詩。魯迅、胡適、郭沫若等一批詩人作家，既是新文學的先鋒，又是新文化的先鋒。他們從文學入手，把文學當作提倡新文化的動力。以魯迅先生為例，他成功寫出了精彩的白話小說。這些新小說的精神內涵又帶有思想性與啟蒙性。它涉及到婦女問題、農民問題、知識分子問題、國民性問題，這一切都是大文化問題。但這些文化問題不是透過歷史、哲學、宗教來表述，而是透過文學來突破。所以完全可以說，是新文學推動了新文化。

中國如此，西方也是如此。最著名的例子便是發生在十四世紀的文藝復興運動。這場運動，實際上是西方文化大變革的運動，是人從宗教神權統治中掙脫出來的偉大思想解放運動。運動的先鋒是文學與藝術，藝術的代表人物是米開朗基羅（Michelangelo）、達文西（Leonardo da Vinci）與拉斐爾（Raphael），文學的代表人物則是但丁。但丁以他的《神曲》強有力地衝破神權的主宰，他把當時的主教也送入地獄，這是何等了不起。

文學中的文化衝突

文學與文化關係中有一項值得注意的現象，是文學作品常常展示不同文化取向的衝突。這種衝突形成文學重大的精神內涵。最常見的是舊傳統觀念與新時代觀念的衝突。許多作品書寫父與子的矛盾，父子在「代溝」的背後便是新舊文化的衝突。無論是屠格涅夫（Ivan Turgenev）的《父與子》，還是巴金的《家》、《春》、《秋》，還是《紅樓夢》中的賈政與賈寶玉，其父子之間的衝突並不是個性的差異或財富分配的矛盾，而是兩代人不同文化取向的矛盾。我在《紅樓四書》中作了分析，說賈政乃是賈府中的孔夫子，他代表的是儒家文化，其文化取向是重倫理、重秩序、重教化；賈寶玉則是賈府裡的莊子，他體現的是莊禪文化，其心靈蘊含的是重自由、重自然、重個體的理念。與此相應，《紅樓夢》中釵與黛的衝突也與父子衝突的內涵相似。寶釵是儒家文化的生命晶體，心靈方向與賈政相通；黛玉是莊禪文化的生命極品，心靈方向與賈寶玉相通，所以寶釵只能作為寶玉世俗的妻子，黛玉則可作為寶玉心靈的知音。《紅樓夢》中的其他女性，也都折射中國的某種文化，例如，王熙鳳折射的是法家文化；史湘雲折射的是名士文化；襲人折射的是道統文化；晴雯折射的是異端文化；我說的是「折射」，不是「載體」，也不是「號筒」。如果把她們寫成某種文化的符號或文化理念的號筒，那就失敗了。《紅樓夢》的成功在於寫出每個女子的個性，又寫出了她們的性情都映射著某種文化光輝，因此，既生動又深邃。

我還很喜歡納博科夫（Vladimir Nabokov）的《蘿莉塔》。喜愛的原因除了納博科夫塑造這個少女形象極有個性，從而給美國文學作了巨大的補充之外，還有一個原因是這部作品所折射的巨大文化象徵意蘊。其男主人公亨伯特，幾乎是個老人，但他還保留著某種天真與激情，他死死地追戀十二歲的少女蘿莉塔。這個形象可視為歐洲殘存的浪漫主義文化。而那個年僅十二歲的少女，卻一點也不天真，她世故、老練、滿肚子是功利算計。這個形象可視為美國的實用主義文化的象徵。我在〈納博科夫的大寓言〉散文中如此寫道：

讀《蘿莉塔》時我讀得有點「驚心動魄」。也許是殘存的儒家道德心理在作祟，面對一個成年學者與十二歲少女的戀愛故事，總覺得有點「離譜」。讀完後，有朋友問：什麼感覺？我回答說：這是一個美國小女巫的故事，相當可怕的故事。閱讀幾年後，大約是感受美國與感受歐洲愈來愈深，竟發現了納博科夫的天才之處，即發現《蘿莉塔》是美國文化與歐洲文化象徵性極強的偉大寓言。小說的男主角，文本的自白者、死因亨伯特，原是流亡歐洲的俄國學者，一個中年男人，當他應聘到美國任教時迷戀上年僅十二歲的少女、房東的女兒蘿莉塔（原名朵拉）。為了贏得接觸蘿莉塔的機會，他娶了房東太太。這之後，房東太太因車禍突然死亡，他就帶著蘿莉塔從東部到西部一路遊蕩，並得到蘿莉塔。但是，這個美國少女，不僅任性反覆無常，而且很有心計，她利用亨伯特的恐懼心理而逃出他的糾纏。亨伯特在蘿莉塔逃亡後仍然一片痴情地尋找，三年後終於在一間破舊的木板房裡找到她，可是此時的蘿莉塔已失去少女的光彩，亨伯特在愛恨交加中開槍殺死了蘿莉塔的丈夫，他自己也被判入死牢，演成一場悲劇。反覆閱讀之後，我終於讀出這個亨伯特，既是歐洲學者，其實也正是歐洲文化的象徵。他雖然老了，但仍然有理想，有激情，有傳統的浪漫氣息。他的戀少女癖，與其說是生理病症，不如說是追求生命之美的理想。小說的故事讓我感到意外的是這個年長的歐洲學者尚有天真與浪漫，而象徵著美國這一新生國家的少女蘿莉塔卻功利得不得了，實際得不得了，物質慾望也強烈得不得了。她既沒有托爾斯泰筆下那位娜塔莎的天真，也沒有安娜．卡列尼娜的浪漫，甚至也沒有福樓拜《包法利夫人》裡那個愛瑪的女子氣息，更沒有林黛玉的真情真性。她簡直比亨伯特還蒼老。

文化批判與文學批評

文學與文化還有一重深刻的矛盾，是文化價值指向與文學形成的矛盾，說得更白一點，乃是即便作品中的文化內涵即精神內涵很有問題，但文學形式卻可以很有審美價值。例如日本的現當代文學中，我們都知道川端康成、大江健三郎獲得諾貝爾文學獎，很有名氣，但比他們兩個擁有更大創作氣魄，也更有藝術價值，堪稱大作家的卻是三島由紀夫，但他不可能獲得諾貝爾文學獎，因為他守持的文化理念是武士道，即暴力性質的大和民族主義精神，這與諾貝爾的和平「理想」不相符，也與多數中國人與多數日本人的價值觀不相符。三島由紀夫的小說寫得很精彩，很有魅力，我很喜歡閱讀，但讀的時候總是提防著中毒，我知道其中蘊含著很濃烈的文化毒素。前幾年我寫作《雙典批判》，對我國的兩部小說經典《水滸傳》與《三國演義》進行批判。在序文中，我就聲明，此書不是文學批評，而是文化批判。從文學批評的角度上說，我仍然承認雙典還是文學經典，能把一百〇八個英雄寫成一百〇八種性格，這很了不起。能塑造出諸葛亮、曹操、劉備這種典型性格，也很了不起。中國人喜歡讀這兩部小說並不奇怪，這除了中國本身有「水滸氣」與「三國氣」（國民性基礎）外，還因為小說本身確有藝術魅力。但是，這兩部小說蘊含著破壞世道人心的文化劇毒。《水滸傳》宣揚的是無論使用何種手段——包括最黑暗卑鄙的手段——進行「造反」都是「合理」的。無端地把四歲小嬰兒（小衙內）砍成兩段也合理；《三國演義》則鼓吹只要維護正統皇權，也可以任意燒殺，使盡一切陰謀詭計。所有的騙局都合理，誰偽裝得最好，誰的成功率就最高。這些思路都是文化，「雙典」的文化價值觀就隱藏於小說的敘述中。因為這兩部小說藝術性高，這種文化毒素便散布得很廣，而讀者又被它們的藝術魅力所征服，結果就不加思考地全盤接受小說中的文化觀念，於是日常生活行為中，不惜如李逵那樣不分青紅皂白地「排頭砍去」，也不惜為了事業成功的目的，臉皮像劉備那麼厚，心像曹操那麼黑，以「厚黑」代替「誠實」，完全摧毀人際交往中的道德原則。「雙典」告訴我們，「最好看」的文學作品並非最好的文化精品。

文化在哪裡

現在，我再講述一個與作家詩人最密切相關的問題：文化在哪裡？關於這個問題，可以作兩種回答，一答曰：文化在圖書館裡，即在學問裡。二答曰：文化在活人身上，在活人的性靈與語行裡。兩種回答都對，但前者是學人（學者）文化，後者才是詩人文化。對於作家詩人而言，要緊的是了解後者，充分地發揮自己的性靈與才華，無須刻意把自己變成學者。

學問與性靈往往是有矛盾的，或者說，學人文化與詩人文化常常是衝突的。學人文化中的概念常會堵塞詩人的靈性與悟性。這一點，中國的詩論、文論早已提醒。錢鍾書先生的《談藝錄》所推崇的袁枚（清）就把「性靈」與「學問」對舉，甚至極端地說：「學荒翻得性靈詩」，這雖有割裂之弊，但也提醒詩人的性靈不可以為「學」所困。錢鍾書先生主張詩人可以「學」，但需學而化之，即最後超越學問而把學問化為自己的心靈。這就像人吃飯與蠶食桑，吃下食下後便「化無機體為有機體」。《談藝錄》的「隨園主性靈」一節：「今日之性靈，適昔日學問之化而相忘，習慣以成自然者也。神來興發，意得手隨，洋洋只知寫吾胸中所有，沛然覺肺肝所流出，人己古新之界，蓋超越而兩忘之，故不僅髮膚心性為『我』，即身外之物，意中之人，凡足以應我需、牽我情、供我用者，亦莫非我所有。」錢先生的意思是，詩人可以有學問，有記聞，但這一切都要「我化」、「自然化」。有人批評作家的「非學者化」，其實，作家詩人的非學者化很正常，應提倡的不是作家學者化，而是作家的學問應自然化、性靈化，也就是學人文化終究要演成詩人文化。絕不可以把詩人變成「學究」。最近二十年，西方的文學課堂大講文化，尤其是大講法蘭克福學派的文化、後現代主義文化等，學生因此而忘了自己的文學初衷。幸而作家詩人很少進入這種課堂，否則就會把文化批判作為自己的創作出發點而忘記對於詩人來說，最根本的還是「性靈」，而非「文化」。

天才的來源

我在嶺南大學作過主題為「文學藝術中的天才現象」的演講。今天再講這個主題，是因為這個題目對於文學寫作者如何認識自己、認識文學都很重要。在嶺南大學講述時，我側重於藝術，列舉的例子多數是藝術家的例子，今天側重講文學與文學家。但有些問題是共通的，例如，到底有沒有天才？天才是從哪裡來的。我當時的演講一開始就說，關於天才的來源，有四種說法：⑴天才是上帝給的，即天才完全靠天賦。李白說：「天生我材必有用」，他的意思恐怕也是說天才是天生的。⑵天才是父母給的，意思是說，天才是遺傳的，人的才能是祖先的基因所決定的。⑶天才是老師與民眾（社會）給的，意思是說，天才是教育的結果。魯迅先生在〈未有天才之前〉一文中以為，天才需要土壤，沒有土壤，天才生長不起來，他說的「土壤」是指「民眾」與「社會」。他說得很好：

> 天才並不是自生自長在深林荒野裡的怪物，是可以使天才生長的民眾產生，長育出來的，所以沒有這種民眾，就沒有天才。有一回拿破崙過阿爾卑斯山（Alps），說，「我比阿爾卑斯山還要高！」這何等英偉，然而不要忘記他後面跟著許多兵；倘沒有兵，那只有被山那面的敵人捉住或者趕走，他的舉動、言語，都離了英雄的界線，要歸入瘋子一類了。所以我想，在要求天才的產生之前，應該先要求可以使天才生長的民眾——比如想有喬木，想看好花，一定要有好土；沒有土，便沒有花木了。

魯迅提醒社會，一定要給天才以生長條件，如果天才一有靈感或一有特別的思想，就視為「異端」加以撲滅，那就沒有天才了。

還有最後一種看法，即認為天才是自給的，全靠自己的努力，自己的勤奮，自己的毅力、定力、耐性等等。以上四種意見都對，都道破了天才發生的部分真理，只不過前兩種強調先天，後兩種強調後天。兩種說法都有道理。我上中學、大學時，老師告訴我一個天才的公式，這就是流傳得最廣的發明家愛迪生（Thomas Edison）的公式，大家可能也早有所聞，他說天才是「百分之一的靈感加上百分之九十九的汗水」。後來美國著名心理學家華生（John B. Watson）對這一公式作了一個字的修正，意思全變了。他說，這個公式不應是加法，而是乘法，也就是說，天才乃是百分之一的天賦乘以百分之九十九的勤奮。這個字改得好，這樣就更準確，更有說服力了。天賦雖然只有一分，但如果沒有這個「一」字，即天賦為〇，那麼，後天再努力也是有限，甚至是白費；但有了這個「一」之後，勤奮或三十三，或六十六，或九十九，乘以「一」就大不一樣了。乘法公式仍然強調勤奮的重要，只是實事求是地加了個天賦的前提。有人擁有這個前提，有人沒有這個前提，即使有這個前提，其前提的內涵也不同，必須去發現，去試驗，去找到最適合發揮的處所。中國的思想家孔子、孟子等，也常常觸及這個問題，承認有天賦的、無師自通的生命大現象。孔子將人分幾類，有生而知之，有學而知之，有困而知之。其實，人的大知、真知，總是兼有三者，即兼有生而知、學而知、困而知。孟子講良知良能天生就有。人生下來就擁有區別於動物的不忍之心，也就是「性本善」，這對不對，也爭論了兩三千年了。我們最好不要陷入爭論，還是面對自己關心的文學問題。

文學天才的不同類型

文學確實需要才能。最偉大的文學家都是天才。只是天才的類型不同而已。我相信，大部分文學愛好者都會承認，莎士比亞與托爾斯泰都是無可爭議的天才，他們都創造了人類文學的巔峰。但是，我們卻又看到一個「驚人」的現象，那就是托爾斯泰對莎士比亞的徹底否定。這一否定在托爾斯泰開始從事文學之後不久就開始了。他在〈論莎士比亞與戲劇〉文中表示，他對莎士比亞的反感不是偶然情緒和對問題的輕浮態度的結果。他的態度毫不含糊。他說莎士比亞的代表作《哈姆雷特》是一部「粗野的、不道德的、下流的毫無意義的作品」。他不僅不承認莎士比亞是「天才」，而且譴責他「可怕的虛偽與醜惡」（一九〇三年十月九日致謝爾蓋和列夫・尼古拉耶維奇的信）。托爾斯泰對莎士比亞的評論顯然是一種獨斷論，我們當然不能同意托爾斯泰這種極端武斷的批評。但他的獨斷又使我們看到，托爾斯泰這類「天才」與另一類「天才」的衝突是何等尖銳。我們不應該用庸人的觀點把托爾斯泰對莎士比亞的否定，簡單地視為「文人相輕」，應當看到，這是兩種不同的天才類型的衝突。毫無疑問，莎士比亞是天才，托爾斯泰也是天才。但托爾斯泰的天才特點是高揚道德，熱烈擁抱社會是非的「熱天才」，而莎士比亞則是把道德態度蘊含於作品深處的「冷天才」。托爾斯泰在說明他不喜歡莎士比亞的原因時，直截了當地說：「莎士比亞是有才能的，但他的才能是冷冰冰的，由於缺乏宗教心而被讚美」（一八九七年，五至六月）。托爾斯泰說莎士比亞「冷冰冰」，就是指其作品缺少強烈的道德情感、宗教情感和是非判斷。他說《李爾王》這個劇本，「劇中大量死亡」，好人一個個死亡，李爾王瘋了才見到小女兒，最後還讓最善良的小女兒悲慘死去。這種結局，托爾斯泰接受不了。好人沒好報，惡人沒惡報，這對托爾斯泰而言，便是野蠻。俄國著名的文學批評家盧那察爾斯基（Anatoly Lunacharsky），在其著作《俄羅斯文學》中稱托爾斯泰是社會藝術家，他有「一種天才的特點，即與社會情感、激情緊密相連的、非凡的、特別廣闊的生活氣息」（轉引自上海譯文出版社《托爾斯泰研究論文集》，趙先捷文）。托爾斯泰的確充滿社會激情，的確充滿社會改革的理想，他是關懷社會、擁抱宗教、注重社會道德的典範。在托爾斯泰眼裡，莎士比亞太缺少社會激情與道德激情。法國著名作家羅曼・羅蘭很喜歡托爾斯泰，並寫了《托爾斯泰傳》，他感悟到俄國有兩類天才，一類是托爾斯泰型，他稱之為「正常的天才」，一類是杜斯妥也夫斯基型，他稱之為「變態的天才」。他說他更喜歡前者，但兩類天才只是不同類型，「並無軒輊可分」。其實每個民族的文學天才，都有冷熱不同的兩種類型，也有「正常」與「變態」的兩種類型。例如法國的左拉就很熱，熱到幾乎是個社會主義者，而普魯斯特（Marcel Proust）就很冷，冷到只能追憶，冷到只有心理感覺，沒有社會感覺。日本的大江健三郎和他之前的川端康成，也是一熱一冷，前者很政治，後者純藝術。中國現代文學中的魯迅與沈從文，中國當代文學中的莫言與高行健，也是一熱一冷，但都是天才。

不同文學天才類型下的天才特點

大家還應當注意，天才都是個案。天才總是極有個性。他們肯定不贊成被歸類。我也只是為了講述的方便才不得不分類，因此在大體上了解文學的天才類型之後，便需要注意他們每個人的不同個性和文本的不同特點。重要的是要說出每個文學天才的奇異之處。

以變態的天才而言，在世界文學史上就有很多。以中國文學而言，古代的賈島、徐渭（徐文長）、鄭板橋、金聖歎等都可視為變態的天才。其中，賈島被稱為鬼才，所謂鬼才，便是變態天才；而清代的鄭板橋等揚州八怪，則個個是怪才，所謂怪才，也是變態天才。明代的徐渭才華橫溢，但為人極端變態，最後甚至殺了自己的妻子。在世界文學思想史上，我們看到王爾德（Oscar Wilde）、波特萊爾（Charles Baudelaire）、尼采、杜斯妥也夫斯基等變態的天才。中國現代文學中也出現了白薇、海子、戈麥、顧城等怪異作家詩人，他們在我的眼裡，也是變態的天才。

天才變態，並不奇怪。天才本就具有特異的生理、心理氣質，本就「畸形」。而這種畸形一旦再往前發展，就會超現實，超正常，變得如同瘋子，或就是瘋子。常聽說：「此人專鑽牛角尖」，瘋子鑽了牛角尖而不能自拔，一點也不奇怪，他們把全身心投入詩，投入小說寫作，最後總是以幻想取代現實。然而在此共同點之外，他們每個人的犄角卻鑽入不同方向。有的鑽入瘋狂，有的鑽入冷癖，有的鑽入痴迷，有的鑽入頹廢，有的鑽入廟堂，有的鑽入江湖，有的鑽入政治，有的鑽入自我，有的膨脹慾望，有的膨脹情愛。而文學創作本就沒有定法，他們的變態倒是往往符合無法之法，與眾不同，所以他們的變態未必是壞事，也未必「不正常」。因此，對杜斯妥也夫斯基那樣，變成靈魂的偉大審判者，從而顯示「靈魂的深」（魯迅語），我們也覺得極了不起。讓我們對羅曼．羅蘭說，我和你不同，既喜歡托爾斯泰，也喜歡杜斯妥也夫斯基。兩者都是天才，兩者都偉大。

天才最重要的是超凡的原創力量

不管天才屬於什麼類型，具有什麼不同特點，都具有一個共同的特徵，這就是他們身上不同尋常的原創力量。他們都能發前人所未發，創前人所未創。我論述「文學藝術中的天才現象」的理論依據是康德的「天才論」。儘管我特別崇尚康德，但並不照搬他的思想。他說天才只能出現在文學藝術領域，因為這個領域，沒有法則，只有無法之法，科學領域則遵循邏輯和宇宙法則，難以天馬行空，所以也難以產生天才。對此，我要提問的是，難道牛頓與愛因斯坦不算天才嗎？他們不正是突破所有原來的公式、原理、法則才成其天才嗎？還有一點，康德說，天才一定要有所發明，不可僅有發現。他把「發明」與「發現」這兩個概念嚴格加以區分，這對我們確有很大的啟迪。天才確實需要發明，這就是原創。發明，對於科學來說，就是發明新公式、新方法。愛因斯坦發明「相對論」，發現 $E=mc^2$ 質能新公式當然可算天才之作。而對於文學，發明則要創造新的審美形式，每一個偉大作家所創造的新文體，都是新形式。五四新文學運動，就是創造語言新形式的運動（以白話文替代文言文），其代表人物魯迅正因為寫出精彩的新形式的新小說，所以可稱之為天才。但是，發現就不能稱之為天才嗎？千里馬毫無疑問是天才，但發現千里馬的伯樂，為什麼就不能稱為天才呢？其實，伯樂也有原創性，正是他用「天眼」看到一般人看不到的非凡。在文學藝術中，偉大作家常有驚人發現，例如十九、二十世紀之交的卡夫卡，他的三部代表作《變形記》、《審判》、《城堡》就是三大發現。發現人卑微無助成了一隻甲蟲；發現人無緣無故成了一個囚犯；發現現代社會在「金玉其外」之內成了一個可望而不可即的迷宮。在全世界都在頌揚財富、資本、技術的時候，卡夫卡卻獨自完成這種發現，這難道不是「天才」？卡夫卡寫出「荒誕小說」，這固然是發明，但如果沒有首先完成思想發現，怎會有形式上的創新？近日我讀當代文學批評新秀梁鴻的幾篇作品，其中，她在〈回到語文學：文學批評的人文主義態度〉一文中有一段論述，給我很大啟發，她說：

昆德拉在閱讀《包法利夫人》時不禁發出這樣的感嘆，「判斷一個時代的精神不能僅僅根據其思想和理論概念，而不考慮其藝術，特別是小說。十九世紀發明了蒸汽機，黑格爾也堅信他已經掌握了宇宙歷史的絕對精神。但是，福樓拜卻發現了愚昧。在一個如此推崇科學，思想的世紀中，這是最偉大的發現。」一部優秀的作品除了提供一種新的美學風格、想像世界之外，它還應該包括對當代社會的積極反應，甚至包括某種鮮明的政治態度，對整個社會生活、現實存在和具體事件的反應，文學從來不可能排除其「政治性」（廣義）的屬性。科學為了實用，哲學傾心於總體原則，而文學卻致力於把人心的混沌、複雜和文明發展的另一面給展示出來，它告訴人們「世界並非如此」，在此，文學發揮了它的公共想像能力，讓民眾產生新的思想維度，質疑、批判，或重新思考文明、制度的種種。卡夫卡的《城堡》讓我們感受到現代官僚制度的可怕及對生命的壓抑，卡繆的《局外人》讓我們看到現代生活的人的「異化」，它們都展示了文學想像在現代社會、公共想像中的重要位置。福樓拜，包括狄更斯、雨果等人的寫作時期正是資本主義文明在歐洲的上升時期，科學、技術、理性成為時代的最高原則，但是，文學卻顛覆了這一基本的想像，它讓我們發現了這一原則的「愚昧」和「可怕」。

梁鴻的這段論說，指出文學發現與科學發現不同。文學發現能夠穿透覆蓋社會的重重表象，而洞察到肉眼看不見的卻是人類真實生存狀態的根本，就如福樓拜在金錢覆蓋一切的時候發現了人類的「愚昧」。這種發現正是「天才」。然而，話又說回來，康德本身又是哲學天才，他把發現與發明加以區分又讓我們注意到，天才必須把自己的獨特發現轉化為形式，對於文學來說，就是創造審美形式。如果福樓拜沒有提供「發明」，即沒有《包法利夫人》這部偉大的小說，沒有創造這種獨特的文體，他對於「愚昧」的發現，就缺少高度與深度。因此，從這個意義上說，康德強調「發明」又是對的，今天我們把康德的「發明」視為「原創性」，這就是說，天才不管有多少形態模式，但他必須具有原創性。天才身上有一種東西必不可少，這就是超群的原創力量。我們今天講述這一課，當然也寄託著對天才的「期待」，期待在座的同學們能有天才出現。我們的目的是希望大家明白：文學寫作一定要有「原創意識」。我們所寫的每一篇文章，都應當在文學歷史的長河中，增添新的水滴，即前人筆下未曾有過的新的風景。

今天所講的課，題目可能會讓大家覺得奇怪，怎麼拈出「狀態」二字呢？但我要告訴大家這一課特別重要。我講的「狀態」，是指「文學狀態」。從事寫作，一定要有「文學狀態」的意識，也就是說，成功的作家身心總是處於文學狀態之中。什麼是「文學狀態」？關於這一點，中國作家常常不明確。相對而言，西方作家似乎比我們明確一些。文學狀態，也可以說是作家的存在狀態。從反面上說，便是非功利、非市場、非集團的狀態。從正面說，是作家的獨立狀態、孤獨狀態、無目的甚至是無所求狀態。

什麼是文學狀態

文學是充分個人化的精神創造活動，所以作家最重要的品格乃是獨立不移的品格，即不依附於任何機構、任何集團、任何組織的品格。不依附，也包括不依附於國家，不依附於政府。這是最基本的存在狀態。

為什麼明確這個問題，就必須首先了解「存在」和「作家存在」這兩個概念。

我們現在坐在椅子上，坐在書桌前，那麼，這椅子，這桌子，可稱作物的存在；而我們則是人的存在。存在，有的「在場」，有的「不在場」；前者看得見，後者看不見。眼前的物（椅子、桌子）和眼前的人（老師、同學）都是看得見的存在，也可以說是在場的存在，有些不在場的東西，如上帝、意志、倫理、精神、情操等，也是存在。「存在主義」是研究人如何成為自身主宰者的思想體系，也可以說是研究人成為自己之可能的哲學。存在主義哲學家告訴我們，椅子、桌子這種「物」是固定的，而人卻變化無窮。物沒有自由，而人有自由，即有選擇的自由，因此，人乃是選擇的生物，必須為自己的選擇負責。「選擇」決定人的本質，這便是沙特所說的「存在先於本質」的意思。存在主義哲學的這種價值指向，當然拒絕決定論，也拒絕宿命論。對於作家來說，就是拒絕自己的本質被他者所規定，而要做一個自由人——做一個選擇自己，成為自己的人。作家可能比普通人更強烈地意識到，人的存在不可以生活在他人眼睛的監督之下，不可以生活在他人的掌握與主宰之中。所以他們也更充分意識到，所謂「文學狀態」乃是自由狀態。因此，以往作家宣稱自己是「人民的代言人」或「無產階級代言人」，把自己附屬於某種機構或組織，就不是文學狀態。我和林崗在《罪與文學》第三節中曾舉一個例子，那是前蘇聯著名作家帕斯捷爾納克在一九三五年歐洲處於反納粹法西斯的初期，即使在這樣的時候，他也在巴黎召開的國際保衛文化的作家會議上呼籲：「我懇求你們，不要組織起來。」我和林崗在書中評論說：「帕斯捷爾納克的懇求與忠告，顯然來源於他被組織起來之後所感受到的個人經驗，來源於他被組織起來之後所面臨的良知約束。」也就是說，組織起來的作家一定會喪失心靈的自由。所以我說文學狀態乃是一種非組織、非集團的狀態。著名自由主義思想家海耶克（Friedrich Hayek）在《通向奴役之路》裡指出「社會主義」模式有一個問題，這就是它在實行經濟計劃之後必定還會實行「精神計劃」，這種計劃也正是精神生產的「國有化」，它當然會束縛個體的創造活力。所以我一再聲明我從不反對經濟的國有化，但反對心靈國有化，這種國有化意味著作家將喪失整個文學狀態。一個整天陷入「交心」過程的詩人，怎麼可能擁有個人的語言。一九四五年之後，許多優秀的現代作家如老舍、曹禺、巴金都經歷過一段「失語」的可怕時期，所謂「失語」，就是喪失自己的語言，而所以會喪失自己的語言，首先是因為他們喪失了文學狀態。

如果說，老一代的中國現代作家喪失文學狀態是因為「組織」，因為計劃化、集團化、國有化，那麼，現在新一代的中國作家，喪失文學狀態則是因為市場化。現在「市場」無孔不入，它覆蓋一切，也覆蓋文學藝術。當下的出版社往往把市場評估放到學術評估與文學評估之上。作家為了迎合市場，不得不改變自己的構思和語言。在當今這個時代，作家能夠不向市場低頭，能不追求暢銷書榜，便成了作家能否保持文學狀態的一個關鍵。所以我在香港的一次作家年會上說，作家為了逃避無孔不入的市場應當重返「象牙之塔」。而要守持象牙之塔也不是容易的事，從作家的主體條件來說，至少得具備兩個條件，一是要耐得住「清貧」；二是要耐得住「寂寞」。

作家主體的存在常態

二十世紀三十年代，魯迅翻譯日本文學理論家廚川白村的《走出象牙之塔》，那時中國處於國家危難時期，作家的確有必要走出象牙之塔，即走向街頭去參加社會革命與社會鬥爭；可是，現代社會是商品社會，社會潮流正在席捲一切，包括席捲文學藝術，即讓文學作品也淪為商品。作家在這個時候，不應當像二三十年代那樣走進社會潮流，當「弄潮兒」，倒是應當退出市場潮流，變成潮流外人，即《紅樓夢》中所說的「檻外人」。惟有當檻外人，當潮流外人、風氣外人，才能守持文學狀態。卡繆的著名小說《異鄉人》也有人翻譯成「局外人」，無論是《紅樓夢》裡的「檻外人」還是卡繆的「異鄉人」，都是社會潮流的邊緣人。其實，作家只有讓自己從社會潮流的漩渦中退出，把自己放在社會邊緣的位置上進入深邃的精神生活，才能贏得真正的文學狀態。當然，這是就一般情況而言，如果有的作家，他們願意走向社會鬥爭最前線，願意在時代潮流的中心裡打滾，也很值得敬佩。但是，這種「戰士型」的作家，既保持戰鬥狀態又保持文學狀態，並非易事。魯迅是這種狀態的成功例子。但他處於戰鬥最激烈的時候，宣布自己的文章乃是「匕首與投槍」，其雜文是「感應的神經」和「攻守的手足」，則不是一般作家所能企及。尤其是他時時緊繃一根弦，連喝牛奶、吃魚肝油，也說這不是為了自己，也不是為了愛人，而是為了敵人。這顯然是戰鬥狀態壓倒一切。這種狀態在歷史的特殊瞬間裡可以理解，例如在國家的生死存亡之際，讓個人也融入國家生命時，是可以理解的；但在一般的歷史語境下，這種戰士狀態並不屬於文學狀態。

在一般的歷史場合中，作家的主體狀態的常態反而是「寂寞」、「孤獨」。魯迅在二十年代中期處於孤獨狀態時寫道：「寂寞新文苑，平安舊戰場，兩間餘一卒，荷戟獨彷徨。」又有詩云：「躲進小樓成一統，管它冬夏與春秋。」這些詩意表白，看似「消極」，實際這才是真正的文學狀態。惟有在這個時刻，他才能沉浸於文學之中。這種沉浸狀態，才是真正的文學狀態，他的《野草》正是產生於這種文學狀態之中。

古今中外的許多大詩人大作家，都經歷過「寂寞」時期。正如李白所言：「古來聖賢皆寂寞」，又如龔自珍所言：「側身天地本孤絕」。作家處於孤島中，孤立無援，這種孤獨狀態，其實正是作家的正常狀態。孤島就是象牙之塔，在孤島中可以「面壁」，可以進入大海的底層。可惜能意識到這一點的作家並不多。有些現代作家熱衷於世俗生活，喜歡在世俗生活中充當一個角色。因為世俗角色可以帶來世俗利益。每個城市的「作協主席」，就意味著相應的車子、房子與俸祿。然而，世俗角色的桂冠太沉重，一定會影響，削弱作家的本真角色，也就是說一定會破壞作家的本真文學常態。然而，許多作家並沒有意識到，熱衷於世俗角色恰恰是脫離文學狀態。如果曹雪芹也熱衷於世俗角色，他就不可能守持十載辛苦的文學狀態，當然也不可能產生《紅樓夢》。

作家的孤獨狀態

剛才我們說作家的孤獨狀態，乃是正常的文學狀態。現在，我還要補充說，這是作家畢生的文學狀態。二〇〇〇年，高行健獲得諾貝爾文學獎之後，香港、新加坡幾所學校，讓我對高行健作些闡釋。我拈出「文學狀態」四個字，作為核心概念，用當下時髦的用語，就叫作「關鍵字」。我覺得高行健最為寶貴的正是他數十年一直守持文學狀態。他的「逃亡」，不是「逃跑」，也不是「退卻」，而是「守持」，即守持自己充分意識到的文學狀態。當時擔任香港中文大學的副校長、著名的人文學者金耀基先生聽了我的演講，稱讚「文學狀態」四個字，一字千鈞，給了我很大的鼓勵，也說明他理解文學狀態的極端重要。

什麼是「文學狀態」？那時我就作了界定：

> 高行健是個最具文學狀態的人。什麼是文學狀態，這一點中國作家往往不明確，而在瑞典、法國等具有高度精神水準的國家中，則是非常明確的。在他們看來，文學狀態一定是一種非「政治工具」狀態，非「集團戰車」狀態，非「市場商品」狀態。一定是超越各種利害關係的狀態。文學不可以隸屬黨派，不可以隸屬主義，也不可以隸屬商業機構，它完全是一種個人進入精神深層的創造狀態。這一點高行健也很明確。他的所謂「自救」，就是把自己從各種利害關係的網路中抽離出來。而所謂逃亡，也正是要逃離變成工具、商品、戰車的命運，使自己處於真正的文學狀態之中。

我強調高行健沒有任何隸屬。不隸屬於黨派，不隸屬於「主義」，不隸屬於商業機構。高行健自己也聲稱，他沒有祖國，沒有組織，沒有歸宿，只有幾個朋友和孤獨的個人。他真的是個獨往獨來、自言自語的作家。因此，他總是處於最自由的文學狀態中。我作了「最具文學狀態」的判斷之後一年多，即二〇〇二年，高行健在美國國際終身成就學院主辦的「世界高峰會」上作了演講（此次會議在都柏林舉行，獲獎者有前美國總統柯林頓〔Bill Clinton〕、前美國國務卿季辛吉〔Henry Kissinger〕、前愛爾蘭總理艾恆〔Bertie Ahern〕等人），高行健還以〈必要的孤獨〉作為演講題目。講述了作家選擇孤獨狀態的理由時，他說：

孩子在獨處的時候才開始成人，一個人能夠獨處才得以成年。對成年人來說，這種孤獨感大有必要，有助於個人的獨立，至於人格的確立又當別論，還要取決更多……孤獨更是自由的一個必要的條件，而自由首先取決於能否自由思考，也正是在獨處時人才開始思考。這世界不只有兩種模式：是與非，贊成與反對，革命與反動，進步與保守，以及政治正確與否。在作出選擇之前，不妨先遲疑一下，留出點獨立思考的餘地。

當一種意識形態、一種思潮、一種時髦、一種狂熱鋪天蓋地而來，孤獨恰恰是對個人的自由的確認。

在這個喧鬧的世界上，大眾媒體的傳播無時無刻無所不在，一個人如果還想時不時傾聽到自己內心的聲音，也靠這點孤獨感來得以支撐。只要孤獨尚未變成病痛，對一個人立身行事來說，也就還有其必要。

高行健論證的是孤獨乃是自由的必要條件，即自由思想、獨立思考的必要條件。在世界進入「喧鬧」，當市場、媒體、政治的雜音覆蓋一切的時候，孤獨更是對個人自由的確認。對於作家來說，如果他還想聽到自己內心的聲音，也得靠孤獨感加以支撐。高行健所言正是：孤獨狀態恰恰是自由狀態，恰恰是文學狀態，即「自己成為自己」的狀態。

文學狀態由誰決定

那麼，最後還有一個問題：文學狀態到底由誰決定？它是上帝提供的嗎？是政府提供的嗎？是時代提供的嗎？是作家協會或慈善基金會提供的嗎？都不是。文學狀態完全取決於作家自己。中國偉大詩人陶淵明，原先是官場中人，不得不「為五斗米折腰」，但他後來作出重大選擇，逃離官場，回到田園中，「實迷途其未遠，知來者之可追」，他返回田園，也意味著回歸文學狀態，這才創作出卓絕千古的田園詩歌。如果他繼續留在官場中，那就遠離文學狀態。傑出的現代作家張愛玲，在青年時代沉浸於文學狀態，所以才寫出〈金鎖記〉、〈傾城之戀〉這樣的天才之作，可是到了香港、美國之後，她就守不住文學狀態了，所以就用政治話語取代文學話語，寫出《秧歌》與《赤地之戀》這兩部與〈金鎖記〉完全無法同日而語的作品。自由要靠自己的覺悟，文學狀態也要靠自己的覺悟。覺悟到自由，才有自由。覺悟到文學狀態，才有文學狀態。一個覺悟到「文學狀態」的作家，他就會捨棄市場、捨棄功名、捨棄榮華富貴，也會捨棄自己的「主義」。「捨棄」不是「背叛」。捨棄是放下外部的一切負累而全身心地進入文學狀態之中。然而，這不僅需要見識，而且需要膽魄，有多少作家能夠如此膽識兼備呢？

上部整理後記

潘淑陽

我，再復先生口中的「小潘」，怠惰有餘，才氣不足，竟終究是幸運的，甚至害怕會在這兩年裡耗盡一生的運氣。先是被敬慕已久的劉劍梅老師（劉再復之女）收歸門下，又被安排作再復先生的教學助理。兩年間，兩位恩師又邀請余華、閻連科、高行健、遲子建等國內外知名作家先後駐校，長短講學，一時間，香港科大竟如蔡元培時的北大，兼容並包，活潑非凡。

談到我們的文學常識課，原本叫作 creative writing（創意寫作）。講寫作，再復先生本是如數家珍，早在上世紀八十年代的解放軍藝術學院作家班，先生就給莫言、李存葆、雷鐸、劉毅然等作家講授文藝理論。彼時，是給軍中作家講課，如今，面向的卻是理工科的孩子；前邊是文學中人，後邊則是文學的「局外人」，如何講法？先生於是將「寫作」（培養作家）視為第二目的，而把增益人文修養，提升生命品質作為第一目的。就算從「寫作」著眼，也是「培得根深花自茂」，浸淫在深厚的人文見識中，筆力、境界自不同一般了。

兩年間，用心傾聽先生講述文學，就會發現文學是怎樣地保護著他，他又是怎樣地在文學中純化自己，用文學的元氣，守望著心靈的天籟。先生的文學課關注的是真實的人性和人的生存困境，以及在這困境之中人生詩化何以可能。東漢鄭玄（字康成）在《易論》中對《易經》之「易」做出過三種闡釋：「易一名而言三義，易簡一也；變易二也；不易三也。」其中，「易簡」，即「簡易」，可勾勒「文學課」第一個特點。「簡易」不是簡化，而是由簡入繁，化繁為簡，直抵根本。

數十年地閱讀、穿透、提升，再艱深的學理經先生一點撥，竟都化作他的真語、雋語、妙語、本色語，一一道來，真是詩意的透澈！你聽，他說「天才都是個案」，說「賈寶玉其實是一顆心靈」，說「幸福就是瞬間對自由的體驗」，說「作家的文本策略乃是把自己的藝術發現和藝術手法推向極致」。陶陶然聽他講著，詩情窈杳，載笑載言，只感到時間有情，邀我留駐在他鄉別處，於是，我比別人多出一個自在世界。

通讀「文學常識課」，還會發現它乃是極為完整的文學觀。無論是講述文學的本性、自性，還是講述文學批評與經典閱讀，或文學與其他範疇的互動與對話（如文學與自然、文學與文化、文學與政治、文學與自我等），知識之外，更訴諸良心與責任，澄明與節制。說到底，是先生對文學的至誠至愛。先生不止一次提出「返回古典」的大思路。「返回古典」就是返回天真與質樸，回歸到「最有生命，最能表現生命的點上去」。也因此，他特別珍視《山海經》與《紅樓夢》，因為這兩部經典正點著中國文化的「穴位」（要害）。他說，《山海經》是中華民族最本真的精神，是「知其不可為而為之」的精神；《紅樓夢》開篇連著《山海經》，直達現實的根本，又超越現實。是真正關注人的文學。先生的文學課既以文學為「體」，又以文學為「用」，即以文學的經典極品作鏡，作參照，正視人的真實存在和現實世界的精神闕如。北京大學社會學系教授鄭也夫曾對當下年輕人缺少讀書熱情做過「診斷」，原因之一就是「我們的社會氛圍太過功利，不重視主體自身的樂趣，不重視開發主體閱讀的興趣」。文學課所做的恰是超脫現實之「實」——功利也好，浮躁也罷——在「失樂園」上重新覓得閱讀的樂趣和重新把握這樂趣的能力，還有，那明知不可為也要為之的膽魄和勇氣。

於是，善於「聽課」的人，會如我一樣，既得陶醉也得啟迪。這啟迪不僅是對宇宙、世界、他人的觀照和體認，更是一份自知、自明與自省，是「轉識為智」之後的「明心見性」。終歸，文學課完成的實際是一場自我教育。誠如木心先生所言：「所謂教育，是指自我教育。一切外在的教育，是為自我教育服務的。試想，自我教育失敗，外在的教育有什麼用？」幸甚至哉，在這歷史的剎那，在先生傾心植培的愛與美的菩提樹下，我與我的同學們，遇見了自己的無限可能性，又在這無限之中，找到了成為自己的可能性；知道了怎樣「知命」，進而「立命」，拳拳向世界心靈靠近。

回想起來，距最後一課已過去兩月有餘，我卻時時把自己放進回憶的詩裡，放進每週五上課的那些溫暖的黃昏裡——

我們閒聊，直到霧氣上升
樹林相繼模糊
一幅巨大的水墨畫
我們只是無關緊要的閒筆
那是多麼美好的一個黃昏啊
就像是世界上第一個黃昏

——（選自李元勝〈青龍湖的黃昏〉）

親愛的讀者朋友，願您與我同享這精神的至樂。

二〇一五年一月十九日
清水灣　香港科技大學

下部

怎樣讀文學：文學慧悟十八點

前言

二〇一三年至二〇一四年，我接受香港科技大學人文社會科學院與高等研究院的聘請，擔任客座教授，並開設「文學常識二十二講」課程。去年（二〇一六年）我再次來到科技大學，按照學校的要求，又開設了「文學慧悟十八點」。二者加起來，正好可以呈現我的文學觀。科技大學提供的這個講壇，讓我可以對於文學作一次比較系統的表述，真是難得。我首先要感謝香港科技大學。

一九八九年出國，至今已二十八年。在海外我贏得了「自由時間」、「自由表述」和「完整人格」這三樣東西，還贏得了置身「象牙之塔」中的「沉浸狀態」與「面壁狀態」。有此狀態，我讀書便有心得，思想便有成果。高中時代就開始的文學閱讀在此狀態中得到提升，八〇年代形成的文學理念在此狀態中得以充實和擴展。在科技大學課堂裡的講述，實際上得益於北美「象牙塔」中的積累。

出國之後，我遠離了政治，也遠離了社會。不僅離中國很遠，而且離美國也很遠，惟有對於文學全然不同，我覺得自己每一天每一刻都在向文學靠近。雖然我早已不是「文壇中人」，卻始終是「文學中人」。所以，對於文學的一切思索，都不需要去迎合任何文壇的需要，只一心追求文學的真理。這種「單純」，使我講述時總是單刀直入，明心見性，無須任何學術姿態。因此，對於「十八點」中的每個「問題」，我都作了毫不含糊的回答。文學的基點是什麼？是「人性」。文學的難點是什麼？是「建構形式」。文學的優點是什麼？是「最自由」。文學的弱點是什麼？是「最無用」。文學的焦慮點是什麼？是如何「突破自己」。文學的死亡點是什麼？是「組織」，是「計劃」，是「主義」，是「豢養文士」。文學的戒點是什麼？作家應當力戒「平庸」，力戒「矯情」，力戒「迎合」，力戒「媚態」，力戒「認同」。對每個問題的回答都決斷而明確。但論述時還是心平氣和。總之，自明而不自負，決斷而不武斷。這種風格，也許更有益於年輕朋友進入文學和把握文學的脈搏。

《文學常識二十二講》是我前兩年的課堂助教潘淑陽整理的，她此刻已在美國深造。此次《文學慧悟十八點》則是我的新「助教」喬敏整理的。她倆都是劍梅的碩士研究生。我很感謝她的勤奮與認真。整理後打印，打印稿讓我校閱，改動後她又打印。這種「活」實在很累。惟有熱愛文學的真赤子才能如此任勞任怨，所以，我得感謝喬敏。

二〇一七年三月三十日
於美國

前兩年我在科大講過「文學常識」，共二十二講。這一次我講述另外一個題目：「文學慧悟十八點」。「慧悟」這個詞，錢鍾書先生很喜歡，他告訴我，這兩個字可以多用。慧悟，就是要用智慧去感悟萬物萬有，包括社會人生與文學藝術。我準備講述的是文學的起點、特點、難點、基點、優點、弱點、戒點、亮點、拐點、盲點、終點、關鍵點、制高點、焦慮點、死亡點、審視點、回歸點、交合點等，講述的方式也是慧悟，用這些文學的「要點」作題目，既可明心見性，又可區別流行的教科書。我的講述包含許多自己的經驗和體悟，算不上研究。正如我對《紅樓夢》的閱讀，不稱作「研究」，即不把《紅樓夢》作為研究對象，只作為感悟對象，所以我寫的書叫作《紅樓夢悟》。

寫作沒有快捷方式，只能靠不斷修煉。每天讀，每天寫，自然就會進步。我的課程，只能是幫助大家理解文學，明白文學究竟是怎麼一回事。有的人搞了一輩子文學，最後還是不知道何為文學。對文學有了一定的理解，寫起文章自然就不同。

在第一堂課裡，先講我們的課堂關係。我與大家的關係不一定叫作「師生關係」。我愛讀《金剛經》。《金剛經》裡面說不要有「壽者相」，那我也不要有「教師相」，只想少些教化腔，多些大實話。之前在《文學常識二十二講》的開頭，我借《紅樓夢》中的一個詞來界定我與同學們的關係，就是「神瑛侍者」，賈寶玉前世的名字。「神瑛」就是「神花」，「侍者」就是「服務員」，我是你們的服務員。其實，好的老師、好的校長、好的編輯，都是「神瑛侍者」；蔡元培先生就是偉大的「神瑛侍者」。這一次新的課程，我還想用新的詞來界定我們的關係。《西遊記》裡，唐僧、孫悟空一行到西天取經，最後師徒四人有兩人被「封佛」。孫悟空被封為「鬥戰勝佛」，可是他不在乎，只希望能摘掉頭上的緊箍兒，重獲自由。其實不必把「佛」看得太沉重，孔子講的「聖人」、莊子講的「至人」，也是佛。我此次借用「鬥戰勝佛」這個詞，並改動一個字，希望大家能成為「寫戰勝佛」。寫而不鬥，不鬥而勝，戰勝時代的偏見、時代的障礙、時代的病態、時代的潮流，然後成為善於筆下生花的小菩薩。寫作，要克服許多的困難，希望大家無論是學文科的還是學理工科的，最後都能成為「寫戰勝佛」——這是希望，也是祝福！

你們已經自我介紹，那我也自我介紹一下。關於我自己，想講三點。

第一點，我的「生命四季」，春夏秋冬。

我的「生命春季」始於小學時期，到高中畢業時基本上就結束了。這個時期，是年少單純的綠色，除了瘋狂讀書，什麼也不顧。我在福建國光中學讀高中時，那裡有全省最大的一座中學圖書館，我沉浸於其中。當時愛讀書愛到管理圖書館的老師都感動了，他把圖書館的鑰匙交給我，讓我隨時都可以借閱。讀莎士比亞的三十幾部劇本，讀得很快，最怕的是把它們讀完——這麼精彩的作品，讀完了怎麼辦？少年時記憶好，那時看的莎士比亞的四大悲劇，到現在還是我生命的一個部分，其中的人物情節還時時在我的靈魂裡燃燒。高中一年級時我讀的是泰戈爾、冰心，很單純；二年級時讀莎士比亞、托爾斯泰，開始關注生命的衝突和矛盾；三年級時讀杜斯妥也夫斯基，就進入靈魂更深處。魯迅的小說、高爾基的「三部曲」，讀得更熟。我講這些，是希望大家珍惜所處的生命春季。我在美國跟李澤厚先生散步，他說要給「珍惜」加上一個定語，叫作「時間性珍惜」，意思是說時間很快就會過去，一旦消失就不會再出現。就像我們現在上課，過去了就永遠不會再有。我喜歡「瞬間」和「永恆」這對哲學概念，「永恆」就在「瞬間」當中。人生是很辛苦的，今天上課，很多同學要從很遠的地方趕來，很辛苦，更不用說人的一生了。卡繆說，最大的哲學問題是「人為什麼不自殺」，我們為什麼感到值得活下去，就因為眷戀一些「美好的瞬間」。比如我今天跟大家相逢，就是一個「美好的瞬間」。日本人很重視「永恆」和「瞬間」的哲學命題。櫻花哲學，便是「永恆」就在「燦爛的瞬間」當中。武士道精神，三島由紀夫寫的作品，都是在講「永恆」與「瞬間」。所以，希望大家珍惜生命的春季，每天都盡可能生長，每天都盡可能讀書、寫作，有所前進。

到了大學，就進入了「春夏之交」，我的心靈開始出現了分裂，那是文學與政治的分裂。開始是小分裂，後來是中分裂，到了「文化大革命」，則是大分裂——外面是兩個「司令部」，我心裡面也是兩個「司令部」。社會太政治化，兩條路線，我不知道該怎麼辦，幸而有文學的積澱。文學救了我。有文學中的人性墊底，我就排除了許多「政治病毒」。文學讓我守住「不可傷害他人」的道德底線。因為有文學的積澱，我終於戰勝了政治的狂熱，沒有墮落。但是，到了一九八九年，我就不只是心靈分裂，而且是心靈「破碎」了。又是文學，讓我的心靈重新恢復了完整。

出國以後，我進入「生命的秋季」。「秋季」最重要的事，是由「熱」轉「冷」，開始冷靜了。我跟高行健先生是最好的朋友，他是「冷文學」的一個代表。他對我說，到了海外，我們兩隻眼睛要分開使用，一隻眼睛要「看天下」，一隻眼睛要「觀自我」、「觀自在」。高行健的「觀自我」取得了很高的成就，他寫劇本《逃亡》，發現人最難衝破的地獄是「自我的地獄」；他寫《對話與反詰》，寫「夜遊神」，都是對自我的冷觀。在世界文學史上，他創造了一個嶄新的「人與自我」的維度。我和林崗在牛津大學出版社出版的《罪與文學》，也是在觀自我。我們認為，過去所出現的錯誤時代，自己也參與創造了，自己也有一份責任。我寫《紅樓四書》、《雙典批判》，很冷靜。我在美國建造了一座「象牙之塔」。魯迅說要走出「象牙之塔」，要擁抱社會，參加戰鬥，改造中國，拯救民族的危亡，這在當時是對的；可是現在是商品社會、商品時代，商品覆蓋一切，所以我們又需要一座「象牙之塔」。在「象牙塔」中，可以贏得「沉浸」狀態、「面壁」狀態，這樣讀書才有心得。

我現在是「冷藏」在「象牙之塔」裡，進入了「人生的冬季」。如今，我跟松鼠、野兔的關係，已經大於人際關係了。馬克思所講的人「是一切社會關係的總和」，對我來講已經不合適，我更多的是「自然關係的總和」和「個體存在的總和」。個體存在，有生理存在、心理存在、意識存在、潛意識存在、感官存在、精神存在等。《紅樓夢》說「落了片白茫茫大地真乾淨」，我的內心也很乾淨，該說的話就說，不情願說的話就不說。我說「冷藏」，並不是開玩笑，我的老鄉、明代思想家李卓吾，他寫的書不求發表，自稱「藏書」、「焚書」，這樣才有寫作自由。為了發表而寫作，會受制於報刊。無目的的寫作，就像賈寶玉為寫詩而寫詩，在詩社裡能寫詩他就很高興。他的嫂嫂李紈評詩時說寶玉壓尾，第一名是林黛玉，然後是薛寶釵、探春等人，賈寶玉就開心地鼓掌，連說評得好。可見寶玉不在乎評獎，他是無目的的寫作，這是比較高的境界。把真情實感寫出來，這是我生命冬季的一個特點。

春夏秋冬，生命四季，這是「我的心靈史」。無目的寫作，是我最後的覺悟。有人說我是「紅學家」、「自由主義者」，我非常生氣。我是為寫作而寫作，像高行健說的，「沒有主義」。王強（新東方英語學校前副校長）給我的一本書作序，說我的寫作很像《一千〇一夜》裡宰相的女兒（給國王講故事的人），意思是，講述只是為了生命的延續，只是為了自身的需要、生命的需要，沒有外在的功利目的。

第二點，我的人生為什麼感到幸福？因為，有文學陪伴著。

擁有權力、財富、功名等，未必幸福。我的幸福感不是來自這些外在之物，而是來自文學。文學是什麼？簡單講，能豐富人類心靈的那種審美存在形式就是文學；或者說，文學最大的功能就是豐富人類的心靈。「心靈」是個「情理結構」，「情」是情感，「理」是思想，是對世界、社會、人生的認知。文學能豐富人類的情理結構，能豐富人性。早在三十年前我就如此表述過。上世紀八十年代開全國青聯會的時候，我作為文學界的委員，被我的朋友、中國音樂家協會的副主席施光南邀請去給歌唱家、演員講座，我講的題目就是「什麼是幸福」。幸福，就是對自由的瞬間體驗。現實生活中是沒有自由的，比如沒有情愛的自由，但是透過文學可以實現這份自由。幾千年的世界文明史，人很辛苦，神經之所以沒有斷裂，文學起了很大的作用，讓人在瞬間體驗到自由。比如曹雪芹寫《紅樓夢》，其實他在現實中沒有自由，但透過懷念幾個「閨閣女子」（都是夢中人），他體驗到了瞬間的自由。

我的人生之所以感到幸福，是因為文學一直陪伴著我。我從中學時代開始，就有精神上的戀人，我深深地愛上了她們，中國的有林黛玉、晴雯等，西方的有《威尼斯商人》裡的鮑西亞（朱生豪先生的譯本譯為「鮑西霞」）、《奧賽羅》裡的女子黛絲德蒙娜、《羅密歐與茱麗葉》裡的茱麗葉、《哈姆雷特》裡的歐菲莉亞，還有托爾斯泰筆下的娜塔莎等……好多女子都成了我的「心上人」，我從少年時代就愛她們，直到現在。文學進入我的心靈，成為我心中永遠的「戀人」，我總是和她們一起憂傷，一起歡樂，一起訴說，這是非常幸福的。夏志清先生批評我把小女兒送去讀計算機科學，認為是一大錯誤，我認為很有道理。從事文學的一大好處，是讓我們永遠生活在心愛的崗位上，而且總是感到心靈很充實，很踏實，很豐富——這是莊子所說的「至樂」。

第三點，對於一個從事文學的人來說，最重要的是什麼？

三十年前，我和李澤厚先生有一段對話，我們提出的一個觀點是：勸作家不要多讀理論。李澤厚先生提出了一個理由，說如果太重理念，可能會讓理論篩選掉最生動的感性內容，寫出來的作品會概念化；我的解釋是，我們的理論不是一般的理論，而是「反理論」，反教條，反固定化模式。講理論，只是為了幫助大家從教條中解放出來。我這次講的每一課，都是希望幫大家從理論的老套中解脫出來。我跟高行健先生聊天時說，我們要走出老框架、老題目、老寫法，不要講老話、套話，要講新話，講別人說不出來的話。德國最偉大的哲學家康德，說天才只遵循「無法之法」。佛家關於「法」有近百種解釋，我們一般解釋成「規則」。寫文章沒有什麼固定的規則，可以寫千種萬種。我寫散文詩，從不遵循權威們規定的三五百字的法則，偏寫三五萬字的散文詩。我寫過兩千多段悟語，零零碎碎的，刻意打破體系，沒想到莒哈斯就提倡「碎片式」的寫作。

法國著名作家羅曼．羅蘭說，他的課堂不是要教學生如何當作家，而是要教他們放開思維。我的意思也是如此。我認為，對於作家，最重要的不是文學理論，而是「文學狀態」。閻連科帶著中國人民大學寫作班的十三個學生來落磯山脈看我和李澤厚時，我講到了這一點。什麼是「文學狀態」？我在評述高行健時說，「文學狀態」一定是非功利、非功名、非集團、非主義、非市場的狀態。香港中文大學的校長金耀基先生說，我用「文學狀態」四個字來評論高行健先生，是「一字千鈞」。這雖是鼓勵我的溢美之詞，但說明他深知「文學狀態」格外重要。另外，「文學狀態」還是孤獨的狀態、孤絕的狀態、寂寞的狀態。要抵達陶淵明的那種寫作狀態是不容易的，一要耐得住清貧，二要耐得住寂寞。

「文學狀態」還可以從各種角度描述，我多次用「混沌」狀態表達。《莊子》裡的一個寓言：

南海之帝為儵，北海之帝為忽，中央之帝為混沌。儵與忽時相與遇於混沌之地，混沌待之甚善。儵與忽謀報混沌之德，曰：「人皆有七竅，以視聽食息，此獨無有，嘗試鑿之。」日鑿一竅，七日而混沌死。

——《莊子．應帝王》

這是說，人的「混沌」狀態，是對某些東西永遠不開竅，比如對金錢、權力、功名不開竅，不知道輸贏，不知道成敗，不知道功過，不知道得失，便是這種狀態。賈寶玉沒有世俗的生存技能，不懂得仇恨，不懂得嫉妒，不懂得算計，不懂得報復，也是「文學狀態」。把得失、功利全都放下，才能有「文學狀態」。禪宗講「本來無一物」，王陽明講心學，也屬於「文學狀態」。我們的課程，就是要引導同學們進入「文學狀態」。擁有這種心靈狀態，是文學的關鍵點。

有「感」而發

關於文學的起源，我在《文學常識二十二講》的〈文學的初衷〉一節已經講過一些，大家可以參考。但在這堂課裡，我不重複自己，希望將「文學的起點」講得更透澈。

文學究竟是如何起源的？有人持「遊戲」說；有人持「勞動」說；有人持「模仿」說；有人持「宗教」（巫術）說。這些不同說法都是常識，大家應該有所了解。但是今天，我要講的是「寫作的起點」，就講一個關鍵詞——「感」。

前幾天，有朋友為我慶祝生日，我想到一個字，就是「感」字。除了感謝之外，還想送給同學們一個詞組——「有感而發」，記住寫作應當「有感而發」，而不是「有用而發」、「有利而發」或「有求而發」。既不是為應酬或其他功利目的而發，也不是「遵命」、「奉命」而發。

從事自然科學的朋友，常常探討一個問題：宇宙是怎樣產生的？它的第一推動力是什麼？而我們從事文學的，思考的問題則是：文學的第一推動力是什麼？我認為，動力就是「感」字。有感而發——寫作最怕無病呻吟，最怕矯情與裝腔作勢。

魯迅在〈答北斗雜誌社問——創作要怎樣才會好〉中作了八條提示：

一，留心各樣的事情，多看看，不看到一點就寫。

二，寫不出的時候不硬寫。

三，模特兒不用一個一定的人，看得多了，湊合起來的。

四，寫完後至少看兩遍，竭力將可有可無的字，句，段刪去，毫不可惜。寧可將可作小說的材料縮成Sketch，決不將Sketch材料拉成小說。

五，看外國的短篇小說，幾乎全是東歐及北歐作品，也看日本作品。

六，不生造除自己之外，誰也不懂的形容詞之類。

七，不相信「小說作法」之類的話。

八，不相信中國的所謂「批評家」之類的話，而看看可靠的外國批評家的評論。

請大家特別注意一下他說的第二條：「寫不出的時候不硬寫。」

寫作起點的三個要領

寫作起點的第一要領是有感而發，無感不發，寫不出的時候不硬寫。然而，還要注意「感」很豐富複雜，它是一個系統。「感」，有感覺、感觸、感知、感悟、感傷、感慨、感嘆、感憤、感激等等，漢語詞彙太豐富，反過來說則有美感、醜感、惡感、樂感、恥感、苦感、罪感、悲感、喜感、傷感、羞感、痛感、快感、悲壯感、恐懼感、安定感、滿足感、失落感、成就感、危機感、痛心感、惋惜感、幸運感、幸福感、挫折感、失敗感、勝利感、孤獨感、寂寞感、窒息感等。魯迅詩云「塵海蒼茫沉百感」，意思是說，「感」有千種萬種，每個人每天都會有所感。總之，有感即發，無感不發。魯迅說「不硬寫」，硬寫便是無感而發，無病呻吟。但作家的長處是敏感，而且善於捕捉各種感覺。作家的功夫，首先是「感受」和「捕捉」的功夫，然後才是「表述」的功夫。

好作家一定要當「捕捉感覺」的能手。莫言在〈透明的紅蘿蔔〉裡，把燒紅的鐵塊比喻成透明的紅蘿蔔，這是多麼通透的感覺！作品中的小男孩有「內心感覺器」。作家就得擁有這種「內心感覺器」，要善於捕捉感覺，呈現感覺。

作家除了感覺之外，還要善於認知，即對世界、社會、人生擁有自己的認知。這樣，「感」和「知」就結合起來，這便是「感知」。關於感知，我在〈論文學的主體性〉裡講到人有三個主體，即認知主體、情感主體和操作主體。一般說來，詩人的情感主體比較發達，學者的認知主體比較發達，可是二者的操作主體都可能很弱。

作家，除了善於感覺、感知之外，還應當善於感悟。每寫一篇詩歌、散文、小說，都要有所悟，悟出一些他人未悟到的東西。所以寫作可以說是要有感而發，也可以說是要有悟而發——悟到一個別人沒想到、沒說過的道理和意象，便是有所發現。悟是「直覺」，明心見性，擊中要害。寫散文更需要悟。

第二要領是，感一定是真情實感。是實感而非妄感，是具體感而非抽象感。小說可以虛構，但是不可虛假。小說的真實，不是真人真事，但應當是真情真性。

第三要領是，感必須是個性之感。同樣是傷感，林黛玉的〈葬花吟〉與賈寶玉的〈芙蓉女兒誄〉就大不相同——前者傷自己，後者傷知己；同樣是憂煩感，林黛玉的夢和安娜．卡列尼娜的夢也很不相同。這是感覺的不同。寫出個性，寫出異點，「感」才精彩。這需要感受（靠體驗）、捕捉（靠敏銳）、表述（靠才華）。從根本上說，靠修煉，千遍萬遍地修煉。孜孜以修，矻矻以煉。是感，也是修。讀書破萬卷，下筆如有神。讀是修，記是修，想是修，寫是修。煉也是修，煉筆、煉腦、煉心。外修與內修，齊頭並進。

高級感覺與低級感覺

「感」雖有千種萬種，但必須分清的是以下幾種不同的「感」。

首先，美感與快感不同。文學講的是美感，不是快感。康德的哲學裡講到美感和快感的區別：快感是愉快（生理層面）在先，判斷（心理層面）在後。但人首先是心理存在而不是生理存在，文學重在書寫心理活動。我們要分清：由愉快而判斷對象為美的，是一種生理快感；由人的各種心理功能綜合運動而判斷對象為美的，是心理快感。

第二，要區分低級感覺與高級感覺。生理快感屬於低級感覺，美感屬於高級感覺。李澤厚在《美的歷程》中有一章專門講述蘇東坡的意義，寫得極好：

> 蘇軾詩文中所表達出來的這種「退隱」心緒，已不只是對政治的退避，而是一種對社會的退避；它不是對政治殺戮的恐懼哀傷，已不是「一為黃雀哀，涕下誰能禁」（阮籍），「榮華誠足貴，亦復可憐傷」（陶潛）那種具體的政治哀傷（儘管蘇也有這種哀傷），而是對整個人生、世上的紛紛擾擾究竟有何目的和意義這個根本問題的懷疑、厭倦和企求解脫與捨棄。這當然比前者又要深刻一層了。前者（對政治的退避）是可能做到的，後者（對社會的退避）實際上是不可能做到的，除了出家做和尚。……這便成了一種無法解脫而又要求解脫的對整個人生的厭倦和感傷。……這種整個人生空漠之感，這種對整個存在、宇宙、人生、社會的懷疑、厭倦、無所希冀、無所寄托的深沉喟嘆，儘管不是那麼非常自覺，卻是蘇軾最早在文藝領域中把它充分透露出來的。

李澤厚先生道破了蘇軾的「人生空漠感」，這就是高級感覺。我們的寫作課，就是培養文學高級感覺的課程。孤獨感、寂寞感、空漠感，都是高級感覺。我剛到美國時，非常孤獨和寂寞，不僅有孤獨感，還有「窒息感」，好像要在大海中沉淪，非常痛苦。現在則產生了一種「占有孤獨」的快樂感。無論是這種窒息感還是快樂感，都是高級感覺。人有孤獨感，心靈才會生長。現在我的孤獨感，又提升為一種滄桑感、蒼茫感。在美國落磯山下，念著陳子昂寫的「念天地之悠悠，獨愴然而涕下」，就深深地理解和感受到詩人的那種蒼茫感。滄桑感和蒼茫感也是高級感覺。

在《紅樓夢》裡，我從林黛玉的〈葬花吟〉裡也讀到了很多「感」：

花謝花飛花滿天，紅消香斷有誰憐？
游絲軟繫飄春榭，落絮輕沾撲繡簾。
閨中女兒惜春暮，愁緒滿懷無釋處，
手把花鋤出繡閨，忍踏落花來復去。
柳絲榆莢自芳菲，不管桃飄與李飛。
桃李明年能再發，明年閨中知有誰？
三月香巢已壘成，樑間燕子太無情！
明年花發雖可啄，卻不道人去樑空巢也傾。
一年三百六十日，風刀霜劍嚴相逼，
明媚鮮妍能幾時，一朝漂泊難尋覓。

花開易見落難尋，階前愁殺葬花人，
獨倚花鋤淚暗灑，灑上空枝見血痕。
杜鵑無語正黃昏，荷鋤歸去掩重門。
青燈照壁人初睡，冷雨敲窗被未溫。
怪奴底事倍傷神，半為憐春半惱春：
憐春忽至惱忽去，至又無言去不聞。
昨宵庭外悲歌發，知是花魂與鳥魂？
花魂鳥魂總難留，鳥自無言花自羞。
願奴脅下生雙翼，隨花飛到天盡頭。
天盡頭，何處有香丘？
未若錦囊收豔骨，一抔淨土掩風流。
質本潔來還潔去，強於汙淖陷渠溝。
爾今死去儂收葬，未卜儂身何日喪？
儂今葬花人笑痴，他年葬儂知是誰？
試看春殘花漸落，便是紅顏老死時。
一朝春盡紅顏老，花落人亡兩不知！

這首詩裡的感覺多麼豐富！值得我們閱讀一百遍，品賞一百遍。首先是傷感（傷逝、傷秋、傷己），悲感（悲秋、悲己、悲憫），愁感（愁緒、愁情、惆悵）；第二層我們可讀出無依感、無助感、無常感、無力感，甚至死亡感；此外，我們還可感受到蒼茫感、空漠感、空寂感、漂泊感、滄桑感、孤獨感、空無感、無望感、無著落感、委屈感、無歸宿感、無知音感、自憐感、羞澀感、珍惜感、黃昏感等。這首〈葬花吟〉是高級感覺的集大成者，愈讀愈有味。

第三，要區分朦朧感與明晰感。能抓住朦朧感，才是好作家，比如張潔的〈拾麥穗〉，很少有人注意到她的這篇短篇小說，其中「感」的朦朧就寫得十分準確、感人。張潔在作品裡寫到一個拾麥穗的小姑娘，長相比較醜，沒有什麼人疼愛。但是，這個孤獨的小姑娘得到了賣灶糖老漢的關愛，經常從老漢那裡得到糖吃，收穫一點「甜蜜」，所以她對老漢產生了一種朦朧的好感，一種很難界定的感情。比如她寫道：

二姨賊眉賊眼地笑了，還向圍在我們周圍的姑娘、婆姨們眨了眨她那雙不大的眼睛：「你要嫁誰嘛？」

是呀，我要嫁誰呢？我忽然想起那個賣灶糖的老漢。我說：「我要嫁那個賣灶糖的老漢！」

她們全都放聲大笑，像一群鴨子一樣嘎嘎地叫著。笑啥嘛！我生氣了。難道做我的男人，他有什麼不體面的地方嗎？

賣灶糖的老漢有多大年紀了？我不知道。他臉上的皺紋一道挨著一道，順著眉毛彎向兩個太陽穴，又順著腮幫彎向嘴角。那些皺紋，給他的臉上增添了許多慈祥的笑意。當他挑著擔子趕路的時候，他那剃得像半個葫蘆樣的後腦勺上的長長的白髮，便隨著顫悠悠的扁擔一同忽閃著。

我的話，很快就傳進了他的耳朵。

那天，他挑著擔子來到我們村，見到我就樂了。說：「娃呀，你要給我做媳婦嗎？」

「對呀！」

他張著大嘴笑了，露出了一嘴的黃牙。他那長在半個葫蘆樣的頭上的白髮，也隨著笑聲一齊抖動著。

「你為啥要給我做媳婦呢？」

「我要天天吃灶糖哩！」

小姑娘和老漢之間並不是世俗眼中的「愛情」、「戀情」等，是一種說不清的朦朧的快樂、依戀、思念、惆悵。人類的感覺非常豐富也非常細微，寫文章就要抓住這種細微、朦朧、模糊的感覺。人文科學是很明晰的，比如我寫《告別革命》，知道立論要鮮明，判斷要確定；但寫散文詩時思緒卻很朦朧。上世紀七十年代末很多人寫的詩，也被稱作「朦朧詩」。我們要學會區分明晰與朦朧這兩種感覺。特別要善於捕捉朦朧感覺。什麼都想得太明確、太固定，反而寫不好。

美感心理數學方程式

最後我要談的是李澤厚先生的發明——審美的數學方程式。這一方程式是由感知、想像、理解、情感四個要素不斷變化組合的方程式。這四個要素在作品中所占的比例各不相同，有的作品側重於感知，有的作品側重於想像，有的作品側重於理解，有的作品則側重於情感。比如，魯迅先生的雜文大多側重於理解；中國古代的很多詩歌側重於抒情，即「情感」要素占主導；而李白的詩歌，則側重於「想像」。我們可以用李澤厚的這個審美的數學方程式分析很多作品。

我一直在比較中國的四大名著——《水滸傳》、《三國演義》與《西遊記》、《紅樓夢》。在審美形式和藝術層面上，前兩部作品也有很高的成就，比如《水滸傳》寫一百〇八個人的不同個性，《三國演義》寫戰爭場面、鉤心鬥角等；但是從精神內涵層面看，《西遊記》和《紅樓夢》是兩部好書，《水滸傳》和《三國演義》則是兩部壞書，我寫了一本《雙典批判》批判這兩本書。這是我對四大名著的「理解」，但始於「感知」，始於我閱讀時的審美感覺。對於四大名著的「理解」不能只從藝術形式上看，還要從精神內涵上去把握。審美判斷包括精神內涵上的判斷。而我這些不同於別人的判斷，也都起源於感覺。我講這些，是說審美數學方程式，可用於創作，也可用於欣賞（批評）。

多年前，我國著名的當代作家韓少功先生到美國訪問，也來到我家和我所在的學校（科羅拉多大學）。他演講的題目叫作「感覺殘廢」。他說，對於作家來說，最寶貴的是擁有一種敏銳的感覺。可是，現在許多作家患上了「感覺殘廢」的可怕病症，對一切怪事均麻木不仁。我聽了之後，感觸很深，特以「感覺殘廢」為題寫了一篇短文，說作家手殘腳殘不要緊，千萬不可「感覺殘廢」。感覺一旦殘廢，寫作便無從起步。起點沒有了，那還侈談什麼寫作？作家最值得驕傲的是，他們永遠懷有一顆好奇心，對於世上萬物萬有，總是有一種比常人更為敏銳的感覺。「多愁善感」對於詩人而言，永遠是必要的。

這一堂課，我講的是文學的特點。在《文學常識二十二講》裡有一節〈什麼不是文學〉，已經提到了文學與科學、哲學、史學等的區別，這一課打算講得更深入一些。要講明文學的特點，必須仰仗參照系。

文學與科學的區分

第一個參照系，是科學。《文學常識二十二講》第三講裡說：

> 文學與科學全然不同。文學充滿情感，科學卻揚棄情感；文學沒有邏輯，科學卻充滿邏輯；文學把自然人性化，即把無情變成有情，而科學卻把人性自然化（客體化），即把有情變成無情等。二〇一二年，我到澳門參觀人體解剖展覽，看到人的心臟和各種內臟，包括骨骼與筋脈，那是科學展覽；而文學卻展示看不見的心靈和各種心理活動與情感體系。在參觀之後，我體悟到：心臟不是文學，心靈才是文學；骨骼不是文學，風骨才是文學；膽汁不是文學，膽氣才是文學。

如果有人問：科學、哲學、文學三者之間的區別是什麼？我可以簡要回答為：科學講心臟，哲學講心性，文學講心靈。人是「身」、「心」、「靈」三位一體的生命。心性在身與心之間，心靈在心與靈之間。而同樣講「心」，佛洛伊德講的是靜態「心理解剖學」（本我、自我、超我），屬於科學層面；高行健講的是「心靈解脫學」，即自我三主體（你、我、他），關注的是文學內在的互動的語際關係，屬於文學層面。魯迅對佛洛伊德不滿意，在〈詩歌之敵〉這篇文章中，把佛洛伊德當作詩歌的敵人，認為他太科學、太冷靜。

文學的事業，一定是心靈的事業。凡是不能切入心靈的文學作品，都不是一流的作品。例如

《封神演義》，情節雖離奇，但不切入心靈，所以並不入流。心靈的結構，是「情理結構」。文學不僅言情，也不僅說理，既不局限於言志，也不局限於載道，它應當是情與理的結合，心與道的結合。最好的作品都是身、心、靈全都參與的作品。科學講實在性的真理，而文學則講啟迪性的真理。俄國思想家列夫・舍斯托夫寫過《雅典與耶路撒冷》一書，認為科學屬於雅典，注重邏輯、思辨、經驗、證明等；而宗教與文學則屬於耶路撒冷，注重直覺、感受、想像、啟迪等。文學情懷與宗教情懷相近，都是大慈悲、大悲憫，對敵人也有同情和悲憫。但文學重人性，宗教重神性。文學不能簡單地設置黑白分明的政治法庭、道德法庭。它面對的是人性的豐富性與複雜性。杜斯妥也夫斯基的偉大著作《卡拉馬助夫兄弟們》中，有一個「大法官寓言」。政教合一下的宗教大法官握有生殺大權，以上帝基督的名義迫害異教徒，可是基督愛一切人，包括異教徒，他被大法官抓進牢房裡。夜間，大法官提著燈來到牢房，打量基督的臉，對他說：「真是你嗎？你不應當這個時候來。」大法官認為耶穌妨礙了他的事業，所以囚禁並且要燒死耶穌。這個寓言講了人類功利活動與非功利活動的悖論。文學是非功利的，超派別的，超政治的。

科學與玄學的區別，也屬於雅典與耶路撒冷的區別。對此，「五四」運動時期就有爭論。「科學」的代表是丁文江，「玄學」的代表是張君勱。科學只能解決人類如何活得更好的問題，而玄學要解決的則是人為什麼要活的問題。文學更接近玄學。它不重邏輯，而重啟迪。

文學與歷史學、哲學的區分

接下來，我要講述在其他人文科學參照系下文學的特點。一般來說，文學代表人文的廣度，歷史代表人文的深度，哲學代表人文的高度。文學因為呈現廣度，所以容易落入膚淺；歷史代表深度，但是容易落入狹窄；哲學代表高度，但是容易陷入空洞。所以，文學作品要想寫好，必須把三者打通，把歷史、哲學的優點也吸收過來。有些文學經典，如荷馬史詩，其深度還可能超過歷史。

巴爾札克筆下的人物，有兩千四百多個；《紅樓夢》的人物超過五百個。巴爾札克和曹雪芹都呈現了文學的廣度。《西遊記》裡「真假美猴王」的故事很精彩，真假孫悟空打得難分難解，連觀音菩薩、唐僧也辨別不出來，只有如來佛祖才能辨別。如來佛祖說宇宙中存在著「五仙五蟲」，「五仙」即天、地、人、神、鬼，「五蟲」即蠃、鱗、毛、羽、昆，萬物萬有都可能成為文學的描寫對象，所以文學代表廣度。文學可寫鬼神，歷史則不宜寫神鬼。哲學裡也沒有鬼哭神嚎。

文學與歷史、哲學的區別，還可以用另外一組概念表述：文學體現心量，歷史體現知量（識量），哲學體現智量。文學體現心量，指的是文學體現豐富的情感量、情思量、良知量。也可以說是詩量、「氣」量、歌哭量、淚水量。《老殘遊記》的作者劉鶚說：「文學是哭泣。」文學擁有最多的歌哭，最多的喜怒哀樂，而歷史、哲學都不能歌哭。福樓拜寫《包法利夫人》，表現了人性的豐富，巴爾札克寫《高老頭》，表現了人性的淒涼，都寫到了極致。這些都是「心量」。

文學還有一個很重要的特點，就是它不設政治法庭，也不設道德法庭，只設審美法庭。奧賽羅殺死了黛絲德蒙娜，我們不說他是「兇手」，只說他是「悲劇人物」。文學不能隨意判定一個人是好人還是壞人，凡是輕易劃分敵我，判定好、壞人的作品，都不是深刻的文學作品。「文革」時期的樣板戲，最大的問題就在於都設置了一個政治法庭，戲中壞人（階級敵人）作祟，呈現「兩個階級」的鬥爭，只要抓住了壞人，就解決了一切矛盾。樣板戲只有世俗視角，沒有超越視角，很膚淺。《紅樓夢》誕生兩百年，一直沒有人用西方的哲學參照系來看待它，第一個在這方面取得突破的是王國維。他認為林黛玉的悲劇，是「悲劇中的悲劇」，它不是幾個「蛇蠍之人」造成的，而是「共同關係」的結果，即「共同犯罪」的結果。世界上的很多矛盾，不是「善與惡」的矛盾，而是「善與善」的矛盾。那些深愛林黛玉的人，如賈寶玉、賈母，他們無意中進入了「共犯結構」，對林黛玉的死亡也負有責任。「共犯結構」是我和林崗合著的《罪與文學》這本書的主題，我們所說的「共同犯罪」，不是指法律層面上的罪，而是指良心上的罪。中國古代作家往往「道德嗅覺」過分敏感，常常設置道德法庭；中國當代作家的問題則是「政治嗅覺」過分敏感，總是設置政治法庭。可是文學只能設置審美法庭，否則就遠離了人性的真實，即用傾向性取代真實性。同樣都是描寫所謂的「蕩婦」，《水滸傳》把潘金蓮送入地獄，《紅樓夢》則把秦可卿送入天堂；前者設置道德法庭，後者卻只從審美的角度刻劃人物。兩部作品的高下，不難判斷。

直到今天，還有很多人以為作家應該當「包公」，寫作就是判斷是非黑白，抑惡揚善。可是文學並非這麼簡單，好作家應當既悲憫秦香蓮，也悲憫陳世美，應當寫出陳世美內心深處的掙扎、靈魂的掙扎。惟有寫出陳世美的生存困境、人性困境、心靈困境，才能呈現文學性。這一點極為重要。一般人都誤認為作家應當是包公，是總統，是記者，這些都是對文學的誤解。莎士比亞塑造悲劇性的人物馬克白，不是把他寫成「大壞蛋」。馬克白在謀殺了國王之後，認為自己的手沾上了血；他殺死了國王，「也殺死了自己的睡眠」，內心深處充滿了痛苦與掙扎。中國的古代作品中只有「鄉村的情懷」，缺少「靈魂的呼告」，缺少像哈姆雷特、馬克白等的「靈魂的掙扎」。中國當代文學前期的很多作品過於簡單化，人物過於黑白分明，因為它們處處設置政治法庭與道德法庭。

宗教參照系下的文學

關於文學與宗教的關係，我在《文學常識二十二講》的第十四講裡已經講述了五個方面，即「文學與宗教的共同點」、「文學與宗教的不同性質不同歸宿」、「文學與宗教的相互滲透」、「中西文學的巨大差異」以及「『審美代宗教』的現代潮流」，大家可以參考。

今天，我還想強調：

第一點，文學與宗教的歸宿不同：宗教走向信仰，而文學走向審美。文學追求審美境界，而不是神明境界。所謂「文學是我的信仰」，只是一種比喻。十九世紀西方用真善美來代替信仰，這是歐洲形成的思潮。魯迅先生在〈破惡聲論〉裡說這是「易信仰」，不是「滅信仰」，即以審美代宗教。

第二點，從情感上說，宗教情感總是歸於「一」，或歸於上帝，或歸於基督，或歸於釋迦牟尼，或歸於阿拉和穆罕默德，都是「一」。但文學則歸於「多」，多彩多姿，群星燦爛，百花齊放，百家爭鳴，多元並茂，眾聲喧譁，這才是文學的正常狀況。即使文學高峰，也正如雨果所言，是「並列高峰」，不確認只有一個高峰，一種精神歸宿。莎士比亞、巴爾札克、雨果、歌德、托爾斯泰、杜斯妥也夫斯基等都是高峰。

如果上帝懲罰我，把我發配到月球上，讓我挑選宗教書籍，如果我信仰基督教，帶《聖經》即可；如果信仰伊斯蘭教，帶《古蘭經》即可；如果信仰佛教，我可能會帶慧能的《六祖壇經》。但是如果要帶哲學書籍，就難選一些，我會帶康德、休謨、黑格爾、笛卡爾、柏拉圖、亞里士多德等的書，大約要十本；如果要帶文學書籍，因為文學的多元，就更難選擇，可能要選二十本，西方的要有荷馬、但丁、塞萬提斯、莎士比亞、歌德、托爾斯泰、杜斯妥也夫斯基、卡夫卡等，中國的要有屈原、陶淵明、李白、杜甫、李煜、蘇東坡、湯顯祖、曹雪芹等。正是因為文學不是「一」而是「多」，文學顯然更開放，更多自由選擇。

第三點，文學走向「過程」，而不是走向「究竟」。所謂「究竟」，指的是「終極究竟」，世界究竟是如何發生的？是靠什麼推動的？這是「本體論」，即探究宇宙和世界的本體是什麼。文學不叩問這些問題，文學寫的是「過程」，只問經過，不問結果。

以往我國的當代文學作品希望找出「究竟」，究竟誰是壞人，究竟是誰救了我們等。這些都不是好的思路。文學可以認識世界，可以展示結局，但不是走向本體論。俄國的文學理論家巴赫金提出了著名的複調理論，這一理論包括三個要點：一是狂歡，二是悖論（對話），三是未完成式。文學屬於未完成式，不提供終極究竟。

第四點，文學走向「慧能」，而不是走向「尼采」。這是我自己獨特的一個表述。關於「慧能」和「尼采」的巨大差異，以前沒有人對比過。佛教傳入中國，產生了禪宗，禪宗產生了一個最偉大的人物，就是慧能，即高行健《八月雪》描述的主人公。「慧能」代表的是自由，與「尼采」的區別在於：尼采主張人得道以後要當「超人」，而慧能主張人得道以後要當「平常人」。平常人，就是真實的人。文學應當注重平常的人、真實的人。

《八月雪》之所以寫得好，就在於高行健寫的乃是平常人，又是真正的「自由人」。則天太后、中宗皇帝徵召慧能進宮，並設道場供養，但他堅決不肯，即使宮廷使臣拔劍相逼，他也不為所動，因為在慧能心目中，黃袍加身不如自由自在。最高的價值不在宮廷裡，而在自己的心裡。再高貴的桂冠也不如寶貴的良心自由。慧能不僅不屈服於政治勢力，也不屈服於宗教勢力。禪宗發展到慧能的六祖就不選「接班人」了，沒有後繼的七祖、八祖等，因為六祖慧能打破了他的衣缽。他知道，很多弟子會為了繼承衣缽而自相殘殺，所以他打掉了這個紛爭的源頭。慧能代表了真實人、平常人、自由人，尼采代表了超人。如果同學們將來成功了，希望你們也當慧能式的平常人。

藝術參照系下的文學

關於文學與藝術的關係，寫得最好的哲學著作是黑格爾的《美學》第三卷下冊裡的〈詩的藝術作品和散文的藝術作品的區別〉，大家可以閱讀一下。

限於時間關係，我簡單地說明一下文學與音樂、繪畫、雕塑等的區別。最重要的有兩點。

第一，與音樂、繪畫、雕塑等其他藝術形式相比，文學的想像力更強。雖然繪畫、雕塑等也有「想像」，但它們無法天馬行空。只有文學才擁有天馬行空的想像力。所謂「觀古今於須臾，撫四海於一瞬」，「籠天地於形內，挫萬物於筆端」（陸機〈文賦〉），惟有文學才可能做到。

第二，文學能夠進入人的內心世界，但其他藝術不能或只能部分地表現人的內心。比如達文西的〈蒙娜麗莎的微笑〉，只能部分地表現人的心靈，但如果透過文學作品來寫蒙娜麗莎，就可以盡情地表現她豐富的內心世界。托爾斯泰的安娜．卡列尼娜，可以說正是文學作品中的「蒙娜麗莎」。我們從安娜．卡列尼娜這個形象中，可以讀到更加豐富、更加複雜，即更加深廣的內心圖像，也就是更豐富、複雜的人性內涵。安娜．卡列尼娜內心所展示的人性多方面的衝突，包括妻性、母性、情性（情人性）的衝突，是蒙娜麗莎的藝術形象難以企及的。

現在很多人喜歡拍照。照片比書寫更為逼真。但是，再發達的攝影藝術，也不可能進入人的內心，所以，旅遊文學永遠不會消亡。

文學的優點，其實是文學特點的延伸。文學最根本的優點，用一句話表述，就是文學最自由，也最長久。我到美國二十七年，得到三件「至寶」：一是自由時間；二是自由表述；三是完整人格。自由表述是一切價值中最高的價值。

文學最自由

說「文學最自由」，是比較而言。具體地說，它比政治、經濟、新聞、科學等都自由。作家只能關懷政治，但不能參與政治。因為政治的本性乃是權力的角逐與利益的平衡。即使民主政治，也改變不了政治的這種基本性質。政治受制於權力關係，受制於人際關係，受制於黨派紀律，受制於法律規則，還受制於選民，受制於多數票。而文學只面對人性，它不理會政治所在乎的一切，也不在乎多數，只知道「千人之諾諾，不如一士之諤諤」。對於文學來說，個人（作家主體）比多數重要，比黨派重要，比皇帝重要，個體的認知比集體的意志重要。所以文學比政治自由。

文學也比經濟自由。經濟要追求利潤，哪裡有利可圖，資本就流向哪裡；經濟受制於利潤，受制於市場，受制於經濟規律。文學不追求利潤，只要求表達，作家以表達為快樂，有市場要表達，沒市場也要表達。

相對於新聞，文學也更自由。新聞面對的是事實，寫真人真事是基本準則。但文學可以虛構，可以想像。新聞受制於時間，受制於空間，受制於真人真事。文學則可超越時空，也不受制於真人真事，因此文學也比新聞自由。

與科學相比，文學更顯得自由。科學受制於經驗與實證，受制於邏輯。科學不承認上帝的存在，因為經驗和邏輯無法證明他的存在。但文學無須邏輯，無須實證，它可以說上帝不存在，也可以說上帝存在。在文學家看來，只要把上帝當作一種情感，一種心靈，上帝就存在。

文學擁有各種超越的可能性，所以它最自由。我講「文學主體性」，重點講述文學的超越性，文學可以超越現實的邏輯、現實的身分、現實的視角、現實的時空。如果不明白這一點，就無法成為一個好作家。但我所說的大自由，是指內心的自由，而不是外在的自由。曹雪芹生活在中國文字獄最猖獗的時代，沒有外在的自由條件，但是他創造出了中國最偉大的經典極品《紅樓夢》。一個聰明的作家，絕不會等待外在自由條件成熟之後才去寫作。等待是一種愚昧。

自由與限定

德國哲學常講「自由意志」。「意志」是一種驅動力、衝擊力。但「自由」並不是放任，不是我行我素，自由首先要克服「本能」，不做「本能」的奴隸。康德哲學叩問的問題是：道德是否可能？也就是自由意志是否可能。這也是孔子所說的「從心所欲而不逾矩」是否可能。

《西遊記》的起始部分寫孫悟空在花果山擁有絕對的自由，後期則有「緊箍咒」。這個「緊箍咒」乃是對孫悟空絕對自由的限定。唐僧是很慈悲的，他沒有孫悟空的火眼金睛，但為了堅守「不殺生」的原則，便給所有的妖魔鬼怪都作了「非妖非魔假設」，類似西方法庭的「無罪假設」。有此假設，便允許為犯人作無罪辯護，這才是真法治。《西遊記》了不起，它有一個「師徒結構」，這是一個自由與限定的哲學結構。自由不是放棄責任。自由權利與社會義務也是一種相依相成的結構。我寫過一篇短文〈逃避自由〉，講我去美國之後才感悟到沒有能力就沒有自由。自由同樣有很多困境，像高行健在《一個人的聖經》裡表達的那樣，每個人都被限定在某種自由度之中。

自由在於「覺悟」

自由有很多種類，文學追求的是內心的自由，精神的自由。

以賽亞．柏林提出了「積極自由」與「消極自由」的概念。「積極自由」重在爭取外在的自由，孫悟空「大鬧天宮」，挑戰玉皇大帝的權威，屬於積極自由；「消極自由」則重在「迴避」，很多知識分子都是要求消極自由，我曾要求三種消極自由，即獨立的自由（不依附的自由）、沉默的自由（不表態的自由）、逍遙的自由（不參與的自由）。自由往往存在於「第三空間」，《紅樓夢》開始時，賈雨村談哲學，說世人常分「大仁」與「大惡」，黑白分明。其實還有大量中間地帶的人。像賈寶玉等都屬於「中間人」。曹雪芹不作「一分為二」的哲學預設。我問金庸先生，他最喜歡自己的哪一部作品，他說是《笑傲江湖》。我也最喜歡令狐沖。令狐沖處於華山派與對立的日月神教之間，兩派都不給他獨立的權利，但他兩邊都不想依附。令狐沖處境正是現代中國知識分子的普遍處境。社會總是不給思想者第三空間。

「內在自由」與「外在自由」不同。「內在自由」是指內心的自由，這是文學追求的自由。這種自由的關鍵在於人自身的覺悟。我讀高行健的《一個人的聖經》，發現他提出了「自由之源」的問題：

自由自在，這自由也不在身外，其實就在你自己身上，就在於你是否意識到，知不知道使用。

自由是一個眼神，一種語調，眼神和語調是可以實現的，因此你並非一無所有。對這自由的確認恰如對物的存在，如同一棵樹、一根草、一滴露水之肯定，你使用生命的自由就這樣確鑿而毫無疑問。

自由短暫即逝，你的眼神，你那語調的那一瞬間，都來自內心的一種態度，你要捕捉的就是這瞬間即逝的自由。所以訴諸語言，恰恰是要把這自由加以確認，哪怕寫下的文字不可能永存。可你書寫時，這自由你便看見了，聽到了，在你寫、你讀、你聽的此時此刻，自由便存在於你表述之中，就要這麼點奢侈，對自由的表述和表述的自由，得到了你就坦然。

自由不是賜予的，也買不來，自由是你自己對生命的意識，這就是生之美妙，你品嚐這點自由，像品味美好的女人性愛帶來的快感，難道不是這樣？

神聖或霸權，這自由都承受不了，你不要也要不到，與其費那勁，不如要這點自由。

說佛在你心中，不如說自由在你心中。自由絕對排斥他人。倘若你想到他人的目光，他人的讚賞，更別說譁眾取寵，而譁眾取寵總活在別人的趣味裡，快活的是別人，而非你自己，你這自由也就完蛋了。

自由不理會他人，不必由他人認可，超越他人的制約才能贏得，表述的自由同樣如此。

自由可以呈顯為痛苦和憂傷，要不被痛苦和憂傷壓倒的話，哪怕沉浸在痛苦和憂傷中，又能加以觀照，那麼痛苦和憂傷也是自由的，你需要自由的痛苦和自由的憂傷，生命也還值得活，就在於這自由給你帶來快樂與安詳。

高行健的這段話道破贏得自由的關鍵在於自身，即自由應當依靠自己的覺悟，既不能等待上帝的恩賜，不能等待政府的救助，也不能等待他人的施捨，而只能靠自己對於自由的意識。理解了這一點後，才能求諸自身。我因為理解了這一點，感到自由多了，甚至連演講的心態也發生了變化。我講我的，不在乎聽眾的反應，即不把自由交給聽眾。自己可以掌握自由，哪怕外界禁錮得很厲害，我們也可以贏得精神創造的自由。只要我們不求發表，像卡夫卡一樣，在遺言中決心焚書，或像李卓吾，認定只寫「焚書」與「藏書」，那就可以天馬行空、充分自由地寫作了。

還有一對自由要分清，就是「物質自由」和「精神自由」。不能說只有精神自由重要，物質自由就不重要。中國文化講「三軍可奪帥也，匹夫不可奪志也」，「富貴不能淫，貧賤不能移，威武不能屈」，以及《莊子》中的〈逍遙遊〉等，都是精神性的人格。

中國文化恰恰缺少物質性自由的位置，如戀愛自由、婚姻自由、遷徙自由、讀書自由等。「五四」運動的一大功績就是啟蒙我們去爭取物質性自由，所以「五四」運動了不起。但文學自由，屬於精神自由。它不需要等待物質自由實現之後才進行寫作。中國文化不講戀愛自由，但《西廂記》、《紅樓夢》等卻大寫戀愛自由。

影響文學自由的若干先驗預設

要贏得寫作自由，首先不能作任何政治預設。中國前期當代文學（一九四九—一九七六）之所以失敗，就是因為作家作了太多的政治預設，或兩個階級鬥爭的預設，或兩條道路鬥爭的預設，或兩黨鬥爭的預設。這些預設都影響了作品挖掘人性的深度。莫言之所以成功，有一個原因是他不作政治預設，他的《豐乳肥臀》所歌頌的偉大母親，超黨派、超政治、超因果，其胸懷像大地一樣，包容一切苦難，沒有國共兩黨誰正確誰錯誤的政治預設。夏志清先生的《中國現代小說史》的好處，也是突破政治預設肯定張愛玲、沈從文等的文學價值。不過我認為張愛玲後期背離了她在〈自己的文章〉裡宣示的美學立場，其《秧歌》和《赤地之戀》，用政治話語取代文學話語，創作的出發點也是政治預設。

其次，要贏得文學自由，也不能作任何哲學預設。我過去接受的哲學是唯物論、「一分為二」，可是這樣的哲學讓人變得愚蠢，幸而我後來學習了禪宗及王陽明的心學。這些都屬於唯心論的範疇。禪宗講「不二法門」，就是不要「一分為二」，而要愛一切人，寬恕一切人，理解一切人。《紅樓夢》裡的晴雯、鴛鴦都是丫鬟，是世俗世界裡被認作奴婢的下人，可是曹雪芹卻沒有界定她們為奴婢。晴雯就是晴雯，鴛鴦就是鴛鴦，活生生，又真又善又美。高行健也沒有對立統一的哲學預設，他的畫既不抽象也不具象，開拓了「第三地帶」，他的水墨畫就是「第三地帶」的成功。荷馬的《伊利亞德》也是如此，它沒有把特洛伊戰爭定義為正義戰爭或非正義戰爭，雙方全都為一個美人海倫而戰。

第三，文學不應擔負外在使命。文學具有潛在的淨化功能、範導功能，但它不擔負改造世界、改造社會的外在使命。寫作應當面對人生的困境，真實的人性，不需要擔負其他的外在使命，無論是階級的使命，民族的使命，還是革命的使命等。魯迅希望療治中國國民性，對此我們應當尊重，但這不是作家可以完成的。文學不可能改造國民性，只能呈現國民性。《阿Q正傳》只是呈現國民性，並未實現改造國民性。今天阿Q還是阿Q，未莊還是未莊。使命太沉重，文學就會失去自由。我非常尊敬的詩人聞一多先生，是個國家主義者，但後來人們把他的「時代的鼓手」變成了一個普遍命題，這就錯了。馬克思說文學不能充當「時代的號筒」。文學作品不應該席勒化，而應該莎士比亞化，即內心化、人性化。

文學最長久

王國維在政治上很保守，但文學眼光則很先進，他認為：「生百政治家，不如生一大文學家。」因為政治家給國民物質利益，而文學家給國民精神利益，而「物質上之利益，一時的也；精神上之利益，永久的也」。古希臘城邦的行政長官，我們誰也記不得他們的名字，但荷馬的名字卻至今仍然家喻戶曉。南唐後主李煜，作為皇帝，沒有什麼人能記住他的政績；但是作為詞人，他的詞卻流傳千古，因為其中所蘊含的家國滄桑與人世滄桑的真理，乃是「天下萬世之真理，而非一時之真理也」（王國維語）。《孟子》說：「君子之澤，五世而斬。」可是偉大的文學作品，百世不斬，萬世不滅。可以肯定，千百年後，莎士比亞、曹雪芹還會讓人說不盡、讀不盡。

中國過去幾十年的時代精神，是革命的精神；現在的時代精神，是賺錢的精神，所有人的神經都被金錢抓住。所以作家不能跟著時代潮流跑。作家應該做潮流之外的人，即《紅樓夢》所說的「檻外人」，卡繆所說的「異鄉人」，不讓潮流牽著鼻子走，不當潮流的人質，這樣才會有文學的永久性。《紅樓夢》所有的衝突矛盾，都不是「時代」維度上的衝突，而是「時間」維度上的衝突。文學具有克服時代、超越時代的品格，「永恆性」的品格。真正能「萬歲萬歲萬萬歲」的，不是帝王，而是文學。

上一堂課講述文學的優點，我用斬釘截鐵的語言說明，優點在於最自由和最長久。今天講文學的弱點，同樣可以用一句話概括：文學，最沒有用。

文學最無用

「文學無用」的命題，很多人都講過。魯迅一九二七年在上海暨南大學作過一場演講，這篇演講非常有名，題目是〈文藝與政治的歧途〉。其中有一個重要的論點：文學不如大炮有用：「打倒軍閥是革命家；孫傳芳所以趕走，是革命家用炮轟掉的，決不是革命文藝家做了幾句『孫傳芳呀，我們要趕掉你呀』的文章趕掉的。」文學的確沒有飛機、大炮、刀槍等各種武器與工具的實用價值。這種弱點，帶給文學一種非常輝煌的特點，即「超功利」、「超實用」的特點。

葉聖陶的孫子、當代著名作家葉兆言有一篇講述，叫作〈被注定了的文學〉，裡面有一個小標題〈無用的文學〉，也講到了魯迅先生的這個例子。葉兆言還列舉了作家張愛玲和導演謝晉的例子：

> 張愛玲有一次在街頭看見一個警察打三輪車伕，她寫文章談了這個事，說她當時有一種很強烈的衝動：要是自己能嫁個市長就好了，因為如果嫁了市長，可以讓老公立刻把這個警察給開了。這是一個作家在面對不公時，產生的一個很真實、很質樸的念頭，文學沒有什麼直截了當的作用，如果想用文學讓這個警察住手，是完全不可能的。
>
> 不光文學界，在文藝界內，關於文學的用途也存在爭論，像著名導演謝晉，就有過這方面的

表露。十多年前，謝晉拍了個電影，請了很多作家來提意見。謝晉講起了自己的理想，他說一生有兩個理想，一是想做一個記者，二是想當一名電影導演。臺下的記者就很激動，問他為什麼想做記者。當時我也在臺上，我沒有想到謝晉會突然暴怒，他對記者說：「我當然想做記者，但是你們要知道，我可不是想做你們這樣的狗屁記者，我想做的記者是像美國得普利茲獎（Pulitzer Prize）那樣的記者，做在第一線報道最直接、最紀實和最針對社會現象的記者。」

謝晉的言語中，有意無意地說到了文學的一些作用。我們經常把文學家所承擔的東西和記者、媒體所承擔的東西混為一談了。我想強調的是：文學，尤其是虛構體的文學，它和新聞是完全不一樣的，對社會能起到直接作用的，是謝晉所說的記者和媒體。我個人認為，媒體做的報道，包括一些報告文學，確實對社會現實有著非常強烈的現實意義，而我前面所說的文學，尤其是虛構文學是沒有什麼大影響的，實際上現在很多作家已經意識到問題的所在了。

他闡釋「文學無用」的觀點，還把文學比作愛情，很有意思。他說：

我覺得文學更像愛情，當我們用「有用」和「沒用」這樣的價值判斷來談文學的時候，我們就會非常尷尬，就像我們沒有辦法用價值判斷來談愛情一樣。愛情也是沒有用的：沒有愛情，人類照樣可以繁殖；沒有愛情，同樣可以有婚姻；沒有愛情，男女也可以發生關係。文學和愛情一樣，人們從事文學並不是因為它有用，它可能給我們帶來什麼樣的好處，它能改變什麼樣的處境，而是因為文學本身真的非常美好。文學是因為它的美好才能夠生存的，即使文學再邊緣，到了幾乎沒有什麼人看的地步，文學還是會因為它的美好而存在，當我們擺脫了利益來談文學的時候，我們會覺得我們的眼前變得一片光明。

這個比喻非常好，讓我聯想到很多。首先想到，我們愛文學，乃是因為文學本身的美好，而非因為文學可以帶給我們什麼「好處」。接著，我們又會想到：文學寫作，作為一種審美活動，它是超功利的，也不應當講究是否有用。

《紅樓夢》裡，賈寶玉很善良，從不說別人的壞話，但他對探春有過微詞。探春在王熙鳳生病時，和李紈、薛寶釵一起主持過賈府家政。她很節儉，精打細算，因此主張應把賈府中枯萎的荷葉和花卉拿去賣錢。寶玉對此非常反感，他說探春也學得「乖巧」了。探春考慮的是荷葉、花卉的實用價值，但這些花草在寶玉眼中卻只是欣賞的對象。寶玉眼裡，花草與愛情均無實用目的。他總是為詩而詩，為愛而愛。他最愛的林黛玉，是最有才華的詩人，但最沒用，而且還有肺癆病。賈母很疼愛林黛玉這個外孫女，但還是決定讓賈寶玉娶薛寶釵為妻，這也是從「有用」的角度出發的。而賈寶玉愛林黛玉、愛晴雯、愛鴛鴦，則都是超功利的，即都是無條件的愛，無目的的愛。

文學現在愈來愈邊緣化，很多詩歌、小說都沒有什麼讀者，沒有什麼市場。因為現在的社會是功利的社會，物質主義覆蓋一切，人們只知道物質的價值，不知道精神的價值。在座的同學們以後如果想當作家，第一要耐得住寂寞，第二要耐得住清貧。如果做不到這兩條，就不要選擇這個行業。

文學的無用之用

文學雖然是最無用的，但從人類的終極目標看，卻又有一個悖論，就是文學的「無用之用」。「無用之用」這個理念，出自《莊子．外物》，其中記敘了莊子與惠施的一段辯論。惠施經常出現在《莊子》裡，也被稱為惠子。《莊子．秋水》裡記載了莊子和惠施關於「魚之樂」的辯論，莊子說水裡的魚很快樂，惠施反問莊子：你不是魚，怎麼知道魚快樂？在這個故事裡，惠施講的是邏輯，而莊子講的是直覺。中國文化很善於講直覺。我寫《紅樓夢悟》，用的就是直覺。莊子和惠施的討論還有很多，〈外物〉如此論辯「有用無用」：

> 惠子謂莊子曰：「子言無用。」
>
> 莊子曰：「知無用而始可與言用矣。夫地非不廣且大也，人之所用容足耳。然則廁足而塹之致黃泉，人尚有用乎？」惠子曰：「無用。」
>
> 莊子曰：「然則無用之為用也亦明矣。」

「無用」與「無用之用」是一對悖論，兩個相反命題都符合充足理由律，都道破了真理的一個方面。惠施說「言無用」是對的，莊子說「言為無用之用」也是對的。莊子和惠施還有很多類似的辯論。在〈逍遙遊〉裡，有一段關於樗樹之用的對話：

> 惠子謂莊子曰：「吾有大樹，人謂之樗。其大本擁腫而不中繩墨，其小枝捲曲而不中規矩，

立之塗，匠者不顧。今子之言，大而無用，眾所同去也。」

莊子曰：「子獨不見狸狌乎？卑身而伏，以候敖者；東西跳梁，不辟高下；中於機辟，死於罔罟。今夫斄牛，其大若垂天之雲。此能為大矣，而不能執鼠。今子有大樹，患其無用，何不樹之於無何有之鄉，廣莫之野，彷徨乎無為其側，逍遙乎寢臥其下。不夭斤斧，物無害者，無所可用，安所困苦哉！」

惠施覺得樗樹的樹幹和樹枝都沒有什麼用，但是莊子說這棵樹寬廣的樹蔭可以乘涼。所以，說這棵樹沒用是對的，說它有用也是對的。還有一個類似的例子，是人們說某種巨大的葫蘆沒有什麼用，但是莊子卻說可以繫在身上當作腰舟，浮游於江湖之上遊玩。

我在第一講裡講過：文學可以豐富我們的心靈，豐富我們的情感，豐富我們的思想，就像我們說愛情沒有用，但是它可以豐富我們的人生，使我們的人生更有詩意，正如德國詩人賀德林（Friedrich Hölderlin）所說，可以幫助我們「詩意地棲居」。這也可以說是一種「用」，但不是淺近利益的效用。

無目的的合目的性

關於什麼是美，古往今來很多哲學家都探討過。柏拉圖說，美就是美本身，他探討的是美的本質。不是漂亮的姑娘，也不是那些罈罈罐罐，他認為美乃是美的共同理式。朱光潛先生則認為，美是一種審美關係，是「心」與「物」的關係。我寫過《李澤厚美學概論》，借用尼采的「男人美學」與「女人美學」這對概念描述朱光潛和李澤厚兩位先生的不同：李先生屬「男人美學」，即哲學性美學，凡研究美的本質、美的根源，即美是如何形成的，都屬於這一類。李先生提出的「自然的人化」、「歷史的積澱」諸命題，都是在解釋「美」如何形成。而朱先生則屬於「女人美學」，他探討的不是「美」如何形成，而是美感的產生，美感與文學藝術的關係等問題。其重心是審美，不是美本身。

今天我們講述的是文學的弱點，關注的是「無用」與「無用之用」。我覺得在西方兩千多年的美學歷史中，把二者統一起來，並對二者作了最科學的說明的是康德。康德提出一個著名的觀點，說美的特點是「無目的的合目的性」。這是一個值得我們永遠記住的偉大命題，也可以視為美的定義和美的本質。首先，美「無目的」，即美是無用的，也就是說，超功利、超實用，超淺近目的，也就是無用方為美。文學符合這一條，它最沒有用，但它最美。其次，美又是「合目的性」。所謂「合目的性」，乃是合最高的善，即合人類的終極目的。終極目的是什麼？是人類的生存、延續、發展，這是幾乎看不見的目的，但又是最根本的目的。對於「合目的性」，也有人解釋成客觀的審美判斷。我們在課堂上不必糾結於概念，重要的還是觀照已經發生的和正在發生的文學現象。

中國前期當代文學（一九四九－一九七六）的「合目的性」，精神層次太低，它追求的是合黨派目的，即有利於中國革命和執政黨的目的；之前還有一個層次稍高的「合國家目的」，看似是抬高文學的地位，其實是在貶低文學的地位。我在《文學常識二十二講》裡批評了曹丕的名言：「蓋文章，經國之大業，不朽之盛事」，還批評了梁啟超沒有新小說便沒有新社會和新國家的觀點。真正的大目的，應當是「合天地目的」、「合人類目的」，而不是合黨派、合國家、合民族的目的。無論是曹丕還是梁啟超，都停留在「合國家」。只有「合天地」、「合人類」，才是永恆的，才是最大的善。文學寫作，只要求合天地大目的，合至善，合人類最根本的心靈方向。只能講此「方向」，不可以講別的「方向」。

蔡元培提出「以美育代宗教」的理想，歸根結底也是嚮往精神領域中的「無用」與「無用之用」的統一，即嚮往「無目的的合目的性」。因為宗教與政治結盟之後（政教合一），愈來愈帶有實用性與淺近的功利目的，於是產生了打著上帝的旗號或阿拉的旗號發動的爭奪土地與權力的戰爭。這些戰爭使宗教的偏頗與實用性更為明顯。中國對於宗教更是常常採取實用主義態度，很多人進入宗教是為了「吃教」，把宗教當作敲門磚，敬神的背後是與神做利益的交易。魯迅批判過中國人的宗教實用態度，說中國人對神只是「從」，而不是「信」，即只是以功利態度對待神，並非真的對神具有無條件的信仰。蔡元培「以美育代宗教」的理想，乃是以超功利的「真善美」來取代功利性的宗教態度。文學藝術之所以可能成為「美育」的重要內容，便是因為文學藝術具有超功利、不追求實用目的的特點。也就是說，「無用」的弱點，可以透過「美育」，化為「無用之用」的優點。培養學生音樂的耳朵、審美的眼睛，以及豐富的心靈與情感，所有這些，都是深遠的合目的性，而不是淺近的有用性。

本堂課的「期待」

今天講述「文學的弱點」，是為了讓同學們明瞭：文學不可能帶來任何世俗利益。想當一個好作家，首先應當放下文學「有利可圖」的妄念，而明確「文學最沒用」的真理。以往大陸的文學概論，常說文學可以成為政治機器的齒輪與螺絲釘，甚至可以成為沒有穿軍裝的軍隊，這都是誇大文學的用處。現在有些作家追求世俗角色，老想當個「作協主席」、「文聯主席」，哪怕省級、市級的主席也好，因為世俗角色可以帶來世俗利益。這種追求勢必影響作家守持本真的角色，也勢必造成世俗利益對文學的腐蝕與傷害。因此，敢於確認「文學最無用」，乃是作家的一種精神品格。有了這種品格，作家才能全身心地投入文學，也才能進入「無目的寫作」和「超功利寫作」。無論是魯迅還是葉兆言、謝晉，他們都懂得文學的真諦，絕不追求文學的世俗利益，只面對真實與真理，只知道讓文學豐富自己的心靈與情感。我們這一堂課，正是期望同學們揚棄學習寫作的任何外在目的，不求功利，不求實用，不為了世俗利益而追求功名利祿，媚俗、媚上。

前些時，在香港科技大學「文學風華」圓桌論壇上，美國威斯康辛大學的黃心村教授在發言中透露，她的老師李歐梵教授曾在課堂裡提示同學們說：「請注意，形式往往比內容重要！」這一課，我講「文學的難點」，覺得文學創作難就難在創造形式。

寫作之難在於創造「形式」

自從亞里士多德使用form這一概念之後，關於內容與形式的關係，便探討不斷。也許把form翻譯成「形式」會產生誤解，因此，中國學人普遍忽視「形式」，甚至給強調「形式」扣上「形式主義」的帽子。其實，形式與內容密不可分，即具有整一性。我在《文學常識二十二講》中提出，文學乃由三大要素組成，即心靈、想像力、審美形式。這三大要素也具有整一性。而今天，我要說，寫作的難點在於創造形式，或者說，難在創造審美形式。寺廟裡的和尚也有慈悲心，也有美好的心靈，但他們不是詩人；美好的心靈惟有加上美好的「形式」（詩的形式），才能成為詩人。也就是說，心靈必須經過一個通道，才能表現為詩或其他文學門類。這個通道，就是審美形式。文學的難點，就在於創造出這個通道，即創造形式。所謂天才，就文學而言，乃是把心靈轉化為審美形式的巨大才能。義大利著名的文藝批評家兼哲學家克羅齊在《美學原理》（朱光潛譯）中說：「詩的素材可以存在於一切人的心靈，只有表現，這就是說，只有形式，才使詩人成為詩人。」克羅齊講的是一個至關重要的文學真理。可惜許多作家一輩子都掌握不了這一真理，即缺少「形式」意識。以為文學寫作就是講故事，鋪陳情節，下筆萬言，非常容易；不知道故事情節僅是心靈素材，它還必須透過「形式」而表現為詩與小說等等。形式意識其實就是藝術意識，審美意識。

中國的讀者與作家，往往忽略「形式」，以為「內容」與「形式」的關係，乃是「酒」和「酒瓶」的關係，酒才重要，酒瓶則隨時可以丟掉。其實，這個比喻並不恰當。前幾天，我就這個問題與韓少功先生商討，他說，內容與形式的關係，最好用「燈」與「光」來作比喻。我覺得這一比喻極好。文學乃是燈光，燈與光是一個整體，二者具有不可分性，二者融為一體，沒有「燈」重要還是「光」重要的問題。沒有「燈」，產生不了「光」；但沒有「光」，「燈」則沒有什麼意義。說「光」是form，稱之為「形式」，這妥當嗎?不過，約定俗成，我們姑且接受form即形式。但我今天要說，寫作的難點就在於創造「光」，即創造形式。《紅樓夢》裡的少女都很可愛，也都有很美的心靈，但林黛玉是詩人，晴雯不是詩人。因為晴雯不懂得詩的形式，創造不出詩的形式。林黛玉則是詩人，她善於創造詩的形式。韓少功擁有清醒的形式意識，所以他的長篇小說《馬橋詞典》，透過「詞典」這一審美形式展示馬橋這一中國環境與中國心靈，因為這是創造，所以進入了「二十世紀中國小說一百強」(《亞洲週刊》評出的一百強，我是評委之一)。

我們如果要從事寫作，一定要有「形式感」；評價文學作品，也要有「形式意識」。文學批評一是著眼精神內涵，二是著眼審美形式。今天，我再補充一句：三是應當著眼二者的整合水平，或者說，化合水平。

「形式」的創造，不僅難在必須具有形式意識，而且還難在具體的創造過程，即寫作過程。在寫作過程中，我覺得作家必不可少要經歷文句之難、文眼之難、文心之難、文體之難等形式難關的考驗。首先是寫作的文句，這是審美形式的第一步。寫作者的文句優劣，內行人一看就明白。有些人把作品讓我看，一部數百頁的長篇小說，我看了頭十頁，大概就可以判斷出他的水平，因為十頁裡文句的水平就暴露無餘。

這樣說可能還抽象一些。具體地說，作家寫作時應拉好四張「強弓」，突破四種水平，即穿越四種「難點」。

「文句」創造之難

「文句」的難點，是文學的第一張硬弓。一個作家首先要過語言關，要有語言的美感意識。經典作家首先是語言上的經典性，其才華首先在語言的文句上表現出來。我們表揚一個很有才華的作家時會說：「他出口成章。」所謂「成章」，就是嬉笑怒罵皆成文章，不同凡響，讓人讀後回味無窮，甚至過目難忘。例如，歷史學家兼散文家卡萊爾說：「寧可失去印度，不可失去莎士比亞。」這一句話，比一篇論說莎士比亞的論文分量還重。他自己解釋道，因為印度只是「腳下的大地」，而莎士比亞則是「精神的天空」。這便是精彩的文學語言。以前有人誤以為「寧可失去印度」是邱吉爾說的，但我考證了一下，發現是托馬斯．卡萊爾說的。卡萊爾還說過一句讓我終生難忘的話：「未經歷過長夜哭泣的人，不足語人生。」托爾斯泰的《天國在你們心中》（*The Kingdom of God Is Within You*）引用過這句話。說起莎士比亞，我還想起《李爾王》中的一句話：「現在是瘋子領著瞎子行走的時代。」在「文化大革命」中，我總是想起這句話，念念不忘這句話。前兩年，著名作家余華到我們香港科大訪問時，給我講過一個故事，這故事出自莎士比亞哪個劇本，他忘了，我也未去查證。他說，莎士比亞的語言特別了不起。有一個被國王誤解而被流放到遠方的老臣，歷經多年後，國王明白了冤情，下詔書要他返回宮廷，但他已經老了，眼睛也瞎了，於是就說：謝謝陛下，請把詔書「收起來吧，那上面的每一個字，哪怕就是一顆太陽，但我已經看不見了」。余華說，這種句子，正是莎士比亞的語言。一句話足以照亮千秋，難怪有位大作家說：「我打開莎士比亞第一頁，就知道我的一生屬於他了。」我還要告訴同學們，美國有兩位作家的文句一直讓我沉醉，而且影響了我的人生。這就是著名的散文家愛默生和他的學生梭羅。愛默生的每篇文章，每次演講，都充滿讓我們難忘的文句，例如他說：「世界是微不足道的，人才是一切。」又說：「世界上唯一有價值的是擁有活力的靈魂。」他說的許多話都成了我的座右銘，而且讓我知道怎麼寫散文。梭羅在我身上也產生過類似的效應。例如他說的「資源就在附近」這句話，就讓我排除「貴遠賤近」的人性弱點。我為什麼喜歡魯迅？首先也是覺得他的文字總是不同凡響，例如：「世上本沒有路，走的人多了，也便成了路。」這句話給了我們極大的力量。去年「共識網」編輯王淇採訪我時，我加了一句話，說：「世上本沒有路，走的人多了，便成了路。即使走的人不多，我也要自己踏出一條路。」但這只是魯迅名句的翻新而已。散文需要寫出好句子，詩歌更是如此。所以才有唐代詩人賈島著名的「推敲」故事。

「文眼」創造之難

除了「文句」之難，還要突破「文眼」之難。繪畫講究「畫龍點睛」，文章也是如此。要會點睛，即會擊中要害，點到穴位。我讀書寫作有種「點穴法」，就是「點睛法」。好詩好文都有「睛」，即都有文眼、「穴位」，例如《紅樓夢》中賈寶玉作〈芙蓉女兒誄〉，其文眼就是歌詠晴雯的四句詩：「其為質則金玉不足喻其貴，其為性則冰雪不足喻其潔，其為神則星日不足喻其精，其為貌則花月不足喻其色。」抓住這一「文眼」，就容易讀懂全篇。能寫出文眼是種硬功夫，但不可刻意營造格言（「格言」游離於文章整體之外，其效果適得其反）。我讀王國維的《人間詞話》，就捕捉其論述李煜詞的一句話：「儼有釋迦、基督擔荷人類罪惡之意」（《人間詞話》十八），這一文眼道破李煜詞的最高境界，即關懷人間的普世價值。

我把自己的散文詩〈讀滄海〉、〈又讀滄海〉、〈三讀滄海〉發給大家參照，也是為了說明「文眼」。〈讀滄海〉的文眼是：

我曾經千百次地思索，大海，你為什麼能夠終古常新，為什麼能夠擁有這種永遠不會消失的氣魄。今天，我讀懂了：因為你自身是強大的，自身是健康的，自身是倔強地流動著的。

〈又讀滄海〉的文眼是：

惟有你，變幻無窮的海，可以和人類身內的宇宙相比，惟有你，酷似我心中的世界：一部沒有邏輯的詩，一部充滿偶然、充滿荒謬、充滿聖潔的小說，一部在狂暴與溫順、喧譁與緘默、放浪與嚴肅中不斷擺動的戲劇，一部讓岸邊聰穎的思索與狡黠的思索永遠思索不盡、煩惱不盡的故事。

〈三讀滄海〉的文眼，則是我把自己定位為「海的兒子」，自稱「海嬰」，所以整個人生都充滿海的基因，海的氣派，「海的思維，海的邏輯」。

「文眼」其實就是思想。十七世紀的法國思想家帕斯卡爾說：「人只不過是一根蘆葦，是自然界最脆弱的東西；但他是一根會思想的蘆葦。」因為人會思想，所以人才偉大。我寫散文詩，不僅是寫情感，而且還寫思想。散文詩中有我對世界、社會、人生的詩意認知。

「文心」創造之難

寫作還有第三個難點（作家還要拉好第三張硬弓），這就是「文心」之難。「文眼」是思想之核心，「文心」則是文章的大情懷、大視野、大精神、大境界。例如，四大名著的「文心」就很不相同，《三國演義》、《水滸傳》的文心很醜，那是機心與凶心；而《西遊記》與《紅樓夢》的文心則很美，那是佛心與童心。莫言為自己的小說系列作序，強調「大悲憫」，這正是文心。所以，我說他的成功是上帝心靈與魔鬼手法的結合。我國前期當代文學，從周立波的《暴風驟雨》、丁玲的《太陽照在桑乾河上》，一直到浩然的《金光大道》、姚雪垠的《李自成》，之所以失敗，乃是它們的文心錯了。其文心不是「愛」，而是「恨」，不是「大悲憫」，而是「你死我活」的階級鬥爭。

我的忘年之交、左翼作家聶紺弩先生曾抄錄他的兩句話送給我，我一直掛在牆上。他說：「文章信口雌黃易，思想錐心坦白難。」信口開河，不負責任，表現才子氣，這容易；但思想錐心就難了。錐什麼心？錐「文心」，錐真心，錐本心，錐慈悲之心。

要錐入文心的深處，一要靠識，二要靠膽。前提是坦白，即敢說真話。如果吞吞吐吐，甚至瞞與騙，那就會遠離「文心」。文心講究「真實」，所以說「坦白難」。文心還要講究「深度」，所以要有「錐下去」的功夫。錢鍾書先生的「管錐」功夫，不僅可用於學術，也可用於思想。

「文體」創造之難

如果說，「文眼」是思想之核，那麼，「文體」則是思想的浮雕性，可感性。每個偉大的作家，都有自己的文體，也就是說，都有自己的個性和風格。文體是作家整個人格、整個氣質、整個才能的外化。俄國大批評家別林斯基對於「文體」有個經典的定義，他說：「可以算作語言優點的，只有正確、簡練、流暢，這是縱然一個最庸碌的庸才，也可以從按部就班的艱苦錘煉中取得的。可是文體，——這是才能本身，思想本身。文體是思想的浮雕性，可感性；在文體裡表現著整個的人；文體和個性、性格一樣，永遠是獨創的。因此，任何偉大作家都有自己的文體……世間有多少偉大的或至少才能卓著的作家，就有多少種文體。」別林斯基提醒我們，作家的全部才能，最後應當體現為創造獨特的文體，即呈現為獨特的風格。我們常說，風格便是人。其實，風格既是人，又是人的形式表現。世上的偉大人物都有自己的個性與才能，但未必都有自己的風格與文體。惟有偉大作家與偉大詩人，才能把自己的偉大性與個性呈現為文體與風格。我們很難分清托爾斯泰與杜斯妥也夫斯基這兩位最偉大的俄羅斯作家在「文心」上的區別，因為他們都抵達大慈大悲，但是我們可以分清他們的「文體」之別。他們兩個人的風格很不相同。只要讀一讀他們的小說文本，就立即可以判斷，此屬於誰，彼屬於誰。我們在創造形式時，不能忘卻創造文體，這是最困難的也是最能表現作家水平的一道關口。有心的作家必須調動自己的一切才能實現文體的創造。

第[redacted]

人性的兩大特點

文學的基點即文學的立足點是什麼？如果用一個詞語概說，那就是「人性」。一是見證人性的真實；二是見證人類生存處境的真實。文學正是坐落在這兩個「真實」的基點上，尤其是坐落在第一個「真實」的基點上。

「人性」有什麼特徵？至少有兩個特徵：一是具有無限的豐富性；二是具有無限的可能性。黑白，好壞，大仁大惡，都是簡單化的劃分。其實好人並非絕對好，壞人並非絕對壞。好人也有作惡的可能性，壞人也有行善的可能性。俄國文學的高明之處，就在於他們往往把小偷、妓女這些「犯人」拿來「審判」，既審出他們的罪惡，又審出「罪惡」掩蓋下的「潔白」（魯迅談論杜斯妥也夫斯基之語），從而顯示出「靈魂的深」，即人性的深度。

通常講「人性」，首先是把它作為「物性」和「神性」的對立項來講的。所以我們所講的「人性論」，最初只講人本，不講「物本」與「神本」。這是正視人性的自然屬性。可是發展到今天，又發現人性也有神性的一面。例如人的性愛，原來只是慾望即動物性，後來變成情愛即人性，而情愛又可發展成靈魂之戀與精神之戀，如賈寶玉和林黛玉的「天國之戀」，這便是神性。賈寶玉作為貴族公子，他卻出淤泥而不染，視權力、財富、功名如糞土，這也是神性。文學的功能之一，就是把「人性」往「神性」方向提升。

上個世紀三十年代，魯迅和梁實秋就「階級論」與「人性論」展開一場著名的論辯。這場論爭，歸根結底是關於「文學基點」的論爭。論爭的結果是魯迅占了上風，因此「階級論」也成了文學的統治思想。五十、六十、七十年代，「階級論」也成了中國文學的基點。這是文學基點的錯位，其結果是全部文學政治化，即全部落入「兩個階級」、「兩條路線」的簡單化模式。

其實，文學可以超時代，也可以超階級。面對普遍的人性，就是超階級。今天我們的課程就是重新認識人性的無限豐富性與可能性。人性既有普遍性，又有個別性，既有共性，又有個性。僅僅是人類群體的人性共相，就已經令人眼花繚亂，無法劃一。我們先講述一下群體共性中的整體相與分別相吧。

人性群體的共相與殊相

人性群體的共相（整體相）有許多方面，例如生物性共相，宗教性共相，民族性共相，文化性共相等。

以生物性共相而言，男性與女性差別就很大。一般地說，男性更多生理需求，女性更多心理需求。男性又可分解為父性、子性、夫性、兄弟性等，女性則可分解為母性、女兒性、妻性、情人性等。男性就其本性而言，一般都不忠誠，即所謂「天下男人皆薄倖」。而女性也常常表現得很豐富。托爾斯泰筆下的安娜・卡列尼娜之所以寫得好，就在於她表現出極為豐富的女性。她愛兒子，這是母性；她愛沃倫斯基，這是情人性；她對丈夫有負疚感，這是妻性。她意識到，離情人愈近，離兒子就愈遠，這是母性與情人性的衝突。她正是因為人性的衝突而崩潰，最後臥軌自殺了。

人是會變的，人性也會變。我曾寫過一篇短文〈女子悲劇五段論〉，批評中國的男權主義。文中寫道，女子開始是男子心目中的「夢中人」、「意中人」，接下來變成「屋裡人」，然後漸漸疏遠變成「局外人」、「陌生人」，最後變成「多餘人」。托爾斯泰的《戰爭與和平》中，少女時期的娜塔莎很美很可愛，而在結婚後，娜塔莎變得肥胖，忙於各種家務瑣事，也不再可愛了。人性有喜新厭舊的弱點。好作家總是善於將人性的複雜寫出來。

人性還有許多共相，例如宗教性。在西方，宗教性是比階級性更大的一個範疇。基督教、伊斯蘭教、佛教，三大宗教的差別很大。基督教又分三大派，即天主教、新教、東正教，這是常識。新教剛出現時，被天主教當作異端，老教壓迫新教，因此褚威格寫了《異端的權利》。在美國，曾有人想發展我為教徒，我說：「我喜歡孤獨的上帝，不喜歡有組織的上帝。」我尊重上帝的存在，可以直接跟上帝對話。佛教也很複雜，僅僅中國佛教就有八宗。我喜歡禪宗，不太喜歡密宗。禪宗講「自性迷，即是眾生；自性覺，即是佛」，特別看重悟性。高行健的《八月雪》，裡面的慧能就是高行健，高行健就是慧能，這部作品不是宗教戲，是心靈戲。禪性就是審美性，我們從事文學要有禪性，超功利、超集團、超市場。後來中國禪與儒、道結合，反而不如日本禪那麼純粹。我去日本時，主人用茶道歡迎，那種靜穆之真情，令人感動。人性是複雜的，宗教信仰也是複雜的。中國人對待宗教多數不是真信仰，而是利用宗教，跟菩薩做交易。真信仰不摻雜功利。人間本有三處淨土：學校、寺廟、醫院。可是現在淨土不淨，一些寺廟也利用信眾的信仰斂財。可見人性多麼複雜。

應當承認，階級性也是人性的一部分，階級矛盾、階級衝突是永遠存在的，關鍵問題是如何區分階級和如何解決矛盾。階級本是從經濟上劃分，新中國成立後「階級」劃分又變成政治區分。比如地主、富農，就變成敵對的「四類分子」。而孔子，在「批林批孔」時代，連「四類分子」都不如，階級的劃分完全被政治化。魯迅先生接受階級論，是受俄國文學的啟發。他發現人可分解為壓迫者和被壓迫者，後來主張文學要寫出人的階級性，與主張文學應當寫普遍人性的梁實秋論戰，甚至對梁實秋進行人身攻擊，這是魯迅先生的缺點，他的階級立場過於激進。魯迅有一句很有名的話，說賈府的焦大是不可能愛上林妹妹的。其實不然。我看到很多故事，宰相的女兒常常愛上窮乞丐。勞倫斯的《查泰萊夫人的情人》，查泰萊夫人因為丈夫無法滿足她，而愛上她家的伐木工人，兩人愛得你死我活，書裡描寫得非常細緻——這就是林妹妹愛上焦大。還有「三言二拍」裡的〈賣油郎獨占花魁〉，「花魁」是最高級的青樓女子，卻愛上了非常窮的貧民。莎士比亞的《奧賽羅》，黛絲德蒙娜愛上了黑人奧賽羅，這在英國貴族社會裡是不可思議的。這些都是超階級的複雜人性現象，魯迅說得太絕對了。還有，蘇聯作家拉夫列尼約夫的小說《第四十一》，寫兩個不同陣營的男女，在一座孤島上相愛，後來男子所屬的白軍陣營來了一艘船，男子衝過去想要上船，屬於革命陣營的女紅軍戰士就舉槍將他打死。這部小說過去受到中國評論家的批判，認為這是階級調和的修正主義作品。批判者沒有考慮人性的真實。

人性的共相還有國民性。國民性屬於深層文化結構。中國人的國民性與日本人的國民性確實不同，甚至北京人和上海人、福建人的國民性也不同。法國人傲慢、虛榮，常為凱旋門驕傲，但是中國的老子卻主張「勝而不美」，主張用葬禮對待勝利，絕無「凱旋」之說。美國人與英國人的國民性也不同，美國人比較坦率、天真，不記仇，比較實用主義；英國人則貴族氣較重，也「善於」老謀深算，凡事理性一些。我很喜歡納博科夫寫的《蘿莉塔》，講一個中年男子愛上十二歲的少女蘿莉塔，這個中年男子有英國紳士的貴族風度，而蘿莉塔則「實用」有加，精明世故，體現的正是美國人的性格。我最近在田家炳中學做演講，題目是「略談中西文化的八項差異」，這其實就是人性的地緣區別。因為時間關係，我在課堂上只能簡單給大家說說。第一，中國是「一個世界」的文化，西方則是「兩個世界」的文化（李澤厚語）。所謂「一個世界」，乃是一個「人」世界。

「人」之外雖然還有「天」，但中國文化講究「天人合一」，因此，歸根結底是一個「人世界」。西方文化的兩個世界是除了「人世界」之外，還有一個「神世界」。第二，西方文化「重先驗」，而中國因為沒有「神世界」，所以「重經驗」，也就是重歷史。李澤厚先生著《歷史本體論》，正是把「歷史」視為根本。第三，西方文化講「罪感文化」，中國文化講「樂感文化」，日本講「恥感文化」，印度佛教講「苦感文化」。第四，中國文化講「和諧」，西方文化講「正義」。第五，中國文化「尚文」，西方文化則「尚武」。從古希臘斯巴達開始，西方就尚武。美國人對球星、運動員非常崇拜，中國則是文人地位更高。第六，李澤厚先生說中國文化是「情本體」的文化，即以情為根本的文化；而西方則是以「理」為根本，或者說是「理本體」的文化。不同的文化心理便產生不同的人性。

人性個體的共相與殊相

人性群體的共相即人性的普遍性，已夠複雜，差異已讓人眼花繚亂。而人性的個別性，則更為紛繁多變。每一個體都自成一個世界。中國人愛講「命運」，「命」是靜態的，不可改變；而「運」則是動態的，可改變的。文學面對的就是變化多端的人的命運。這種命運既有常數，也有變數，有靜態，也有動態。命運充滿偶然，人性也充滿偶然。把握「人性的真實」，絕非易事。

會寫小說的人，一百〇八個人可以寫出一百〇八種性格，如《水滸傳》。不會寫的人，千人一面，寫一萬個也沒用。《紅樓夢》裡面沒有大仁大惡，很多人處於第三地帶、灰色地帶。比如王熙鳳，說話風趣，深受賈母喜歡，她在賈府「幫兇、幫忙、幫閒」都極為在行。薛寶釵是儒家的精神極品，林黛玉是道家的精神極品，史湘雲則是名家的精神極品，這三個女子性格各不相同，不同文化會輻射到人性深處。其個性既有表層之別，也有深層之別。甚至連小丫鬟也都各有自己的性情，無一雷同。《紅樓夢》真了不起。

對人性認知的深化

西方對人性的認知，有三次大發現。第一次是文藝復興時期對人的發現，發現人的優越性和長處，歌頌人是「萬物之靈長」。第二次發現，是從十八世紀開始，到了十九世紀叔本華，才在哲學層面上得以完成。這次發現是發現人的脆弱、荒謬、無知，並不那麼好。叔本華認為人類是追求慾望的生物，慾望導致人類的墮落。其實慾望具有兩面性，人類有慾望的權利，慾望可能成為一種動力。但慾望的另一面，也會把人變成貪得無厭的魔鬼，所以人具有無限惡的可能。第三次發現，是佛洛伊德對「潛意識」的發現。占據人性絕大部分的是人的潛意識世界。人的自我可以分成「本我、自我、超我」，潛意識的世界基本是在「本我」的範疇。但佛洛伊德的發現是靜態的，太科學化了，所以魯迅先生將他視作「詩歌之敵」。而高行健的《靈山》則把人性世界動態化，自我的內在三主體「你、我、他」的互動形成了複雜的語際關係，即主體際性關係。

中國對人性的認知，有兩個重要發現值得我們注意。第一次是王陽明的心學，發現了人性的無限廣闊性。我寫《性格組合論》用了「內宇宙」這個詞，就是受到王陽明「吾心即宇宙」的啟發。第二次是《西遊記》對人性的發現。孫悟空是怎樣的存在？非天、非地、非人、非神、非鬼、非妖，但是我要加上幾個字，孫悟空又是「非天亦天」，「非地亦地」，「非人亦人」，「非神亦神」，「非鬼亦鬼」，「非妖亦妖」。孫悟空是妖身人心，天人地物，其本事又不愧為「齊天大聖」。吳承恩了不起，把人性擴展到這麼豐富的境地。

在文學世界裡漫遊，常常會發現，某個作家、某個作品，像星星似地在眼前或遠方閃亮，讓我們頓時感到欣喜，甚至狂喜。那個星星似的作家與作品，就可稱為「文學的亮點」。作為作家，這個亮點，往往是一種直覺，一種靈感；作為批評家，這個亮點，則是他的發現，他的洞察；作為讀者，這個亮點則是他的心得，他的碩果。

作家創作的亮點

作家眼裡的亮點，也就是文學創作的亮點。這種亮點，只有一個，那就是作品的原創性。有原創性便有亮點，無原創性即無亮點。例如《神曲》，但丁之前，人類所知道的「人世間」，並無地獄。但丁把「人世間」寫成「地獄」，還把許多宗教領袖、世間豪強放入「地獄」的不同層次。《神曲》如此原創，自然就成了亮點。又如米開朗基羅在梵蒂岡西斯廷教堂禮拜堂所作的〈創世紀〉天頂畫，全世界都覺得這是地球上藝術的第一亮點，因為在此之前，只有創世紀的傳說，並無創世紀的形象。自從這幅畫產生之後，人類便有了創世紀的「天堂」和它所派生的大地之子亞當與夏娃。這是絕對的首創，也是無可否認的藝術創造的偉大亮點。再如十六、十七世紀，在西班牙和整個歐洲，到處都是騎士文學，於是，騎士俠士文學也趨於模式化，千篇一律，讓人覺得乏味。這時候，突然出現了塞萬提斯的《堂吉訶德》，它一掃騎士文學的舊套，寫了一個既有正義感又傻乎乎的過時騎士，讓人既捧腹大笑又佩服他不斷進取的精神，此時，全世界的眼睛都在西班牙看到文學的「亮點」。還有，二十世紀初出現的天才卡夫卡，他一出手，便星光閃爍，全是亮點。時至今日，一個世紀過去了，他的《變形記》、《審判》、《城堡》還是亮點，還在繼續照徹當下世界的荒誕，觸發人類的深思與反思。卡夫卡產生之前，歐洲文學乃至世界文學，只知文學可以抒情，可以寫實，可以浪漫。卡夫卡出現後（作品出版後），人們才知道文學可以另類書寫，可以如此荒誕，可以如此隱喻，可以如此警世。卡夫卡是偉大的預言家，他之所以是十九世紀和二十世紀之交文學的巨大亮點，就因為他的作品具有無可比擬的原創性。產生於中國的世界作家高行健，他的長篇小說《靈山》，我開始閱讀時感到費力，然而一旦讀進去，則發現書稿中「亮點」密集，有大亮點，有小亮點。大亮點是他把小說的格局全變了。他寫的小說並非辭書上定義的小說，而是另類小說。它以人稱代替人物，以心理節奏代替故事情節，竟然以自我的內在三主體「你、我、他」的對話及其複雜的語際關係構成一部長篇，讓我讀得目瞪口呆，但讀完不能不承認，這是一部原創性極強的小說，一個極為新鮮的文學亮點。而高行健的戲劇，每一部都是一個亮點，十八部中沒有一部是重複自己的。那部《冥城》，我閱讀之後竟與閱讀《神曲》一樣興奮。那也是把「人間」寫成「地獄」。在中國的地獄中，最不幸的是中國婦女。

作家創造文學的亮點，靠的是直覺，是悟性。覺前人之未覺，悟前人之未悟，才有原創。克羅齊曾說：「直覺是離理智作用而獨立自主的，它不管後起的經驗的各種分別，不管實在與非實在，不管空間時間的形成與察覺。」克羅齊是真正懂得文學藝術的美學家。他知道直覺、感悟對於作家何等重要。如果說，邏輯與經驗可以帶來科學的發明（科學亮點的出現），那麼，惟有直覺與悟性才能帶來文學的亮點。克羅齊正確地指出，直覺與邏輯無關，與概念無關，與理性無關，它帶有極大的偶然性。文學的亮點，正是偶然的結果。當然，偶然的直覺與感悟，並非憑空而覺和憑空而悟，它也與積澱、修煉的功夫有關。作家往往是因閱歷而悟，修煉而覺。

批評家對亮點的發現

文學的亮點並不一定都能自動展示，它常常被埋沒，被遮蔽，被抹煞。因此，文學的亮點往往需要有人去發現，去開掘，去宣揚。好的批評家就是善於發現文學亮點的批評家。例如，俄國最著名的大批評家別林斯基，就具有一雙天生善於發現文學亮點的慧眼，這就是他的文學感覺力。他聽到別人給他朗讀〈窮人〉，在他眼前就出現一顆文學新星，這就是杜斯妥也夫斯基。後來時間證明，別林斯基發現的這個亮點，不僅是俄羅斯的文學巨星，也是全世界的文學巨星。別林斯基不到四十歲就去世了，但他發現果戈里、杜斯妥也夫斯基的歷史功勳，卻永遠給人以啟迪。別林斯基成為傑出的文學批評家，當然首先緣於他大量地閱讀文學作品，深知文學的特徵，但是，他天生具有一種審美感覺器，也是不容否認的。也就是說，作家創造文學的亮點，需要天生的才能，而批評家發現文學的亮點，也需要天生的才能。

讀者的文學亮點

文學的亮點，不僅屬於作家與批評家，也屬於讀者。優秀的讀者都不是消極的接受者，他們同時也可以成為發現者與創造者。

我說的「優秀讀者」，乃是文學真正的熱愛者與作家的知音。他們不在乎政府和意識形態部門規定的各種評論標準，也不在乎各類教科書所宣示的各種批評尺度，只認定一條屬於自己的好標準，即只要是與自己心靈相契合的作品，則愛入骨髓。於是「契合點」便成了他的亮點。例如，我國當代最著名的詩人之一郭小川，他寫了許多廣泛流傳的詩作，但我並不喜歡。而他在一九五八年寫的一首〈望星空〉，卻讓我愛不釋手。為什麼？因為其詩情詩意，與我的內心完全契合。這首詩進入不了《當代詩歌史》，卻進入了我的心靈史，進入我的內心深處。因為詩人面對浩瀚的星空所產生的孤獨感、寂寞感、空漠感等，正是我常有的感覺。我認定，惟有這些感覺才是高級感覺，才是深邃的美感。〈望星空〉的詩情與我內心的悲情一旦相互碰撞，便在我的眼前產生巨大的亮點。這種亮點是我自己感受到的。而文學史家們則感受不到，因為詩中的亮點已被他們的編寫教條所掩蓋了。

在中國，文學的亮點被教條所掩蓋是常有的事。例如陳翔鶴先生所寫的〈廣陵散〉、〈杜子美還家〉、〈陶淵明寫輓歌〉等短篇小說，我當時（上世紀六十年代）讀後便為之一振，覺得這些小說一掃教條化的兩個階級、兩條路線鬥爭的僵化模式，展示了小說創作的一片亮點。然而，不久之後，卻看到批判文章，指責這些小說「味道不對」，把文學的亮點視為文學的黑點。此時此刻，我只能把這一亮點收藏在自己的內宇宙中，讓它悄悄地發光。

亮點發光的艱難

文學的亮點不僅有強弱之分，而且有真偽之分。文學的真亮點，總是帶給人間溫暖和光明。而有些「亮點」則是官方追捧出來的，或媒體吹捧出來的，隨著時間的推移，它們很快就會煙消火滅，因為那是偽亮點。

從上述例證中，我們可以了解，文學的亮點並非一帆風順。它往往是在逆境中產生，而且產生後總是為時代所不容。但丁如此，郭小川如此，陳翔鶴也是如此。了解這一點，好作家就不必刻意追逐亮點，也不必相信，許多文學評獎機構所推舉的作品便是文學的亮點。對於好作家而言，重要的不是求當「明星」，求做「亮點」，而是追求充分的創作自由。創造性是在良心深處與歷史深處創作文學光明，那才是永遠與天地共在的星火與亮點。普魯斯特寫作《追憶似水年華》，創造了一種新的文體（意識流文體），呈現自己內心的世界，有幾個人能感受到那書稿上的明亮呢？但他不在乎這一切，只管寫作，只管創造，終於創造出具有巨大原創性的多卷本長篇，這是文學的巨大亮點，可是這亮點需要時間證明。普魯斯特著筆時怎麼也沒想到，他的那麼長的小說，卻成為後來人心目中的一串亮點。喬伊斯的《尤利西斯》，其命運也是如此。這部意識流小說，現在也成了世界文學的大亮點。可是，剛問世的那些年頭，這部小說被視為「淫書」，遭到被禁錮、被詆毀的種種厄運。當二十世紀即將結束，《紐約時報》把它評為二十世紀英文小說一百強的頭一部時，人們能不能想到，八十年前，它居然被視為頭一部壞書？

天才與經典的命運尚且如此，更不用說普通的無人保護的寫作了。所以，真正聰慧的作家，必定會把「文學的亮點」放在自己的心中，自己享受光明，而不在乎外部的評語。

亮點不是固定點

綜上所述，我們可確認，文學的亮點在於首創。或第一個發現，或第一次發明，或第一次感悟，都可能提供亮點。但我們還要說明，首創，原創性，固然是文學的亮點，但這麼說，仍然過於籠統。一部好的文學作品，可能是因為它提供語言的亮點，也可能是文本的亮點，風格的亮點，思想的亮點。亮點不是固定點，要具體分析。例如「五四」新文學運動中，胡適的白話新詩和魯迅的白話小說，都是亮點，因為它們都使用新的語言，即都放下了文言文，而採用白話文寫作。我們首先感受到的是新語言的美感。到了四十年代，我們又發現了趙樹理的小說，而趙氏小說讓我們眼睛一亮的，則是他的農民語言。採用民間最質樸的語言，也可以把生活表現得這麼美，這是前人所無的，或者說，是「下里巴人」的亮點，也是中國新文學的亮點。有的作品，其亮點不在於它的新語言，而在於它的新思想、新感悟。例如，劉心武的小說〈班主任〉出現時，也讓人感到這是新的亮點出現在文學地平線上。今天我們再讀這篇小說，並不覺得這是寫作語言的亮點；但在思想層面上，它當時就突破了原先小說的蒙昧，指出一代新青年在文化上的崩潰，即白痴化，讓人為之警醒。後來出現的張賢亮的《綠化樹》、《男人的一半是女人》等小說，也讓人覺得亮點閃爍。這也不是語言上有什麼特別，而是在人性的抒寫上，更貼近生命的真實。

最近幾年，我特別喜歡閱讀馬奎斯的作品，讀了他的《百年孤寂》、《苦妓回憶錄》等，覺得他的每一部新作都是亮點。不僅語言上是亮點，文體上是亮點，精神內涵上也是亮點。他的原創性四處閃光，表現得最為全面。讀了他的作品，我才明白什麼是文學的自由，文學創作可以「天馬行空」到何等地步。

以前講的課程多半是文學應當如何如何，很少講文學不應當如何如何，今天要作點補缺，講講文學寫作應當力戒什麼，所以稱之為「文學的戒點」。

「戒」在宗教裡，特別是在佛教裡，占有很重要的地位。中國佛教八宗，有一派是「律宗」，弘一法師就屬於律宗。律宗也稱為南山宗，其宗派領袖鑑真和尚曾六渡滄海，到日本傳教。弘一法師作為律宗的名家，曾寫過「以戒為師」四個大字以警醒世人。禪宗也把「戒」視為與「定」、「慧」並列的佛教基石。文學講「戒」與佛教講「戒」有所不同（下邊再細講）。然而，廣義上的「戒」只是防止、防備、防範的意思，文學從廣義上警惕某些作風還是必要的。在《文學常識二十二講》裡，有一講題為〈去三腔除舊套〉，其實也有「戒」的意思。我在這一講裡希望同學們應去「學生腔」、「文藝腔」、「教化腔」，也希望同學們寫作時要除舊套，勇於創新。這些都是寫作修養。今天從「戒」的角度說，是希望同學們進入寫作時要力戒「落套」和力戒「腔調」。也就是說我已講過兩個戒點。那麼，除了應當力戒「落套」和力戒「腔調」之外，還應當力戒什麼呢？今天，我想再講五個戒點。

寫作應力戒什麼？

(1)力戒「平庸」：寫文章最怕什麼？最怕是落入「平庸」。

我們常聽到人們嘲諷不好的文章，說它們「平鋪直敘」、「平淡如水」、「平淡無奇」、「味同嚼蠟」，等等，這些都是批評「平庸」的常見語言。

所謂「平庸」，便是一般化，公式化。文章政治正確，主題妥當，思想傾向也無懈可擊，可就是四平八穩，面面俱到，沒有波瀾，沒有精彩，沒有新意。換句話說，文章沒有錯誤，沒有犯規，沒有違法，但也沒有別出心裁，沒有新鮮，沒有風格，沒有個性，沒有亮點。無味，乏味，寡味，毫無趣味，這都屬於平庸。還有一些文章沒有少年意氣，沒有青春氣息，倒是老氣橫秋。一篇接一篇，但每一篇均可有可無；一本接一本，但每一本都可留可棄。書文中充斥的是人云亦云，鸚鵡學舌，濫竽充數。這當然也是平庸。

(2)力戒「矯情」：文學當然需要感情，需要生命激情，但不能有「矯情」、「濫情」、「偽情」。

濫情在上世紀六、七十年代（「文化大革命」期間）到處可見，那時唱的「紅歌」，讀的「頌詞」，全是濫情之作。

有許多作家對偽情有所警惕，並不弄虛作假，但是無意中卻陷入矯情。古人寫的「猶抱琵琶半遮面」，乃是輕微的矯情；而「文革」時期人們天天高唱的「爹親娘親不如毛主席親」，則是明顯的矯情。

矯情把「肉麻」當有趣。這一點，魯迅早就指出。他批評「老萊子娛親」的故事。這個老萊子本身已是老頭子，但為了表示對父母的孝敬，就裝腔作勢，甚至假裝跌倒，以博得父母一笑。這種把肉麻當有趣，歸根結底乃是沒有真情實感。

(3)力戒迎合：文學寫作還有一個大忌是迎合。迎合，就是討好。為了討好讀者，寫作之前，就揣摩讀者心理；為了鑽入讀者心中，作家就縮小自己、矮化自己。現在許多報刊與網站設置所謂「暢銷書榜」，於是，作家便企圖寫暢銷書。所思所想是如何暢銷，迎合市場。這是寫作的陷阱，但許多作家尚未警惕。好作家絕對不可有「寫暢銷書」、「登光榮榜」的念頭，一旦有此念頭，其心態，其構思，其深度，全受影響。我不是說所有暢銷書都不好，而是說，暢銷是一種結果，而不應當是出發點。也就是說，創作時無暢銷之念，結果寫出好書，反而被有品位的讀者所喜愛，即不迎合讀者反而合好讀者的審美趣味。在當下市場覆蓋一切的年代，提出力戒寫暢銷書的念頭，也是一種反迎合，反俯就。這種「無目的」的寫作，其結果反而「合目的性」（合人類最高的善）。想寫暢銷書便是「目的性」太強太切，急功近利。

(4) 力戒「媚俗」：「媚俗」這一概念，出自米蘭．昆德拉。他多次批評捷克等東歐國家的革命作家媚俗。媚俗即隨大流。具體地說，媚俗是指文學創作緊跟「形勢」、「大勢」、「時勢」。那是一種很低級的順從政治的習俗。

米蘭．昆德拉實際上提出了一個重大的戒點，就是文學不可隨大流，文學不可順「時勢」。好作家倒是應當「反潮流」或「逆潮流」。

但米蘭．昆德拉沒有強調，除了不可順從「時勢」、「時尚」之外，也不可順從「大眾」。前些年，「大眾文學」甚囂塵上，名義上是為「大眾」，實際上是「為市場」。因為大眾乃是市場主體。順從了大眾，文學便有了賣點。但米蘭．昆德拉無論如何已告訴我們，文學乃是高貴的事業，不可「獻媚」。

不媚，才有文學的尊嚴與自由；不媚，才有作家的主權與獨立；不媚，才有作品的格調與境界。我早已提出，好作家一定要有一種獨立不移的立身態度，既不媚俗，也不媚雅。順從大眾的胃口固然不對，順從小眾的胃口也不對；刻意取悅「下里巴人」不對，刻意取悅「陽春白雪」也不對。托爾斯泰誰也不取悅，所以才成其為托爾斯泰；卡夫卡誰也不取悅，所以才成其為卡夫卡。

除了「既不媚俗也不媚雅」之外，我還提出「既不媚上也不媚下」，「既不媚左也不媚右」，這是在中國語境下的必要補充：中國的政治壓力太大，文學創作常受政治影響，作家要贏得靈魂的主權，就既不可媚上，即不可向皇帝、權貴拍馬，也不可媚下，即不可討好所謂「革命群眾」、「工農大眾」。還有，在政治較量場中，左派右派鬥爭不斷，如果作家捲入政治，等於捲進左右紛爭的絞肉機，所以對於左、右不同派別的理念糾葛，只能採取超越的中性立場，左右都不媚。極端主義是深淵。極左理念是深淵，極右理念也是深淵，唯一可能的選擇是價值中立，靈魂獨立。與此相應，對於文化的選擇，也應「不媚」，既不媚古也不媚今，既不媚東也不媚西。無論是中國文化還是西方文化，都各有長處。我們吸收其長處，揚棄其短處即可。對於中國的古代文化和現代文化，也應採取這樣的態度，好則說好，壞則說壞，絕不順從，更不盲從。

(5)力戒「認同」：文學與政治的不同，是政治總是鼓動人們去「認同」，所以它要強調「統一意志」、「統一步伐」等。政治統治者之所以喜歡實行愚民政策，說什麼「民可使由之，不可使知之」，目的也在於讓民眾盲目認同自己的意志與路線。而文學則相反，它總是要啟迪讀者獨立思考，作家也以獨立不移為貴，不做政客的「尾巴」。具體的創作則總是害怕重複，既害怕重複前人，也害怕重複他人，因此，在文學理念上，也不可能認同前人與他人。一認同，寫出來的作品就沒有新意。所以，凡是只知認同權力意志、政府意志與集團意志的作家，都不是有出息的作家，惟有敢於質疑流行觀念、時髦觀念的作家，才可能有所創新，有所貢獻。

好作家一般都帶有「異端性」思維，即對官方認可的理念具有質疑性的思維。喜歡叩問，喜歡質疑，乃是作家的精神品格。

宗教戒律與文學戒點

請注意，我們今天講的是戒點，不是「戒律」。戒律原是指佛教戒律（通常是指「毗奈耶」，廣義上指最初的尸羅）。戒律是佛教三無漏學之一，與「經」、「論」合為「三藏」，《西遊記》裡唐僧被命名為「唐三藏」，就來源於此。佛教諸派中那個以戒律為主的宗派，便是律宗。由於過分嚴格，便形成「清規戒律」，這對於修行的僧人也許是必要的，但對於文學寫作者而言，清規戒律則是一種束縛，一種思想牢籠，一種心靈羈絆，並不可取。佛徒為了杜絕一切惡行而提出戒律，這原可理解，但後來戒律愈來愈繁瑣，連教徒也受不了，因此便發生因對戒律意見不同的分裂。各派自行自己的「踐度」，有的認為「大戒可行，小戒可捨」，有的主張大戒小戒皆要實行。因為思想上的分裂，便形成不同的「毗奈耶」和不同的律藏。佛教最後在印度走向滅亡，是否與戒律過於嚴格與繁瑣有關，可以探討。

文學的戒點與佛教戒律不同：第一，它不形成戒經、戒藏、戒律。第二，它沒有繁瑣的教條和監視制度。第三，文學之戒與佛教之戒雖都有「防止」的意思，但佛戒是行為的絕對準則，文學之戒則是相對的修養；前者是強制，後者是提醒；前者是棍棒，後者是燈光。

大戒點與小戒點

上述文學的戒點都是「大戒點」，這是文學作者必須防範的共同性戒點。但寫作修養還必須注意小戒點。「小戒」因人而異，初學寫作者可根據自身的需求自訂一些小戒點。例如，有些初學者遜於文學語言，或者對於語言的美感缺乏感覺，這就可以給自己訂下一些戒點，例如戒妄言，戒浮言，戒謊言。倘若還要具體一些，則可「戒囉嗦」，「戒重複」，「戒拖沓」，「戒生搬硬套」，「戒濫用形容詞」。如果心性急躁，則可自己訂下「戒粗糙」，「戒膚淺」，「戒急功近利」。如果心性懶惰，則可給自己訂下「戒述而不作」，「戒眼高手低」，「戒睡懶覺」，等等。這些都是從消極方面所進行的文學修煉，我們不妨試試。

這一課，我要講「文學的盲點」。講題似乎有些古怪，但很要緊。我在《人論二十五種》中講了「妄人」，那是不知輕重、不知好歹、不知「天高地厚」的人；而「盲人」則是視而不見之人。或根本不知，或以不知為知，或以不明為明，通稱「瞎子」。我們這些從事文學的人，也常常充當文學的「瞎子」。從淺近的層面而言，只知小說為文學，不知道詩歌、散文、雜文、詩話、詞話等也是文學，這便是「盲」。或者只知道小說家是誰，不知詩人是誰，這當然也是「盲」。以詩而言，談起奧登之前，我們也許知道艾略特、葉慈、龐德、里克爾，卻不知道狄金森，那麼，這個狄金森便是盲點。我讀了江楓所譯的《狄金森詩選》，補了課，才算掃了盲。而奧登之後，費爾南多·佩索亞、保羅策蘭、切·米沃什、特朗斯特魯姆、辛波斯卡、布羅斯基、阿多尼斯等，雖赫赫有名，但沒讀過，也算盲點。中國的當代詩人，只知北島、舒婷、楊煉、顧城、西川、多多，其餘的，如王小妮、于堅、雷平陽等，則一片漆黑，那麼，王小妮等就成了我的文學盲點。文學之盲點，幾乎人人都有。不僅我們這些院校學子有，連瑞典的諾貝爾獎評審委員會也有，他們並非三頭六臂之神聖，眼力精力均有限，也往往會當「瞎子」。在浩如煙海的文學世界之前，唯一正確的態度是謙虛，知之為知之，不知為不知。

作家本是人類世界中最聰明的部分，但也往往會當「瞎子」，除了閱讀疏漏之外，還往往看不見文學中一些最重要的現象和最重要的事物。中國作家如此，世界各國的作家也如此。今天我側重談論中國作家的「盲點」。

中國當代作家盲點很多，例如在五、六、七十年代，許多作家只知道典型環境而不知真實環境，只知道典型性格而不知真實性格，只知階級論而不知人性論，這是普遍的愚昧，也是當下作家正在努力克服的蒙昧。不明之處很多，今天只想說三大盲點。

身為文學中人，卻不知何為「文學狀態」

二〇〇〇年高行健獲得諾貝爾文學獎時，多所學校請我去講述，我講的全是「論高行健狀態」。我跟蹤高行健的創作很長時間，深知他最為了不起的，正是他擁有一種獨立不移的「文學狀態」。題目是〈論高行健狀態〉，說的則是「文學狀態」。自從我在八十年代初認識高行健起，我就獲得一個印象：高行健除了熟知文學藝術之外，其他的幾乎都處於混沌狀態。對於政治、經濟、權力、財富、功名等多種領域，他完全「不開竅」，或者說「一竅不通」。一心投入文學，全身心投入文學，這正是「文學狀態」。我在講述中，格外明晰地說，所謂「文學狀態」，乃是寫作的非功利狀態，非功名狀態，非集團狀態，非市場狀態。換種語言表述，便是非政治狀態，非「主義」狀態，非意識形態狀態。因為一切意識形態都帶有功利性。高行健既不追逐權力意志的寶座，也不坐上集體意志的戰車，他總是特立獨行，獨來獨往，總是處於孤獨的狀態，寂寞的狀態，寫作的狀態。他在都柏林所發表的講演中（他與克林頓等同時獲得領袖金盤獎）說，孤獨的狀態是作家的常態，無論是人或是作家，都只有在孤獨的狀態中才可能成長。

什麼是「文學狀態」？高行健早已很明確。所以他不在乎沒有「組織」，沒有「祖國」，沒有可依附的「黨派」，沒有可提供給養的「機構」。他獨立不移，認定作家最廣闊的天地就在他個體的自由思想和自由表述之中。而自由之源，也絕不是外在條件，即不在於上帝的賜予和政府的賜予。自由完全來自作家自身的覺悟和自身的創造。覺悟到自由取決於自身，才真正擁有自由。等待外部條件成熟才進入寫作，乃是一種蒙昧。高行健這種關於自由的深刻認知，使得他自己始終贏得一種充分自由的「文學狀態」，一種不求諸於外而求諸於內（自身）的「文學狀態」。正因為對

「文學狀態」極其明確，所以高行健一再說，他的基本處世狀態和寫作態度乃是「抽身冷觀」。所謂「抽身」，就是從世俗的功利羅網中跳出來，從而贏得自由。逃亡也是抽身。而所謂「冷觀」，則是以清醒的眼光認知世界與人生，不為時事的動盪所左右。高行健的「抽身冷觀」，正是一種自覺的「文學狀態」。可惜中國的當代作家雖然聰明，但多數不知什麼是「文學狀態」。這是一大「盲點」。

第二個大盲點則是：

只知意識世界，不知潛意識世界

不知何為「文學狀態」，這是中國作家的第一大盲點。而不知文學世界的最廣闊地帶乃是潛意識世界，則是中國作家的第二大盲點。這一盲點在五、六、七十年代，表現得最為明顯。這是中國當代文學的前三十年，在這個年代裡，作家只知「主義」，不知靈魂「主權」；只知「反映論」，不知「反觀論」；只知「美在生活」，不知「美在生命」。而最為突出的是只知政治意識形態，不知有潛意識世界。

不知有潛意識世界，這在佛洛伊德之前，是全世界作家的普遍盲點。偉大的心理學家佛洛伊德是揭示「潛意識世界」的天才。他告訴人們，人的生命內裡可分為意識部分與潛意識部分。意識部分很小，相當於海水中冰山露出海面的那一小角；而潛意識部分則很大很廣闊，相當於潛藏於海平面之下的巨大冰山。潛意識部分，它的主要內容是性愛。性愛從人的童年開始就支配著人的意識部分。性愛受了壓抑，便產生夢。文學藝術乃是夢的呈現和表述。佛洛伊德這一學說當然可以商權，例如，他說文學的動力源乃是性發動（潛意識爆炸），這固然能說明許多文學現象，但不能說明無數由於「良知壓抑」而產生的文學。然而，佛洛伊德所揭示的潛意識大於意識而且支配意識的真理，卻給作家以極大的啟迪，至少啟迪作家不應當只用頭腦寫作，還應當用全生命寫作。所以當他八十壽辰的時候，歐洲一些有名的作家，如羅曼．羅蘭、湯瑪斯．曼等一百多人，集體為他慶祝生日。我們應當承認，在佛洛伊德之前，我們的眼睛看不到廣闊的潛意識世界，看不清性愛在文學中的巨大作用。而當世界範圍內的作家普遍地睜開眼睛，認識到生命中的「潛意識」真相近百年之後（佛洛伊德出生於一八五六年），中國的作家卻以空前的熱情宣揚政治意識形態，把文學藝術視為意識形態的一部分，甚至把文學當作政治的註腳。這不能不說是「盲心盲目」。當時流行的「主題先行論」，就是「主義先行論」，「意識形態先行論」。意識形態的是非判斷，變成文學創作的出發點。所有的代表作，從《紅日》、《紅旗譜》、《大河奔流》、《創業史》、《青春之歌》到《紅巖》、《豔陽天》、《金光大道》、《李自成》，全都是意識形態的形象轉達。作品中沒有性愛，沒有夢，沒有本能的壓抑，沒有潛意識的騷動。即使涉及情愛，那也是有始無終的情愛，或政治意識支配下的情愛，因此，所有的英雄皆戴假面具，所有呈現出來的人性皆不真實。幾十年過去之後，這些作品全都失去了生命力，因為它們只在意識形態的表層滑動，沒有潛意識深層的生命呈現。這是一個巨大的創作教訓：只當意識世界的驕子，卻當潛意識的瞎子，其創作注定失敗。

我還要講講中國作家的第三個大盲點：

只知已完成的客觀世界，不知未完成的個體世界

首先我要向同學們坦白，在閱讀巴赫金之前，我也屬於這一項的盲人。巴赫金可謂蘇聯唯一真正的文學理論家，他提出了影響全世界的著名的「複調小說」理論。其「複調」論的要點有三：一是狂歡即多聲組合。單調小說只有獨白，只有一種聲音。而複調小說則是多種聲音的合鳴與交響，也可稱為「眾聲喧譁」，如同狂歡節。複調小說超出某一種語言、一個聲音的統一性。複調論的要點之二是對話即悖論。凡複調小說不僅有多種聲音，而且一定有對立聲音的論辯，即互相矛盾、互相衝突的聲音並存並舉。例如《卡拉馬助夫兄弟們》中的伊凡，他一方面熱烈地讚美上帝，讚美的理由是充分的：上帝慈悲，上帝仁厚，上帝愛每一個人；但另一方面他又譴責上帝，譴責的理由也同樣充分：既然上帝那麼偉大，那麼，為什麼他所創造的人間卻有這麼多苦難，這麼多痛苦，這麼多不公平與不公正？兩種完全不同的論調構成一種心靈的張力場。巴赫金的複調理論還揭示了第三點，這就是凡是具有個性的心靈，一定是「未完成」的心靈，即未固定、未確定、還處在尋找與發展中的心靈。單調小說再現的是客體世界，而複調小說呈現的不是客體世界，而是人的世界和個性世界。前者可以完成，後者則不會終結，不可能完成。巴赫金在《杜斯妥也夫斯基的詩學問題》第二章闡述了這個重大論點。他以杜斯妥也夫斯基為例，說明對於杜氏而言，重要的不是主人公在世界上是什麼，而首先是世界在主人公心目中是什麼。這樣的主人公對世界的認知（主人公意識中的真理）永遠不會結束，即永遠不可能窮盡，不可能完成。

巴赫金說：

一個人的身上總有某種東西，只有他本人在自由的自我意識和議論中才能揭示出來，卻無法對之背靠背地下一個外在的結論。

他還說：

（所有的主人公）都深切感到自己內在的未完成性，感到自己有能力從內部發生變化，從而把對他們所作的表面化的蓋棺論定的一切評語，全都化為了謬誤。只要人活著，他生活的意義就在於他還沒有完成，還沒有說出自己最終的見解。……杜斯妥也夫斯基的主人公總是力圖打破別人為他所建起的框架，這框架使他得到完成，又彷彿令他窒息。

在巴赫金的論證中，杜斯妥也夫斯基之所以偉大，就在於他不接受他人預設的框架與結論，即在於他對「活人」的未完成性與不確定性具有一種深刻的認識，因此，他筆下的人物，總是他者不可重複和不可模擬的，即充分個性化的人與心靈。而我國的廣義革命文學，從茅盾的《子夜》開始，它的問題恰恰是接受外部提供的框架與結論（《子夜》接受的是關於中國社會性質論辯中馬克思主義派的結論，然後以此結論構思小說的情節與人物）。在《子夜》裡，所有的人物都是性質確定與性格完成了的。《太陽照在桑乾河上》也是如此。其故事框架與主要人物，都是土改政策的形象轉達。無論是貧下中農還是地主，都沒有未完成的內心，而只有早就確定的「階級本質」。這種「完成式」的寫作，成了五十年代小說創作的基本模式。

今天所講的文學三大盲點，只是舉例說明，其實，中國當代作家之盲，遠不止此。但僅這三方面的不知不明，就足以使我們的文學喪失個性與活力。

文學史上的轉折現象

文學的拐點，只是個通俗的說法。如果換作書面化的表述，則是文學的「轉折點」。正如哲學上講「矛盾」、「悖論」、「二律背反」，其實三個概念都是一個意思，只是通俗一些和哲學化一些的不同表述。文學發展到一定時候，就會拐彎，發生轉折。對文學思潮的研究，歸根結底是對文學拐點與轉折點的研究。例如，我們常說的「悲劇」，在古希臘那是「命運的悲劇」，如《俄狄浦斯王》，先知預言他將發生「殺父娶母」的不幸。他拚命逃脫這個預言，結果還是陷入這種命運。這種無可逃遁是宿命。這是發生在兩千多年前的「命運悲劇」。那是「神」主宰一切的時代，「人」無能為力，也無可逃脫。文藝復興之後，我們看到的悲劇，如莎士比亞的四大悲劇，則是「性格悲劇」，無論是哈姆雷特、奧賽羅，還是馬克白、李爾王，他們都是「人」，其悲劇都是其性格所決定的。這個時期作家的理念是「性格決定命運」。到了近代，則出現巴爾札克的《高老頭》、福樓拜的《包法利夫人》、司湯達的《紅與黑》、托爾斯泰的《安娜·卡列尼娜》等等，這些作品也可以稱作悲劇，但已不算命運悲劇或性格悲劇。正像《紅樓夢》一樣，大家都認定它是悲劇，但沒有人把它界定為「命運悲劇」或「性格悲劇」。若稱它為「關係悲劇」，就更為貼切一些。王國維的《紅樓夢評論》就說林黛玉之死，乃是「共同關係」的結果，也就是說悲劇是日常生活人際關係合力的結果。魯迅說，寫實的悲劇是「幾乎無事的悲劇」，即人們在平平常常的生活中，發生「關係」，相互作用，動機都是「善」的，性格也無可挑剔，結果就產生了悲劇。所以稱這種悲劇為「關係悲劇」也有道理。綜上所述，就可以說，從命運悲劇到性格悲劇，是一個拐點；從性格悲劇到關係悲劇，又是一個拐點。至於在拐彎（轉折）中哪一個作家的哪一部作品起了關鍵性的作用，那是需要研究和探討的。

悲劇有許多拐點，喜劇同樣也有許多拐點。喜劇開始於丑角戲，那是「滑稽」，那是「諷刺」。諷刺劇之後是「冷嘲」劇，「冷嘲」之後則是「幽默」，幽默之後又是「黑色幽默」。那是令人落淚的幽默。還有「怪誕」等，也屬於「喜劇」的大範疇。一部喜劇發展史，大體上是喜劇的拐點史。喜劇的幾度轉折，最後產生《堂吉訶德》、《西遊記》、《儒林外史》等傑作。

中國文學的拐點

中國文學與西方文學有很大的不同。中國文學以「詩」、「文」為正宗，以戲劇、小說為邪宗。而西方文學的主脈一直是戲劇與小說。

因為以「詩」、「文」為正宗，所以詩的拐點也正是文學的拐點。中國古詩，從古體變為近體，就是一大拐點。在此拐彎中，律詩的出現便是一個關鍵點。古體詩有三言、四言、六言諸體。律詩則只有五律（五言）與七律（七言）。兩種律體都有押韻與平仄的規定。詩發展到唐代便走向高峰。那麼，唐詩如何走向宋詞？這又是一個拐點。要說明這個拐點，就得研究詞是怎樣發生與發展的。我讀過盧翼野先生一篇研究詞的文章，他說，從詩到詞的轉折，重要的是「樂」的需求與參與。樂包括「古樂」、「胡樂」、「俚樂」（民間歌聲）。由於樂的影響，「詞」便逐漸成為獨立的文體。這種文體本身的發展又有自己的拐點。詞論家說：「詞至北宋而大，至南宋而深。」那麼在向「大」向「深」發展的路上，誰才是扭轉詞性與詞風的拐點呢？盧文說，這其中有四個關鍵點：(1)宋初，晏殊詞依舊留有五代十國之風；(2)到了柳永，便開「慢詞」之源；(3)蘇東坡橫掃綺羅香澤之習，這是詞的「變正」；(4)周邦彥完成了詞的文章與音樂的結合。但盧文沒有提到後主李煜。王國維先生的《人間詞話》則把李煜視為中國詞史上的一個大轉折點。他說，「詞至李後主而眼界始大」。這說明，確定文學的轉折點（拐點），不同的文論家會有不同的看法，爭議是難免的。

中國的小說發展，也有自己的拐點。從《山海經》這種小說胚胎，變成《世說新語》小故事，再發展為「話本」，最後變成敘事性小說。這一過程的拐點在哪裡？大可研究。小說拐彎的歷程中，佛教「變文」的傳入產生了什麼影響？哪部小說的出現把敘事藝術帶入長篇？梁啟超提倡新小說之後，中國小說產生了什麼「突變」？這些問題，都值得我們探討。

西方文學的拐點

西方文學的拐點內涵，更多地表現為文學思潮的轉折。例如，從古典主義（真古典主義↓偽古典主義）到浪漫主義的轉折，從浪漫主義到自然主義的轉折，從自然主義到寫實主義的轉折，從寫實主義到荒誕主義的轉折，都是大拐彎。在這些大拐彎中，哪一位作家的作品稱得上拐點，即轉折的標誌，文學史家的看法常有分歧。例如，從古典主義思潮轉向浪漫主義思潮，有人說拐點是雨果（法國），有人說是拜倫（英國），也有人說是斯達爾夫人，甚至有人說是盧梭。其實，浪漫主義，作為衝擊「完美」古典主義的革命文學運動，它在不同的國家中有不同的重心和不同的形態。在法國，雨果無疑起了槓桿作用，但盧梭何嘗不是「動力源」之一？在英國，濟慈、拜倫、雪萊都可視為浪漫先鋒，三者誰為首席，不易說清。而在德國，歌德的《少年維特的煩惱》可視為拐點。在西班牙，其浪漫主義顯然受英國與德國影響，但誰領潮流，則不明顯。在義大利，其浪漫文學，原是受宗教影響較烈，其特點與英法又有不同。

自然轉折與人為轉折

在研究文學的拐點時，應當注意自然拐點和人為拐點之分，也就是注意自然轉折與人為轉折的不同特點。

自然轉折是文學發展到一定時期，某種文學形式發展到飽和狀況，難以繼續前行，就會出現「鐘擺現象」，從此一方向轉向彼一方向。而人為轉折則帶有「改革」與「革命」形態，是一些作家對文學現狀不滿而刻意推動的文學轉型。我對這兩種不同形態的拐彎，均不作籠統的價值判斷，只看轉折的後果是推動文學前行還是妨礙文學的自由。但是，一般地說，自然轉折才是正道，而人為轉折，即革命形態的轉折，往往會破壞文學本身。因為文學乃是充分個人化的精神活動，而且是純粹的精神活動，它本來是無須革命的。我一再說，文學是心靈的事業，是一個字一個字從心靈深處流出來的事業，而不是外力可以控制的事業。今天我還要說，即使是推動文學進步的改革活動，即人為拐彎活動，例如「五四」新文學革命和新文化運動，那也是需要靠創作實績才能實現拐彎的。那個時代，固然有陳獨秀的〈文學革命論〉和胡適的〈文學改良芻議〉打先鋒，但是，如果沒有之後出現的魯迅新白話小說和胡適、郭沫若的新白話詩，那也實現不了文學的轉折。所以，我提出一個論點，即創作先於轉折。最好是像卡夫卡那樣，先有了《變形記》、《審判》、《城堡》這些創作，然而才談得上從浪漫寫實文學到荒誕文學的轉折。二十年前，我和李澤厚先生發表長篇對話錄《告別革命》，不再認同「革命是歷史的火車頭」這種理念；今天，我還可以補充說，革命也不是文學轉折的動因，即不是文學發展的火車頭。創造文學拐點的人，畢竟是那些真正的作家與詩人。雨果、濟慈、拜倫、雪萊、卡夫卡等等，他們都先是文學創造者，然後才是文學轉折的代表性人物。

作家個體創作的拐點

上邊所說，均是文學整個的轉折拐彎現象，即多少帶有「文學思潮」與「文學風氣」的特點。下邊要說的，不是文學整體現象，而是作家、詩人個體的拐點與轉折點。

作家、詩人個體，他們的文學創作中，或由於國家變故，或由於個體人生變故，也會發生大拐彎與大轉折。而轉折的方向有朝前進步而更輝煌的，也有朝後退步而彷徨無地甚至一落千丈的。

前者可以李煜為代表。他原是南唐君主，在宮廷中寫詩填詞，但是當時他或為太子或為國君，過的日子都是征歌逐舞、沉湎聲音，所寫的也都是豔情與傷情，內容平庸，脂粉氣很重，與花間派詞的基調沒有多大差別。南唐被宋滅後，他的個體人生隨著「國家」發生巨大變故，從帝王變成囚徒，因此，其詞風也發生了大轉折。亡國之前，他的詞可以〈玉樓春〉、〈菩薩蠻〉為代表，前者云：「晚妝初了明肌雪，春殿嬪娥魚貫列。笙簫吹斷水雲間，重按霓裳歌遍徹。臨風誰更飄香屑，醉拍闌干情味切。歸時休放燭花紅，待踏馬蹄清夜月。」後者寫道：「花明月暗籠輕霧，今宵好向郎邊去。剗襪步香階，手提金縷鞋。畫堂南畔見，一向偎人顫。奴為出來難，教君恣意憐。」這首詩寫的是他與小周后的月夜幽會。深院邂逅，席間調情，卿卿我我，依依難捨。說到底，也只是豔情豔詞。而亡國之後，李煜詞則一掃前期的娘娘腔，把家國的苦難與天下蒼生的苦難連在一起，如基督、釋迦那樣擔負起人間罪惡，所以才寫出「問君能有幾多愁，恰似一江春水向東流」這樣驚天地、泣鬼神的詩句。李煜詞的拐點是「亡國」，亡國導致他從帝王變囚徒的巨大落差，這種落差又進入他的心靈，促成他的心靈轉折，最後又化為詞風的轉折。

李煜人生與詞作的拐點是非常積極的拐點。中國人常說的「國家不幸詩家幸」在他身上全都應驗了。但也有國家變故與人生變故造成消極的拐點的。例如張愛玲，她在一九四九年之前，於青年時代就寫出〈金鎖記〉與〈傾城之戀〉等天才之作。可是，一九四九年之後，她彷徨無地，逃離大陸到香港後，為生活所迫，不得不放棄原來的「美學立場」，拐到她原先反對的立場上去，用政治話語取代文學話語，寫了《秧歌》與《赤地之戀》，把自己的作品變成反共宣傳品，其創作再也沒有文學價值可言。張愛玲這一拐彎，雖然是為生活所迫，但讓人感到可惜。她的拐點顯然是失敗的拐點。與之相似，丁玲在另一個方向上也拐了個彎。她原先以〈莎菲女士的日記〉成名，到了一九四七年，為了迎合政治需要，寫了《太陽照在桑乾河上》，圖解土地改革政策，無論是描寫地主還是貧下中農，均從理念出發，無血無肉，整部小說成為政治意識形態的形象轉述。

今天講述「文學的拐點」，目的是給同學們提供一個新的視點，即新的觀察點。

文學高峰現象

文學的制高點，是指文學的高峰。這是每個作家所追求的目標。作家的立志，立的便是「高峰之志」。作家的夢，也是「高峰夢」。「會當凌絕頂，一覽眾山小。」這是杜甫歌詠泰山的詩。我們今天所講述的，正是什麼才算登上了文學的「絕頂」，作家怎樣才能登上文學的「絕頂」。

什麼是文學的高峰？凡是能夠代表一個民族或整體人類的精神水準，並能夠成為一個民族或整個人類共同仰慕、閱讀、長久傳頌的文學經典，都可稱為「文學高峰」，或「文學制高點」。例如荷馬的史詩（《伊利亞德》與《奧德賽》），古希臘的悲劇（《俄狄浦斯王》等），但丁的《神曲》，塞萬提斯的《堂吉訶德》，莎士比亞的四大悲劇，巴爾札克的《人間喜劇》，雨果的《悲慘世界》，拜倫的《唐·璜》，歌德的《浮士德》，托爾斯泰的《戰爭與和平》，杜斯妥也夫斯基的《卡拉馬助夫兄弟們》，卡夫卡的《變形記》，貝克特的《等待果陀》，等等。這些都是世界文學公認的高峰。中國文學的高峰，則有《詩經》、《楚辭》、漢賦、唐詩、宋詞、元曲、明清小說等。就詩人、作家而言，則有屈原、陶淵明、李白、杜甫、李煜、蘇東坡、湯顯祖、吳承恩、曹雪芹等，這些名字都標誌著文學的制高點。如果我們再進行分類，那麼，可以說，中國的貴族文學，高峰有屈原、李煜、曹雪芹等三座，山林文學的高峰則是陶淵明、王維、孟浩然等。倘若再細分，那麼，中國的愛情詩、邊塞詩、頌歌、輓歌等都有自己的高峰。詩有詩的高峰，詞有詞的高峰，散文有散文的高峰，小說有小說的高峰。

文學高峰有無標準？

那麼，高峰有沒有標準？更具體地問：有沒有客觀標準？有人認為，沒有。中國有句話說：「情人眼裡出西施。」也就是說，對美人的判斷是主觀的。對文學的判斷也是如此，各有各的評判標準和審美趣味。古人說「燕瘦環肥」，講的是漢代以「瘦」為美，認為像趙飛燕那樣瘦才算美；到了唐代，則以「胖」為美，認定惟有像楊玉環那麼「肥」才美。宋以後又不喜肥，甚至認為瘦得有點病態才美，《紅樓夢》中的林黛玉十分瘦弱，而且有肺癆病，卻被許多人認定為絕世美人。托爾斯泰不喜歡強悍的女人，他認為理想的女人應當瘦弱，甚至常常有點病。可見，審美帶有主觀性，而且有動態性（即有變遷）。魯迅說，對於同樣一部《紅樓夢》，革命家看到的是「排滿」，道學家看到的是「淫」，賈寶玉看到的是許多人的「死亡」。莎士比亞是世界公認的文學高峰，但另一位偉大作家托爾斯泰卻不喜歡莎士比亞，他批評莎士比亞筆下的人物說的話都是一個腔調，連僕人口裡的語言也如詩歌。可見，兩位文豪之間的審美標準是何等不同。後人猜測托爾斯泰排斥莎士比亞的種種原因。我說過，可能是兩個。一是托爾斯泰不滿莎士比亞對基督教的輕蔑態度；二是守持寫實主義的托爾斯泰不滿莎士比亞的浪漫筆調。總之，美學是「有人美學」，而非「無人美學」。因為有「人」，才有善惡之分，美醜之分，這乃是真理。說美具有純粹客觀性，這不對。

然而，美與文學就沒有客觀標準了嗎？高峰沒有客觀標準嗎？不。那些經過大浪淘沙，經過時間淘汰而讓千百代人所喜愛的作品，例如李白、杜甫、蘇東坡的詩，例如李後主的詞，例如《西遊記》、《紅樓夢》等小說，大家都喜歡，批評抹不掉，它們確實有種永恆的魅力。這裡，實際上有種客觀標準在起作用。

那麼，什麼是衡量「高峰」（經典）的客觀標準呢？義大利著名的小說家卡爾維諾提出了關於經典的十四個標準，我在《文學常識二十二講》裡已引述過。他的論述最值得注意的，是說經典可以「不斷重讀」，即常讀常新。也就是說，經典是那些經得起不斷進行審美再創造的作品。

近日，韓少功先生到我校作學術訪問。這期間，他到中文大學作了演講，說經典有三個標準：一是「原創的難度」，二是「價值的高度」，三是「共鳴的廣度」。我對「三度」解釋道，原創的難度，只要想想喬伊斯的《尤利西斯》和吳承恩的《西遊記》就明白了。《尤利西斯》一掃過去的創作程序，那麼長的長篇，書寫的僅僅是一天的故事。他還創造了「意識流」的全新寫作方法。難怪一問世就遭到禁錮與排斥。還有《西遊記》，過去的小說，要麼寫「人」，要麼寫「鬼」，而它則把天、地、人、佛、神、鬼、妖怪等全都放入作品，融為浩浩蕩蕩的一爐，真是奇觀。韓少功所講的這三個標準中，我最感興趣的是第三個，即「共鳴的廣度」。所謂共鳴廣度，當然不是指「暢銷量」，不是當下市場的買賣指數。如果是指市場，那麼，莎士比亞與托爾斯泰恐怕都比不上現在年輕的中國網絡作家。我猜想，「共鳴廣度」應該是一個長遠的標準，也就是說，它應該能夠超越歷史時間的阻隔，從而找到廣泛的後世知音。而且，它還能衝破政治、宗教、民族的阻隔而找到各種知音。還有，它應當衝破老年、中年、青年、少年的年齡阻隔和這一代與那一代的「代溝」，而讓人產生廣泛的共鳴。就政治而言，《共產黨宣言》讓共產黨人喜歡，可是國民黨人不會喜歡，民進黨人也不會喜歡，美國的共和黨與民主黨肯定也都不喜歡。然而，不管是共和黨人還是民主黨人，都會喜歡《羅密歐與茱麗葉》；不管是共產黨人還是國民黨人，都會喜歡《西遊記》、《紅樓夢》。我到義大利的維羅納市，參觀過「羅密歐與茱麗葉」談戀愛的那座房子，那裡的茱麗葉銅塑，已被千百萬參觀者的手指撫摸得胸部金光閃閃。我相信崇仰茱麗葉的人，有各種政治派別的差異，有各種政治理念的差異，有各種民族、宗教的差異。但不同政治黨派與宗教黨派的人都喜歡《羅密歐與茱麗葉》，這便是共鳴。王國維說好詩詞應當「不隔」。「共鳴」也可以理解為「不隔」，文學經典就是那種不為政治、宗教、民族所隔的優秀作品。

為什麼文學可超越政治、宗教、種族而產生廣泛的「共鳴」？就因為普遍的人性。羅密歐與茱麗葉的愛情悲劇，不僅讓共產黨人感到痛惜，也讓國民黨人感到痛惜。國民黨人需要愛情，共產黨人也需要愛情。愛情，戀情，親情，悲情，這是超越宗教與政治的人類共同情感。最激進的政治黨派可以號召人們六親不認，可是最終還是戰勝不了人類的普遍情感。文學的力量就在這裡。文學的經典確實具有「共鳴的廣度」。

中國美學家眼中的文學制高點

中國的美學家，如鍾嶸（《詩品》）和陸機（〈文賦〉）等，把詩人分為若干等級，並規定了最高等級。今天時間有限，只講兩位現代美學家的高峰尺度。

一是李澤厚先生的高峰尺度。他在講述「審美形態」時，把審美形態分為三級。較低一級的作品只能「悅目悅耳」，中間的一級可以「悅心悅意」，最高的一級則可「悅神悅志」。第一級只是感官的愉悅，屬於生理性愉悅，當然比較低級。第二級則是內心愉悅，屬於心理性愉悅，這就較為高級了。最高級的悅神悅志，完全超越世俗而進入靈魂深處，「心有靈犀一點通」了。他解釋道：

> 這大概是人類具有的最高級的審美能力了。……悅志悅神卻是在道德的基礎上達到某種超

道德的人生感性境界。……所謂「超道德」，並非否定道德，而是一種不受規律包括不受道德規則、更不用說不受自然規律的強制、束縛，卻又符合規律（包括道德規則與自然規律）的自由感受。悅志悅神與崇高有關，是一種崇高感。

李澤厚先生的這段解釋是在說明，最高級的審美能力和審美感受（這當然包括文學藝術提供的審美感受），應是一種既超越道德又符合道德律和自然律的自由感受。這是超世俗、超人間的與天地相通、與神志共鳴的境界。偉大的作家、詩人，他們要抵達文學的制高點，在精神層面上就得抵達「悅神悅志」的天地境界。這是把文學情感提升到精神的頂端，即只可心領神會而難以口傳的頂端。人們用「說不盡的莎士比亞」來形容莎士比亞，就因為莎士比亞代表文學頂端那種讓人闡釋不盡的精神內涵。

在李澤厚先生之前，朱光潛先生在《談文學》一書中，具體講述了寫作的「四境」，也就是說，寫作也要攀登最高境界。如果說，李先生是從宏觀上把握文學境界，那麼，朱先生則是在微觀上把握文學境界。他說，寫作可分為「四境」，寫作者一般都得歷經這四境而抵達高峰。這四境是「疵境」、「穩境」、「醇境」、「化境」，制高點是「化境」。朱先生的說法，對我們這些剛走進文學之門的學子特別相宜。他以寫字作比喻解釋道：

文學是一種很艱難的藝術，從初學到成家，中間須經過若干步驟，學者必須循序漸進，不可一蹴而就。拿一個比較淺而易見的比喻來講，作文有如寫字。在初學時，筆拿不穩，手腕運用不能自如，所以結體不能端正勻稱，用筆不能平實遒勁，字常是歪的，筆鋒常是笨拙扭曲的。這可以說是「疵境」。

朱先生說，經過不斷練筆，字才能寫得平正工穩，合乎法度，進入「穩境」；再苦練下去，不僅工穩，而且有美感，這便是「醇境」；最後才抵達高峰，進入「化境」。朱先生說：

> 最高的是「化境」，不但字的藝術成熟了，而且胸襟學問的修養也成熟了，成熟的藝術修養與成熟的胸襟學問的修養融成一片，於是字不但可以見出馴熟的手腕，還可以表現高超的人格；悲歡離合的情調，山川風雲的姿態，哲學宗教的蘊藉，都可以在無形中流露於字裡行間，增加字的韻味。這是包世臣和康有為所稱的「神品」、「妙品」，這種極境只有極少數幸運者才能達到。

朱光潛先生所說的「化境」，也就是我們這堂課所講的「制高點」。無論是李澤厚先生所說的「悅神悅志」之境，還是朱光潛先生所說的「化境」，都告訴我們，寫字，作文，創造經典，道理是相通的。要攀登文學藝術的高峰，首先要從境界上去占領「制高點」，實現技巧和精神的高度融合，實現手腕、人格、情調、姿態、意蘊、神志的完美合一。

文學的焦慮點

不同的人會有不同的焦慮。從事政治的，焦慮的往往是官位坐不穩；從事經濟的，焦慮的往往是企業虧損或工廠倒閉；從事宗教的，焦慮的往往是信徒不真誠；而從事文學、藝術、體育的，焦慮的則是如何突破自己的水平線。如果你有一個作家朋友，而且他是一個好作家，那麼，你問他：你的焦慮是什麼？他大約會回答：如何突破自己，超越自己。

何其芳的問題和煩惱

我寄寓的中國社會科學院文學研究所，原來的所長（長時期擔任所長）何其芳，是一位著名詩人，很真誠的作家。他年輕時投奔延安，參加革命，在政治上很受重用，曾擔任朱德的祕書。一九四九年之後，他一方面從事行政工作，一方面繼續從事創作。但是，到了一九五六年，他逐漸產生了一種焦慮，即他發現自己的創作很難突破，因此，他在自己的散文集序言中正式提出一個問題：為什麼我在思想上進步了，但藝術上卻退步了？他的原話如此說：

> 一個人的生命過去了很多，工作的成績卻很少，這已經是夠不快活的事情了，但更使我抑鬱的還是我發現了這樣一個事實，當我的生活或我的思想發生了大的變化，而且是一種向前邁進的時候，我寫的所謂散文或雜文都好像在藝術上並沒有進步，而且有時甚至還有退步的樣子。

何其芳這段話寫於一九五六年，那時他已投身革命將近二十年了。他是誠實的，敢於承認「思想進步，藝術退步」的事實，並為此而難過、苦惱和焦慮。他是真正的詩人，所以焦慮的不是政治地位的陞遷，而是藝術上有無前進。揪住他心靈的，是藝術上退步了。這是真作家的苦惱。

何其芳的這種焦慮，可能是一九四九年後的大陸好作家普遍性的焦慮，但很少見到如此坦率的表述。我自己在一九七八年「四人幫」垮臺後召開的那次「文代會」上，才有幸聽到許多真誠的表述。那次會議最後的節目是國家領導人的接見。因為領導人未能準時出席，我和一些作家便從站立著等待變成坐下來說話。我身邊是那位寫過〈不能走那條路〉（著名短篇小說）和長篇小說《黃河東流去》的作家李准。他知道我是文代會主題報告的起草人之一，就主動對我說了一席極為誠懇的話：「再復同志，你是明白人。而我卻一直當不了明白人，一直在做遵命文學。我知道文學不能這樣寫。不安，痛苦，焦慮，但一落筆，還是按照原來的路子去寫。結果總是原地踏步，寫出來的東西連自己也不想看。」他的這一席話給我很大的震撼。上中學時，我就讀他的小說。他的名聲那麼大，可是心裡卻有那麼重的焦慮。和李准那次相遇，聽李准那席老實話，我想了很久，並知道，老實的作家，他們焦慮的只是自己的作品，自己的水平。對他們來說，外在的名聲並不重要，這就是「文章千古事，得失寸心知」。對於作家來說，折磨寸心的得與失，就是「文章」。

焦慮的爆炸與作家的自殺

寫出好作品，突破（超越）自己，這是好作家最內在、最深刻的焦慮。這種焦慮如果長期得不到釋放，就會產生消滅自己（自殺）或面臨深淵的恐懼。有些著名的作家在功成名就之後突然自殺，如蘇聯的馬雅可夫斯基、法捷耶夫，日本的川端康成等。許多人研究他們的死因，但都無法了解他們自殺的最隱祕、最深刻的原因。就以法捷耶夫而言，他原是蘇聯的一位極為優秀的小說家，其代表作《毀滅》，魯迅譯成中文後自己愛不釋手，給予很高的評價。後來，法捷耶夫又寫出另一代表作《青年近衛軍》。但是，他成了史達林手下掌管蘇聯文壇的文藝官僚（擔任蘇聯作協總書記）後，其創作卻無法長進，他被困死在自己參與製造的各種囚牢中，其痛苦和焦慮有多深，無人說得清，最後他選擇了自我毀滅。從寫作《毀滅》到走向「自我毀滅」，其道路令人驚心動魄。自我毀滅之前，他給蘇共中央寫了遺書，此信是他內心焦慮的總爆發，說的全是真話、心裡話：

> 上蒼賦予我巨大的創作才能，我原本應當為創作而生。可是，我像一匹拉車的老馬那樣被驅使著，把所有的精力都消耗在那些誰都會做的平庸的不合理的官僚事務之中。甚至現在當我總結自己一生的時候，多少呵斥、訓斥、訓誨向我襲來，而我本應是我國優秀人民引以為榮的人，因為我具有真正的、質樸的、滲透著共產主義的天才。文學——這新制度的最高產物——已被玷汙、戕害、扼殺。暴發戶們在以列寧學說宣誓時他們的自負就已背離偉大的列寧學說，令我對他們完全不信任，因為他們將比暴君史達林更惡劣。後者還算有知識，而這些人不學無術。

法捷耶夫的遺書值得我們一讀再讀。他作為蘇聯作協領導人，最後走上自我毀滅之路，完全是焦慮發展到極限即焦慮爆炸的結果。他深知自己具有巨大的創作才能，也應當走文學創作之路，然而，那個龐大的政治組織卻壓抑他的才能，讓他陷入平庸的官僚事務之中，他不僅消耗了本可以創造的生命，而且招來其他人的嫉妒與打擊。一個真正的作家對此不能不陷入嚴重的苦悶和焦慮，而這種大苦悶與大焦慮又無處可以解脫，那就只能自殺了。

請同學們注意，我國也有一些法捷耶夫式的擁有巨大的創作才能的文藝界領導人，如郭沫若、周揚、張光年等，但他們都缺少法捷耶夫式的巨大文學良心與剛毅的自由精神。為什麼？這正是值得我們深思之處。法捷耶夫於一九五六年自殺，過了十六年，日本獲得諾貝爾文學獎的著名作家川端康成自殺。關於川端康成為什麼自殺，研究的文章很多，有的還歸納說，可能有六種原因：⑴死於病魔纏身，⑵死於安眠藥中毒，⑶死於思想負擔過重，⑷死於精神崩潰和文學危機，⑸死於三島由紀夫自殺的打擊，⑹死於支持秦野競選的失敗。自殺的緣由往往是綜合性的，上述猜測可能都道破川端康成自殺的部分原因，但我認為，他的自殺肯定與第三點、第四點有關，即所謂思想負擔過重、精神崩潰、文學危機。因為川端康成獲獎後日本舉國慶賀，連裕仁天皇也透過宮廷的一名高級官員和佐藤首相親自打電話表示祝賀。可是，他在盛名之下，其實難副，獲獎之後再也寫不出傳世經典了。他一直堅持唯美主義的創作路向，以虛幻、悲哀、頹廢為自己的創作基石，獲獎後，其頹廢主義加速發展，病態心理和色情描寫更為濃烈，顯然，他已找不到突破自己的出路，於是，便為大苦悶與大焦慮所壓倒。我想，這才是川端康成自殺最內在的原因，至少是重要原因之一。川端康成是一個真正的文學家，他固然為日本的戰敗而憂傷，但一定把文學當作自己的第一生命。文學上發生危機，再也拿不出與自己的盛名相稱的作品，這才是他的第一焦慮。

從焦慮到恐懼

文學的焦慮不一定都會導致爆炸，即導致作家自殺。在通常的情況下，「不能超越自己」的焦慮卻會引起好作家的另一種心理變態，這就是恐懼。害怕寫作原地踏步，害怕創作活力枯竭，害怕生命消失於碌碌無為之中，害怕生活在名聲的陰影之下而靈魂卻未能生長，等等。所有這些「害怕」都是「恐懼」。

我讀曹禺的女兒萬方回憶父親的文章（題為〈我的父親曹禺〉），發現曹禺晚年內心就產生了「恐懼」。曹禺是我國現代文學史上最卓越、最有成就的作家之一，其戲劇天才幾乎有口皆碑，可是，一九四九年後他的戲劇創作未能突破自己，為此，他常生苦悶。萬方在她的回憶文章中如此說：

「文化大革命」時期，我爸爸被打倒，被揪鬥。有一段時間，被關在牛棚裡白天掃大街，晚上不能回家。他曾回憶說：「我羨慕街道上隨意路過的人，一字不識的人，沒有一點文化的人，他們真幸福，他們仍然能過著人的生活，沒有被辱罵，被抄家，被奪去一切做人應有的自由和權利。」後來放他回家了，他把自己關在屋裡，能不出門就不出門，吃大量的安眠藥，完全像一個廢人。

粉碎「四人幫」後，我爸爸恢復了名譽，擔任了很多職務，參加很多社會活動。但他最想做的是寫出一個好劇本。在他的內心，他始終是一個劇作家，他的頭腦就像被鞭子抽打的陀螺，一刻不停地轉，我爸爸這一生從來感受不到「知足常樂」和「隨遇而安」的心境。晚年的日子裡，他一直為寫不出東西而痛苦。這種痛苦不像「文革」時期的恐懼那樣咄咄逼人，人人不可倖免。這痛苦是只屬於他自己的。

萬方理解她的父親，準確地寫出，曹禺在恢復名譽、重新贏得各種頭銜之後，仍然感到痛苦，這種痛苦是「想寫出一個好劇本」而寫不出來。這是他唯一的焦慮。名譽恢復了，地位恢復了，但這些世俗的東西不能使他快樂，惟有寫出一個好劇本，他才能快樂。萬方甚至道破了「恢復名譽」後父親有一種恐懼，這種恐懼不是「文革」中的那種暴力恐懼，而是他內心難以解脫的痛苦。這便是不能突破自己的痛苦。這個女兒太了解偉大劇作家的父親了。

曹禺這種心境，我在卡夫卡身上也早已發現。卡夫卡是個天才。他扭轉了世界文學的槓桿，把以寫實、抒情、浪漫為基調的文學改變成以荒誕為基調的文學。他生前沒沒無聞，但也默默無聲地洞察著世界與人生。他全身心地投入文學，竟也常常為不能突破自己而感到恐懼。他清醒地認識到，惟有這種恐懼，才是對文學的摯愛與真誠，所以他把這種屬於自己的恐懼視為內心最美好的部分，並為之傾注全部智慧。他說：

> 我的本質是：恐懼。
>
> 確實，恐懼是我的一部分，也許是我身上最好的那部分。完全承認恐懼的合理存在，比恐懼本身所要求獲得的還要多，我這麼做並不是由於任何壓力，而是欣喜若狂，將自己的整個身心全部地向它傾注。

卡夫卡這段話裡所講的「恐懼」，乃是內心的焦慮，並非外部的「壓力」。（正如萬方所言，曹禺的痛苦屬於他自己。）可以肯定，這是「突破自己」的焦慮。所以他說這是生命中最好的部分。不錯，有什麼能比憂慮自己的創作如何突破更有價值，更值得引為自豪呢？一個真正的作家、藝術家，他對自己的藝術未能進步會產生焦慮與恐懼，這與那些當不了大官、賺不了大錢而陷入困頓的政客和財主們相比，是何等高貴！何等寶貴！可惜這種內在的焦慮和恐懼感，也是人間最美的情操，快要滅絕了。人們正在瘋狂追求權力、追求財富、追求功名，「世人都說神仙好，惟有金錢忘不了」。人們瘋狂追求榮華富貴，哪能想到另有一些真正的人，真正的作家和詩人，他們心中卻有另一種焦慮，另一種恐懼。這是文學的焦慮與恐懼，這是何其芳、李准、曹禺、法捷耶夫、川端康成、卡夫卡的焦慮。但願在座的同學們，也永遠只有這種高貴的焦慮，而少有世俗人那種權力、財富、功名的煎熬與痛苦。

文學的死亡點，講得輕一些，就是文學的衰亡點。文學是如何死亡的？這個問題看似簡單，其實很先鋒。當然我們講的是廣義的死亡現象，包括文學的衰竭、頹敗、垂危等現象。文學發生敗落現象，有外部原因，也有內部原因。

先講外部原因。

文學死亡的外部原因

第一個外部原因是「組織」。我在與林崗合著的《罪與文學》中這樣說：

文學是超越的，它的超越首先在於它是個人的。就是說，文學的超越視角首先是一種個人的視角。二十世紀中國文學一個最大的災難就是認為文學是多數人的事業，文學是組織的事業，其實真理恰好在誤解的反面：文學是個人的事業，文學是非組織的事業。因為文學必須直面良知，作家在審視現實、審視人的生活的時候，唯一可以訴諸和依賴的思想以及精神的資源就是良知，而對良知的領悟是不需要任何中介的。無論是多數人意志的中介，還是組織需要的中介，都只能遮蔽和干擾個人對良知的領悟。一九三五年的歐洲正處於反納粹法西斯的時期，知識界發出組織起來抵抗法西斯的呼籲，可是帕斯捷爾納克卻在同年巴黎召開的國際保衛文化作家代表大會上發言：「我懇求你們，不要組織起來。」他的忠告顯然來源於他被組織起來之後所感受到的個人經驗，來源於他被組織起來之後所面臨的良知的束縛。良知不是來自外面的告知，這和來自外面的告知正確與否不是同一個問題，來自外面的告知有可能是對的，也有可能是錯的，但無論它是對的還是錯的，如果它最終控制了作家的寫作，如果作家最終成了組織裡面的一分子，那麼作家的寫作最終只可能取得世俗功利活動一部分的意義，而不可能取得純粹的文學意義。當作家自覺不自覺地以來自外面的告知作為思想資源進入寫作的時候，他就不是在審視人的生活了，他就不是在擔當塵世現實的審判者的角色，而是塵世當中的一分子，組織裡面的一環節，他的寫作也就是世俗活動了。

這一段內容，是向大家說明，文學是個人的事業，是充分個人化的純粹精神活動，不需要面對組織，只需要面對個人。曾經在一次臺灣的會議上，陳映真先生問我：「集體主義有什麼不好？」我解釋說，集體主義會導致組織，進而導致文學的衰亡。組織，包括集團、黨派、山寨、團夥，《水滸傳》裡的水泊梁山是組織，《三國演義》裡的桃園結義也是組織，都是要共圖大業。組織一定有集團利益，一定是排座次、講等級這類功利的遊戲，但文學恰恰不能這樣。請同學們注意，我特別引用《齊瓦哥醫生》的作者帕斯捷爾納克的呼籲：「我懇求你們，不要組織起來。」他最懂得文學，知道「組織」對文學意味著什麼。我們可以作個註釋，「組織」意味著管轄，意味著等級，意味著指令，意味著個人寫作自由的喪失。最後，也意味著文學的消亡。

第二個外部原因是「計劃」。文學的「計劃化」，也會使文學走向衰落。海耶克寫的《通向奴役之路》，預言「計劃經濟」一定沒有前途，他認為經濟的計劃化將會導致精神的計劃化，而精神的計劃化又將導致社會活力的窒息。精神的計劃化，在中國表現為「心靈的國有化」。把「心」都交給國家了，哪裡還有什麼個人心靈呢？這不是說個人不能有寫作計劃，而是說不要把寫作納入國家計劃。文學作品按照國家計劃運作，這不是「創作」，而是「機械生產」。創作是良心的外化，最重要的是良心的自由。但是「心靈國有化」之後，良心也國有化、計劃化了。這怎麼還會有所創造？中國當代作家犯的「心臟病」，就是良心病。

第三個原因是「主義」。文學創作不能從任何主義、概念出發，這也會導致文學的衰亡。高行健先生曾經交給我一部書稿，叫作《沒有主義》，強調寫作不能從意識形態出發。現實主義不是不好，但是加上「社會主義」和「革命」，現實主義就變質了。所以我稱「社會主義現實主義」為「蘇式教條」。現在又出現了「西式教條」，即言必稱「現代性」、「現代主義」、「後現代主義」，很多作家玩弄後現代主義的寫作技巧。我對任何主義和教條都很警惕，無論蘇式、西式、中式。

第四個原因是「養士」。魯迅先生在〈詩歌之敵〉裡對「豢養文士」提出了尖銳的批判：

豢養文士彷彿是贊助文藝似的，而其實也是敵。宋玉司馬相如之流，就受著這樣的待遇，和後來的權門的「清客」略同，都是位在聲色狗馬之間的玩物。查理九世的言動，更將這事十分透澈地證明了的。他是愛好詩歌的，常給詩人一點酬報，使他們肯做一些好詩，而且時常說：「詩人就像賽跑的馬，所以應該給吃一點好東西。但不可使他們太肥；太肥，他們就不中用了。」這雖然對於胖子而想兼做詩人的，不算一個好消息，但也確有幾分真實在內。匈牙利最大的抒情詩人彼彖飛（A. Petöfi）有題B. Sz. 夫人照像的詩，大旨說「聽說你使你的丈夫很幸福，我希望不至於此，因為他是苦惱的夜鶯，而今沉默在幸福裡了。苛待他罷，使他因此常常唱出甜美的歌來。」也正是一樣的意思。但不要誤解，以為我是在提倡青年要做好詩，必須在幸福的家庭裡和令夫人天天打架。事情也不盡如此的。相反的例並不少，最顯著的是勃朗寧和他的夫人。

「養士」是權勢者對知識人的收買與利用。知識人為了生存與發展，也就在被「豢養」中出賣了自己的知識與靈魂，放棄了自己的本真角色與寫作初衷。古代養士由個體權勢者「豢養」，現代養士則由國家「豢養」，規模變得異常巨大。蘇聯的作家協會「養」的作家有多少，還待查證；我國現在的職業作家有兩萬多，這是有過報道的。古人說「吃皇帝飯，說皇帝話」，被「養」的作家自然得按主人的意志行事，否則就會丟失飯碗與各種「待遇」。「養士」其實是一種「贖買」政策，用一點小錢購買作家的筆墨。

第五個原因是「市場」。在現代社會中，「市場」無孔不入，覆蓋一切，連出版社出書也要作「市場評估」，而市場評估一般也大於質量評估。現代西方作家已被市場擠到非常邊緣的地位。中國作家也正在被市場所主宰。

文學死亡的內部原因

導致文學死亡的內部原因，即作家主體的原因，大約有以下幾個。

一是作家「太開竅」（即太聰明）。《莊子》裡有一個寓言，講南海之帝（倏）與北海之帝（忽）倆兄弟到中央之帝（混沌）那裡作客，混沌盛情款待。倏與忽很感動，說混沌很好，就是不開竅。於是，用鑿子去幫混沌開竅，結果混沌「七日而亡」。混沌本來活得好好的，一開竅就死了。作家本應保持一點「混沌」，即保持天真天籟狀態才好。如果作家太聰明、太開竅，就會與混沌同命運。所謂太開竅，是指對世俗的榮華富貴「太開竅」，拚命追逐權力、財富、功名等。這樣，作家就會喪失自己的本真精神，也就沒有靈魂了。

二是作家「太依附」。作家、詩人最寶貴的精神品格是獨立不倚，即不依附任何集團、黨派、機構，包括政府，從而擁有靈魂的主權。有了這一前提，才談得上作家主體性和創作的原創性等等。莊子的〈逍遙遊〉裡提出的核心概念是「有待」與「無待」。所謂有待，就是有依賴，有依附；所謂無待，就是不依賴、不依附。莊子認為自己和列子的區別就在於此。因為他「無待」，所以得大自由。作家、詩人一旦依附性太強，就會失去靈魂的活力。

三是作家「太勢利」。好作家，一定有大慈悲精神，大悲憫精神。而一旦生長出勢利眼，即精於分別，貴貴賤賤，只看重「貴人」，即權勢者，而看不起窮人與弱勢者，其聰明只在於分別敵我，分別貴賤，分別尊卑，分別內外，就不可能愛一切人和理解一切人。作家一旦長出勢利眼，就會喪失作家的基本品格。

四是作家「太無恥」。好作家總是心性正直、耿直、誠實。沒有風骨，怎有風格？沒有真誠，何來境界？作家一旦靈魂崩潰，一心討好權貴，寫作時便只能搖尾乞憐，裝腔作勢。無恥之徒，既不會有社會的同情心，也不會有真實的內心。

創作如果只迎合權貴的胃口，當然不可能正視黑暗，關心民間疾苦，更不可能「直面慘淡的人生」和「正視淋漓的鮮血」。

文學衰亡的抗體

文學衰亡的抗體主要有三個。

一是心靈的抗體，也即性格抗體。前邊所講的《莊子》裡的故事（混沌七日而亡），是要保持一點天真、天籟，不開竅的狀態，這是「心靈的抗體」。《射鵰英雄傳》裡的郭靖修煉到有點「傻」的狀態，所以可以學會降龍十八掌；而黃蓉小聰明太多，所以只能學習打狗棒法。《三國誌》裡曹操說「智可及，愚不可及」，意思是說「愚」是很難修煉的。寫作很寂寞，很苦，需要我們保留心靈的天真與質樸。所謂「混沌」，所謂「傻」，所謂「愚」，都是心靈的抗體。

二是性情的抗體，如耿介與正直。俄羅斯思想家別爾嘉耶夫寫過一篇題為〈俄羅斯的靈魂〉的文章，認為俄羅斯人追求神聖，不追求正直。我認為我們中國人也有這一問題。西方有一個騎士傳統，扶助弱者、尊重婦女的正直傳統。中國要求人成為聖人，因為要求太高，便容易產生偽道德。我翻譯美國總統傑佛遜的一條語錄：「在美國這部大書裡，誠實是它的第一篇章。」作家應該有一點「俠客氣」。正直，這是性情抗體。

第三是人格抗體。人格，這是最強大的抗體。作家、詩人如果擁有高度的人格意識，他就永遠不可征服，不會死亡。所以歌德認為，對於詩人而言，人格就是一切。二〇〇一年，我在城市大學中國文化中心講述中國的放逐文學，即講述屈原、韓愈、柳宗元、蘇東坡等，講到兩個大詩人的不幸，一是屈原投汨羅江，一是蘇東坡被貶海南之後又被皇帝召回，於北上的路中身體難支而停止呼吸（在常州）。然而，我講到的「文學死亡點」，卻不是他們兩人，而是韓愈。韓愈是當時的文壇領袖，京城高官，因「諫迎佛骨」而得罪了皇帝，被貶為潮州刺史。韓愈在丟掉京官烏紗帽的同時，更讓我們後人痛惜的是，他也丟失了詩人的靈魂和作家的尊嚴。他在〈履霜操〉裡竟然哭求皇帝，稱皇上為父母，說兒女如有罪，理應打罵，但怎麼能把兒女逐出家園、讓他置身荒野之中漂泊呢？原詩如下：

父兮兒寒，母兮兒飢。兒罪當笞，逐兒何為。
兒在中野，以宿以處。四無人聲，誰與兒語。
兒寒何衣，兒飢何食。兒行於野，履霜以足。
母生眾兒，有母憐之。獨無母憐，兒寧不悲？

韓愈的這首詩，除了哭泣、哀求、極盡可憐狀、說盡可憐語，沒有別的。讀了這首詩，我們只能感慨：韓愈死了，詩魂死了，文心死了，文學死了。此時此刻，我們才真正見到「文學的死亡點」。我一再說，文學是心靈的事業。文學走到韓愈這個地步，心靈全無，骨氣全無，人格全無，真的死了。而屈原投江自殺，則用自己的身亡，激發更多讀者對屈詩的閱讀與思考，即以自葬性的「無」，產生了更豐富的「有」。所以屈原身體雖死，其心靈卻更加輝煌，其詩也永存永在。而蘇東坡，對於自己的被放逐，從未向皇帝說過一句乞憐之語，相反，他對自己被流放感到很自豪，寫下這樣的詩句：「九死南荒吾不恨，茲游奇絕冠平生。」愈受壓迫，心靈愈強，詩文愈美。韓與蘇，同樣被流放嶺南，但表現出兩種截然不同的人格。蘇東坡憑藉身上強大的人格抗體，守持詩人的強大心靈，讓文學大放光彩。而韓愈本是文章高手，可惜身上缺少人格抗體，皇帝一道命令就讓他喪魂失魄，丟了詩人應有的尊嚴，讓文學蒙羞。可見，文學的存亡，還是取決於作家主體自身。自身強，則文學在；自身衰，則文學亡。

兩種新文類的啟迪

今天講述的「交合點」，是我三十年前就思考的一個題目。那時讀魯迅的雜文，覺得文學史上並無「雜文」這一文類。這種新文類乃是魯迅的創造，是他把文學（散文）與政論、時論、時評「嫁接」的結果，也可以說是散文與政論、時論、時評的交合。交合、嫁接而產生另一種「質」，這是文學的一種大現象，可以作專題研究，既可寫一篇論文，也可以寫一本學術專著。

雜文產生之後，有人並不承認這是「文學」，但魯迅說，這不要緊，終有一天，文學殿堂會接納這種新文類。在雜文逐漸興盛的時候，又興起另一種新文類，名為「報告文學」，鄒韜奮、范長江、劉賓雁等，都是寫報告文學的高手，名滿天下。面對報告文學，我又想起「交合」、「嫁接」現象，覺得報告文學乃是文學與新聞交合的結果。但它不是新聞，而是文學，因為新聞不可帶有感情，而報告文學則充滿生命激情，文本中洋溢著寫作者的思想與感憤。因為報告文學，我進入了「文學交合點」的思索，後來因為環境變遷，我沒有寫下論文就出國了。今天重拾這個題目，完全是課堂所逼，但我並不打算作大文章，只是把自己對於文學交合、嫁接現象的思索向同學們表述一下，希望在座的有心人以後能寫出生動的專著。

「交合」現象古已有之

我所講述的文學交合現象，即「文學的交合點」，是指文學與其他學科或稱其他精神價值創造樣式的交合，例如文學與歷史、哲學、科學、心學、心理學甚至佛學等的交合。這種交合現象，在中國很早就有。大家所熟知的偉大著作，司馬遷的《史記》，就是文學與歷史的嫁接。《史記》，重心是史，即首先是偉大的史學著作，但誰也不能否認它的巨大文學性，尤其是其中的人物本紀與人物列傳。以〈項羽本紀〉為例，這篇本紀的基石即基本材料是歷史，但是，所描寫的主人公（項羽）卻栩栩如生，有血有肉，完全可以當作文學作品來讀。項羽的故事，後來被編成《霸王別姬》、《鴻門宴》等著名戲劇，全是這篇本紀提供的基礎。尤其讓後人驚訝的是，項羽的許多生命細節，肯定是司馬遷的補充與想像，例如項羽最後兵敗而跑到烏江岸邊的一節描述，可謂「不是文學，勝似文學」。我們不妨把這一節文本細讀一下：

於是項王乃欲東渡烏江。烏江亭長檥船待，謂項王曰：「江東雖小，地方千里，眾數十萬人，亦足王也。願大王急渡。今獨臣有船，漢軍至，無以渡。」項王笑曰：「天之亡我，我何渡為！且籍與江東子弟八千人渡江而西，今無一人還，縱江東父兄憐而王我，我何面目見之？縱彼不言，籍獨不愧於心乎？」乃謂亭長曰：「吾知公長者。吾騎此馬五歲，所當無敵，嘗一日行千里，不忍殺之，以賜公。」乃令騎皆下馬步行，持短兵接戰。獨籍所殺漢軍數百人。項王身亦被十餘創，顧見漢騎司馬呂馬童，曰：「若非吾故人乎？」馬童面之，指王翳曰：「此項王也。」項王乃曰：「吾聞漢購我頭千金，邑萬戶，吾為若德。」乃自刎而死。王翳取其頭，餘騎相蹂踐爭項王，相殺者數十人。最其後，郎中騎楊喜、騎司馬呂馬童，郎中呂勝、楊武，各得其一體。五人共會其體，皆是。故分其地為五：封呂馬童為中水侯，封王翳為杜衍侯，封楊喜為赤泉侯，封楊武為吳防侯，封呂勝為涅陽侯。

如果司馬遷把《史記》作為純粹史書，那麼，寫到項羽的「窮途末路」，只需寥寥數語：「項羽在烏江岸停留片刻，覺得自己已無顏再見江東父老，便拔劍自刎。」但是，司馬遷使用文學之筆，著力渲染了這一情節：寫了烏江亭長的勸慰；寫了項羽對亭長的訴說（訴說中端出自己全部的真實心理）；還寫了項羽把伴己征戰五年的愛騎贈送給亭長後，步行力戰，自刎而死；又寫了漢騎司馬呂馬童等爭相分屍，以覓封侯。短短的四五百字，寫出了英雄末路與英雄悲歌，既悲壯又淒涼，既有英雄氣概，又有英雄情誼，並非只有史實。這節文本，既有史料價值，也可作文學文本閱讀。《史記》為我們提供了文學與史學嫁接的成功範例。

文學既可與史學嫁接，也可與哲學嫁接。可以說，卡夫卡和他之後的現代文學主流，即所謂「荒誕文學」，全是文學與哲學嫁接的結果。貝克特、尤涅斯科、品特、高行健等，全都得益於文學與哲學的交合。臺灣大學的戲劇研究專家胡耀恆教授說「高行健的戲劇是哲學戲」，完全正確。高行健的戲劇，從《車站》、《彼岸》到《對話與反詰》以至《夜遊神》、《叩問死亡》，都是哲學與文學的交合。高行健之前，貝克特的《等待果陀》、尤涅斯科的《犀牛》等，也都是哲學與文學並舉。其基調已不是什麼「抒情」，也不是什麼「言志」。整部戲劇，惟有作者對荒誕世界的深刻認知，這種認知，既有意象性，又有哲學性。重心是思想，而非情感。從卡夫卡、貝克特到品特、高行健，我們可以看到文學與哲學交合的力量——它可以改變文學世界的基調，獨創一片文學的新天地。

中國文學經典的「嫁接」奇觀

如果說，《史記》是史學與文學的交合奇觀，那麼，《西遊記》便是文學與佛學的嫁接奇觀，而《紅樓夢》，則是文學與心學的嫁接奇觀。

如果沒有佛學的東傳，就不會有《西遊記》。《西遊記》是中國在《易經》、《山海經》之後出現的奇書，其主角既是人，又是非人；既是妖，又是非妖；既是神魔，又非神魔。孫悟空隨同師父唐僧到西天取經，從取經的起點到終點，全是「佛學」的邏輯。《西遊記》中的如來佛祖最有力量，但並不是絕對的「救世主」。佛界的代表觀音菩薩，具體地幫助指引唐僧、孫悟空師徒戰勝種種艱難困苦而贏得取經的勝利，她是神（佛學），但又充滿人性人情（文學）。孫悟空本事高強，具有神魔的本領；但又至真至善，擁有佛心與童心；他還是一個人，具有人的頑皮和理想。沒有文學，產生不了孫悟空；沒有佛學，也產生不了孫悟空。孫悟空是人與佛的交合，整部《西遊記》也是人與佛的交合。

《紅樓夢》與《西遊記》一樣，全書佛光普照，童心磅礴。《西遊記》的產生仰仗佛教的東傳，《紅樓夢》也是仰仗佛教的東傳。但相對而言，《西遊記》的全書浸透的全是佛學，而《紅樓夢》浸透的則是心學。所以我說，《紅樓夢》是《傳習錄》（王陽明著）之後最偉大的心學作品，區別只在於前者為思辨性心學，後者則是意象性心學。《紅樓夢》的主人公賈寶玉，與其說是一個「人」，不如說是一顆「心」——世界文學史上前所未有的最純粹的心靈，如同創世紀第一個早晨誕生的毫無塵土的心靈。如果把賈寶玉視為「人」，我們會把他界定為貴族子弟，花花公子，會覺得他喜歡詩詞聲色是「不務正業」，從而覺得他的「問題」很多，不足為訓。而如果把他視為一顆「心」，則會發現這顆心出淤泥而不染，心中所思所想，與世俗人全然不同。這顆心沒有仇恨功能，沒有嫉妒功能，沒有報復功能，沒有算計功能。這顆心，是一個無邊無際的宇宙，能容天地萬物，能容一切人，能理解和寬恕一切人。因為他是一顆「心」，所以它不具有世俗那一些分別性的概念，不知有貴賤之分，高低之分，主奴之分。所以他平等地看待「下人」與「主人」，甘願充當晴雯、鴛鴦這些奴婢的「神瑛侍者」（不只充當林黛玉等貴族少女的神瑛侍者）。賈寶玉的人生，只有兒童時代，少年時代和青年時代，沒有中年時代與老年時代。所以我們看到的賈寶玉心靈，只有青春氣息和宇宙氣息。心中除了充斥「愛」之外，絕無其他。

文學與科學交合的新成果

我們講過文學與科學的差別。區分這種差別並不難。但是這一課卻要講述文學與科學也可以交合與嫁接。

在魯迅的時代，魯迅特別介紹法國「科幻小說之父」凡爾納的《從地球到月球》與《地心歷險記》。文學與科學的交合，最重要的成果就是產生科幻小說。如果我們守持文學上的教條主義，可能會排斥科幻小說，因為它寫的根本不是「現實世界」（當然也談不上反映現實生活），而是未來世界。書中的人物，也不是有血有肉的「現實人」，而是作者想像中的「科技人」。這種科技人的活動空間既超越傳統小說的生存處境，也超越武俠小說的「江湖」環境。它的英雄也並非現實英雄或江湖英雄，而是科技英雄。如果死守「文學是人學」的定義，那麼，科幻小說就很難歸結為文學。然而，如果不用現成的文學定義苛求文學，而使用我所說的「心靈、想像力、審美形式」三大要素來審視，那麼，我們又不能不承認，科幻小說完全擁有這三大要素，尤其是想像力，因而會欣然接受科幻小說。

值得注意的是，近年來，無論中國還是西方，科幻小說都取得了長足的發展。其中，美國甚至迎來了科幻小說的黃金時代，在座聽課的羅旭同學，最近在《書屋》發表了一篇談論雷・布萊伯利（美國）《華氏四百五十一度》和劉慈欣（中國）《三體》的文章，題為〈「反烏托邦」中的人文情懷〉，講述的正是美國和中國的兩個具有代表性的科幻作家，他們相隔半個世紀，卻不約而同地透過創作，期待科學技術與人文精神能夠交合與相互理解。雷・布萊伯利的《華氏四百五十一度》把「科幻烏托邦」發展為「科幻惡托邦」，對人類社會的反智（反人文）傾向提出警告。而近年出現的中國作家劉慈欣，於二〇〇六年發表的科幻長篇小說《三體》，不僅被中國讀者所接受，而且贏得美國的雨果獎（最佳小說獎），精彩地實現了科學文化和文學的交合與嫁接。他有意識地抗爭科學文化與人文文化在精神上的分裂，放入更多的人文情懷。羅旭如此概說《三體》：

三體是指距離地球較近的恆星系統，自三顆類似太陽的恆星交互運行，導致軌道混亂，生存狀況惡劣。當與地球建立連繫之後，三體世界決定發起宇宙移民，人類社會因此面臨滅頂危機。小說第一部抽絲剝繭地揭開了這一現實，第二、三部則描繪了人類為應付大危機做出的種種努力、掙扎。譬如向全宇宙發射引力波廣播，暴露三體世界坐標，這樣包括地球在內的整個太陽系都會成為宇宙「黑暗森林」的攻擊對象，地球不再安全，三體世界也放棄移民。

地球為了自救，甚至發表低智聲明（使用藥物與腦科學技術降低人類的智力），實施技術自殘，即透過技術限制人文發展以拯救地球。這種思路正是把最後的救贖留給人文精神，與文學追求的「終極善」相通。從雷．布萊伯利和劉慈欣的例證中，可以看到，文學與科學的交合所產生的智力挑戰，正是當今人類世界最高的智力思索，也是文學面臨的新課題。《三體》等傑出科幻小說的出現，正在挑戰許多傳統的文學理論和文學定義。

縱觀文學的歷史，尤其是現代文學的歷史，我們會發現，許多新的文學門類、文學格局正是文學與其他學科交合、嫁接的結果，一百年來，我們還看到，文學與心理學的交合產生了普魯斯特《追憶似水年華》和喬伊斯的《尤利西斯》這種巨型的意識流小說，意識的流動也正是心理的流動。這之後，我們又看到歐威爾的《動物農莊》這種轟動全世界的新型小說，這部小說實際上是文學與政治的交合。我們不贊成文學成為政治的工具（包括文學為政治服務的理念），但不否認，政治生活也是現實生活的一部分，政治活動也可以成為文學的一部分內容。歐威爾熟知文學，又熟知政治，他不是把政治凌駕於文學之上，而是把政治變成文學的素材與工具，對政治進行藝術提煉和提升，讓政治充分文學化。整部小說書寫的全是政治，但又全是充分文學藝術化的政治。小說中的兩個營壘：「動物農莊」是社會主義國家，「人類農莊」是資本主義國家；「動物」是被壓迫、被剝削的一方，「人類」是施行壓迫與剝削的一方。「動物」與「人類」的鬥爭，隱喻被壓迫民眾與被壓迫民族的反抗。可以說，這些都是人們熟知的、司空見慣的政治故事與政治常識。然而，歐威爾把當代這種政治鬥爭設計為動物與人的鬥爭，別開生面。動物農莊裡的角色有豬、狗、馬、奶牛、綿羊、山羊、毛驢、老貓、鴿子、烏鴉、雞、鴨、鵝、麻雀、老鼠、龜子、狐狸等。豬作為動物農莊的領導階級，發動革命，其骨幹有「老少校」、「拿破崙」、「雪球」、「尖嗓」四口小肉豬，詩人小不點等。這些豬、狗，全被擬人化，最為重要的是，是被充分喜劇化。

文學批評標準的探討

文學的審視點，也可稱文學的觀察點、鑑賞點、批評點，或稱為「文學的衡量點」，總之，講的是文學的鑑賞、接受與批評。

國內文學長期流行的文學批評標準有兩個，第一是政治標準，第二是藝術標準。中國前期當代文學把「政治正確」作為文學的第一審視點，結果是把文學變成政治的附庸，政治的註腳，政治的尾巴，政治的工具，即把文學變成非文學，把詩變成非詩。此一教訓十分慘痛。

針對這一錯誤標準，我在上世紀八十年代初，透過闡釋魯迅的美學思想（參見拙著《魯迅美學思想論稿》），提出文學批評應持另外三個審視點，即真、善、美。這在當時語境下，對於瓦解「政治第一」的僵化批評確實起了作用，也大體上可以成為文學鑑賞與文學批評的一種尺度。然而，這三個審視點畢竟過於籠統。首先，對於文學的真、善、美要求，與世俗世界常說的「真、善、美」很容易混淆。世俗所講的真，常是肉眼可見、嗅覺可聞之類的真，是媒體記者所記的真（即真人真事），但文學上的「真」，則要複雜得多。它並非要求「形」之真，而是要求「神」之真。用當代作家閻連科的話說，它要求的真實，並非「現實」，而是「神實」。馮友蘭先生作為哲學家，他把「真」分解為「真際」與「實際」，強調的是共性之際而非個性之際，這雖與文學的強調點不同，但我們可借用這對概念來說明文學之「真」所求乃是「真際」，而非「實際」。原先在國內流行的反映論，從現實主義出發，當然也要求真實地反映生活，本無可厚非，但它後來變質了。首先，它分不清「真際」和「實際」，總是要求反映「實際」，而對於反映人性真髓和人類生存環境「真際」的作品卻往往誤判為毒草，從而造成「反映論」遠離文學的本性。更為糟糕的是，當時所講的「反映論」還要加上一個政治意識形態的前提，即在「現實主義」的頭上加一個「社會主義」帽子，這樣，現實主義也變成了非現實主義；反映的現實，也只能是社會主義絕對理念下的「實際」，即所謂兩個階級、兩條道路、兩條路線鬥爭的「實際」，所以中國前期當代文學並不真實，英雄皆戴「假面具」，現實均有「偽聲音」。還有，什麼是善？我在寫作《魯迅美學思想論稿》時受到普列漢諾夫的影響，把「善」解釋為「現實功利」，這也錯了。文學就其本性而言，它恰恰是超功利。惟有揚棄功利目的，不求淺近的實用價值，文學才有自由。文學寫作的最高境界乃是「無目的」寫作。但文學藝術也自然向「善」，這種善是最廣義的「善」，終極的「善」，即人類的生存、延續、發展意義上的「善」。文學只要蘊含這種「善」即可。偉大的文學作品都有大慈悲、大悲憫精神，都有大同情心，就是因為它含有這種最廣義的善。如果把「善」世俗化、狹義化，用現實某種黨派、集團（包括宮廷、帝王）的功利要求作為文學「善」的要求，那就會在作品中設置「道德法庭」，例如包公，例如李逵，其刀斧就一定會殺戮真實的人性。文學上的「美」也極為複雜，它並不是世俗世界裡那些「美的規範」所確立的美的標準，而是普通人性所嚮往的「共同理式」。世俗眼裡的所謂「壞人」、「丑角」例如小偷、妓女等，進入文學之後就不是簡單的壞人、丑角。哪怕是胡傳魁、座山雕這樣的「階級敵人」，一旦進入文學，就變成「喜劇人物」，而喜劇人物也有審美價值。所以我一再說，文學不可設置政治法庭、道德法庭，只能有審美法庭。即審視點不可以是「好人壞人」、「敵人友人」，而是「悲劇人物」、「喜劇人物」、「荒誕人物」等。我們講述的審視點，是文學美學的「審視點」，不是政治審視點，也不是道德審視點。

林崗的批評三尺度

以真、善、美作為批評尺度，顯得籠統，即缺少批評的明晰性。那麼，我們是否可以再具體一些，找到批評的審視點呢？對此，我留心多年，才發現我的好友林崗所寫的〈什麼是偉大的文學〉一文，最有見解，從根本上給我啟迪。他提出批評應持三個尺度：一是「句子之美」，二是「隱喻之深」，三是「人性之真」。

關於第一點，林崗說：

句子不是小事情。儘管到目前為止批評理論沒有涉及句子問題，批評實踐也幾乎不去理會，但那是批評家的失敗，不是作家的失敗。如果以生命來比喻一個文本，那句子就是它的細胞。細胞的健康程度也許不能直接等同於機體的健康程度，但卻很難想像一個充滿生命活力的機體能夠由不健康的甚至是病態的細胞來組成。文學是有修辭色彩的語言。一句話，但凡它沾染上修辭特徵或經過修辭，都會帶上文學色彩。所以文學性總是首先沉澱在句子裡的，美感也首先顯現在句子裡。在古代，作家被稱為才士或才子，在這個引無數才子競折腰的文學王國裡，才子們要競的第一樣本領，就是句子。古代中國是一個詩的國度，詩句的佳劣直接關乎詩的成敗。好詩句為好詩的第一義，明白這個道理的人總是很多的。所謂「吟得一個字，捻斷數莖鬚」，就是這個意思。今詞「推敲」即來源於賈島驢背苦吟不知用「推」好還是用「敲」好的典故。也許有人會說，這些「苦吟派」因為文才不夠，若是文才橫溢，如趙翼《甌北詩話》讚蘇軾「天生健筆一枝，爽如哀梨，快如並剪，有必達之隱，無難顯之情」，則何須苦吟？話雖如此，但爭論不在要不要苦吟，而是好句子是否好文學的第一義？文才橫溢，如李白那樣，信筆拈來即橫空出世，當然無須苦吟。但若才華夠不上橫溢而又寫詩作文，不著意經營句子，不在一字一句上下功夫而欲傳之不朽，無異緣木求魚。古人有「詩眼」「文眼」的說法，所謂「詩眼」「文眼」就是一句或一篇之中的點睛之筆。以點睛之筆帶出全句或全篇的神氣，能帶出全篇神氣的「詩眼」「文眼」就是一篇之中的好句子。由此可以推斷，雖不能百分之百正確，但大體不離左右，那些無眼之詩和無眼之文就是平庸之詩和平庸之文。

林崗提出的第二個「尺度」，前人未曾涉及，更有真見解。他說：

文學尤其是敘述性的文學，作者雖然可以天馬行空神遊九霄，但其所敘述都離不開具體的社會時空，文學究竟是怎樣跨越時空傳諸無窮的？或者換句話，那些偉大的文學是怎樣跨越社會時空被後世讀者喜愛的？這種跨越時空的共鳴現象落實到偉大的作品究竟藏有什麼祕密？筆者以為，豐富而深刻的隱喻至關重要，它是偉大的文學不可缺少的另一項品質，隱喻性的豐富和深刻程度是衡量文本高下的又一個尺度。人們通常將隱喻作為文學修辭的手法之一，這當然是正確的。然而僅僅當作修辭手法，這未免是對文學的理解膚淺了，遠遠不夠。好的文本都有似乎相反的兩面性：一面是具體的、形而下的，另一面是普遍的、形而上的，它們完美無缺地融合於文本。這種兩面性，用康德的語言來表達，——我們對它們的思考愈是深沉和持久，它們就愈是喚起我們內心的驚奇和崇敬之情。應該說，這是有些神祕主義的，我們不清楚它們為什麼是這樣的，理智不能窮盡，可偉大的文本就是這樣。為行文的方便，舉〈孔乙己〉裡面一個細節做例子。孔乙己教小跑堂「我」茴香豆的茴字怎麼寫，小跑堂一臉不屑，「懶懶地答他道，『誰要你教，不是草頭底下一個來回的回字麼？』孔乙己顯出極高興的樣子，將兩個指頭的長指甲敲著櫃枱，點頭說，『對呀對呀！……回字有四樣寫法，你知道麼？』」「回字有四樣寫法」一句，極其貼切孔乙己的身分、教養、學識，甚至性格，非孔乙己不能說出。這個便是文本的具體、形而下一面。然而又正是這個具體和形而下的細節，傳出了所有不能與時俱進、悖逆潮流，甚至冥頑不化者的神韻。而這後一面又是普遍的、形而上的文本面相。因為不能與時俱進者、冥頑不化者無代無之，尤其處於社會急速變遷的世代，於是讀者可以從中照見他人，照見自己。〈孔乙己〉發表於一九一九年，至今將近百年。當時魯迅就說「大約孔乙己的確死了」。然而他又對又錯。那個科舉時代造就的具體的孔乙己是死了，然而那個屬於一切時代不能與時俱進者的孔乙己還沒死。說實話，每當筆者在講堂口若懸河叨唸著晚清文學如何如何變遷的陳年舊賬，對著的卻是一片呆若木雞或刷屏玩微信的莘莘學子，我就懷疑自己講的是不是當代版的「回字有四樣寫法」。臺下的學生眼大無神，他們不正是當年那位咸亨酒店小跑堂的傳人麼？無心向學，一心等著將來做掌櫃。而我念念不忘那些乏人問津的「學術」，不正是隔代的孔乙己麼？不同的是——我只差腿沒有打斷而已。

上述講法或者聊博一笑，問題是好的文本裡具體的、形而下的一面是怎樣和普遍的、形而上的一面聯通的？筆者以為，途徑就是隱喻。這是一種廣義的隱喻。也許作者並沒有明確地運用作為修辭手法的隱喻，但我們可以把文本裡的這兩層之間的聯通，作為隱喻，意在取隱喻由一物通達另一物的修辭關係。敘述性的文本講的都是具體的故事，具體的人物，為什麼絕大部分都只有娛樂的價值或文獻的價值，而不能長久傳世？原因即在於這些文本不能建立這兩個敘述層面的隱喻關係，或者兩層的隱喻關係是生硬的，不高明的。天才的作家總是在不經意間就在文本的具體的、形而下層與普遍的、形而上層之間搭建了絕妙的隱喻關係。

林崗的這一見解，乃是「隱喻」的真理，也是文學批評的真理。但理解兩個敘述層面的聯通，即兩個敘述層面的隱喻關係，並非易事。所以，他又以塞萬提斯的《堂吉訶德》為例，作了說明，尤其精彩的是，他抓住小說中的那個「美人」（杜爾西內婭）形象作了說明：

最能體現塞萬提斯將隱喻意味嵌入堂吉訶德故事用心的，筆者以為是那位堂吉訶德念念不忘又神龍見首不見尾的「杜爾西內婭」。他所以百折不撓屢敗屢戰，就是一心為了獲取這位美人的芳心。可是堂吉訶德連這位美人一丁點兒具體信息都不知道，何方人氏，住在哪裡，統統闕如，甚至連名字也查無實據，只是他一向聲稱如此。每次應戰，只要對手甘拜下風，堂吉訶德都要對手做一件事兒，就是替自己找到這位「杜爾西內婭」，向她報告喜訊。結局當然是不了了之，但他每次都言之鑿鑿，好像真的一樣。不過，別人可以找不到「杜爾西內婭」，她在堂吉訶德心目中卻是千真萬確的存在。她的地位如同上帝一樣，是堂吉訶德精神的統帥，心靈的皇后。有一次，堂吉訶德和路過的旅人議論起騎士。他說遊俠騎士凡準備幹仗，「心目中就見到了他的意中人，他應該脈脈含情，抬眼望著她的形象，彷彿用目光去懇求她危急關頭予以庇護。」旅人不同意他的意見，以為騎士不可能人人都在戀愛，都有意中人。堂吉訶德立即反駁：「遊俠騎士哪會沒有意中人呀！他們有意中人，就彷彿天上有星星，同是自然之理。歷史上絕找不到沒有意中人的遊俠騎士；沒有意中人，就算不得正規騎士，只是個雜牌貨色。」塞萬提斯處理堂吉訶德與「杜爾西內婭」的關係，開始的時候，讀者只以為作者又新開一脈，寫堂吉訶德的滑稽可笑，讀著讀著，就會有不一樣的感覺，「杜爾西內婭」甚至不是一個人物形象，而是堂吉訶德血脈、精神、靈魂化身的代稱。滑稽依然滑稽，可滑稽之外增加了一些什麼。隨著情節的推進，「杜爾西內婭」的含義豐富了，改變了。它成了堂吉訶德精神世界的一部分，於是改變了堂吉訶德，使得堂吉訶德與文學史上其他滑稽人物區別開來，他不僅滑稽，而且還被嵌入了隱喻的含義。套用堂吉訶德的說法，要是沒有了「杜爾西內婭」，堂吉訶德在文學形象裡，只不過是個「雜牌貨色」。由於「杜爾西內婭」的照耀，堂吉訶德的滑稽荒唐，變得不僅僅娛情悅意，在娛情悅意之外，充盈著形而上的意味。作為文學形象，堂吉訶德之所以不是「雜牌貨色」，很大程度上是因為塞萬提斯天才之筆所創造的這位「美人」。

林崗的第三尺度是「人性」，他說：

衡量文學是否偉大的第三個尺度是作品在多大程度上揭示了人性。當我們將文學理解成人自身的一面鏡子的時候，從中能照出的其實只是人性。期望文學幫助我們如事實本來那樣理解社會及其歷史，這不是文學能做好的。將正確「反映社會現實」的任務放置文學的肩上，不但文學做不好，反而降低了文學的品質。的確，文學的敘述和描寫多少涉及社會方方面面的情形，如果作家將自己的敘述和描寫以「反映現實」為目的，那麼這樣的文學只會留下一些關於當時社會現實的文獻資料。作家的選擇已經走入迷途，偏離了文學應有的航道。毫無疑問，文學不能信口開河脫離社會現實，但是出色的作家自會將筆下的「社會現實」服從於自己敘述和描寫的意圖，而這個意圖就是揭示人性。不同文學文本的差異在於揭示人性可能抵達的深度和廣度。

對林崗「三尺」的補說

林崗的「批評三尺」，比我「批評三圈」（真、善、美）顯得更具體、更明晰，也帶有更強的可操作性。我特別欣賞他的第二把尺，即隱喻的深廣度。這是發前人所未發。我相信，林崗的「三尺」擊中了文學批評的要害，道破文學審視的真諦。我想在此基礎上再作一些闡釋，也許是畫蛇添足，但也許有益於把這「三尺」真的變成文學批評的三個基本「審視點」。

第一，注意句子。也可理解為注意「語言的美感」。「五四」新文化運動，其功勳之一是實現了「言」與「文」的統一，讓文學向底層靠攏，實現「文學奉還」，即把文學交還給廣大民眾。但是，也帶來一個問題，就是把文學的門檻變低了，以致許多人誤認為文學輕而易舉，人人皆可為之，甚至把大量的世俗粗糙語言帶進文學，從而破壞了文學語言的美感。因此，當下作家普遍缺少語言美感意識，不知文學的第一關口乃是「語言美」。因此，林崗提出的「句子美」，我們也可以理解為對語言美感的呼喚，把審視「語言美」當作批評文學的第一審視點。

第二，林崗提出審視「隱喻的內涵」，也可以和「象徵的意蘊」對照思索。什麼是文學？上世紀三十年代魯迅翻譯的日本文學理論家廚川白村的《苦悶的象徵》，把文學定義為「苦悶的象徵」。文學當然可以是苦悶的象徵，但也可以是「歡樂的象徵」、「光明的象徵」、「黑暗的象徵」、「人道的象徵」、「人性的象徵」等。「象徵」二字，其外延與內涵，是比「隱喻」廣闊還是狹窄，至今仍有爭論。有人認為，隱喻包含象徵，即象徵是隱喻的一種。也有人認為，「隱喻」乃是象徵的一個主要手段。隱喻屬於象徵系統偏重於「暗示」的一面，而象徵則還有「明示」的一面，文學既可以暗示心中的苦悶，也可以明示心中的傷痛。而我則認為，這種爭議正好印證了維特根斯坦的見解。他認為哲學的使命就在於「糾正語言」，「考察概念」，按照他的說法，我們只要把「隱喻」與「象徵」定義好就行。

第三，林崗提出的審視「人性」的「豐富性」、「真實性」，這無疑是顛撲不破的尺度。我在《文學常識二十二講》中也一再強調人性的真實性。然而，我除了強調「人性的真實」之外還強調另一種真實，就是「人類生存處境的真實」。前者偏於主體，後者偏重客體（環境），兩者缺一不可。當然，在此兩種真實中，人性真實還是審視的第一要點。

林崗提出的「批評三尺」，是他對文學批評的一大貢獻。我作了些補正，只是希望對於文學批評標準即對於文學審視點的思考，能夠日益深入。也希望有更多的同學參與到對這一複雜問題的思考中。

我們都知道，發生在十五世紀前後的西方文藝復興運動，乃是一次「回歸希臘」的文藝運動。「復興」是目的，「回歸」是策略。

文藝復興運動是針對中世紀的神權統治而發的。那時，「神」統治一切，「人」缺少尊嚴與自由。文學藝術要適應時代的需要，就得從歌頌神變成歌頌人，即把神主體轉變為人主體。因此，文藝復興運動究其實質乃是人的解放運動，即人從神的牢籠中解放出來的運動。但是當時的文學代表人物，並不把矛頭直接指向神，而是採取一種回歸的策略，因此他們便提出「回歸希臘」的口號。希臘時代乃是一個以人為中心的時代，一個審美的時代。回歸希臘乃是「回歸人」。這不是退步，而是進步。

我和林崗合著的《傳統與中國人》對胡適所講的「五四」乃是中國的文藝復興提出了疑義，是因為我們覺得，中國的「五四」新文化運動與西方的文藝復興運動，其大思路很不相同。西方的大思路是「回歸古典」，而「五四」則是「面向西方的現代」，完全沒有「回歸」的意思。它「打倒孔家店」的思路乃是「打倒古典」，而非「回歸古典」。一九九六年，我和李澤厚先生在繼《告別革命》後又提出「返回古典」的命題，這倒是真的回歸古典。我們認為，歷史前行的思想路線並不一定是從古典走向現代、然後走向「後現代」的統一模式，也可以從現代「返回古典」。所以李澤厚先生在日本作了題為〈回歸孔子〉的演講。我和李先生的回歸點有所不同，我側重於「回歸六經」，這六經不是孔子、孟子那六經，而是我自訂的「六經」，即《山海經》、《道德經》、《南華經》（莊子）、《六祖壇經》、《金剛經》以及我的文學聖經《紅樓夢》。在我看來，四書五經代表的是中國重倫理、重秩序、重教化的一脈，而我界定的「六經」則代表中國文化重個體、重自然、重自由的一脈。兩脈可以互補。

儘管「五四」的思路不同於西方文藝復興的思路，但是，中國古代的兩次文藝復興與西方文藝復興一路，也是使用「回歸」的策略。一次是唐代的古文運動，一次是宋代的古文運動。

唐代的古文運動乃是由韓愈和柳宗元所代表的反對六朝駢文的運動。唐之前的六朝（東晉、宋、齊、梁、陳、隋），文風浮靡，代表人物有謝靈運、沈約、謝朓、吳均、謝莊、王融、徐陵、庾信、劉孝綽、江總等人。韓柳的文學理念，強調「重道輕藝」，其目標是「上明三綱，下達五常」。運動主將韓愈用的正是「回歸」策略，他主張思想要回歸古代的儒家，文體要回歸厚實明暢的散體。他以五經子史之書為楷模，連三代、兩漢之書也不足為訓。另一主將柳宗元，全力支持韓愈，但是糾正了韓愈過於重道的偏頗，兼重「文」、「辭」，道德之道與藝術之道並舉。不過，其策略也是回歸，即所謂「參之穀梁氏以厲其氣，參之孟荀以暢其支，參之莊老以肆其端，參之國語以博其趣，參之離騷以致其幽，參之太史以著其潔」，主張回歸到《左傳》、《國語》、《老子》、《莊子》、《孟子》、《荀子》、《離騷》、《史記》為代表的古文中去。此次古文運動乃是中國散文的一次復興。

第二次古文運動，即宋代古文運動，也取得了很大成功。如果說，唐代的古文運動是散文對駢文的勝利，那麼，宋代的古文運動則是自由散文對西昆體的勝利。西昆體代表人物楊億、劉筠、錢惟演等，以李商隱為宗，但只取其豔麗、雕鏤、駢儷的技巧，即只重辭藻華麗、對偶工巧、音律和諧，而忽略其精神與真情，再次形成語言的浮華之風。針對西崑體的流行，反西崑諸作家（石介、歐陽修等）又打起「回歸」大旗，即回歸儒家道統，將韓愈視為文學典範。

文學作品的「回歸」主題

回歸，不僅是文學復興的偉大策略，也一直是文學的一個重要主題。

古希臘史詩《伊利亞德》與《奧德賽》之所以不朽，根本原因是它們概括了人生普遍的兩大經驗——一個是「出征」，一個是「回歸」。這一直讓不同種族、不同地區的人類產生共鳴。《奧德賽》寫的是「回歸」，這部史詩告訴我們，出征之路固然險惡，而回歸之路也充滿艱辛，絕非一帆風順。《伊利亞德》描寫特洛伊戰爭，戰場需要勇敢、智慧、毅力；回歸之路如同「戰爭」，也需要勇敢、智慧、毅力等。特洛伊戰爭面對的敵人是軍隊、戰車、風煙，奧德修斯回歸路上面對的敵人是風暴、海妖、風怪。這是荷馬史詩給予人類的偉大提示。即使時至今天，我們也面臨著出征與回歸，也面臨著雙重的艱難。多少人想「回歸」，但已經「回歸」不了了。不僅西方文學有「回歸」主題，中國文學也有「回歸」主題。中國最偉大的詩人之一陶淵明，他著名的〈歸去來辭〉，就是對回歸的覺悟與感悟。它給世世代代中國人指出一條精神之路，這是離開官場而回歸田園的路，也是擺脫心為形役、贏得人格獨立的詩意之路。「歸去來兮，田園將蕪胡不歸？既自以身為形役，奚惆悵而獨悲？實迷途其未遠，知來者之可追。」詩人告訴人們，原先他追求的仕途，雖風風火火，實乃是「迷途」，能從迷途上回歸到生命的本真之路，不再為「五斗米」而折腰，乃是生命的解放。多少人為能謀得一官半職而沾沾自喜、自鳴得意，而陶淵明卻為自己也曾如此糊塗而「自悲」。陶淵明的回歸詩給世人提供一種新的立身態度，他為原來的選擇而悲，為現在的回歸而喜，把回歸之念比作「飛鳥戀舊林，池魚思故淵」，衷心高興，這與王維、孟浩然、儲光羲等詩人的心境大不相同。這些詩人隱居後便惶惶不可終日，他們其實只有「出仕」意識，沒有回歸意識。宋代蘇東坡被貶謫嶺南之後，才深知陶淵明很了不起，陶詩境界無人可比。他為陶淵明作了一百多首和詩，認為自魏晉到唐，無一詩人可以和他相比。蘇東坡在詩裡從不哀嘆被流放的「淪落」，反而高唱「九死南荒吾不恨，茲游奇絕冠平生」，也為擺脫官場而喜悅。可見，陶、蘇這兩位偉大詩人都深知「回歸」的偉大意義。

在普遍追求功名、追求財富、追求權力的時代裡，人們相繼為外部價值而走火入魔，在此情此景下，無論是西方還是東方，也都有一些作家、詩人產生了回歸意識，例如英國偉大的小說家哈代所寫的《還鄉》。他對浮華的所謂「現代化」生活採取質疑態度，內心深處始終覺得，人只有從紙醉金迷的浮華中回歸純樸的被大自然所擁抱的鄉土才是出路。後來出現的我國現代作家沈從文，很像哈代，他不羡慕浮華的城市，而嚮往未被城市汙染的「邊城」。我一直期待我們的同學會有人寫出哈代與沈從文相互比較的論文。我們還讀到西方的著名詩人波特萊爾和王爾德的一些詩，人們說他們「頹廢」，但仔細讀下去，就會發現他們都有「回歸自然」、「回歸土地」的意識。前些天，我讀北大畢業、現為美國教授的米家路先生的「詩學」巨著《望道與旅程》，第一卷講述二十世紀所有傑出的詩人都有一個主旋律，這就是「還鄉」，也就是「回歸」。可見，「回歸」基調對於詩人，何等重要。

作家心性的回歸點

除了文本的「回歸」之外，還有一個作家主體心性的回歸，值得注意。大作家一定有自身的「回歸」祕密。他們多數到了年老之後仍然保持童心、好奇心，這便是他們實現了向兒童時代、兒童心性的回歸。

我國先秦時期的偉大哲學家老子，在《道德經》中講述了三個回歸點，即「復歸於嬰兒」，「復歸於無極」，「復歸於樸」。這三個回歸點，是對所有人講的，但它尤其應當成為老作家的回歸點。這三個回歸點，是作家保持「本真角色」的訣竅，極為精闢，也極為要緊。我二〇〇〇年在城市大學中國文化中心講解《道德經》時，就講述了這三個回歸。

首先應當「回歸嬰兒」。回歸嬰兒就是回歸童心，回歸赤子之心，回歸兒童時代的好奇心。我一再說，作家、詩人最可以引為自豪的，是他們至死都保持一顆童心，即赤子之心。誰都會衰老，這是無法抗拒的，然而，身老不等於心也老。心靈狀態可以永遠保持兒童狀態與青春狀態，但這種保持不是「自動」的，它需要人與作家作出努力。我認為童心（嬰兒之心）應表現在兩個方面，一是「赤子之心」，即遠離世俗功利功名的單純之心。孩子最可貴的是不知功名利祿為何物，不知榮華富貴為何處。他們就喜歡「玩」，喜歡「遊戲」，對世間萬物樣樣好奇，因此，童心的另一表現便是「好奇心」。我還要再說，作家身上總是存有兩個角色，一是世俗角色，一是本真角色。倘若要守持本真角色，那就是年長年老之後，仍然保持一種嬰兒狀態。這一點，也是「知易行難」，說容易，做起來不容易。大科學家牛頓說他永遠是海灘上拾貝殼的小孩。科學家有此心態，詩人作家更應當有此心態。

其次應當「復歸於樸」。過去只講回歸質樸的生活，這當然對。我們的時代是歷史上最奢侈的時代，更應當注意這一點。除了回歸質樸生活之外，我還作了補充，還要回歸到質樸的內心和質樸的語言。人有權力、財富、功名之後，最難得的是什麼？就是回歸質樸的內心。質樸的內心便是誠實、正直、耿介之心，有好說好，有壞說壞，該說就說，不情願說就不說。不拐彎抹角，更不口是心非。此外，還要回歸質樸的語言。我們的語言，在「文化大革命」中遭到很大的破壞，浮誇、暴虐、虛假等病毒，嚴重入侵了我們的語言，一個「最」變成三五個「最」，一個「偉大」變成四個「偉大」，語言的浮腫病與思想的貧血病同時發生，因此，回歸質樸的語言成了迫切之需。尤其是文學，更應當回歸到質樸的語言。

最後還有「復歸於無極」。所謂「無極」，乃是宇宙極境。要把人生境界提升到宇宙高度。不是為一人、一鄉、一族、一國的淺近功利，而是為整體人類的生存、延續、發展。無極，可理解為最高的善，最終的善。康德所講的「合目的性」，也可以說是合「無極」，合天地，合最後的善。作家、詩人的「回歸」，最後應當回到「無極境界」。（編者按：「無極」是中國古代哲學的一個重要概念。不過，據學界考證，《道德經》中「復歸於無極」等前後數句，為後人妄加。但是，作者講述「三個回歸」，超越考證，有自己可以獨立無依的思想內涵，可謂「六經注我」。其排序與世傳本《道德經》「復歸於嬰兒」、「復歸於無極」、「復歸於樸」不同，足證。）

作家的「反向意識」

無論是古希臘的《奧德賽》，還是中國的陶淵明，無論是哈代的《還鄉》，還是《道德經》的

「復歸於嬰兒」、「復歸於樸」，都是一種反向努力，即不是遵循人生通常的邏輯，往前爭取更大的功名和更大的利益，而是朝後努力，爭取生命的純化、赤子化、質樸化。可惜，具有這種「反向意識」的人，包括詩人作家，都屬「少數」。

缺少反向意識的人們，都不知道，其實「回歸」並非後退，而是一種進步，一種「守持」，一種朝著「永葆青春」的努力。有些大作家，例如偉大詩人歌德，八十多歲還在談戀愛，如果用世俗的眼睛看他，會覺得太荒唐。然而，如果用文學的眼光看他，則會覺得這很正常，因為到了老年，他還在作「回歸青春」的努力。惟有這種反向努力，才能讓他的生命與靈魂永遠保持活力。

文學有沒有終點？

文學有沒有終點？關於這個問題，我們可以作出種種不同的回答。就文學整體而言，它肯定沒有終點。什麼時候有人類，什麼時候就會有文學。「說不盡的莎士比亞」，什麼時候可以說盡呢？肯定是永遠說不盡，一千年、一萬年之後，還是說不盡。就文學的性質而言，它也沒有終點。拿文學與宗教比較，宗教的性質是有終點、有彼岸的。每一種大宗教都安排了終點。天堂是終點，地獄也是終點。在基督教的眼裡，十字架是終點，基督最後被釘在十字架上。在佛徒的眼裡，靈山是終點。如來佛祖就坐在靈山裡。多少佛徒一生苦修苦煉，就是為了最終成佛。或為佛，或為羅漢，或為使者，都是終點。但文學沒有彼岸，沒有佛堂，沒有末日審判。高行健的《靈山》，最後還是找不到靈山。所以我說，高行健的靈山在內（在心中）不在外。

但就文學創作主體而言，他又有終點。每個作家與詩人，都是「人」，都會死亡。墳墓是共同的終點。而創作文本，一首詩，一部小說，總會結束。最後那一行，那一段，那一章節，似乎就是終點。《紅樓夢》寫了八十回，原作者去世了，曹雪芹走到了人生的終點，而小說文本卻未抵達終點。於是讀者感到遺憾，之後，便有了高鶚的續書，給了一個終點。有些讀者不滿意，於是又有新的續書。

「文學終點」的迷失

就其文學本性而言，文學並無終點。它本可以區別於宗教，不必給讀者一個「彼岸」的許諾，即不必給讀者一個「終結」的許諾。作家、詩人，既是永遠的流浪漢，也是永遠的尋找者。林黛玉的禪偈說：「無立足境，是方乾淨。」無立足境，包括最後的立足之地，包括終點。然而，從古到今的中國作家，有一個巨大的迷失，就是老是要給予讀者一個滿意的、皆大歡喜的「終點」，於是，在創作中發生了若干種「終點迷失」，使文學流於膚淺。這些普遍性的迷失，大約有下列幾種：

(1)「曲終奏雅」，給一個大團圓的終點，使悲劇淡化或消解。關於這個「終點迷失」，許多思想家都作過批判。

既然文學的終點應當「奏雅」，那麼最好的辦法是給悲劇主人們來個大團圓，所以中國文人普遍熱衷於「團圓主義」。且不說那些不入流的作家，即使是一些著名的作家作品，也難免俗。例如唐代元稹的《鶯鶯傳》演化出來的幾種戲劇——金人董解元的《絃索西廂》，元王實甫的《西廂記》，關漢卿的《續西廂記》等，這些戲劇全導源於《鶯鶯傳》，但和《鶯鶯傳》原本所敘的故事，又略有不同，這就是，「敘張生和鶯鶯到後來終於團圓了」。元稹的《鶯鶯傳》本來是個悲劇，它敘述貴族少女鶯鶯，克服自己的動搖與軟弱，與和她相愛的張生私自結合，但張生始亂終棄，而她受名門望族的地位與封建思想的束縛，無力起來鬥爭，只有絕望的怨恨，最後只好嫁給別人，造成悲劇結局。魯迅對《鶯鶯傳》並不滿意，他說：「這篇傳奇，卻並不怎樣傑出，況且其篇末敘張生之棄絕鶯鶯，又說什麼『……德不足以勝妖，是用忍情』。文過飾非，差不多是一篇辯解文字。」(〈中國小說的歷史的變遷〉)但即使是這樣，後來的劇作家，還想抹掉其中的怨苦，盡量把血淚收藏乾淨，最後變成皆大歡喜的團圓劇。魯迅對張生與鶯鶯的團圓，作了一段非常深刻的批評：

敘張生和鶯鶯到後來終於團圓了。這因為中國人底心理，是很喜歡團圓的，所以必至於如此，大概人生現實底缺陷，中國人也很知道，但不願意說出來；因為一說出來，就要發生「怎樣補救這缺點」的問題，或者免不了要煩悶，要改良，事情就麻煩了。而中國人不大喜歡麻煩和煩悶，現在倘在小說裡敘了人生底缺陷，便要使讀者感著不快。所以凡是歷史上不團圓的，在小說裡往往給他團圓；沒有報應的，給他報應，互相騙騙。——這實在是關於國民性底問題。（〈中國小說的歷史的變遷〉）

我在拙著《魯迅美學思想論稿》裡，就此寫了一段評述：

魯迅在分析《紅樓夢》的成功之處時，一再強調它擺脫團圓主義的窠臼。他說：「全書所寫，雖不外悲喜之情，聚散之跡，而人物故事，則擺脫舊套，與在先之人情小說甚不同。……蓋敘述皆存本真，聞見悉所親歷，正因寫實，轉成新鮮。」（《中國小說史略》）又說：「在我的眼下的寶玉，卻看見他看見許多死亡；證成多所愛者，當大苦惱，因為世上，不幸人多。惟憎人者，幸災樂禍，於一生中，得小歡喜，少有罣礙。然而憎人卻不過是愛人者的敗亡的逃路，與寶玉之終於出家，同一小器。但在作《紅樓夢》時的思想，大約也止能如此；即使出於續作，想來未必與作者本意大相懸殊。惟被了大紅猩猩氈斗篷來拜他的父親，卻令人覺得詫異。」（《集外集拾遺．〈絳洞花主〉小引》）在曹雪芹的原作中，寶玉看見許多「死亡」，自己陷入「大苦惱」之中，悲劇氣氛是很濃烈的，在續作中寫賈寶玉「出家」的結局，雖然消極敗亡，但仍不失悲劇本色，所以魯迅說「想來未必與作者本意大相懸殊」。至於寫賈寶玉出家後又回拜父親，卻表現出高鶚的庸俗的禮教思想，又落入團圓的俗套。至於爾後的其他續作，則以大團圓為其特徵，陷入瞞與騙的沼澤，把悲劇的特色全部埋葬，與《紅樓夢》相比，完全是另一種質的缺乏社會價值與美學價值的低級藝術。所以魯迅說：「此他續作，紛紜尚多，如《後紅樓夢》，《紅樓後夢》，《續紅樓夢》，《紅樓復夢》，《紅樓夢補》，《紅樓補夢》，《紅樓重夢》，《紅樓再夢》，《紅樓幻夢》，《紅樓圓夢》，《增補紅樓》，《鬼紅樓》，《紅樓夢影》等。大率承高鶚續書而更補其缺陷，結以『團圓』。」（《中國小說史略》）這一意思，魯迅在〈小說史大略〉中也說過，他說《紅樓夢》續書「歌詠評騭以及演為傳奇，編為散套之書亦甚眾。讀者所談故事，大抵終於美滿，照以原書開篇，正皆曹雪芹所唾棄者也」。魯迅指出，這些續書，其實不是文藝，而是騙局，與《紅樓夢》原作相比，真是霄壤之別。魯迅說得毫不留情：「……後來或續或改，非借屍還魂，即冥中另配，必令『生旦當場團圓』，才肯放手者，乃是自欺欺人的癮太大，所以看了小小騙局，還不甘心，定須閉眼胡說一通而後快。赫克爾說過：人和人之差，有時比類人猿和原人之差還遠。我們將《紅樓夢》的續作和原作者一比較，就會承認這話大概是確實的。」（《墳．論睜了眼看》）

另一個「終點迷失」，則發生在新文學中，尤其是二十世紀下半葉的文學。這段文學的終點，不是「曲終奏雅」，而是「曲終奏凱」，即書寫革命，而革命的結局一定是革命隊伍「大凱旋」、「大勝利」。無論是《紅日》還是《紅旗譜》，也無論是《紅巖》還是《青春之歌》，全是以「凱旋」為終點。到了「文化大革命」時期，整個中國只剩下八個樣板戲和兩部小說——《金光大道》與《李自成》。形式雖不同，但考察其「終點」，卻會發現千部一律，即「曲終奏凱」，結局都是揪出

「害人蟲」階級敵人，矛盾解決，皆大歡喜。

心靈「無終點」

在「文學的盲點」講座中，我提到八十年代，中國文學界引入蘇聯文學理論家巴赫金的「複調」小說論。巴赫金發現杜斯妥也夫斯基實現了一種文學轉折，即直接面對的不是主人公的客體現實，而是主人公的自我意識（即主人公有獨立性，他不再是作家的傳聲筒）。這種自我意識成為主人公藝術上的主導因素。這樣，作家的目光就發生一種轉向，即不再是把目光投向主人公的「現實」，而是投向他的自我意識。而主人公的這種自我意識是永遠不可能完成的，永遠看不到結果的，也就是說，不可能作家叫「停」，筆下的主人公就「停」。自我按照自己的思想邏輯不停地往前走，沒有「終點」。巴赫金把杜氏與拉辛作了比較：

> 拉辛的主人公，整個是穩固堅實的存在，就像一座優美的雕塑。杜斯妥也夫斯基的主人公，整個是自我意識。拉辛的主人公是固定而完整的實體，而杜斯妥也夫斯基的主人公是永無完結的功能。拉辛的主人公一如其人，杜斯妥也夫斯基的主人公沒有一時一刻與自己一致。
>
> 如果說，拉辛是西方古典文學時代的代表，那麼，杜斯妥也夫斯基則是西方現代文學時代的先鋒。而現代文學的特徵恰恰是從客體主人公轉向主體（自我意識）主人公。而新主人公意識是永遠向前流動，它沒有「終點」。這樣，有無「終點」便成了古典文學與現代文學的第一道分水嶺。

我在〈論文學的主體性〉那篇文章中，把主體劃分為創造主體（作家）和對象主體（主人公）及接受主體（讀者）。「對象主體」概念是我發明的，但思想卻來自巴赫金。作家筆下的人物（主人公），本不是「主體」，然而，經過巴赫金的解說，主人公在思想觀念上可以自成權威，可以卓然獨立，他可以不再是作家藝術視覺中的客體，而是具有自己言論的充實完整、當之無愧的主體。巴赫金的劃時代的發現，使得我的「文學主體性」從作者擴展到作品主人公。

巴赫金還如此說：

只要人活著，他生活的意義就在於他還沒有完成，還沒有說出自己最終的見解。……「地下室人」懷著極大的痛苦傾聽著別人對他的實有的和可能的種種議論，極力想猜出和預測到他人對自己的各種可能的評語。

巴赫金還說：

人任何時候也不會與自身重合。對他不能採用恆等式：A等於A。杜斯妥也夫斯基的藝術思想告訴我們，個性的真諦，似乎出現在人與其自身這種不重相合的地方，出現在他作為物質存在之外的地方。

最為精彩的是巴赫金如此揭示杜氏：

杜斯妥也夫斯基對當時的心理學持否定態度，包括學術和文藝中以及審訊工作中的心理研究。他認為心理學把人的心靈物化，從而貶低了人，從而完全無視心靈的自由，心靈的不可完成性，以及那種特殊的不確定性——即成為杜斯妥也夫斯基主要描寫對象的無結局性：因為他描寫人，一向是寫人處於最後結局的門檻上，寫人處於心靈危機的時刻和不能完結也不可意料的心靈變故的時刻。

巴赫金的這些論述，不僅是對杜氏的精闢分析，而且是關於人、關於心靈的經典性見解。他認為，人的心靈永遠處於不確定之中，也永遠處於充滿變故的未完成中。我一再說，文學是心靈的事業。因此，了解心靈的這種沒有終點的特性便格外重要。

「內宇宙」沒有邊界

我在〈論文學的主體性〉中，把宇宙劃分為外宇宙與內宇宙。所謂內宇宙，就是人的心靈。陸九淵說：「宇宙便是吾心，吾心即是宇宙。」心靈這個內宇宙與外宇宙一樣，沒有邊界，沒有終點。人類所知道的「外宇宙」，是距離地球十幾億光年的那個神祕點，但那些點並不是大宇宙的終點。外宇宙有多大，誰也說不清。而內宇宙有多大，也沒人能說清。人的心理活動具有無邊性、神祕性等特點。它隨時都在變動，沒有結局，沒有結論。心靈性乃是人性的基本部分。說心靈沒有邊際，就是說人性沒有邊際，文學的基點沒有邊際。因此，確認心靈沒有終點，也就是確認文學沒有終點。了解這一點，才能明白文學永無止境，也才能明白，文學不可追求結論，演繹結論。中國現當代文學中，那種追求政治正確、轉達意識形態的作品，都是對心靈的認知缺少深度的結果。

無論哪個權威人物，哪個領袖人物，他們對世界、對人生、對心靈的看法，都不可能成為結論，即不可能成為文學的出發點與「終點」。

我們的課程「文學慧悟十八點」，今天就結束了。這十八點，連同前兩年所講的「文學常識二十二講」一共是四十講。這四十堂課，都是在講述「什麼是文學」，也就是我對文學的認知。那麼，這種認知是不是已抵達「終點」呢？可以肯定，這四十課絕對不是終點。對於文學，我只能「認識再認識」，沒有什麼「正、反、合」，也沒有什麼「已確定」和「已完成」，我還會繼續思索下去，繼續講述下去，只是不一定是課堂的形式。

下部整理後記

喬敏

世人務實，而從事文學、藝術事業偏偏須「務虛」。在現今這媚俗時代裡——請容我這樣直說——想要保有赤子之心，忠於對文學的拳拳之愛，實在是「向俗易行向道艱」。所以，如尼采所說「克服時代」，踐行之路多阻且漫長。不過，幸運的是，每個時代都有痴心而明哲之人，雖數量寥寥，卻擔負起為人間築造精神理想國的責任。在這個意義層面上，再復先生便是此種「清醒的痴人」，他的文學課，正是燭照心靈、啟悟學子們克服時代、走出幽暗的一道光束。

這份課堂講稿的緣起，可追溯到去年九月。彼時，再復先生再次回到香港科大人文學院開課講學，以「文學慧悟十八點」為題，接續兩年多前的「文學常識二十二講」。如此四十次講述，是為了對「文學是什麼」這一樸素又深奧的命題，給出先生自己的領悟與答覆。整整一個學期，每週二的清晨，先生早早來到教室，脫下外套，笑盈盈地落座，然後便對著來自科技大學文、理、工等專業的幾十個大學生，以及若干遠道而來、熱衷文學的旁聽者，徐徐講起他的文學慧悟——雖說是課程，講者卻絕無「教師腔」，先生說他願做《紅樓夢》裡的「神瑛侍者」，期待年輕的學子，因他的講解而多一份對文學的體悟與珍重，甚至有朝一日能成為筆下生花的「小菩薩」。而我，因與先生的長女劉劍梅師的一段師生緣，何其有幸，從兩年前課堂上的旁聽一員，被「任命」為先生的助教與講課的記錄者，見證全程並為之感慨：這一場綿延三載的「文學跋涉」，真是如「黃金時代」般值得永久珍惜和回憶的時光。那些課上的瞬間，先生緩緩地說，在座眾人凝神地聽，這真是忙碌人生裡，最奢侈的幸福——先生首堂課便曾慨乎言之：「我的人生之所以感到幸福，是因為文學一直陪伴著我。」

既是「文學慧悟」，自然與學術研究有所不同，先生的講解有理有情，心思清明如水。言語的簡潔，觀點的鮮明，源自內心的澄明、真誠、篤定：因心內存滿對古往今來文學作品的感悟、見解、愛，所以講起來斬釘截鐵、明心見性；而擇取文學十數個重要的「點」，再以「點」帶出文學問題與作品賞鑑，先生不僅「點撥」、「點透」文學的綱領性要素，也透露了他的一部個人文學史和美學史——在這完整的十八講書頁間，充滿他的見識、性情，讀者可以讀到作者這個人。

《紅樓夢》、《西遊記》這兩部中國古典名著，幾乎是先生的文學「聖經」，但《水滸傳》、《三國演義》則被他視為「精神內涵」上的失敗之作；而屈原、李白、蘇軾、莎士比亞、雨果、巴爾札克、歌德、托爾斯泰、杜斯妥也夫斯基、卡夫卡、高行健、莫言等一長串閃耀於文學星空的名字，先生隨時都會提及或徵引其作品。他在意的不僅是文學裡的豐富、真實和永恆的人性，更是作品背後是否輝映出一個大慈悲的心靈，一個偉大的人格。我想，先生的意思或許是，學習寫作，先要擺正態度，作者內在主體的境界，決定了作品精神的境界。

許多次課上，先生頻頻提及李卓吾的「焚書」、「藏書」精神，告誡每一顆年輕的心，文學乃是一生的事業，要贏得自由，必須超越任何功利之思。在清晨與黃昏的紙頁間，出版發表、市場銷量、世俗聲名、時代潮流的焦慮與惶惑皆遠去，只留下寫作者對文學的一片誠心，一片愛，那是何其莊重，與莊嚴……

蒙田有一句話：

我時時刻刻把持住我的舵。

清醒，透澈。人生難得的是時刻把持住自己，獨立於時代潮流之外，不隨波逐流，不辜負文學藝術的教養。

三年過去，時間彷彿在狂奔，四十講文學課結束了，一場盛事落幕。但文學的影響，生生不息。我相信，這一本至誠之作面世，將影響更多的人，激勵他們守持人性的光輝，堅信惟有文學陪伴的人生最具鳶飛魚躍般的活潑生機，並嚮往那個彷彿只有水波和飛鳥的自由、美麗的理想國。我也相信，各位正直的讀者，一定能夠借助講者的智慧，讓自己也成為不受時代潮流和風氣蒙蔽的自由生命。

二〇一七年四月
於香港清水灣

附錄

山頂獨立，海底自行

王德威

一九八九年初夏的北京風起雲湧，一夕數驚。在極端倉皇的情形下，劉再復離開北京、取道廣州轉赴香港。在此之前，劉再復身任中國社會科學院文學研究所所長，是中國學界和文藝界舉足輕重的人物。他的《性格組合論》、《論文學的主體性》、等論述廣受歡迎，儼然是八〇年代文化熱的精神指標之一。

然而一九八九之後，劉再復走上了一條始料未及的道路。去國離鄉，他成了來往世界各地的漂流者，最終落腳美國。以劉再復的背景經歷而言，他可以成為一呼百諾的流亡抗議分子，但相反地，他選擇從著述與思考中重新塑造自我。三十年歲月忽焉而過，當年廣場上的風雲兒女如今已過中年，回首來時之路，劉再復必然有太多不能自己的感懷。近年劉再復沉潛《紅樓夢》研究，甚至譽之為現代文學聖經。驀然回首，他必曾感嘆當年自己生命的危機與轉折，何嘗不就像是個「後四十回」的公案？從七〇年代末到八〇年代末，他曾是引領時代風騷的「弄潮兒」。曾幾何時，脫黨抄家、喪國流亡，他這才開始領會繁華褪盡的滋味。從驚天動地到寂天寞地，他有了反省，有了懺悔，從而由「第一人生」轉向「第二人生」，開啟另一境界。

告別革命

劉再復抗戰中期生於福建南安農家，成長的歷程恰恰經歷中國天翻地覆的改變。他自謂生命中經過三次巨大喪失：童年喪父，文革喪書，一九八九年後喪國。這正與他作為倫理人，知識人，政治人的蛻變息息相關。他回憶七歲失去父親，全賴母親支撐家庭，環境的困窘激勵他力爭上游。他對文學的熱愛其來有自，中學時期「每天每夜都在圖書館，我保證管好圖書館！雜誌一本也不會丟！就在那個暑假，我讀完朱生豪翻譯的莎士比亞戲劇集……每一部都讓我痴迷，讓我沉醉，讓我發瘋。」廈門大學中文系畢業後，他加入北京《新建設》雜誌編輯工作，從此展開他的文學事業。

從大歷史角度看，一個來自閩南的外省農家子憑一己之力北上進京，無疑是社會主義的啟蒙之旅。但北京將帶給他刻骨銘心的試煉。文化大革命爆發，劉由興奮到迷惘，他參加批鬥單位領導大會，「老是想到魯迅的『示眾』的概念……心裡想不通，手卻跟著大家舉起來，舉上舉下，一天舉了數十次。那時，我第一次感到心與手的分裂。」他見證劉少奇等國家骨幹如何一夕之間淪為國家叛徒；當他在報欄上看到「每一個人的脖子上都掛著一條將被勒死的繩索，」「竟忍不住大哭起來，當街大哭。」當時人群中有一老者上前關切，事後才知道是史學大家范文瀾。

在虛無躁動的時代裡，劉發現最痛苦的考驗卻是喪書。當時所有涉及「名、洋、古、封、資、修」的書籍一律被禁。對劉再復而言，「沒有書，對我來說，就等於沒有水，沒有鹽，沒有生活。比『橫掃一切牛鬼蛇神』的社論對我的打擊還要沉重。」他陷入「無邊恐懼」。「生命變質了，懷疑產生了」：「把天底下人類公認的好作家好詩人好作品界定封建階級、資產階級的毒品對嗎？這些我從少年時代就閱讀、就接受、既教我善良，也叫我慈悲的書籍都是大毒草嗎？」

文革之後，劉再復參與了新時期的國家建設。他一九七九年入黨，不僅成為周揚、胡喬木等新舊文藝巨頭的寫作幫手，更得到國家領導人如胡耀邦等的青睞。八〇年代的中國充滿希望，我們不難想像彼時的劉再復如何熱望盡一己之力，改變現狀，又是如何將自己推向風口浪尖。一九八五年末他出任中國社科院文學所所長，一躍而為國家文藝研究界龍頭之一。這是「文化熱」的時代，東西時新理論層出不窮，「尋根」、「先鋒」運動席捲文壇。劉自己也憑《論文學的主體性》、《性格組合論》等專著，吸引無數青年學子。

此時劉再復的思想已經開始產生變化。他叩問主體性與歷史的辯證是否只能簡化為公式教條，也見證文學與革命千絲萬縷的複雜關係。周揚晚年的落寞感傷、胡喬木私下的舊詩歌傳抄，胡繩表裡不一的政治決策，更讓他從左派內部理解，千帆過盡，「人」的問題最為難解，也最需要深入鑽研。他從而認為「改革」與傳統意義上的「革命」不同，甚至因此向胡耀邦直陳「改革需要一種與之相應的良好的輿論環境和人文條件，最核心的問題，作為改革主體的人的『文化心態』。」

一九八六年，李澤厚教授推出《救亡與啟蒙的雙重變奏》，力陳五四運動的兩大訴求——「啟蒙」與「救亡」——並未嘗有平衡發展。奉「救亡」之名的「革命」以其峻急的使命感以及龐大的黨政資源，早已凌駕「啟蒙」。李澤厚於是號召重新思考兩者的關聯。此時劉再復的思想與李澤厚不謀而合；他們的論述引起巨大迴響，同時也招致保守派反撲。但更大的考驗是，潘朵拉的盒子一旦打開，後果其實無從預料。一九八九年的風潮儘管有多重原因，劉再復事後反思，也不得不承認自己同是歷史共業的一部分，而他付出的代價何其之大！六四之後，倉皇出逃，從此去國至今。

這一年劉再復四十八歲。他一九六三年進京，奮力拚博二十六年，從一個編輯成為國家文藝研究的領導，一切得來不易。他躋身黨內文工政治，對理想和利害之間的衡量其實早有歷練，但也因為出身民間，他對種種奉革命之名的整風、清算、運動的攪擾有本能的警醒。他力求貢獻所能，卻不能無惑：這個國家號稱打倒封資修，但曾幾何時，「革命」卻彷彿像是「吃人的禮教」一樣，成為高壓、鬥爭、迫害的藉口？劉再復熱愛他的國家，卻被迫成「喪國」之人。我們不禁想到文革初自殺的「人民藝術家」老舍（一八九九—一九六六）名劇《茶館》裡的話：「我愛咱們的國呀，可是誰愛我呢？」

還要繼續革命麼？流亡海外，痛定思痛，這是劉再復的大哉問。儘管承諾崇高理想及原始激情，革命所訴求畢其功於一役的工具理性邏輯、道德優越感、政治「例外狀態」、群眾暴力、以及龐大民生耗費，其實難以作為治國方針。另一方面，海外異議分子呼群保義，誓言作長期對抗，儼然延續了他們原應質疑的革命動機。夾處期間，劉再復作出他的決定，那就是「告別革命」。

劉再復與李澤厚合著的《告別革命》推出以後，引來老左新左一片撻伐。的確，在一個以「革命」為聖寵的政權裡，「繼續革命」還猶有不及，何來「告別」之說？批判者或譴責劉李等人迎合西方普世價值，或嘲諷他們墮入「去政治化」的政治，或指證他們坐享海外精英位置，成為個人主義者。其中最強烈的聲音則將八〇年代「文化熱」的風風雨雨一股腦轉嫁至他們身上，總結為五四啟蒙主義復辟。

面對左派學者——尤其是九〇年代後崛起的新左們——的批判，劉再復可能要啞然失笑吧：他們是又一個時代的「弄潮兒」了。文化大革命後，知識分子在滿目瘡痍中反省只此一家、別無分號的革命論，強調慎思明辨、與時俱進的理性之必要，原有其歷史語境。平心而論，「啟蒙」還是「救亡」的辯論無須有必然結果，而「革命」所富含的政治動能及烏托邦想像也難以輕易否定。劉再復和李澤厚是經過革命洗禮的一代知識分子，他們向革命「告別」，真正的力道在挑戰作為圖騰（或是禁忌）的革命，促使我們思考「革命」本身已被物化，成為政治或知識霸權的危機。而這樣危機意識前有來者，早在魯迅那篇有名的〈小雜感〉（一九二七）裡就很明白的批判「革命，革革命，革革革命，革革……。」

上個世紀末以來中國市場經濟開放，引發眾多問題，有心者以鄉愁姿態召喚革命，其實無可厚非。但當他（她）們將社會問題轉嫁為啟蒙之過，並上綱上線到西方資本主義的滲透，不啻是倒果為因。話說從頭，馬克思主義不也是西方資本社會的產品？更何況在和諧社會裡，下令維穩、「不准革命」的不是別人，正是國家機器自身。這豈不是最反諷的「告別革命」？

放逐諸神

劉再復「告別革命」以後，更要「放逐諸神」。這樣的宣言讓我們想起廿世紀初馬克思・韋伯（Max Weber）對現代性的定義，在於「除魅」（disenchantment）——擺脫神召天啟，重申理性和個人作為啟迪社會運作的元素。但韋伯不是樂觀主義者。他提醒我們，「那些被除魅以後的神鬼並不就此善罷甘休；他們不斷以非人的形象從墳墓中崛起，互相競逐，同時企圖主導人類生存。」[1]

在廿世紀末的中國，劉再復要放逐的諸神其實沒有特定政教對象；「這諸神，是原來自己心目中的神物」，不論左翼或右翼，不論保守或前衛。他進一步指出應當放逐的神物有五種：放逐「革

1 "The Disenchantment of Modern Life," from *Max Weber: Essays in Sociology* (New York: Oxford University Press, 1946), pp. 129-156.

命」；放逐「國家」；放逐「概念」；放逐「自我」；放逐「二極思維」。但與其說劉再復以此否定一切，展露虛無主義，不如說他意在調動批判性的思考，質疑任何將主義、信仰教條化、偶像化——「神話化」——的作為。這樣的「神話」是馬克思所謂的物化，或盧卡奇所謂的異化。

經歷新中國前四十年各項運動，劉再復理解革命摧枯拉朽的創造力，但也更理解革命所預設的烏托邦虛構和重複動員的強迫性。他熱愛中國，但卻不以絕對的國黨群體主義為然，因為其中犧牲太多個體的參差性。他曾經廁身文化陣營、參與概念的製造，驀然回首，卻驚覺「每一個概念，都是一種陷阱，一種鎖鏈。政治概念，如『階級鬥爭』、『基本路線』、『全面專政』、『繼續革命』等等，哪一個不是陷阱與鎖鏈?!」

尤其令人注意的是，劉再復要放逐的神物包括「自我」和「二極思維」。他認為，共和國前三十年毫不利己、泯除自我的目標固不足取，但新時期重塑主體性的過程裡，過分強調「自我」就像當年過分強調「無我」一樣，仍然不脫一元論的「我」執。以此類推，非黑即白、你死我活的法則極度簡單化歷史經驗，導致「二極思維」。他之所以提出主體的「多重組合」，以及「主體間性」的必然與必要，顯然有備而來。

但歸根結底，劉再復不是純粹的無神論者。他的論述中對「神」的超越層面值得進一步探討。論者已經指出劉再復與李澤厚定義「上帝」的方式有所不同。如果李對中國現世文化頻頻致意，以「樂感」和「情本體」為依歸，劉則寧願為另一世界的本體保留一席之地：「從科學上說，上帝並不存在……但也可以說上帝是存在的，因為你如果把上帝看成是一種心靈，一種情感，它就存在。」[2]換句話說，相對於李的理性主義和啟蒙心態，劉對生命之內、或之外的未知——以及不可知——面向，常保好奇和警醒。他也許沒有特定崇拜對象和宗教信仰，但對生命盡頭廣袤無盡的深淵，以及潛藏其中種種神性與魔性，不願掉以輕心。

這引領我們到劉再復去國之後一系列的拷問靈魂之作。他指出中國人安於現實，缺少對「罪」的深切認知，更乏「懺悔意識」，而在西方傳統裡，兩者都以超越的信仰為前提。劉再復的批判毋寧充滿弔詭：從延安時代以來的整風、清算、鬥爭，不從來以革命內部、外部的罪與罰為預設？「懲前毖後，治病救人」，共和國的政治充滿道德預設，而人前人後的懺悔交心早已經成為一套儀式化的規範。恰恰在這裡，劉再復反而看出社會主義主體性構造的不足。他所謂的罪，不指向道德法律的違逆或宗教信仰、意識形態的淪落，而更直逼人之為人、與生俱來的坎陷——一種以倫理出發及終結的本體論。這一認知帶有基督教原罪觀念影響，也與海德格到存在主義一脈對人被　擲到世界裡、「向死而行」的宿命息息相關。但如他自稱，晚明王學的「致良知」論述才更具有深厚啟發。

社會主義的罪與罰一方面憑藉復仇邏輯，強調有冤報冤的清算鬥爭，一方面又嚮往脫胎換骨的新人邏輯，迎向「六億神州盡舜堯」的聖人世界。劉再復則念念不忘善與惡「俱分進化」的可能，「精神奴役」創傷的無所不在，甚至包括為虎作倀的「斯德哥爾摩症候群」共犯結構。罪與罰之外，他強調懺悔。但懺悔不是承認昨非今是，而是無限的自我質詰和辯論。「懺悔實質上是良知的自我審判。」「假如我設置一個地獄，那我將首先放進我自己。」

2 古大勇，〈中西「大觀」視野下的文學批評和文化批判——劉再復先生訪談錄〉，《甘肅社會科學》，二〇一五年第一期，頁九五。參見涂航，〈樂與罪：李澤厚劉再復與文化反思的兩種途徑〉，《華文文學》，二〇一九年二月（一五一期），頁二二一—三一。

而演練懺悔最驚心動魄的場域不在教堂或群眾大會，而在文學。杜思妥耶夫斯基《卡拉馬助夫兄弟們》「宗教審判長」情節、《紅樓夢》頑石懺情還淚架構，都是他心儀的例證。更進一步，懺悔必須以愛為之，亦即悲憫與有情：「主體以懺悔——自我譴責——的方式內在的表明自己對道德責任的承擔；後者是主體以愛——自我獻身——的方式承擔責任。懺悔和愛是良知活動同一件事情的兩面。」以此，劉再復完成他生命倫理的神性。

劉再復的懺悔和愛的宣言浪漫直觀，需要更進一步理論支撐。[3]但他預見這一論述必然招致的批判，強調不願重蹈尼采超人說的覆轍，也要和魯迅式「一個都不寬恕」分道揚鑣。在他所謂的神性思維裡，懺悔所強調的自我坎陷，愛所承諾的超越等差不再是一次到位的啟示，而是綿延無盡的反覆思辨、直下承擔的過程。倫理共同體是他的底線，敬畏成為關鍵詞。「我到海外便自覺地正視自我的弱點。我知道，人生下一雙眼睛，一隻應當用來觀世界，一隻則是用來觀自我。自我極為豐富、複雜，它具有善的無限可能性，也具有惡的無限可能性。」

共和國歷史雖然以無神論掛帥，但「諸神」何嘗須臾稍離？毛澤東時代的造神運動鋪天蓋地，畢竟未達到形上層面。反倒是上個世紀末，新左、新自由、新儒家、施特勞斯學派等此起彼落，竟為「諸神歸來」敞開大門。到了新時代，倡導恢復漢代公羊學派讖緯之學，作為當代天命聖王的理論基礎者有之。[4]倡導底層階級求取生存的本能猶如革命幽靈、「向下超越」者亦有之。[5]以「天下論」知名的趙汀陽先生甚至提出「中國」作為「政治神學」概念：「中國的精神信仰就是中國本身，或者說，中國就是中國人的精神信仰，以配天為存在原則的中國就是中國的神聖信念。」[6]「政治神學」始作俑者施密特（Carl Schmitt）在中國魂兮歸來。據此，「通三統」、「王霸論」、「樞紐論」、「漩渦論」、風行一時，也就不足為奇了。

這些學者的苦心值得尊敬，但他們如此宏觀歷史、總結未來，顯然重演林毓生先生所謂，中國知識分子「藉思想文化」一次性解決所有問題的心態。比起來，劉再復強調返回個體、經由懺悔尋求愛與超越的方法，反而顯得「謹小慎微」。他的論述當然有不足之處，但他明白請神容易送神難的道理，也間接回應了韋伯上個世紀的警語：那些被除魅以後的神鬼還在企圖主導人類。而「放逐諸神」後，他更正視主體的有限和無限，超越的可能和不可能。在這一意義上，他近年將神性有無的問題轉接到他的「心」學，創造「第三空間」。

文與心的空間

當代中國劇烈變化，表面的繁華似錦難以遮蔽萬馬齊喑的事實，更詭異的是，一言堂之下滋生神魔共舞的怪現狀。去國三十年，除了告別革命、放逐諸神外，劉再復理解另謀出路的必要：

3 如傳統儒家的仁人之心，黑爾的愛的哲學，以及巴迪歐（Alain Badiou）以愛作為複數化的，「二的場景」，通向世界真理、產生無限延伸關係的甬道。Alain Badiou, "What is Love," trans. J. Clemens, in Slavoj Žižek, ed., *Jacques Lacan*, vol. 4 (New York: Routledge, 2003), pp. 53,54, 59.

4 劉小楓，〈「詩言志」的內傳理解——廖平的《詩緯》新解與中國的現代性問題〉，《安徽大學學報》（哲學社會科學版），二〇一八年第三期，頁九—二三。

5 汪暉，《阿Q生命中的六個瞬間》（上海：華東師範大學出版社，二〇一四）。

6 趙汀陽，《惠此中國：作為一個神性概念的中國》，（北京：中信出版社，二〇一六），頁一七。

毫無疑問，知識分子的思想獨立，必須仰仗自己的言論空間，這就是「第三空間」。在此空間中，必須擁有思想的獨立和主權，否則，自由便是一句空話。當然，這一覺醒也導致我昨日的流亡，今日的漂泊，明日的猜想。

當年陳寅恪悼王國維的名言，「獨立之精神，自由之思想」貫串字裡行間。他更提出追求精神獨立、思想自由，就必須打造「第三空間」。

劉再復曾自謂一九八九年被迫走上流亡之路，卻開啟了他的第二人生；是在第二人生中，他潛心琢磨，贏得了自由。他心目中的自由「並不是一個概念，一個命題，一種定義」。他甚至不認為自由便是西方哲學家所說的「自由意志」，也與當代自由主義大相徑庭。「自由乃是一種『覺悟』，乃是一種在嚴酷限制的條件下守持思想的獨立和思想的主權，並在種種現實的限制下，進行天馬行空似的的精神價值創造。」正因為有此覺醒，他提出「第三空間」。

相對於祖國與海外所代表的第一和第二空間，「第三空間」看似虛無縹緲，卻是知識分子安身立命之處。這是「一生二，二生三，三生萬物」的空間。這空間所標榜的獨立、自由立刻讓我們聯想到康德哲學所刻畫的自主與自為的空間，一個「無目的性」與「合目的性」相互融洽的境界，一種澄明的理性自我的證成。過去二十年來，劉再復更轉向中國傳統汲取資源。他從老莊學習復歸於嬰兒、復歸於樸、復歸於無極的道理；從佛教禪宗得到隨起隨掃，不著痕跡的啟悟；也從儒家心性之學體會「吾心即宇宙」、「宇宙即吾心」的修養。

劉再復的批評者可以很快指出他的自由論述「唯心」已極，與左翼的唯物論背道而馳。他會回應，這又是「二極思維」作祟了。事實上，劉再復的心學之所以引人注目，不僅在於他重啟我們對中國現代「心」之譜系的省思，也提供當代生命哲學研究一個範例。「心」的復歸啟於清末，我們都記得譚嗣同嚮往「心力」；魯迅以恢復「白心」作為改造國民性的最終目的，而他的摩羅詩人以「攖人心」為創作圭臬。但到了一九二五年的〈墓碣文〉，「攖人心」的詩人已經成為「自抉其心」的屍人了。新儒家論述傳承宋明心性之學，故徐復觀有言「中國文化最基本的特性，可以說是心的文化。」[7]左翼論述中劉少奇談共產黨員的修養，毛澤東談革命主體，儘管言必稱馬列，依然不脫孟子、陸王良知良能的痕跡；[8]胡風論述「主觀戰鬥精神」的心學脈絡也早有方家論及。近年魯迅研究界重燃「竹內好」熱，而「竹內魯迅」的要義正是「回心」。

劉再復對心性與自由的嚮往有其具體歷史因緣。他當年推動主體論時，或更早協助周揚重提馬克思主義的異化論時，已經開始他對唯心／唯物二極劃分的質疑。他曾經向胡錦濤薦言：「我是社會主義公有制養育長大的，所以不可能反對經濟國有化；然而，我真的反對心靈國有化，交心運動，鬥私批修運動，都是心靈國有化的手段。心靈一旦國有化，那就是沒有個性，那就不可能有什麼精神價值創造了。」去國之後他百無寄託，終於悟出：

> 一個人重要的不是身在哪裡，而是心在哪裡，也可以說，重要的不是身往哪裡走，或者說，心往哪個方向走。如果用立命這一概念來表述，那麼立命的根本點在於「立心」。早期魯迅有一個思

---

7 徐復觀，〈心的文化〉，收入李維武編，《徐復觀文集》第一卷（武漢：湖北人民出版社，二〇〇二），頁三一。

8 祁志祥，《中國現當代人學史：思想演變的時代特徵及其歷史軌跡》（臺北：獨立作家出版社，二〇一六），頁一五三—一七九。

想，說「立國」應先「立人」。借用這一語言邏輯，我們可以說，「立命」應先「立心」。我沒有「為天地立心」的妄念，但有「為自己立心」的自覺。

他結論「因為有〔立心的〕覺醒。我才在第二人生中，真正贏得了自由。」

劉再復版的心學處處提到感悟和想像力的必要，而「立心」之道，在於文學。文與心的交匯是傳統中國文學論的重要話題。文學以其想像力和包容性創造第三空間，不僅投射生命宇宙種種面貌，更以其虛構形式擬想禁忌與不堪，理想與妄想。文學是彰顯與試探自由尺度的利器，也是自我修養和自我超越的法門。劉再復要求自己告別《水滸》的凶心（告別革命），《三國》的機心和世故之心，轉而追求《西遊記》不畏艱難、尋求自由之心，和《紅樓夢》的慈悲、悲憫之心。推而廣之，相對六經皆史的傳統，他提倡六經皆「文」——《山海經》、《道德經》、《南華經》（莊子）、《六祖壇經》、《金剛經》、「文學聖經」《紅樓夢》。

劉再復最為心儀的作家一為曹雪芹，一為高行健。前者居中國古典說部之冠，後者獲得當代諾貝爾文學獎榮耀。兩人各以畢生精力，營造龐大視野。《紅樓夢》極盡虛實幻化之能事，鋪展出一則頑石補天的神話，一則悲金悼玉的懺悔錄，總結繁華如夢，一切歸諸大荒。高行健的《靈山》則在歷史廢墟間尋尋覓覓，叩問超越之道；《一個人的聖經》更直面信仰陷落之後，人與歷史和解的可能。

劉再復指出兩位作家在極度艱難情況下展開創作，關懷的底線都是文學與悲憫，與自由的關係。劉再復不依循魯迅的「復仇」論和「無物之陣」，強調文學悲憫的能量。悲憫不是聽祥林嫂說故事，因為「苦難」太容易成為煽情奇觀；悲憫也不必是替天行道，以致形成以暴易暴的詭圈。只有對生命的複雜性有了敬畏之心，文學的複雜性於焉展開。至於自由，用高行健的話來說，「真正的問題最後也還歸於個人的選擇……而對自由的選擇又首先來自是否覺悟到自由的必要，因此，對自由的認識先於選擇。從這個意義上說，自由乃是人的意識對存在的挑戰。」[9]

自由與悲憫似乎是老生常談，但劉再復藉此發掘「立心」的激進層面：前者強調文學「依自不依他」；後者強調文學對「他者」無所不與的包容。兩者並列，其實是辯證關係的開始。理想的文學跨越簡單的人格、道德界線，典型論、現實論的公式就此瓦解。文學如此兼容並蓄，繁複糾纏，絕不化繁為簡，就是一種彰顯自由、表現悲憫的形式。

今天的中國或華語世界裡，我們很少看到如劉再復這般熾熱的文學捍衛者了。不論後現代還是後革命，他在束縛重重的語境裡定義自由向度，找尋第三空間，思考「文心」的有無。他的文字澎湃而有詩情，每每噴薄而出，如此天真直白，甚至超越年紀。然而從福建農村出發到漂流海外，從前世到今生，一個甲子過去，又哪能沒有感慨？

但劉再復常保真情，永遠以善念、以「白心」應物觀世。路漫漫兮，上下求索，他以「山頂獨立，海底自行」自勉——「也就是高高山頂立，深深海底行。不斷給自己發布獨立宣言，這也算是我個人的思想祕密。」

神游萬里，寓目寸心，文學的魅力無他，正如劉再復寫下的詩行：

> 江河流向大海，大海流向哪裡？大海流向漂泊者的眼睛。

9 高行健，《自由與文學》（臺北：聯經出版公司，二〇一四），頁五三。

聯經評論

文學四十講：常識與慧悟

2021年8月初版　　定價：新臺幣550元

著　　者　劉　再　復
叢書編輯　黃　榮　慶
校　　對　蘇　暉　筠
內文排版　極　翔　企　業
封面設計　好　春　設　計

出版者　聯經出版事業股份有限公司
地址　新北市汐止區大同路一段369號1樓
叢書編輯電話　(02)86925588轉5307
台北聯經書房　台北市新生南路三段94號
電話　(02)23620308
台中分公司　台中市北區崇德路一段198號
暨門市電話　(04)22312023
台中電子信箱　e-mail：linking2@ms42.hinet.net
郵政劃撥帳戶第0100559-3號
郵撥電話　(02)23620308
印刷者　世和印製企業有限公司
總經銷　聯合發行股份有限公司
發行所　新北市新店區寶橋路235巷6弄6號2樓
電話　(02)29178022

副總編輯　陳　逸　華
總編輯　涂　豐　恩
總經理　陳　芝　宇
社　　長　羅　國　俊
發行人　林　載　爵

行政院新聞局出版事業登記證局版臺業字第0130號

本書如有缺頁，破損，倒裝請寄回台北聯經書房更換。　ISBN 978-957-08-5953-9 (平裝)
聯經網址：www.linkingbooks.com.tw
電子信箱：linking@udngroup.com

上部〈文學常識二十二講〉，中文繁體字版由劉再復先生本人授權出版，
原著作名《什麼是文學：文學常識二十二講》。
下部〈文學慧悟十八點〉，中文繁體字版由三聯書店（香港）有限公司授權出版，
原著作名《怎樣讀文學：文學慧悟十八點》。

國家圖書館出版品預行編目資料

文學四十講：常識與慧悟/劉再復著．初版．新北市．
聯經．2021年8月．408面．14.8×21公分（聯經評論）
ISBN　978-957-08-5953-9（平裝）

1.中國文學

820.7　　110012132